張草

雲空行

—貳—

目錄

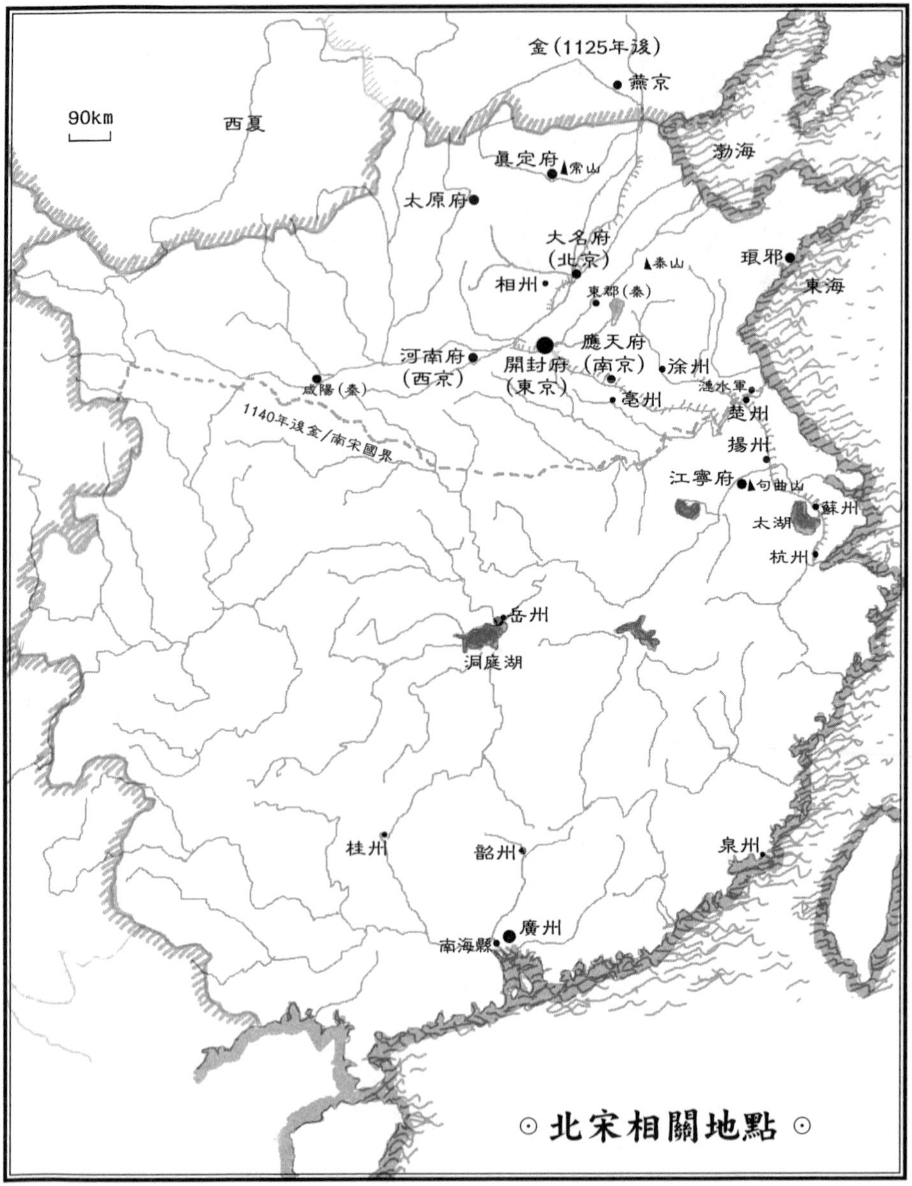
金(1125年後)
燕京
90km
西夏
渤海
眞定府
常山
太原府
大名府
(北京)
泰山
瑯邪
東海
相州
東郡(秦)
應天府
(南京)
河南府
(西京)
開封府
(東京)
涂州
咸陽(秦)
漣水軍
亳州
楚州
1140年後金/南宋國界
揚州
江寧府
句曲山
蘇州
太湖
杭州
岳州
洞庭湖
桂州
韶州
泉州
廣州
南海縣
⊙ 北宋相關地點 ⊙

之十八

神算張鐵橋

政和七年（一一一七年）

【瑰吉】

生活如此平常，日復一日，毫無變化。

牠也曾經有這麼安逸的時光，依偎在母親懷中，肚子餓了，便吸吮母親的乳汁。

但這種好日子並不長。

只不過稍微長大，牠的肩膀便被架上木犁，拖著鐵耙，把泥土翻鬆。

偶爾，牠被牽去與他人的母牛交配，主人便會收取一些費用。

就如此而已。

三言兩語，就把牠由出生至今的經歷講完了。

年紀老大了，牠感到氣力越來越不足，漸漸扛不起沉重的犁具，工作的時數也越來越短了。

終於某一天，牠被帶去一個陌生的地方。

這地方，牠一生也僅會來一次而已。

主人跟一位粗壯漢子交談了幾句，便拿錢走了。

牠不明白，牠從未被主人如此拋下過。

牠叫了一聲：「哞——」

主人沒回頭。

牠移動腳步，企圖追上主人。

「嘿，幹嗎?!」那粗壯漢子大喝，把牠嚇了一跳。

很快的，幾個人拿著繩子出現，牠還來不及反應，便給翻倒在地，四肢被結結實實的綑了起來。

牠還在疑惑著：「哞——哞——」年老的牠忘了自衛，但牠知道今天將會跟以往有很大的不同。

牠無助的躺在地上，又期待又擔憂著命運的來臨。

當那漢子拿著一把明亮亮的屠刀前來時，牠才恍然大悟的「哞」了一聲。

牠情不自禁的熱淚迸流，但卻不做出任何掙扎。

牠忽然依戀起許多許多的事物。

雖然每日一成不變，牠仍可嚐嚐青草、聞聞鮮花，或在樹蔭下小憩，或在泥巴裡打滾。

這些好日子在渾然不覺中悄悄過去了。

冷冷的刀刃劃上牠的脖子，牠感到前所未有的劇痛。

那種疼痛撕裂心肝，還湧到全身各處，把所有的肌肉都痛得緊縮起來。

熱熱的鮮血掩上刀面，在冷冰冰的刀面上激起小小的熱氣。

牠想呼吸，但每試著吸一口氣，便聽見喉嚨發出奇妙的笛鳴聲。

一時，牠還以為以前照顧牠的牧童來了。

牠的感覺逐漸麻痺，滿耳盡是嘈雜凌亂的雜音。

牠發現自己正在消失。

消失籠罩了四肢。

空無蔓延到腹部，輕輕的湧向頭部。

牠還想再叫一聲。

「哞——」

但這一聲只在牠腦中回響。

很快的，空無圍上牠的脖子，蓋上牠的頭。

冥冥中，牠發覺牠忘了一件事。

牠竟然沒有恐懼。

茫茫然。

只是茫茫然。

茫然中，牠被一股力量一揪，剎那便投到虛空之中。

那一股力量可真大，幾乎一把掏進牠的心底，企圖把牠所有的記憶、感受、性格全然清除。

牠終於生起反抗的意圖。

當刀子割入脖子時，牠也沒做出這種反抗。

牠奮力擺脫那股力量之際，全身頓然失去了憑依，在虛空中亂盪。

虛空中什麼也沒。

很難想像什麼叫「什麼也沒」。

即使是瞎子，也能看見黑暗，也能在腦海中偶有閃光一爍而逝。

牠在這什麼也沒之中閒盪了一陣，便又再度被揪住了。

這次牠來不及反抗。

牠被拉離虛空，陣陣刺鼻的氣味湧上，牠四肢無法動彈，而且全身被一層膜包裹著了。

一張長長的嘴巴挨了過來，把那層膜撕咬扯掉。

牠渾身不自在。

眼睛看不清楚，對一點也不客氣就鑽進來的強光感到困惑。

牠掙扎著爬起來，踉蹌的隨便往一個方向闖去。

牠身後有一把很不安的聲音：「汪，汪——」

牠不理會。

只不過走沒幾步，竟一腳踏空了。

牠反射性的叫了一聲，同時很驚訝的發現叫聲跟以往不同了。

「汪——」

是這樣叫的。

「噗通——」冷水把牠緊緊困著，並且很不禮貌的鑽入鼻孔、嘴巴和耳朵。

很快的，耳中響起一陣刺耳的聲音。

牠再度失去了意識。

當牠再度回歸空無時，那股企圖粉碎牠記憶的力量又出現了。

這次牠毫不猶豫的避開了。

牠十分十分的清醒，比以往生命中所度過的任何一刻都還清醒。

強大的吸引力有如漩渦，將牠一把拉了過去。

四周全是軟趴趴不停抽動的怪東西，用力推擠他的身體，他只覺全身被溫熱的漿液包圍，只有頭頂是涼涼的。

好涼！

他被擠出去了。

清新沁涼的空氣拂上他的臉龐。

他被倒掛起來，一隻粗皺的大手一把拍上他的屁股。

他「哇」的大叫，頓時有股涼氣湧入鼻子，全身頓感氣血奔流，肺部也開始漸漸的脹縮了。

「是男的！」有個老邁穩重的聲音，「恭喜夫人！賀喜夫人哪！」
「快去通知公子！」
他忘情的哭號，手足亂動，卻掙脫不了那雙暖和的大手。
他哭累了，只得休息下來，靜靜聆聽自己的呼吸。
呼吸聲有若微弱的浪濤。
他的生命，在這片浪濤聲中開始，也開始往終點倒數。
不知過了多久，他聽見一把聲音。
「張瑰吉，這是你的姓名。」
「瑰吉……叫阿吉，阿吉。」一隻龐大的手指伸過來逗弄他的鼻子，惹得他很不舒服。
「阿吉，吉呀……」
他意識到，這是在叫他。
他是張瑰吉。

※※※

這一處，是張家少人涉足的後院，所以即使他吵鬧了許多天，也只有送茶水的人聽見而已。
他每聽見有人聲，便盡力拍打房門，希望有人聽聽他說話。
但事實上，自從他懂得說話開始，人們便害怕聽見他說話。
說清楚一點，是害怕聽見他所說出來的話。
七歲那年，他父親出外經商，半路被強盜殺了。
人們總不會忘記，他父親出門那天，他所說的話。

他說：「爹好臭。」
他父親啟程之前，是漿過了衣服、熏過了熏香的。
他說：「爹好臭，好多蒼蠅在飛，很多白白的小蟲在爬哦。」
他父親被人發現時，已經高度腐爛，屍水橫流。
那一年，他叔父經族人定奪，繼承了當家身分，並把他禁錮在柴房。
被禁錮的原因，表面上說他是不吉利的孩子，一句話剋死了父親。
事實上，他還剋死過不少人。
屈指一算，有他乳娘的兒子、他的塾師、他的姑姑、祖父……
但別人忘了他也有不剋人的時候。
他預言了母親病好的日期，他說出了誰是家裡的小偷，他還避免了一名下女的自縊。
總而言之，他可以看見未來。
自從他在那片空無中拒絕記憶被掏空之後，他便可以看見未來。
他說出了人們渴望知道，卻又十分害怕的未來。
因此，他被鎖入了柴房。
他也識過字、讀過啟蒙的書，所以在柴房中讀書，舒緩了日子的難過。
在他十歲那年，他終於想逃出去了。
因為那天晚上。
那天晚上，他從驚恐中嚇醒。
四面八方黑沉沉的陰寒，不知由何處襲了來。
這房間的門窗是被封死的，只有壁上有一個小圓洞算是氣窗，外頭的風是進不來的。

但這股陰寒是從四面八方壓迫過來的。
他在黑暗中慌亂的到處張望，但唯一看見的只有黑暗。
陰寒似是在逗弄他，一下由後方擦身而過，一下又在旁邊推他一把。
他被壓迫得透不過氣來，只想離開這間柴房。
他衝到門口，用盡力氣拍門喊叫。
但當然，沒人會聽見的。
況且，也沒人想聽見。
他緊貼門上，幼小的兩手不斷用力拍打，感覺到後方的三面牆擠了過來，把桌子、椅子全都擠倒在地，似乎想要警示他什麼。
一股寒流冷不防撲面而來，直接灌入他的嘴巴。
他只覺食道忽然結冰了，寒氣剎那穿透每一個細胞，把他擊倒在地。
他昏迷了一夜。
第二天，空氣回暖了，他爬起來的第一件事，還是拍門大叫。
「阿吉在吵了。」送飯的下人不敢挨近，以免聽見他說出什麼話。
這件事很快傳遍了張府。
「阿吉三年來從沒吵過，為什麼會叫鬧呢？」
「想必是耐不住了，也大概是瘋了。」
待送飯菜的下人聽見他安靜了，正想送過去時，張瑰吉又吵了起來。
因為他聽見人聲。
他想告訴別人「這件事」。

結果沒人敢接近他，他也就餓了好多天。

人總有餓壞的時候。

即使不餓壞，他的喉嚨也會乾涸得冒出銅鐵味。

他終於不再叫了。

這下子，下人們才放心的送飯過去。

他們也不敢呼叫他的名字，只把餐盤塞進門下的小縫了事。

餓得昏沉沉的張瑰吉，才填飽肚子，又再叫嚷起來。

拍門的聲音響遍了後院，把這荒蕪的角落添了不少生氣。

枯黃的草輕扭著腰身，聆聽他的說話。

雜七八亂的矮樹間，也彷彿有了動靜。

張瑰吉也不知自己叫了幾天，隨著日子一天天過去，恐懼愈發加重了。

他時而會急得哭出來。

當他哭的時候，他會想起一個人：「娘……」

說起來，好久沒見著娘了。

金烏西沉，陰寒又至。

每個晚上，他都會感受到那股陰寒的壓力。

他知道這個未來，和他以往所體會的全然不同。

陰寒之氣照樣在房中四竄，照樣騷擾他，照樣一股腦貫入他的口中。

他忽然想起了一件事。

很久很久的一件事。

白刀子在脖子上擦過。
在刀刃上冒白煙的血……
「娘……」他哭了。
他不想再死，他累了。
「娘……」他低聲啜泣，無助的靠著門板。
毫無預警的，門突然開了。
三年來，這扇門第一次開啟，發出了滿足的尖叫聲。
張瑰吉冷不防這一著，往後倒去。
哦，清風……
外頭的空氣真好。
他好久沒享受到清爽的空氣了。
「吉兒……」有人跪下身來，小聲的呼喚他。
「娘！」原來是母親開的門。
「不要叫，娘要放你走……」她由懷中取出一個小包遞給他，「這裡有乾糧和一些錢……你快逃。」
一名十歲的小男孩，能怎麼走？
「娘，我要告訴妳……」
「吉兒！」他母親露出怒容，「不要說話！」
「……」
「你出口必有禍事，大家就是避忌著這回事！」

「可是娘……」

「你逃出去，要是活了下來，千萬不要再說不吉利的話。」

「娘，我不能不說……」

他母親二話不說，一手掩住他的嘴巴，一手把他抱起，直奔到後門去。

「去了就不要回來，你叔叔會害死你的……」她喃喃道。

張瑰吉含著眼淚，一句話也說不出來。

他母親早便開啟了後門，把他放下地，指著一個方向：「那裡直走便是縣城東門，你明日聽見雞啼便出城，到時城門會開的。」

「娘，後天……」

他一句話尚未講完，母親便跑回門後，急急的關上門了。

留下他一個人，在這深夜的巷道上。

他呆呆的看著門。

看了不知多久，黑沉沉的天空逐漸變成灰黑，城牆後也看見魚肚白了。

眼見著星光一一消逝，張瑰吉被晨風吹得哆嗦起來，原來露水早已浸濕了他的衣服。

他知道他再也看不到母親了。

他依戀的再望了一眼那扇後門，才往城門慢慢走去。

張瑰吉離開後第二天的清晨，事情終於發生了。

守門的兵卒見天色已亮，便去打開城門。

城門一開，他便聽見一種令人不安的聲音。

隆隆隆隆……

他豎起耳朵，卻聽不出什麼名堂來。

隆隆隆隆……

「是啥呀？」另一名兵卒不安地問道。

「問上面的看看。」說著，他抬頭向城門上方的同伴嚷道：「喂——聽見什麼嗎？」

「我也正瞧著。」上面的兵卒把手擱在眉角，盡力遠眺：「看不出有什麼。」

太陽仍自懶懶的不肯昇起，遙遙望去，漆黑的大地上有一大片漆黑在蔓延。

「有東西……快通報知縣去！」

門下的兵卒翻身上馬，往縣衙門疾馳。

令人不安的漆黑，在晨曦下泛著微弱的銀光。

原本就很寧靜的早晨，此時更是靜謐得有如死域。

因為死亡真的正在來臨。

披著銀質的漆黑洶湧而來，發出巨大的咆哮聲。

隆隆隆隆……

城中的狗兒也開始不安的哀叫，在原地無助的打轉，或放棄的瑟縮在地面。

說時遲，那時快。

太陽趕在他們死亡的前一刻露臉，讓他們看得一清二楚。

大水。

是河堤潰決了嗎？

城門趕不及關上，被乍來的洪水一沖，竟被沖脫了門鉸，壓倒了關門的士卒。

千軍萬馬似的洪水滾入城中，洗刷這個仍處於晨間微醺的縣城。

一時間，幾乎沒有慌張的驚叫，沒有死亡的準備，一城人全沒入了水中。

他們死亡之前，都有一種共同的感覺。

那便是陰寒。

陰寒由四面八方襲來，貫入口中、鼻中、耳中……剎那，全身彷彿凍成了冰柱。

陰寒迫人來，奪人魂魄去。

張家的人並沒後悔沒聽那孩子的話。

因為孩子來不及說，他們來不及聽。

對於死亡，誰又來得及了？

【老丐】

「張瑰吉，初入學時，取字祥玉。」老漢唸了唸紙上的字，看了一眼那小孩：「你是張瑰吉？」

「是……」小孩無力的應了一聲。

原來在他娘遞給他的小包包中，還放了張紙，寫了他的生辰姓名等事。

他那天走出縣城，便自覺的往南方走去，因為他知道北方危險。

他走餓了，便取出乾糧來吃。

見天黑了，便躲進破廟，姑且棲身一夜。

不想破廟中早有人了，是一名全身發出惡臭的老叫化。

老叫化似是行動不良，靠著神案坐在地上，一雙飢餓的眼睛直盯張瑰吉。

瑰吉給他一片餅。

沒兩下子，餅便不見了蹤影。

「小子，再給老漢一個。」老漢笑著露出黃色的牙齒，紅紅的牙齦十分紅腫。

張瑰吉遲疑的走過去，一手伸入小包中取乾糧。

不想老叫化雖老，行動卻是很快。

極快。

張瑰吉還沒搞清楚，就給一棍打倒在地，滿腦子雪花紛飛。

棍子好像是從老叫化身後出現的……

老叫化把他的小包搶過去，翻找了一陣，取出那張紙。

原來老叫化識字，想來必曾入過學了。

「名瑰吉，字祥玉……此兒不祥，慎勿令其開口……？」老叫化唸了唸，疑惑的看著他，「你是什麼東西？」

張瑰吉仍自昏昏沉沉的，兩隻小手抱著後腦跪在地上，耳朵裡似乎還有怪怪的尖聲在迴盪。

「不能開口？把你弄啞不就得了？」

「……會死的。」

「你說什麼？」

「會死。」張瑰吉剛說完，眼前便刷上了一片烏黑。

老叫化的一擊竟這麼久才發生效果。

他昏迷了許久。

這中間，他醒來過，但見四面一片漆黑，心裡知道是晚上，於是又倒頭大睡。

他進入黑甜的夢鄉，補充十歲軀體所流失的精力。

他好久沒睡得這麼安心了。

※※※

跟著老叫化上路，一路上乞食，肚子常常會餓得陷下去。

他以前便被禁錮在柴房中三年，如今的日子困苦，他也不覺有何不同。

因為到了這種田地，人的欲望都只剩下一樣了。

餵飽肚子。

老叫化把他質料不錯的衣服包好，給他另一件破衣蔽體，因為好的衣服還可以用來換吃的。

他小包包中的錢，老叫化也不敢亂用，要不是真的餓得快暈了，也不會去動用。

有時候，老叫化會對他抱怨：「以前我只要養活一個人就夠了，你真是專門拖累人的呀！」

老叫化偶爾會對月吟詩，偶爾一時興起，跟他說一些儒家經典上的事。

他知道這老叫化絕不是一般的叫化。

「阿吉，那天你講什麼來著？」

「什麼？」

「我敲暈你的那天，你好像講什麼會死，是什麼會死呢？」

「我不講。」

「講吧。」

「我一講了，你一定會丟下我不理我的。」

「為什麼要丟下你？」

「人家都說我不吉利。」

「哦？」老叫化覺得有趣，「這就是你不能好好待在家裡的原因嗎？」

老叫化端正坐姿，用尾指清了清耳朵：「老漢洗耳恭聽，我還未問你，那天怎麼會在破廟出現呢？」

張瑰吉咬了咬下唇。

頭頂上烈陽普照，古樹涼蔭，不時有細細碎碎的鳥叫聲在襯托著。

張瑰吉童稚的雙眼望著泥地，兩手的手指躊躇的交纏著。

「講吧？」老叫化懶懶的躺在樹根旁，輕輕催促道。

「是我娘放我出來的……」

「嗯嗯。」老叫化點點頭，表示有在聽。

「我爹死後，叔叔說是我咒死了爹，把我鎖進柴房。」

「然後你娘放你出來……」

「我被關了三年。」他是因為記得聽見外頭新年的熱鬧，才知道過了幾年的。

「你怎麼咒死你爹的？」

「他要去經商，我就看見他死了。」張瑰吉說到這裡，開始不安的瑟縮著身體，「我忘記我說什麼，我只是看見他死了，就告訴他了。」

「嗯？」老叫化故意裝出不信的表情，皺了皺眉。

「你不信？」

「信，怎會不信呢？」

「我還看見很多人的死，他們果真都死了！」

「那你這一回看見誰死呢？」

「是公公，公公你會死。」

老叫化嚴肅了起來，說：「人生自古誰無死？我當然會死，我若不死才是妖怪呢。」頓了頓，他又說：「問題是，我什麼時候死？」

「快了。」

「不行，我不能這麼早死呢。」老叫化恢復了笑臉，撫了撫張瑰吉的頭，「我是怎麼死的？」

「我看不清楚。」

「要怎樣看清楚呢？」

張瑰吉第一次碰見有人不害怕他所說的話，心裡高興，便也大膽了起來：「我只消碰那個人便可以看到……」

老叫化伸出了枯瘦的手臂。

張瑰吉遲疑的看他的手。

「來吧。」

張瑰吉看了一眼老叫化的眼睛，舔了舔舌頭。

他放膽伸出小手。

他的手尚未觸到老叫化，腦子裡便突然震了一下。

他感到腦漿在翻騰，滾滾黏稠的事物剎那便湧了進來。

他的身體在瞬間失去了感覺，只留下一個在洶湧浪濤中打滾的腦子。

他的頸項暴起了青筋，兩眼瞳孔脹到最大，望進去深不見底。

他全身發狂般的顫動，似乎是受不了不斷湧進他腦中的「念」。

人只要起了一念，便有無窮無止的欲望。

何況此刻是萬萬千千的念，毫不憐憫的擠進他腦中。

這些念，在他的腦細胞中尋找可棲身的空間，搜索他的每一縷思緒，挑動他的每一絲神經。

他失去了收回手臂的自覺，只一味的由老叫化腦中吸吮資料。

他忘了……

「阿吉！」老叫化這一大喝，才迫使他由思海中鑽出頭，驚慌的四下探視。

他趕忙收回手掌，只覺掌心痲痺，心臟仍在胸膛中激動的亂撞。

他心虛的看了看老叫化。

「如何？阿吉，」老叫化問道，「你知道了麼？」

「知道了……」

「是有人殺我嗎？」

「是，有五個人……」他為他所見到的情景害怕不已，「他們有的有刀，有的有劍……」

「那就對了。」

老叫化伸手從衣服中兜出了一件事物。

細看之下，原來是一片紫色的竹片，上面刻了「廣東南海」四字。

其時，宋廷將天下劃分為二十六路，粵江一帶即稱廣南，再分為廣南東路和廣南西路，後世的廣東、廣西正是源自此名。路下有州，州下有「郭縣」和「縣」的單位，南海正是鄰近其時天下第一大港廣州的郭縣。

「我們叫化子，這些年來增加了很多，」老叫化說，「連年災荒，朝廷又草菅百姓，百姓只有成為流民，或乞食，或賣兒，或賣藝的也有，總之只求存得一息，可以繼續活下去。」

「流民……？」

「聽聞你家鄉那裡發生決堤大洪，也有一批人失了生計，正慢慢匯成一大批流民朝北進發了。」

張瑰吉不作聲，他知道洪水那回事。

「由於叫化無人管理會鬧出大事，所以我們組成一個『團』，互相幫忙呼應，人們叫我們『叫化團』，又喚作『丐團』。」

這些事都是張瑰吉第一次聽說。

「我們在天下各地皆各自有團，老漢我……」老叫化加強語氣，「在下正是廣南東路廣州南海縣的團頭。」

「團頭是什麼樣的人呢？」

「就是我這樣的人了。」

張瑰吉不解的端詳這位又乾又瘦的老叫化。

「好小子！」老叫化忽然目露兇光，一手沒來由的扣著他脖子，「你還裝蒜？」

張瑰吉大吃一驚，本能想掙脫老叫化，但他越是掙扎，施在他頸上的力量便越大。

「佈了一個這樣漂亮的局來套我，什麼來歷寫在紙上，還滿口胡謅，說！是哪一個派你來的？」說著，老叫化更是加大了力道。

「老公公……」張瑰吉好不容易擠出這幾個字。

老叫化一時加了太大的勁，只見張瑰吉兩眼一翻，臉龐脹成了紫色。

看倌們，且算一算，張瑰吉自出場至今，已昏了幾次了？

這是第三次。

老叫化很老，老得像是一碰就散的骨架，連走起路來都會吱吱格格響的。

可是他一出手，卻是快得連眨眼都追不上。

也就是說，在你一眨眼的時候，他就可以完成所有動作了，你再張眼的時候，還以為他從未出手過。

所以張瑰吉逃不了。

他走在老叫化跟前，被他脅迫走去附近的小鎮。

「你要是敢騙我，就立刻宰了你烹來吃。」老叫化的聲音不很有力，顯得軟綿綿的，卻令人覺得脖子背後又麻又冷。

張瑰吉並不怕他。

他其實在生氣。

自小以來，人們都因為相信他的話而懼怕他，對他敬而遠之，當時他想做的只是跟眾人親近，可以和常人一般生活。

現在終於有一個肯和他親近的人了，而這人竟根本不相信他！

他也不明白自己為何生氣。

看倌們別忘了，他才十歲。

他的成長中沒有童年的寫意，只有很多很多的疑惑。

在他心中存有的，不是人間的是非對錯，而是出自天然本性之反應。

他要證明自己的清白。

他看見的，都是真的！

小鎮上來往的行人很少，大多數人都去忙農事了。

老叫化左顧右盼了一下，找了個空曠地，由衣囊拿出一個凹凸不平的小銅盆，用石頭敲得錚鏘作響。

只聽他放聲嚷道：「有靈給錢，不靈不收半文，小半仙鐵口張在此，言出必中，一釐不差！」

他喘了口氣，又嘶聲叫道：「心有疑昧，前程明晦，失物尋人，經商上樑，凡事欲問，必有回答！小半仙鐵口張未卜先知，大家來喂！」

「公公，」張瑰吉道，「你這太多字了，人家聽不懂。」

老叫化瞪了他一眼，歪頭想了想，才又敲銅盆嚷道：「鬼谷轉生，未卜先知的小神童在此！」他叫了一下，再低頭想了想：「這樣好，就這樣吧。」

於是他嚷了許久，叫得聲嘶力竭了，才引來了兩名挑擔子過路的漢子：「那老傢伙在喊什麼來著？」

「像是什麼小神童的……？」

老叫化露出又黑又黃的殘牙，嘻皮笑臉道：「這小娃兒能知未來，很靈的。」

兩人皺皺眉頭，當他是瘋子，跨步便要走。

「不靈不收錢！」老叫化趕忙加了一句。

一名漢子說：「也閒著，玩玩去。」

「好吧。」

兩人將擔子擱下，問張瑰吉道：「問什麼都行？」

「什麼都行。」張瑰吉挺起胸膛，很認真的說。

【風波】

路頭的大榕樹下，來了許多形形色色的人，聽說有的還是打從廣州老遠來的。

這麼多的一堆人聚在一起，理應相當嘈雜才是。

大榕樹下，卻靜得連落葉擦過空氣也聽得見。

很靜。

很靜的樹下，是一老一幼大剌剌的隨意坐著。

坐不像坐，臥不像臥，只是隨興靠在樹幹上。

那小童也很懂事，對有求而來的人，他只在耳邊悄悄說出他所看見的景象，並不大聲宣揚的。

來客聽了小童的話，有半信半疑的，有歡喜，有愁苦的，無論如何，總不忘繳了錢才走。

一日下來，老叫化不再像老叫化，反倒成了個老財主。

「我說阿吉呀，這下該怎麼辦才好？」老叫化愁臉道。

「公公還懷疑我嗎？」

「不了，我知道你果真是神仙降世的小鐵嘴……我愁的是，錢太多帶在身上，嫌重，這荒村又沒個換交子（紙幣）的所在，如何是好？」

「公公嫌重，用過多少，撒了便是，待明日再賺。」

老叫化噗哧一笑，滿口黑黃的牙分外惹眼：「也是。」

兩人打探有哪家窮苦無依的，把錢給了他們，留下夠用的買些貯糧，才回到落腳的破廟。

老叫化在神殿角落堆了些乾草，舒舒服服的坐在上面，嘆了口氣。

他合了一會眼睛，便一手伸入衣服裡頭，摸出那塊紫竹牌，上書「廣東南海」四字的。

「阿吉呀，我還有多久才死？」

張瑰吉眨了眨眼：「不知道。」

「兔崽子，跟我說不知道？瞎話。」老叫化苦笑道。

張瑰吉不吭聲，默默的咬著蔥麵餅。

破廟內越來越陰暗，暮陽把廟裡染得黃澄澄的。
老叫化的臉，在這種古舊的色彩下愈發顯得衰老了。
「公公……」張瑰吉小聲道，「就在後天。」
「真快。」
老叫化撫了撫紫竹牌，不捨的嗅了嗅它。
紫竹牌原有的竹香業已消失，卻吸飽了老叫化的酸臭味。
「阿吉，這東西你要妥善收好……」他把紫竹牌交給張瑰吉，「我死了以後，要拜託你做幾件事。」
「公公請吩咐。」張瑰吉仍是小小聲的。
「聽著了……」老叫化把丐團內部的紛爭說明白：「你看我身為團頭，每日調解紛爭，照顧其他討不到錢的叫化，而且窮得只睡破廟，其實，其他團頭不是像我這樣的。」
團頭的責任，是平日化解乞丐間的爭執、分配乞討的地盤，按規矩，還要從其他叫化掙來的錢中抽成，用於當有人討不到錢時，還能煮粥分給他們。
他手中從不留多錢，每日把錢分給貧民，是以很受叫化們的敬重。不似其他縣城的團頭，單靠抽成，多有成了富人的，還僱傭畜妾，買田收租。可他一不置產買田，二不娶妻生子，又待人仁厚，反而引起其他團頭的不悅。
「對其他團頭來說，我這種做法，無疑是特異獨行，假清高，破壞他們的威信，令他們難做。」老叫化無奈的嘆息：「況且團頭通常世襲，我爹我祖父都是團頭，而我孤家寡人的，沒有孩子傳承，是以團頭的位子，很是受人覬覦。」
「公公是想說，想對付你的，是自家人？」

「大概是吧。」老叫化亮起眼睛，「我一死，就有人爭著要這個位子，我雖然年紀大了，但也許有人等不及了。」他吩咐張瑰吉，若真的有人膽敢殺他，應該如何做：「總之，我方才吩咐的，千萬別忘！否則我死不瞑目！」

「我記住了。」張瑰吉終於把那塊大餅吃完了。

※※※

面對死亡，有人驚慌失措，有人冷靜從容。

老叫化千思萬慮，交代了遺言，嚴肅的等待送他上路的人。

他預知了死期，也為死亡做好了準備。

那一天，老少兩人並沒踏出破廟，待在那裡耐心的等待。

老叫化白白浪費了他生命中的最後一天。

他直等到昏鴉淒涼的啼叫，慘白的鉤月小心翼翼的升上夜空。

果然，不負所望，破廟外有了聲息。

一種夜行人的聲息。

一種要老叫化豎起耳朵，閉鎖全身真氣的竄流，才聽得見的聲息。

在張瑰吉的耳中，破廟靜如死水。

他根本不知道有人來了。

「夜貓子啼了！」老叫化輕聲呼道。

張瑰吉一驚，那是老叫化事先說下的暗號。

他立刻鑽入神案底下，把身子縮在被陰影庇護的角落中。

霎然，外頭片片冷光掠過，在空中劃出道道圓弧。

冷光是淡藍的，把空氣騷擾得咻咻輕叫。

咻——

冷光突然紅了一下。

張瑰吉在陰影中看得不清不楚，只覺煞是好看！

咻——

不知什麼東西掉到了神案下方，激起了一點塵埃。

張瑰吉嗅到了那東西的銅腥味。

外頭也不知有多少人在攻擊老叫化，卻只感到陣陣陰冷的風，聽不見人的聲息，也聽不見格鬥的腳步聲。

但最終仍是一聲慘號，打破了寂靜。

月光靜柔的鋪入破廟，掩在老叫化乾皺的皮膚上。

「還有一個小孩。」黑暗中有人細聲細氣的說。

「不能留的？」

藍白的光在黑暗中晃了一下，似是猶豫著：「不知老頭有告訴他什麼沒有？」

「……那幹了吧。」

一隻大手伸入神案下方，把張瑰吉拖出來。

張瑰吉並沒驚叫，就和以前一樣。

那時候，明亮亮的刀子也是抵上了喉頭。

這一次有些不同。

「他怎麼了？」

張瑰吉不停的哆嗦，然後全身羊癲瘋似的亂抖，兩眼翻白，口中不住的呢喃。

「想是嚇怕了吧？」一人說，「也莫怪我，孩子，要結束你了……」

張瑰吉停止顫抖，睜眼看著他們。

他跟他們說：「你們不會殺我。」

「哦？」

「在你們殺我之前，你們就已經死了。」

他們沒有笑。

他們還沒聽完張瑰吉說的話，每個人的後方都結結實實的中了一針。

針是灌了鉛的，很重，所以很用力的刺了進去。

針是餵了毒的，很毒，所以他們馬上全身往後一扭，倒在地上僵著。

破廟從此不寂寞，又添了數縷孤魂。

老叫化在地上用力的喘氣，他已用盡了最後的力道。

「公公……」張瑰吉跑過去。

「阿吉，你輸了。」老叫化笑著說，「你沒告訴我……他們比我早死。」

「我才剛剛看見。」

「算了，拖我出去，我要看月亮。」

張瑰吉抬起老叫化的肩，吃力的把他拖出廟外。

當他成功的把老叫化移到外頭時，烏雲正好不識相的遮去了明月。

老叫化啐了一聲：「屌你老母……」便斷了氣。

※※※

一批又一批的逃荒隊伍往北方出發，在路途上留下一具又一具死屍。

死屍都是一個樣子，乾扁得有如曝曬了一年的魚乾。

張瑰吉算是幸運的。

他遇上了拐子。

拐子見他一人孤單上路，當然不客氣的把他強拉來了。

孩子在路上可以賣給人家，狠狠賺他一筆。

再不然就餓得實在沒辦法了，也可以宰了來吃，只是比較可惜。

張瑰吉要是洗乾淨了，也是白淨可愛，遇上喜好孌童的富人，想必也不難賣掉。

他一路上和拐子相依為命，聽拐子的話叫他爹爹。

兩人走了三、四個月的路，才到長江南岸，眺望對岸，有一方府城。

「過了江，就是江寧府了。」

即使拐子沒告訴他，張瑰吉也認得字，知道界碑上寫的是「江寧」二字。界碑後方就是江寧地界了。

江寧府很熱鬧，說書的、唱戲的所在擠滿了人。茶樓說書處只聽得見說書人充滿戲劇性的聲音，大家都聚精會神的聽著稗官野史。唱戲的地方鬧烘烘的，台下的人不是適時叫好，便是對戲子品頭論足。

張瑰吉把眼睛只管往穿破衣的人身上瞧。

他注意街頭巷尾一個個的窮叫化，注意他們破衣上的縫布。

他們襤褸不堪的衣裳，遠看有如揉成一團的棉紙，又青又黑的霉斑幾乎侵佔了所有的布料，還散發出一股酸臭的異味。

但要是仔細去瞧，便發現另有一回事。

叫化子破衣的縫布隱藏著一定的規矩。

有的是隨意將隨手取得的破布縫上了事，在身上結成一張混亂的構圖。

但有的，極少數的，是依照五行把破布縫上的。

五行各有顏色，也不難記憶，只要了解它的思考邏輯就行了。

木是青色，火是紅色，土是黃色，金是白色，水是黑色。

依五行相生，木生火、火生土、土生金、金生水、水又生木，如此周而復始。

有很少很少很少的叫化子，身上躲藏了這一套規律。

他們正是老叫化要張瑰吉找的人。

拐子帶著他來到一家大戶人家門前，很有技巧的敲門。

這敲門可不簡單，要敲得裡面的人能有敦厚、老實的錯覺，在開門以前，這是能留給裡頭的人的第一印象。

一名家丁來應門了。

拐子立刻一副可憐兮兮的模樣，語氣中滿是樸素老實人的氣味：「我們父子倆已經挨餓好多天了，行行好……」

家丁大概連日來應付了不少流民，立刻便說：「等一等。」說著便掩上大門。

不一會，他捧了兩碗剩飯剩菜來。

拐子繼續述說父子困苦，如何流落到此，如何活不下去了，希望把孩子賣掉等等。

但家丁毫不動容，叫他們吃了就走路。

張瑰吉根本不理睬拐子在做什麼，只顧緊盯來來往往的乞兒。

忽然，他眼中一亮。

青、紅、黃、白、黑，五塊破布連成一串縫著。

他毫不考慮，立刻從懷中取出紫竹牌。

他放下手中的碗，衝向那叫化子。

「廣東問安！」

那叫化立刻反射性的回道：「江東見好。」

但他一回答完，就不禁怔著了：「怎麼是個娃兒？」心下疑雲急湧。

而且口操粵語，要不是他走過大江南北，也聽不懂這小孩的口音。

可那紫竹牌確是不折不扣的丐團信物。

張瑰吉繼續說出叫化的切口：「南海風吹江寧，深水探龍，雨不來霧來。」

江南的切口和廣東的稍有不同，那叫化依然聽得明白，便回道：「龍在深淵，蝦兵帶路。」他用的是軟綿綿的吳語，張瑰吉很費力仍舊聽不明白。

但是張瑰吉已經為這一刻準備很久了，機會難得而易逝，不管怎樣，他都要行動了。他拉著那叫化的衣角，低聲道：「我被人拐了，想知道發生乜嘢事，快帶我走。」

那叫化可不是一般叫化，是張瑰吉瞄準了有身分地位的丐兒，他在腦中飛快的斟酌了一下，當下把張瑰吉一把撈起，夾在臂下沒命的飛跑，罔顧拐子在後頭怪叫。

拐子氣急敗壞的追了一陣，委實沒叫化子跑得快，只得在街心亂罵了一場，哭喪著臉離去。

江寧府，四面環水環山，接近長江出海口，再往下游去還有揚州、蘇州等名城。

此地在北宋時是江南東路的首府，他們當時還沒料到，未來這裡將成為國家首都。

此時此刻，江寧團頭緊皺眉頭，心裡七上八下的，滿腦子殺氣騰騰，只想殺人。

這娃兒可帶來了不得了的消息。

這消息可造成廣東丐團陷入紛亂，一個處理不好，說不定會挑起各地丐團之間的戰端。

原本那只是廣東那邊的事兒，不干江東的事的，可這小孩跑來求助，說要他幫忙主持公道。百里之外的事兒，主持個屁呀？況且乞丐天下一家，以和為貴，豈可因為一個人的死而傷了和氣呢？

他心裡數著廣東那邊清算門戶，會被殺的是哪些人。

乞丐是遍佈天下的眼線，所以他對廣東那兒的情況也還算瞭解，南海團頭被殺的事也有風聲傳聞，沒想到還有目擊的活口。

「阿吉……儂叫阿吉是吧？」他咬著下唇問道。

「叔叔，我叫張瑰吉。」

「伐要叫吾叔叔，」江寧團頭神經質的別開了臉，「儂再講一次，廣東團頭講了些啥？」

「公公佢叫我求你查出真兇，他還叫我查看殺佢的人身上的東西。」

「儂親眼見伊被殺的？」

「是……」

江寧團頭再回想了一下張瑰吉的敘述，殺死老叫化的人手臂都刺了三條平行的波浪，波浪上有個三角凸起，還染成黑色……那是水紋載船像，代表了國際大港廣州，廣東最大的丐團。

一個人死或一堆人死，哪個比較好？

當然是一個人。

團頭似是鬆了一口氣，但兇焰仍是不減。

他有些心虛的看著這位十歲小童。

這小孩告訴了他一件天大的事：廣東南海團頭被殺，還是自家人殺的，依丐團規矩，殺自家人是要償命的。

如此一來，連坐的人一定越牽連越多，丐團菁英便要凋零了。

如果有人不服規矩，廣東二十四丐團真要大亂了。

死一個人或一群人？

張瑰吉不由自主的抖了一下。

他看過這種眼神。

老叫化也曾經用這眼神看他，然後還差點勒死他。

張瑰吉的身體內部生出一股冰樣的氣流，他開始寒顫。

這次他不再遲疑，他決定採取主動。

他踱上前去，握著江寧團頭的手。

正當團頭驚愕的看著他時，他已經以宣布似的口吻，說出如下的話：「你不會殺我。」

團頭不愧是團頭，他臉上的表情肌連一粒塵埃都沒去擾動。

「因為我對你很有用。」張瑰吉說。

「哦？」江寧團頭饒有興趣的笑笑，「你倒說說看。」

「我看見一件事……待會兒有兩個人進來，一位在喘氣，一位手上拿了隻山雞。」

團頭皺了皺眉，忖道：「這小子在胡謅什麼呀？」想著想著，他的手中已暗暗扣了枚毒針，眼神飄向張瑰吉耳下脈搏鼓動的位置。

「團頭！團頭！」一把蒼老的聲音闖了進來，傳來四隻腳不規律的合奏。

那位呼叫的老者停下腳步，不住的喘氣。

另一名青年笑著臉上來，兩手把山雞示了一示：「好不容易捉到野味呀，今晚有好東西下肚了。」

團頭的臉色變得很難看，兩眼瞬間爬滿血絲。

他猛地轉頭直瞪張瑰吉，好像要把他瞪得連油脂都要逼出來似的。

張瑰吉接著說：「是那位爺爺捉到的。」

團頭仍是瞪著他。

「咦，這小哥兒怎地知道？」那老者道。

團頭的臉色已經無法再難看了。

※※※

江寧府城四面有河水包圍，其中有一條小橋，很是古舊，原來的石材已染上層老苔，被苔蘚溶成坑坑洞洞，顯現奇特的棕色。

這道橋，當地人不稱其名，只稱「鐵橋」，因為它的顏色就像是鐵鏽。

從那一天開始，橋頭便坐了個孩子，坐在草蓆上，身邊還撐了把遮陽大傘。

每日中午，會有一兩名乞丐來照顧他，給他送吃的，或陪他聊聊天。

更奇的是，孩子身旁立了一塊木牌，寫了「直斷」二字。

那天，江寧團頭忽然萌生一念，把張瑰吉交給前來獻山雞的叫化，囑咐他們照顧。由於是團頭交代的，二人自不敢怠慢。

日子稍久，他們也知道了張瑰吉的本事。

「這小娃兒，只要開口幾句，大把銀子便往腰裡去了。」老丐道。

反正張瑰吉也不是沒這麼做過。

他們把他好好整理了一番，在最多人來來往往的「鐵橋」旁為人斷命。

有時，團頭會把張瑰吉叫去，問他一些事情。

那當然是在他要下決策的時候。

不知不覺中，他已經被人冠上了一個名號，叫做「張鐵橋」。

神算張鐵橋。

人們聽他的口音，知道他來自廣南東路。

「南蠻子竟也如此厲害？」

所謂「不脛而走」，正好可以用在他身上。

他的聲名隨著漕運的河道播散，傳到江寧府以外的世界去。

連東京開封府的貴人也因為他而造訪江寧府，求問吉凶。

他生命中動盪的十年終於過去，又經過了只有小風小雨的二十餘載……

說了這麼久，雲空到底哪去了？

且慢。

※※※

往日橋頭的小孩，現在已經不再待在鐵橋那兒了。

他現在的脾氣可怪得很。

他定了兩條規則。

第一，他不想看的人，不看。

第二，他只看想看的人。

說起來，沒必要定兩條的，一條就夠了。

可是他說：「想與不想是兩件事。」

就算他有道理好了。

現在想要找他可不簡單了，你必須要先給丐兒們酬勞，待他們帶你去找到他了，才知道他要看你不看。

張鐵橋這麼做，是有不得已的苦衷的。

※※※

那一天，街上出現了一位道士。

道士不胖不瘦，兩頰泛紅，皮膚白皙，完全看不出年紀，身上的道袍不華麗，卻隱隱泛現光華。

他臉上露出輕蔑的笑容，似乎對周遭的一切都十分不屑。

他的頭沒有轉動，眼神卻在到處搜索著。

只見他嘴角一動，拉住一名叫化子。

「張鐵橋呢？」

叫化子先是吃了個驚，待明白怎麼回事時，便愉快的笑了起來，伸手道：「請先可憐可憐我這叫化吧……」

道人應道：「好哇。」話猶未完，便把叫化的手臂扭脫了臼。

叫化發出慘叫，想把手拉走，卻被緊緊扣著了。

叫化的痛號引來了路人，也引來了更多的叫化。

乞丐們組成團體的目的為何？正是為了這種情況而來的。

道士仍然拉著那叫化，冷冷的看著漸漸收縮的圈子，任乞丐們把他重重包圍。

「我，」道士洪亮的聲音，壓倒了所有乞丐的氣勢，「要見張鐵橋。」

話才說完，手中又是一扭，把叫化脫臼的手臂又接了回去，彷彿毫無損傷。

「好啦，這麼多人，不會沒人知道張鐵橋在哪兒吧？」

一名看來有些身分的乞丐道：「儂傷了我們的同伴，那有恁簡單的事兒？」

道士露出無辜的眼神：「可是我又弄好他啦。」

「王八羔子！廢話少說！」說著，叫化們一擁而上，有的掄起打狗棍，有的拳頭直往他身上送。

道士早料到有此一著，立刻腳踏罡步，口中唸唸有辭，也不知唸了些什麼，只聽最後一句是：「急急如律令！」

群丐大喊一聲，紛紛翻倒在地。

說也奇怪，眾丐倒地之後，竟全身乏力，再也爬不起來，只能癱在地上呻吟。

「夠了，」道士的聲音依舊洪亮，「帶我去見他。」

那名有身分的丐兒好不容易才掙出一句話：「這下……如何帶儂去……？」

道士輕輕放開右手一直維持的印訣，那些叫化才解除了束縛。

那名有身分的丐兒走到道人面前，擺手道：「請。」

丐兒不知此人底細，又見他如此本事，怕再吃虧，只好把他帶去見張鐵橋。

「張爺替不替儂看，還不知呢……」丐兒呢喃道。

「他會的。」道士的語氣說是胸有成竹，不如說是理所當然。

丐兒惱容道：「你不能傷害他，團頭不會放過儂的！」

道士笑笑說：「你們團頭恐怕也活不久了。」

丐兒愣了一愣，想是那道人詞窮，才說出這番話，便也不睬他，兀自大步走去。

道士尾隨著他，穿過幾條巷子，時而鑽入腥臭的陋巷，時而是僅容一人的狹道，如此迴旋了一個又一個拐彎，才來到一個地方。

那地方的土牆霉跡斑斑，門扉歪倒一側，門樑也搖搖欲墜，門前地上有三五處凹陷，積了發臭的泥水。

此處正好在陽光照不到的地方，晦暗不說，還比外頭冷上幾倍。

道士呼了口氣，像是要趕走什麼討厭的東西似的。

他推開門，門不安的搖晃了一陣。

昏暗的室內，有個人斜臥在地上。

「是……」道士睜大雙目，企圖讓眼睛更快適應昏沉的光線，「是神算張鐵橋嗎？」

那人的肩頭聳了聳，慢慢轉過身子，瞥了一眼道人，又再閉上眼睛。

道士注意到，當那人睜眼時，暴露在弱光下的瞳孔亮了一下。
這個「亮」很是詭異，就像野獸在夜裡反光的眼睛一般。
站在道士後面的乞丐說話了：「張爺不想見你。」
道士不理他，跨步上前，在那人身旁單膝跪下。
「我聽說……」道士說，「你是這麼做的。」道士冷不防伸手，緊緊握實那人的手。
那人倏地整個彈起，緊閉的眼睛也彈開了。
他口中發出連續不斷的呢喃聲，全身猶如鬆脫的玩偶般狂抖，嘴唇歪成詭異的形狀，冷汗迫不及待的溢出毛孔，沾濕他的每一根毛髮。
這下道士可看清楚了！
那人年近四十，眼球凸得幾乎要掉出眼眶，臉色潮紅，脖子粗得可說是異常。
依現代術語，他的種種症狀是甲狀腺機能亢進。
看著那人眼中泛著狂亂的神采，道士也不知該如何是好。
忽然，張鐵橋……
不消多說，諸位也知道那人便是張鐵橋了。
他忽然停止顫抖，惶恐的坐起身來，憤怒的瞪著道士。
他這一瞪，眼珠子又在眼眶中滾了一下，道士差點做出要接住它的動作！
「你！」張鐵橋喊道，「究竟何人？」
門口的乞丐忙問：「張爺，有否要我效勞的？」
「你們全滾出去！讓這道長留下！」
乞丐們一聽，起鬨了一下，還是乖乖的把門掩上，回到街市討生活去了。

室內恢復了寧靜，張鐵橋緊繃的神經也放鬆了些，只是手心仍然沁著一層厚厚的汗水。

「你看見了什麼？」道士平靜的問。

「我陷入了一片虛空……我什麼也看不見！」

「你看過這種情形嗎？」

「沒有。」張鐵橋抹去殘留在嘴角的唾液，「通常這表示你立刻會死，所以我看不見你的未來。又或者……」

「或者？」

「或者……你……」他不敢相信，「你到底是什麼人？」

張鐵橋憶起方才所見到的情境，整個人彷如掉入寒冰之水，深深濃濃的恐懼油然而生。

他不像平常一般看見他人的未來，他在這道士身上看見了「空」。

他猶如闖入了一個什麼也沒有的地方，以極大的速度穿行。

所謂什麼也沒有，就是任何眼所視、耳所聞、鼻所嗅全然闕如，一種沒有光線卻不是黑暗，沒有聲音卻非寧靜，萬物不存卻又非空盪盪的「空」。

張鐵橋之所以害怕，是因為好久好久好久以前，他曾經置身於那片空無之中。

「莫非你是勾魂的……」由於甲狀腺腫大，張鐵橋原本講話便非常緊張，表情亢奮，現在心情慌亂，外表更加是駭人了。

道士的嘴角得意的歪去了一邊：「果然，你的神力，對我毫無作用。」

張鐵橋不說話，等他說下去。

「我是人，跟你一樣。」

張鐵橋仍是盡力盯著他。

「不僅如此，還有一點，我倆也一樣。」
「我看不出。」
「我的道號，是『五味』！。」
「五味……五味道人。」
「正是。」道人頗有深意的微笑了一下。
張鐵橋明白了。
他們兩人同列於「四大奇人」之中。
此時此刻，天下四大奇人竟有兩人在這陋巷中聚首了。
一是人稱「西五味」，一是人稱「南鐵橋」。
外頭紛華世界，無人知曉。
這或許是四大奇人中唯一的一次緣分？

【雲空】

五味道人拋下了一個訊息，便飄然離去。
他說：不久之後，有一個道士會來找你。
當他出現之時，便是你身亡之日。
為什麼？張鐵橋問。
因為呀，你本來就快要死了。
你長年累月的，任自己的氣血如此紊亂，毫不憐惜這皮囊，為的是什麼？
你的身體已經被自己破壞得殘缺不堪，全身脈絡無一平順，所以才會有凸眼頸粗的怪病，你是否老覺得身體不暢、氣血凝塞？

是的。

氣不流暢，筋血不行，你已經是半個死人了。

我不怕死。

我知道你不怕，你還記得很久以前的事兒啊。

你早已經歷過許多次的死亡了，所以你不怕。

但是我要告訴你，從今天開始，你不可再替任何人看命，你必須把力氣保留到那名道士來找你為止，才能再次動用你的神力，看他的未來，還有大宋的未來。

大宋的未來？為什麼？

那時候也將是你的最後一次了。

為什麼我要聽你的話？

因為我的話很重要，十分重要，不尋常的重要。

什麼事情可以重要得要我的命？

你這條命可以換來很多條命，值得。

……那道士是何道號？

雲空。

你怎麼知道這麼多？

不瞞你說，你的神力我也有，但不如你與生俱來，我是修行而來的，只是你僅知他人未來，不能反推自己的事，而我是無事不可知，亦不用像你一般大耗元氣，損及自身。

你叫五味道人？

我已經告訴你了。

雲空……張鐵橋喃喃唸著。

不知為什麼，眼前這人所說的話，他完全信服。

而且遵照他的話去做。

※※※

時光荏苒。

時間進入政和七年。

他常常感到心悸，心臟老是沉重的撞擊著胸膛，脈搏的波潮傳到腦子，使得他常誤以為腦子裡有個鑼鼓在鬧。

他會呼吸急促，雖然呼吸得很快，卻又似乎老是吸不夠空氣。

兒時的夢魘又重新回來了。

四周的牆壁似乎有了生命，在暗夜中悄悄逼近，企圖將他包圍、揉碎。

他焦慮的在等待雲空。

他擔心萬一自己等不及就死去了。

雲空，誰是雲空呢？

他已經吩咐江寧府的乞丐，凡是道士，便問他是不是雲空。

政和七年，夏。

江寧府的春意未退，空氣中仍然殘留著些許涼意。

他所盼的雲空終於姍姍來遲了。

雲空大概是經過了長途跋涉，從頭到腳沒一寸不顯露出疲態。

「張爺，這道士說他叫雲空，要找您老呢。」帶雲空來的丐兒正扶著他的肩膀，以免雲空一個不支摔下地。

五味道人預言的人物終於出現，張鐵橋心下一震，端詳了眼前這道士好一陣，只見他已羸弱不堪，眼睛的神采正在消退中，手中仍然死死緊握著一根竹竿，竹竿上繫有一布條，上書「占卜算命，奇難雜症」四字。

「占卜算命？」張鐵橋心中轉了好幾個想法，然後吩咐：「好好讓他歇一歇。」

他很想立刻去捉雲空一把，好瞭解同是四大奇人中的五味道人，為何會特地來通知他這名沒沒無聞道士的出現。

雲空被丐兒們扶著，慢慢的躺去地上，疲倦不已的他還在微微喘氣。

「李大哥，他怎麼會這樣子？」張鐵橋不經意似的問那乞兒。

「不知道吔，我們見他倒在巷子，像是剛剛被人捶打。您吩咐我們見到道士便問道號，我們問明了，就把他帶給您老啦。」

乞兒餵雲空喝了幾口清水後，雲空便席地而坐，慢慢的調息真氣。

張鐵橋在等。

他望著雲空眼角的皺紋，評估他的年齡。

雲空則看著他凸出的雙眼，感受到一股迫人的熾熱。

說起來，兩人的年紀沒差多少，卻都被這個塵世折磨得滿臉盡是老態。

好一會，雲空的臉色才回復紅潤。

張鐵橋氣定神閒的等著他說話。

「我想見你很久了。」雲空說話了。
「哦？」
「好久以前，我從朋友那裡聽過你的事。」
「哪個朋友？」
「赤成子。」
張鐵橋點點頭：「赤成子我認識，六合觀的道士，怪裡怪氣的。」
「我剛從六合觀出來，赤成子沒告訴我，你們都住在江寧府。」
「剛才你被誰人所傷了？」
雲空尷尬的說：「我也還沒搞清楚……」
說著，張鐵橋忽然恍然大悟：「我想起來了！你就是那位道長，鐵郎公的命書！難怪雲空二字相當熟悉……」
雲空笑道：「是我。」
「你來找我，不會只為了看我一眼吧？」
「不是。」
「我看你也是賣卜之人……」
「五術之技，餬口而已。」雲空惶恐的說，「我不如神算張。」
「說啥呀？命理之學我一竅不通，」張鐵橋平淡的說，「還得請教雲空兄能否賜教呢。」
「不敢。」
負責照顧神算的乞丐端來一碗魚湯，讓雲空拿著喝。
「我一生替人預知未來吉凶，憑的不過一點先天奇能，多年來庸庸碌碌，胸無點墨，只是要個嘴皮子。」
「神算張何出此言？」
「有人來告訴我，你來見我之日，便是我的忌日。」
雲空一驚，肉湯中的肉渣翻騰了一下。
「是五味道人親自來告訴我的，我不能不信。」
又是五味？
燈心、燈火大師快圓寂前，五味也曾到寺中去預報死期，引起隱山寺的不安。
雲空心中不得不懷疑，此番五味的目的又何在？
張鐵橋繼續道：「這些日子來，我苦思良久，我這輩子是白活了，不知為何，心中只想對正統命理得知一二……」
「正統命理，多的是江湖賣弄，或是文人舞文弄墨，能窺堂奧者亦是少之又少。」
「雲空兄太謙。」
雲空想了想，便對命理做了個簡要說明：「古人以為天地陰陽運行可暗合於人身，藉天上繁星之運作以推人祿命，便叫『星命』，藉人身形象推命便謂『相術』，藉人出生年月日時四項推斷一生，便是『四柱』。」
「如此說來，我並沒藉上這些東西。」
雲空不懂他的意思。
「我不問人八字，不看人面相，我直接感受人的氣，」他打開手掌給雲空看，掌心線條凌亂無序，彷若被暴力摧殘過的掌紋，「人身上的氣之運行，已暗合其未來。」
雲空也能感受氣，不過對怨氣特別敏感，為了不要對身體造成傷害，不要撩亂自身的氣血，他都借助桃木劍，而非直接用手。

雲空說：「如此道來，你認為人的未來乃完全硬定，絲毫不會改變了嗎？」

「絲毫不爽。」

「冒昧了，難道若人已知未來，也無力去改變，或去避免嗎？因為趨吉避凶才是算命最主要的目的呀。」趨吉，就是迎向好的；避凶，就是避開壞的。

「可以。」

「咦？」

「只是世人不知改命之法其實就只在自身，反而欲求助於外力。」

「反求自身……」

「我曾見有人問去經商成不成？我見到是成了，結果他虧了大錢回來，」張鐵橋搖頭道：「這實在有損我名聲，結果追問之下，才知他在行船去趕集時，到了一處，碰上有人窮得要賣女兒，他買了下來，竟轉手賣給妓館。」

雲空憂道：「這不行呀。」

「可不？也有書生問功名的，我看他榜上有名，但位居末席，結果他竟考到前面的名次！又損我名聲！」張鐵橋笑道：「原來他上京趕考途中，見有孕婦在河邊痛哭徘徊，一時善念生起，上前關心，才知她夫死無依，沒有活計，正想尋死，書生當下把盤纏全數給她，自己半乞討半靠同行友人接濟，才到得了考場。」

雲空頓首道：「那麼命運是可以改變了，既如此，方才我剛問時，神算為何又說不能變呢？」

「原本應成而不成，應不成而成的，皆因有強大的因緣扭轉了原來的路徑，所以說未來可以改變。」張鐵橋睜著一雙駭人的凸眼：「然而，不論中間有多少改變命運的因素干擾了路徑，最後的路徑終究只有一條，所以說未來不會改變。」

雲空沉吟著思考張鐵橋的話。

他也想起燈心燈火大師提示他《金剛經》那一段。

張鐵橋開口道：「你我在冥冥中必有深厚的緣分，我早在多年前為鐵郎公推命時就看見過你，五味道人又特別要我保留氣力等你出現，你必非常人，你身上必有非常之物，所以請說吧，今日欲問何事？」

雲空有些躊躇。

他記得燈火大師曾警告他：當他動念想起神算張鐵橋時，就已經害死張鐵橋了。

雖然不明白師父的意思，但他很在意那句話。

「我想知道，我的未來有何劫難？」

張鐵橋端正了坐姿，伸出厚實的右手掌。

雲空望著掌心上紛亂的疤痕，遲疑了一下，才把手伸向張鐵橋：「有勞張兄了。」

「有勞……」張鐵橋仰天茫然了一陣，再重重的嘆了口氣：「別忘了替我收屍。」

張鐵橋那句話正好擊中他的心坎：「神算何出此言？」

「這是五味道人說的，雲空現身之日，就是我的死期，不管你我願不願意，我都免不了一死。」

「你為何那麼相信他呢？」雲空急道，「你難道不能看見自己的命運嗎？」

「是的，我不能，」張鐵橋笑道，「我試過很多次了。」

「那……那……」雲空舌頭打結了，「你也說過，命運是可以改變的。」

「除非有強大的因緣。」張鐵橋不再多言，一把握著雲空的手，「別擔心，其實我並不怕死。」

他預期會有一股力量沖入他的手臂，命運強大的人則有強波，庸碌之人則有弱波。然而，雲空那邊什麼也沒有流過來，反而有一股推力要將張鐵橋的手推開。

「怎麼回事？」張鐵橋很困惑。

他再加一把勁，結果那股推力更加強烈了。

張鐵橋心中突然生起一陣恐慌。

有一股他無法瞭解的力量，不願意讓他看見雲空的命運。

「罷了，罷了……」張鐵橋甩開雲空的手，感覺心臟都要跳出來了，「我從來沒遇到過……」

「怎麼了？」

「我……」張鐵橋似乎很累了，神情中掩不住失望，「我看不見你的命運，它拒絕被我看見。」

「怎麼會呢？」雲空也不禁望了望自己的手。

「以前看五味道人時，看到的只有空無一片，至少還有空無……你的情形跟五味道人有異，連看也看不見。」

「這種情形你遇見過嗎？」

「從來沒有。」張鐵橋搖頭：「你究竟是什麼人？」

「你這麼一問，我也有興趣知道了……」雲空向來認為自己不過是個命運多舛的凡人，一切只怪命運不好而已，從來沒想過還有其他可能。

「好了，依照五味道人的要求，現在要看大宋的前程了。」

「為何要看大宋的前程？」

「他要求的，而且要在你面前看。」張鐵橋說完這句話，立刻露出不捨之色，眼神中流露出淡淡的哀傷。

坐在旁邊的雲空，竟也莫名的傷感起來。
大宋的命運，該怎麼看呢？
「我要看大宋的前程。」他再重申了一次之後，便捲起袖子，露出兩臂。
江寧府一條不起眼的小巷裡的陋室之中，頓時充滿了沉重的氣息。
他將兩隻手掌小心翼翼的放置在地上。
雲空忽然領略到會發生什麼事，要衝上前阻止：「不，不可！」
張鐵橋的掌心一碰觸到地面，眼前立刻有電光亂閃，一股渾重的氣由地面直接灌入手臂。
他知道他在狂叫，但他聽不見自己的聲音。
那股氣毫不憐憫他，拚命灌入其五臟六腑，他只覺體內一片混亂，內臟像波浪般翻滾，血液在血管中狂奔。
雲空跑上前，想把張鐵橋的手從地面拉開，沒想到才剛碰到他的皮膚，雲空便整個人被彈開，撞上旁邊服侍張鐵橋的兩個乞丐。
兩個乞丐嚇得不知所措，他們看見雲空的情況，更加不敢上前，趕忙躲開遠遠的。
雲空驚視張鐵橋所有的肌肉像蠕蟲般不規律的收縮，汗水由毛孔直直噴出，沾濕了他的衣袍。
他的耳膜在一陣劇烈的跳動後，爆穿了一個大洞，只覺腦子通了風，盡是暴風在腦漿中吹襲。
他感覺到前所未有的狂暴。
他的身體在一點一點的消失。
因為他感受到的不是一個人的命運，而是一整片土地的命運。
他看見他看見十二年後，很多人車湧至江寧府，每個人都風塵僕僕，落魄萬分，而江寧府的名稱，被改成了建康府，成為大宋的行都。

他看見他看見胡人進入建康府，又看見一名俊秀的將軍奪回建康府。

他看見他看見全國陷入巨亂，連皇宮都不保，華美的東京化成廢墟，皇族被擄，女子被胡人佔為奴隸。

他還看見很久很久的幾百年以後，江寧府真正變成國家京城，被稱為南京，然後又再陷入戰燹，成群奇裝異服者闖進城門，連續不停的燒殺，無止無休的姦淫擄掠，血流成河，屍骸成山。

他看見太多，而他微小的身體根本負荷不了這麼沉重的時間之流。

他已經擺脫不了那股氣了。

經脈和血管再也乘載不了洪水般的氣，滿漲的氣找到出口，自身上的每一個毛孔射出，三萬六千道尖銳的氣流，將他的衣服碎為齏粉。

他的眼珠子被氣沖脫，飛射而出，在土牆上撞成稀爛。

但是，那股暴流仍自大地不斷的湧入手臂，將他的肌肉撕開，把他的血管擠裂。

他終於明白五味道人的用意，他必須告訴雲空一件事，一件在時間上最接近的事……他盡力集中心神，恢復自己的意志，控制自己的喉嚨，拚命擠出了四個字：「大宋必亡！」

地面上的土沙倏地飛升，一粒一粒的飛射上去，衝破了屋頂，頓時瓦片嘩啦嘩啦落了一地。

他再奮力的擠出一句：「金人滅宋！道士亡國！」

「什麼？」在一旁看得驚愕不已的雲空，此時更為吃驚，「誰亡國……」

張鐵橋的肋骨忽地全數碎裂，令他頓時失去呼吸的能力。

他的心臟再也承受不住，一聲巨響下，碎成稀爛。

他的脖子忽然暴長，在空中扭轉了數圈。

張鐵橋終於撲倒在地。

但是那股氣仍舊不停的鑽入手臂，使他那條裂成一條條的手臂還在不斷抽動。
張鐵橋死了。

※※※

當消息傳到江寧團頭耳中時，已經是一個時辰後了。
「阿吉死了？」團頭整個人崩潰了。
多少年來，丐團多少大小決策，團頭都要借助他的力量，以知道決策進行後的結果。
張鐵橋一死，團頭宛如斷了線的玩偶，瞬間軟倒，癱坐在地。
但他畢竟是團頭，很快又恢復了冷靜：「他因何而死？」
丐兒將經過大略陳述了一遍。
雲空。這是他聽到的一個名字。
雲空是誰？

※※※

斗室的屋頂穿入了大片陽光，使室中增添了不少活力。
室中的地面，支離破碎的屍身還在抽動。
張鐵橋的嘴巴大張，舌頭伸出來曬著陽光。
他的血澤吸收了陽光的熱量，水分正緩緩的蒸發著，血水漸漸凝成黏漿。
而雲空，早已不知去向。

【典錄】團頭

看多了武俠小說的讀者，想必奇怪〈神算張鐵橋〉中的丐團領袖為何不稱「幫主」，而叫「團頭」呢？事出必有因。

最早提到乞丐組織的書，大概是明朝馮夢龍的小說集《喻世明言》卷二十七中的〈金玉奴棒打薄情郎〉，文中的金玉奴正是乞丐們的「團頭」金老大之女，金老大乃杭州世襲七代團頭，管一城乞丐，故事發生在南宋，且這篇明朝小說其實源自「宋元話本」（話本＝說故事的稿子），所以想來北宋的情況也相去不遠。

宋代的市肆是以「團」或「行」為單行，「行」有魚行、菜行等，其頭目就稱「行老」；「團」有花團、青果團等，頭目即「團頭」，一如今日之同業公會。有些沒團行組織的行業，例如活躍於其中的乞丐們就借用了這個單位劃分地盤，而他們共同的領袖就叫團頭了。

武俠小說中的全國性乞丐組織，想來在交通不發達的古代不太可能出現（即使今日也不可能有全國性的黑幫），那個時代應該只有地方性組織而已。即使到了清末民初，也依舊是地方性組織。

如清代以縣為單位，管乞丐之行幫首領稱「丐頭」，多是黑幫、地痞流氓或仗衙門勢力當上的，以「杆子」（打狗棒）為權力象徵。他們有完整組織，新乞丐一定要先報到，平日乞取所得要交部分予丐頭，常受丐頭剝削，不過也換來丐頭的保護。

清末民初的丐團組織，較大型的有京城「藍杆子」（貴族乞丐）和「黃杆子」（普通乞丐）、山東寧津縣「捻子」、吉林海龍的「大筐」和「二櫃」、內蒙古「粱山」等等，即使今日大陸，也還有這類丐團組織的存在。

之十九

秀文潤

政和七年（一一一七年）

始皇二十八年。

只不過兩年前，他的將領王賁滅了齊國，十年的戰事結束，諸侯不復存在，中原統一。統一後，他才開始使用「皇帝」這個稱呼，自稱「始皇帝」、「朕」。

所以說，這年不該是始皇二十八年，而是始皇三年才對，因為在這之前，他是稱為「秦王」的。

無論如何，我們只好參照史書的叫法，始皇二十八年就二十八年吧。

六國中，最遲收入秦版圖的是東方，在統一之前，嬴政早已巡視過其他地區，如今東方既然平定了，他也該往東巡巡才是。

他從首都咸陽往東出發，一路上樹立石碑，記念自己的功績。

好不容易終於佔有了東方，他一定要到天下群山之首——泰山去封禪，以示自己成為天下人主。

他還要到東海去，觀看貧瘠內陸的秦國絕對看不到的大海。

他心裡醞釀著一個大計畫，跟他過去所有的大計畫一樣，是他的列祖列宗們都無法想像的，就和他修長城、築阿房、建驪山的狂想一般狂野：他要派齊人徐福入海求仙。

齊國面臨東海，自古流傳海上有仙島，自從兩年前滅齊後，他馬上派人接觸當地方士，尋找適合的方士著手尋仙計畫。

嬴政坐在車中，由大批的衛士擁護著，沿黃河東行。

他的心並沒被搖動不休的車駕擾動，因為他在思考著很多很多的念頭，這些念頭比車子晃得更厲害。

在萬般思潮翻騰中，車駕停了下來。

他似是忽然回過神來，雄鷹般的眼神回到臉上。
嬴政端正好坐姿，等待侍從來報告。
「報！」車駕外傳來侍從的聲音，隔著布幕，顯得比原本的嗓音稍微低沉了些。
「何事？」
「東郡郡守求見。」
「哦？」嬴政撥開布幕，「東郡到了？」
他看見車駕外站了一位官員，恭恭敬敬的站著。
「有事報告麼？」
「稟告皇上，本郡落有隕石，上面有讖言……」
嬴政瞄了眼郡守衣著的下襬，知道裡頭的腿在發抖。
「讖言？」
「是，臣不敢不稟報。」
「寫些什麼？」
「臣……臣……」那郡守結巴了起來。
他早就在考量該不該說才好，稟報會惹來殺身之禍，不稟報也會被其他官員告於欺瞞之罪，照樣殺頭。如今到了皇帝面前，在萬分恐懼中，先前的說辭全都忘光光了。
「說。」嬴政輕輕的說。
這輕輕的一個字之中，充滿了血腥殺戮之氣。
郡守已經軟了腿，一個不小心撲倒在地。
「皇上。」侍從步上前來，要求指示。

「叫他帶路。」

不遠處一小隊兵卒急步趕來，為首的是郡尉，他向嬴政報上身分之後，便領兵在前開路。

「傳郡守。」嬴政召喚侍從吩咐道。

郡守惶恐的又趕來了，立即跪在地上。

「你是東郡郡守，」嬴政慢吞吞地問，「郡尉也來了，監御史何在啊？」

原來每郡設三名主要官員，郡守管政事、郡尉管軍事、監御史管監察。

郡守很快的回道：「他正守候在隕石那裡，免得被刁民弄壞了。」

嬴政看了看天：「好。」

他剛剛饒過了監御史一命。

※※※

東郡本來是魏國土地，更古以前叫兗州，秦王五年時才置郡。

算來，征服魏國也有二十五年了。

那裡的魏人馴服了嗎？

嬴政心裡不無疑慮。

他下了車駕，在一大群宦官、文官、兵卒保護下走向隕石，彷如拖了一條笨重尾巴的巨龍。

隕石不大。

甚至不像隕石，跟普通岩石沒兩樣。

嬴政困惑的看了許久，也無法確定什麼。

他繞到另一面，終於看到了所謂的讖文。

他的嘴唇微微動著，默唸隕石上的異國字體。

「始皇死而地分」

隕石讖文如此寫道。

「郡守！」

「是。」郡守跌跌撞撞的從人群中擠出。

「這是什麼文字？」

「臣……臣不知。」

「這，非朕大秦文字！」嬴政咆哮了起來，「二年前已統一文字，而東郡為秦土又已二十餘年，此隕石文字為何不是大秦篆文？」

「臣……隕石乃從天而降……」

「天！是大秦的天？是魏的天？」嬴政拔出了腰際長劍，「這讖文是魏文字，分明是有人謀反！假傳天意，刻文字於隕石！你身為郡守，如何不察知謀反情事?!」

郡守已經說不出話來了，有如生病的老狗蜷曲在地上，發著抖。

「郡尉！」

「是！」

「你放眼看看，這四方有多少人家？」

郡尉如言顧望四周：「有幾十戶……」

「殺了。」

「皇上……？」

「全都殺了。」

郡尉怔了一怔，才揖手道：「是。」便回身領兵去了。

他知道，詢問理由是多餘的。

嬴政聽著四野的風，傳來隱隱約約的哭號慘叫。

他皺了皺眉：「郡守。」

伏在地上一動也不敢動的郡守，立時一身冷汗：「是，皇上……」

「燒了這塊石頭。」

※※※

東郡郡尉忙著殺人，沒注意後方的林子。

林子裡躲了一男一女，他們驚恐的緊擁在一起，看著發生在眼前的屠殺。

他們看見兵卒闖入他們各自的家，手執染血的兵器離去。

頃刻之間，他們的父母、家人、每日打招呼的鄰人、兒時玩伴、醫病的巫者，全都在沒有被告知原因的情況下被兵卒殺死。

男子感覺到那女子在他懷中抽泣，下意識的撫了撫她的秀髮：「簡妹，好妹子，莫要哭，被聽到便糟了……」

一直到兵卒們列隊離開了，四周才回復了寧靜。

他們倆手握著手，驚怕的環顧周圍，搜尋兵卒的蹤跡，擔心一不留神便沒了性命。

「走了……」男子呢喃道。

「真的走了……？」

「簡妹，」男子悄悄說，「先去妳家瞧瞧。」

兩人小心翼翼的踱出林子，攜手奔向女子的家。
不需多說，兩人的父母家人，全都橫七豎八的倒臥在地，一個不存。
女子驚愕的看著母親脖子上深深的裂口，連七歲小弟也被斬掉了頭，頭顱還不知滾哪兒去了，地面鮮血橫流，爐灶剛起了火準備要做飯，水才剛沸。
他們正好相約到林中敘情，才僥倖逃過的。
簡妹不知該恐懼好，還是悲痛好，看著地上猶有餘溫的屍體，倒是自己比已死的人們更快的冰冷了起來。
他們沒機會問為什麼，為什麼禍事突然而至。
「聶良……」她輕呼男子的名字，好確定他是否還在身邊。
她感到一把溫暖的大手包緊了她的手，心裡的沉重似乎剎那輕了好些。
聶良冷靜的走到屋角，取出麻袋，裝了些乾糧、菜籽、穀種、油脂，還沒忘了火石和刀具。
他把東西負在肩上：「簡妹，走吧。」
「去哪兒？」
「哪兒都好，這裡不是生人該住的地方了。」
萬一官府發現這裡還有活人，說不定會再派人前來翦除。
說不定會派人來重整田地，移入新住戶。
說不定的，誰也說不定。
聶良拖了簡妹的手，急急竄入林子。
他們盡可能快速的走。
簡妹平日在田裡作活慣了，腳很能跑。

兩人一前一後，時快時慢，走到日影西斜了，才敢喘口氣。

這下一放鬆，悲痛才有時間湧現。

他們在溪邊放聲大哭。

空曠的山澗，被響耳的哭聲侵佔了，清澈的流水也忍不住添上幾分哀傷。

山澗很快蒙上了一層黑暗，夜已來臨。

他們哭累了，身子又因為太悲痛而感覺軟酥酥了，只好昏昏沉沉的睡去。

陪伴著他們的，只有潺潺水聲，和夜裡不時傳來的夜貓子啼。

山澗是如此的安祥。

天空的星斗轉了近半個周天時，山澗的蟲聲、夜貓子啼忽然靜寂了下來，露水開始找地方凝聚了起來。

聶良被露水冷醒了。

他的衣服已經沾滿了晨露，被堵塞的毛孔感到不太舒暢。

他睜開眼，晨曦微醺的模樣映照入眼，一如每一個早晨。

聶良心裡咕噥著：「幹活去……」他還納悶著，平日大早的飯香呢？難道娘未起床不成？

他猛地驚醒，憶起了昨天的事。

一切已經不同了。

他的生活已經發生了天翻地覆的大變化。

他所熟悉的人，此刻正在逐漸敗壞中。

他所熟悉的地方，也不能回去了。

他轉頭看見簡妹。

簡妹弓著身子沉睡，也在冷得哆嗦。
一道耀眼的晨光抛照在她身上，挑起了一絲少女的嫵媚。
聶良不禁感動。
他張開兩手，摟著簡妹，把自己的體溫傳給她。
簡妹似睡似醒，扭動了一下身體。
聶良看得發愣，忍不住將唇貼到她的唇上。
這一下，他啟動了自己以往起過的無數念頭。
不知為何，簡妹這次沒有拒絕。
他們高昂的情緒令露水畏懼，將露水的寒意驅逐得一點不剩。
太陽還未烤溫周圍的空氣，他們便已經烤暖了土地。
山澗的清晨有著平日從未有的聲音，交織了慾念、歡樂和痛楚，趕在大地甦醒之前，注入了無盡的生氣。
當太陽完全披照上這處山澗時，在澗邊濃綠的草地上，纏綿才又再回復了平靜。
聶良的汗水滴在簡妹白皙的皮膚上，再滑下了草葉中。
簡妹半瞇著眼，緊抱著他，聽著他興奮過後的喘息聲。
新的一天來臨了。
她這麼想。
她仰望輕輕飄動的雲朵，心裡頭空盪盪的。
好一會，她才緩緩坐起，撥去身上的草葉和泥土，拖了一件衣服，走向清澈得不可思議的溪水去。

要不是溪水在流動，還真是透明得令人以為空無一物。

她步入水中，一面清洗下身，讓冷冷的水掩去她的痛覺，一面觀望四周的景致。

四面全是山石。

一條細細的瀑布翻下小岩山，一頭竄入小池，成為溪水的源頭。

這被小山孤立起來的地方，長滿了各種草木花叢，透入耳中的，惟有水聲，連風聲也沒有多少。

簡妹吸入一口沁涼的空氣，滿意的笑了。

聶良正坐起了身，痴痴的看著她光潔的胴體。

「聶良喂。」

「咦。」

「你沒有住的吃的，怎麼接我過門哪？」

「這好辦，」聶良笑道，「我這便蓋房子去。」

※※※

宋，政和七年，夏。

江寧府的丐團團頭發下命令，要乞兒們搜尋一個叫「雲空」的道士。

雲空彷彿從地面上消失了一般，竟沒個乞兒再見過他一眼。

天下乞丐多如牛毛，是尋人的最佳眼線，雲空竟逃得過他們的目光。是何道理？

沒有道理。

雲空的確消失了。

那天大清早，他被半成子攻擊過後，奄奄一息的倒在街口。

他被一名乞兒見著了，帶到神算張鐵橋那兒去，不想張鐵橋竟慘死在家裡。又受重傷又受驚嚇又疲累得半死的雲空逃到街上，再度仆倒在地，此時張鐵橋暴亡的消息尚未傳到江寧團頭耳中……

過不一會，他迷迷糊糊的感到有人將他扶起。

在矇矓中，他看了那人一眼，認出是赤成子。

雖然早晨的光線不很充沛，赤成子那張鬼魅般的臉孔也不難認出。

赤成子不發一言，俐落的把雲空帶到巷角，為他調息一陣之後，輕輕拍打他的背部：「雲空，聽見我說話吧？」

雲空衰弱的點點頭。

「待會你不要說話。」

赤成子將雲空翻了個身，把他整個人揹在後面。

他來到城門，對門卒支吾了一番，道是背上有個病人，要揹到郊外的大夫那裡去。

就這樣，兩人出了江寧府，一路往城郊走去。

赤成子漫無目的的亂走，他懊惱著師父傳下的書，全被師弟半成子給竊去了，一時不知該如何才好？

他責怪自己太大意，居然看輕了半成子，才被他有機會攻擊，令他暈眩了一陣子。

師父也不知在書中寫了些什麼，萬一被半成子學去害人就不妙了。

應當如以前那本刀訣一般處理。

——燒了。

他心中亂得很，但體內小周天已被師父啟動，力氣倍增，也不覺雲空在背上會沉重。
他想起是該替雲空療傷了。
赤成子瞧了瞧四周，想找個好地方放下雲空。
他的視線驟然被眼前的景色怔住了。
好靈的山，好秀的水！
眼前亂山紛起，團團的圍住了一片蒼翠。
高低不齊的樹，在小溪前空出了一片草地，長了一簇簇豔麗的野花。
小溪緩緩流著，水聲彷如迷人的天樂，拍擊出清靈透心的節奏。
而且這裡很涼快。
「現在是夏天，」赤成子沒有忘記，「酷夏。」
方才他踏出城門時，雖然只是清晨，吹來的風也帶有股煩心的悶氣。
可是這裡的確很涼快。
是因為山嗎？水嗎？
他邊欣賞邊走，耳中聆聽細碎的鳥聲，心中坦然。
「雲空，你聞到嗎？」
「唔……」雲空不舒服的應了一聲，他所受的內傷使他老是覺得肚腸在翻動。
「這裡很舒服。」
「唔……」
「我從來沒有見過，如此美的地方。」
「唔……」

「原來唐人詠山詠水，詠了多少詩，竟然真有如此秀色。」

「唔……」被他揹在背上的雲空想要罵人了。

他無力的吸口氣，罵不出來，只好放棄。

「嘿，那兒有房子。」赤成子加快了腳步。

房子在一小片開出的空地上，用草木、泥巴簡陋的蓋起來，塗成土壁的泥巴中，還混有乾草和花瓣。

赤成子把雲空放下，讓他坐在屋角，才探頭進屋中瞧瞧。

「打擾了，」他少有的禮貌說，「外頭有病人……」

他頓住了。

屋裡有一個人。

他頓住的原因並不是因為屋裡有一個人。

而是那個人坐在一張草蓆上，獨自哼著歌，手還在膝蓋上輕打著拍子，卻甩都不甩他一下。

「打擾了。」赤成子加大了音量。

這下子，那婦人才停止了哼歌，張大了嘴巴，驚訝萬分的看著他。

赤成子知道自己的長相很嚇人，臉上沒有一根毛髮，簡直就是不小心生了一層皮膚的骷髏。

為免婦人受驚，他一改以往冷峻的臉孔，放軟了語調：「外面有……」

然後他說不下去了。

因為那婦人已經走到他跟前，竟伸手撫摸他的臉，顫抖著嘴唇：「天啊……天啊……」

赤成子錯愕的被她撫臉，整個人竟僵住了不敢動。

婦人的口音不同，照理這裡應該離江寧府沒多遠，口音應該差不遠才是。

「天啊……」她欣喜的笑著，眼角還泛有隱隱淚光。
「赤成子……」門外傳來雲空好不容易才硬擠出來的聲音：「你到底救我不救？」
赤成子別開了臉，退後了兩三步：「這位娘子，有人受傷了，正在您屋外。」
「還有一個？」她更高興了。
「是的。」赤成子心想這路頭不對，恐怕是家黑店。
「失態了，」婦人抹了抹淚水，抱歉的笑笑，眼神仍舊盯著赤成子不放，「我有二十多年沒見過外人了。」
赤成子側頭想了想，問道：「對不起，貧道不明白您的意思。」
「貧道……」婦人好奇的說，「什麼叫貧道啊？」
赤成子是很討厭向人解釋東西的。
「外頭的人正傷著，請娘子先幫忙救救才好。」
「也好，也好，反正人來了，不急不急。」
赤成子呼了口氣，很煩的甩了甩頭，咕噥道：「我怎麼這麼好脾氣呀？」
婦人看著他將雲空扶進屋裡，掩不住臉上的欣喜：「你們叫什麼名字呀？」
「我是赤成子。」他不再用「貧道」了，「他叫雲空。」
「盡是怪名字呢……」
「是怪。」
「怎麼會受傷的？」
「被人打傷。」
「哦……這好辦……」婦人說著就走出門外了，「你們且等等哦。」

赤成子聽她哼著小調走了，不禁茫然了一陣。

他乘機好好的端詳小屋內部，簡單的家具，加上滿牆掛著的乾花束、各種漁獵用具，可以看出主人活得十分悠閒。

「雲空，這裡是個活著的好地方。」

雲空沒力回答，他不但痛，還餓得很，今天他只在張鐵橋那邊喝過一碗魚湯而已。

他們沒等多久，那婦人便拿著一束草草葉葉回來了。

「這些藥草很有效的……」她將藥草放在桌上，將水燒開了，開始替雲空療傷。

赤成子見她手法純熟，大概是平日常常這麼做？

那婦人把燙熱的藥草覆在雲空的瘀傷處，只沒多久，雲空頓感全身舒坦了不少。

「我兒子常常受傷，這樣子上藥就很快好了。」

「你有兒子？」赤成子隨口問道。

「還有個女兒。」

「真好啊，」赤成子淡淡的說，「一男一女正好呢。」

「還不錯。」婦人忽然隱隱的露出一點傷感。

「娘子住在這裡很久了嗎？」

「二十多年了。」

「娘子剛才說，二十多年沒見過外人……」赤成子默默運息，準備好發動攻勢。

他有著滿心的狐疑，他很懷疑他所在的是什麼地方。

是狐窟？是鬼妖？是黑店？

或是任何危險得足以威脅生命的地方？

萬一婦人有任何不利於他的行動，他還是會毫不遲疑的出手的。

婦人笑笑說：「別再叫我娘子娘子了，這叫法亂怪的，叫我簡妹好了。」

「簡妹。」

「你是赤成子，他叫雲空。」

「簡妹記性好。」

簡妹微笑頷首，又走出去不知幹什麼去了。

赤成子呆了一陣，有點不知所措。

「赤成子……」雲空比較有力氣說話了。

「啥事？」

「別亂來，她沒有妖氣，她是人。」

「嗯。」赤成子仍然望著門外，看著簡妹先去倒水，然後又開始劈柴。

赤成子慢慢的走過去，輕輕拿過簡妹手中的柴刀：「我幫妳。」

※※※

住了幾天，雲空也可以行走了。

他們也知道，這小屋只有這婦人跟她的兩名子女而已，附近不見半戶人家。

簡妹的兒子年紀較長，名叫「盛」，女兒即「豐年」。

「盛」和「豐年」看來都是二十歲上下，他倆每日晨起耕種，有時也打魚，或網獵一些小動物，說是日子寫意，也是太過平淡。

淡如水。

或許這地方的靈氣夠旺，雲空的氣色竟比受傷前更佳了，臉色一反往日清瘦，漸漸紅潤了起來。

精神好了之後，意識也較清楚了，副作用是：覺得空閒太過，時間也難熬了起來。

雲空終日無所事事，不想再打擾人家，便想邀赤成子一同告退。

他也發現到，這幾日來，赤成子總是大早就不見了人影，留下他和那名叫箇妹的婦人守屋。

雲空想在離去之前，到附近逛一逛，順便找找赤成子跑哪去了。

他跟箇妹說了聲，就踱出門去，隨意走走。

他有心又無意的欣賞四方山色，這才驚喜的發現，幾乎兩眼所能見到的，都是美。

哦不，或許一個美字無法盡情的形容這片景致。

他貪得無厭的欣賞著，只覺以往所到過的大小名勝，都遠比不上這方山水。

「天工開物，鬼斧神工也造不出呀。」他自言自語道。

出來江湖行走快十五年了，以往鬱鬱的心情早已轉為世俗的性情，生活只好像是吃、穿的欲念在騷動著，人也別無所求。

此刻不必擔心沒錢、不擔心沒得吃，他才可以好好沉浸在這片山水之中。

正當他陶醉著，赤成子驟然鬼魅似的出現了。

赤成子一出現，便是食指靠在唇上。

雲空大疑，不知此人又在幹什麼了。

他老覺得赤成子鬼鬼祟祟的。

赤成子招手要他跟著，他只得尾隨他鑽過林子、跨過小溪。

赤成子一句話也沒說，雲空也不問他，只等他自己開口。

來到一處小山澗，赤成子示意雲空躲在樹後，並用手指指下方的小河。

雲空順著他指的方向望去，看見小河岸邊一塊突出的岩石上，坐著一名赤裸的男子，而男子的腿上，又坐了一名赤裸的女子。

女子紅著臉，眼睛陶醉的半閉著，正激動的抽動著身體，山澗裡迴盪著兩人亢奮的喘息，任誰也明白他們在做什麼。

雲空正想開口，赤成子立刻指向四周圍的山地，雲空明白他的意思：這裡回音很大。

兩人看了一會，悄悄的離去。

※※※

「那是盛和豐年！」雲空說，「他們是兄妹！」

「我知道。」

雲空和赤成子坐在沒有回音的樹林中，這時候，赤成子打算理出一條頭緒來了：「我把這些日子來的事，好好分析一下。」

「你說。」

「你在調養期間，我把附近全走完了。」說完，他就看著雲空。

雲空不自在的問：「怎麼？」

「你向來很細心，難道沒發現我講了什麼？」

「什麼？」

「我說我『全』走完了。」

赤成子調整了一下坐姿，冷眼看望四周：「這地方走不出去，無論你怎麼走，都還是在裡面……你瞧，四面是山，這裡簡直就是被山包圍的絕境。」
「你說這裡走不出去？」
「也走不進來。」
「我不懂，我們就進來了啊。」
赤成子用手點了點太陽穴：「我們剛來到時，我把你放在門外，你聽見我跟簡妹的對話嗎？」
「沒有……我那時在忙著生氣，不知道你為何磨蹭了這麼久。」
「簡妹她說，她二十多年沒見過外人了。」赤成子強調，「我們是她二十多年來，唯一見到的外人。」
「這到底怎麼回事？」
「我把你從江寧府揹過來，並沒花了多少時間，這裡理應離江寧不遠才是，不可能不見人跡。」
「簡妹有兒女。」雲空忽然發現了什麼似的。
「所以？」
「她不可能自己生出一對子女來。」
「可是她的子女，可以再生出子女。」
「這件事……」雲空憶起了方才的光景，不禁身體發熱。
「雲空，我相信這是一個封閉的空間，」赤成子道，「他們自幼就沒見過外人，他們這家人便是全世界，這個世界需要人、需要子孫的繁衍，這是『道』。」
「這是道？這是什麼道？」
「天地萬物之道。」赤成子正色道：「天牡地牝，天雨地澤，你知道的。」
雲空大大嘆了口氣，垂頭道：「這個天地可真是小啊。」

「外頭的天地也不算大。」
忽然，兩人的肚子不約而同傳出咕嚕咕嚕的聲音，打斷了思潮。
赤成子難得的露出笑容：「唉，寄人籬下。」
是午飯時間了。

※※※

五人圍坐在地上用飯時，雲空偶爾會用眼角瞄一瞄豐年和盛。
說真的，豐年要是在外頭的世界，她會知道自己有多美的。
她全身上下不含一絲造作，全然是原始的樸野和活力。
雲空一看見她，就不禁想起剛才看到的情景。
他們兄妹兩人看來沒任何不自然，沒特別親密，也沒特別迴避的樣子。
「雲空，」雲空告訴自己，「忘掉你所學到的規則，你以前所知道的在這裡不管用。」
他算是暫時說服自己了。
午飯快結束時，赤成子說話了：「簡妹，要多謝妳這些日子來的照顧。」
「嗯？」大概是太久沒聽過客套話了，簡妹一時有些不知所措，「這……這是什麼話。」
「我們想要離開了。」
「離開？」豐年很好奇的放下了盤子，「你們想要離開哪裡？」
「這裡。」
「這裡可以離開嗎？」
盛的眼中發出了光芒：「娘說過，這裡就是我們出生、我們死去的地方，這裡難道還有其他的地方嗎？」

「我們不知道這裡是什麼地方，」雲空說，「但我們是從不遠外的江寧府來的。」

簡妹呆了一下，說：「附近有個叫江寧府的地方？」

「那麼……」赤成子故意頓了頓，「附近那地方應該叫什麼名字呢？」

「我……」簡妹的眼神躲避了一下，「二十多年前剛定居在這裡時，還沒聽說過江寧府……」

赤成子的語氣更加意味深長了：「江寧府建城，恐怕快兩百年了。」

「我……我不知道……」簡妹忽然好像受驚的昆蟲，渾身不自在，想找個地方將自己整個藏起來。

「簡妹，妳到底害怕什麼呢？」

簡妹怔住了。

盛和豐年忙走到她身邊，安撫她一陣後，盛便生氣的看著赤成子道：「我們本來沒見過其他的人，你們來了，就把我娘嚇成這樣。」

「你為何不問問你娘在怕些什麼？」赤成子說。

「會有人來殺死大家的。」簡妹臉色蒼白的說。

「呃？」

簡妹冷靜下來，壓制著顫抖的聲音：「大王派兵殺了全村的人，我是逃出來的，如果他們知道有活口，準會沒命的。」

「誰，跟妳一起逃出來呢？」

「他們的爹，聶良。」

赤成子正想果然沒錯，盛立刻插了一句：「爹早失蹤了。」

簡妹看了她兒子一眼，示意讓她來說：「聶良是唯一出過去外面的，他有時會換回一些外面的東西……可是外面的世界早就不知怎麼了，大王好像已經死了，他每次出去，都又聽說不同的人當上大王了……告訴我，外頭是不是在打仗，亂得很厲害呢？」

赤成子和雲空聽了，不知該說什麼才好了。

「來，我們一樣樣來弄清楚。」雲空說，「首先，妳和那個聶良，本來是住在何處？」

「在東郡。」

「東郡？」雲空轉頭看看赤成子，赤成子搖了搖頭，沒聽過。

「好，」雲空再接著問，「妳說殺你們的大王，叫什麼來著？」

「秦王……」簡妹似是想到了什麼，立刻改口說：「好像後來他要人家叫他始皇帝。」

雲空和赤成子終於覺得大大的不妥了。

雲空開始感到亢奮：「妳說聶良出去換回來的東西，可不可以拿給我看看？」

簡妹吩咐豐年去拿，道：「那些東西沒什麼用，我收起來了。」

豐年拿了一串草繩掛在一起的東西，它們互相撞擊著，會發出響亮的金屬聲。

「是銅錢。」雲空心裡想著，接了過來一瞧，心裡頓時涼得透入骨髓。

錢的形狀各有些不同，上面鐫的字不一。

有的是漢五銖錢，圓錢方孔，上面有兩個「五」字，或是有「五銖」二字的。

也有寫了古篆「一刀」的銅錢，是王莽的。

「赤成子，你對史書看得多不多？」

「略有涉獵。」

「秦始皇到底是多久的人呢？」

「一千年是少不了的。」

「這下可好了。」

「我有兩件重要的事，一是跟師父約了十年之期，回去見他老人家，本來是還有四年的……」

「你在忙什麼嗎？」

「我明白了，另一件呢？」

「張鐵橋死的時候告訴我，大宋天下是被一名道士弄垮的，我想去弄清楚是怎麼一回事。」

「你真的很忙。」

雲空走到簡妹面前，很誠懇地說：「這些日子以來，十分感謝娘子的照顧，我們想離開了，還請簡妹指引一條出路。」

「這裡只有聶良知道出路，他早就失蹤了。」簡妹說。

「他怎麼失蹤的？」

「他那天說要出去，然後就沒回來了。」

「有多久了？」

「那時盛和豐年都還很小呢……大概也十五六年了吧？」

赤成子打斷了雲空的問話：「妳還在等他嗎？」

「等……？」簡妹幽幽的說，「我等了這麼久，有個聲音告訴我，他好像不會回來了……」當她這麼說的時候，屋子裡的空氣剎那似乎變得稀薄了。

「誰知道？」赤成子笑了笑道，「不過妳說的大王，應該叫秦始皇才對，妳沒錯，外頭正兵荒馬亂，年年水災、旱災、兵災、風災、雪災、瘟災的，我們想逃也逃不掉呢。」

雲空訝異的望著赤成子。

「這些他媽的災全躲過了又如何？」赤成子說得赤紅了臉，「就算躲過了天災，還有亂七八糟的人禍呢！一個不小心被人害了性命，在閻王老子面前還不知該告誰才是呢！」他說的是自己的遭遇，越說越激動。

「什麼是閻王老子？」豐年看赤成子很有趣，不解的問道。

閻王是佛教傳入之後才有的名字，簡妹的時代只有黃泉地府的觀念。

「這就甭理他了，你們這裡雖然悶死人了，可不正是人間天堂嗎？玉皇大帝也沒如此享福呢！」

「又來了，什麼是玉皇大帝呢？」

赤成子突然好像洩了氣一般，頹喪的坐倒在地。

雲空不敢再浪費時間了。

在這裡每浪費一秒，都是可怕的。

「你們真的沒人知道出路？」他緊張的問道。

「不知道，但我記得聶良是往哪頭走的。」簡妹說。

赤成子好像又恢復了精神，指向一方：「是那邊嗎？」

「是那方向。」

「雲空啊，那是咱來的方向，我帶你去找找看吧？」

※※※

接下來的日子，是用來「耗」的。

人說耗日子，果真沒錯，這裡每耗一日，外界又不知是幾日了。

雲空一日比一日焦慮，每日反覆的計算著，他到底耗去了多少時日。

「秦朝有多少年呀？」他問自己，也問赤成子。

漢朝呢？三國呢？南北朝呢？隋朝？唐朝？五代？

全部加起來，到底簡妹在此地度過了多少歲月？

簡妹也不記得真正來的那年，到底是什麼年了。

總之一千肯定是少不了的。

雲空越算越慌，越算越驚。

他和赤成子每日出去，把能走的地方全走遍，每日如此走上三、四遍，也找不著來路。

而且，他發覺赤成子並不慌張。

「赤成子，」有一天他終於說，「你好像不同了。」

「哦？」赤成子摸摸眉毛。

以往他總是把頭上的毛髮剃得乾乾淨淨的，近來頭髮也有了，眉毛也稀稀落落的長出來了，只是鬍子依舊刮去。

「不，我不是說你長毛了，你的人，性情變了。」

「哦？」赤成子揚揚眉毛，開心的笑著，像是隱瞞了什麼沒說似的。

「你以前老是冷著臉、硬著嗓子，講話也不多用幾個字的，來了這裡以後，你就不這樣了。」

「我沒變呀。」

「你真的是赤成子嗎？」

「如假包換。」

「這裡沒什麼好換的，只有一樣可以換。」

「你說的是什麼呢？」

雲空指了指赤成子的胸口。
「雲空，我赤成子認識你很久，可是咱們沒見過幾次面吧？」
「說的也是。」
「除了師父以外，大概要數你最瞭解我了。」
「話雖如此，你可要先幫我找到出路。」
「你放心吧！」赤成子大力的一拍胸口。
兩人走累了，便找了個地方歇腳。
雲空想起剛才走著走著，心裡有個靈感，不如問問赤成子的意見：「說不定這裡是洞天福地呢。」
「洞天福地？」赤成子想了想，也不無可能，古人劉晨到天台山採草藥，遇到仙女，十天內享盡豔福，下山時已過了七世子孫。唐五代時，有人提出那其實是神仙居住的洞天福地，有十大洞天、三十六小洞天和七十二福地之多，還列出位置和仙人名稱。
自古流傳的故事中，誤入洞天福地的人不是跟仙女交合，就是觀仙人下棋，然後洞天的時間都比外界流動得快上很多倍。
「不過，我們沒在這裡遇上仙人呀。」赤成子說。
「說不定箇妹就是仙人呢。」雲空逗弄道。
「你看這麼多書，可記得江寧府附近有個洞天嗎？」
「我想過了，硬要說的話，是有個大洞天，叫句曲山洞。」
「那就是茅山，是我師門淵源。」赤成子沉思道，「那天我朝東走，確是茅山方向沒錯，我走了那麼遠嗎？」

「龍壁上人打通了你的任督二脈，你能走那麼遠並不奇怪。」

提起師父，赤成子不禁黯然：「也是。」

日子又靜悄悄的溜過了，如同小偷一般，一點一滴的掘去青春。

哪一日忽然發覺生命已經耗去大半時，還可以慌慌張張的及時爭取到一些什麼，總比無意義的老死，消逝在亙古中來得好。

可是雲空不同。

他警覺到日子飛快的掠過，卻什麼也做不到。

除了乾著急，他就只能乾著急。

每天在山澗中四處遊走，他早已經可以閉著眼說出山澗中一草一木的位置了。

有時他會碰上盛和豐年兩人在野合，他們根本不在意，雲空也只能快快閃開。

又過了多日，出口仍然不見蹤影。

又是晚餐時間，雲空每日如此五人一同用餐，漸漸也變成了習慣，開始擔心一旦離開他們，獨自吃飯會不會寂寞。

日頭的餘暉在山脊上稍稍歇了一會，慢慢沒入山後。

雲空和赤成子已經幫簡妹開好了飯，專等盛和豐年回來。

聽見兩人踏著草地的唏唏聲，便知人已到了。

走入門口的，是一臉憂心的盛，扶著青了臉的豐年。

「怎麼了？」簡妹立刻挨上前去，幫忙扶了豐年坐下。

「走著回家，她突然不舒服，吐了一陣。」盛說。

「敢情是吃壞肚子了？」赤成子打岔道，「雲空你那面招子不是寫了啥『奇難雜症』嗎？」

雲空聞言，拿過豐年的手腕，三指輕點在寸、關、尺三個部位上，把了把脈：「不是吃壞肚子，是喜脈。」

「喜脈呀？」赤成子側頭向簡妹道，「豐年有孩子了。」

簡妹幾乎要跳了起來：「有孩子了?!」

雲空想捉摸清楚，簡妹到底是怎麼想的，現在他可知道了。

簡妹露出了少有的興奮：「太好了！我巴望了好久！還以為豐年不會生孩子呢！」

盛呆呆的，只懂撫著豐年的背，希望她的臉龐再度回復紅潤。

他最愛的紅潤。

他從來不曾想像，快要當父親的人會是什麼感覺，他從未有過這種體會。

因為這山澗裡沒有其他人家了。

「盛！」簡妹叫住了兒子，「豐年要開始休養，不可以再勞累了，你明天開始要自個兒下田去了。」

「娘，可是……」

豐年也搶著說：「盛一個人會累壞的。」

「妳要安著身子，不要動了胎氣呀。」

豐年完全聽不明白。

「妳的肚子裡面現在有一個人，」赤成子幫忙解釋，「他會長大，到了九個月後，妳會生下他來。」

盛不敢相信：「豐年肚子裡住人？」

「那個人生下來後，會叫你『爹』。」然後赤成子再向豐年道：「會叫妳『娘』。」

他們似懂非懂，但見老母高興如斯，也就不再多說了。

雲空任他們高興去，自個兒踱出小屋，觀望正逐一亮起的繁星。

夜風吹入眼眶，眼珠子吹得乾了，忍不住眨了一下眼，淚水就瀰漫了。

「我真要一生老死在此嗎？」

他揚揚袖子，似是想趕走纏人的風。

不知為何，這家人的高興，反而挑起了他的感傷。

他還有很多事要完成呢！

赤成子靜靜的來到他背後，等待他發現他。

雲空已經陷入了忘我的茫然之中，平日敏銳的直覺也鈍化了，竟讓赤成子站了很久，也沒發覺他的存在。

赤成子不耐煩了：「雲空，肚子餓不餓呀？」

「餓不餓都沒差別了。」

「你不常說喪氣話呢。」

「現在可非平常。」雲空幽幽嘆道。

「簡妹每天都在算日子。」赤成子沒來由的說。

「嗯。」

「她剛才告訴我，明天我們就來這裡滿三十天了。」

三十天？人世又是幾年了？雲空的心在慘呼。

「她說，山澗的入口每三十天會開啟一次，每次會開上很久，大約太陽下山前才閉合。」

赤成子說完，就回到屋裡去了。

雲空忽然間覺得腳麻了、酥了，跪倒在地上，彎腰想擁抱泥土，淚水嘩啦嘩啦的流了個痛快。

原來簡妹知道，她打從一開始就知道出口。

是豐年有喜令她改變了主意嗎？

他瘋癲似的大笑。

一直笑到呼吸接不上來了，才回到屋裡去吃飯。

※※※

清晨來了，只有盛一個人孤單的扛著田具離家。
雲空掛上了肩袋，戴了草帽，還不忘那面寫了「占卜算命・奇難雜症」的白布招子。
他等待著赤成子。
長了頭髮跟眉毛的赤成子，失去了往日的陰森，也同時失去了氣魄。
他和簡妹道別，好像還要很久呢。
「赤成子，我先去那裡等你吧。」他催促了一下，就往出口的方向走去了。
赤成子見雲空走遠，大膽牽了簡妹的手。
「簡妹，妳等我回來。」
簡妹沒說話，低著頭忍著淚。
「我還有沒辦完的事，辦完了一定回來！」
「聶良出去了就沒回過來了。」
「我不是聶良，我不會不回來的。」
「可是聶良……」
「不管聶良怎麼樣了，他現下早已化成灰燼，不可能再活著了！」
「我不知道……」
「簡妹……」赤成子笨拙的抱住她，任她的淚水沾濕他的衣裳。
簡妹依偎在他懷中：「其實，那天你出現在我眼前的時候，我還以為是聶良回來了呢。」
赤成子蹙了蹙眉頭：「我跟他長得很像嗎？」
簡妹點點頭：「長了頭髮，更像了。」

赤成子不禁愣住，細細品味簡妹所說的每一個字。

這一拖拉，雲空已來到簡妹所說的出口，果然見到與往日不同的景象，很明顯的是一條可以繼續走下去的路，而非平日所見的模樣。

但是，他隱約記得，赤成子揹著他來到時，並沒經過山澗，一路上都是旱地……

不理了，一旦見到了出口，他便急不及待想奔出去了。

他凝望著出口，生怕出口忽然閉合了。

他凝望著出口，似乎可以看到出口外的時光如大河般奔流，亮了又暗，暗了又亮，日月運轉的速度皆肉眼可見。

他越是凝望，心裡越是焦急。

「赤成子在搞什麼鬼呀？」

先走一步吧。他這麼想。

於是，他走了一步。

再一步？

他再行進一步，回頭望望，仍不見赤成子的影子。

他的意識再也控制不了自己的腳。

他在不知不覺中，已經快走到盡頭了。

此時，他終於看見赤成子了。

可是好奇怪，赤成子的動作真慢呀！

他在搞什麼鬼？

赤成子慢慢的踏步，慢得不可思議，雲空等他邁前一步，就等得快生氣了。

「赤成子，快些過來呀！」

雲空還沒叫完，脖子已經被頂上一件冷冷的東西。

這種冷冷的感覺很教人熟悉。

他慢慢轉回頭，看見五名凶神惡煞的兵卒。

不消說，抵在他脖子上的是一件兵器，他甚至可以感覺到殘留在兵刃上的冤氣。

「你是什麼人?!」那兵卒呼喝道。

雲空想望望赤成子是否走來了，可是他剛想要動，兵器就抵得更加深入皮肉了。

「你是什麼人?!恁般膽大，在這裡鬼鬼祟祟的？」

「不用問了，」另一名兵卒道，「押他回去便是。」

雲空還想再回頭瞧看赤成子，後頸卻被人一把扣著，兩手被反鎖在背，全身再也動彈不得了。

※※※

赤成子不清楚他是否見到雲空了。

出口外有什麼事物一閃而逝，他來不及看明白。

他看見出口外很快黑了一片，才走近沒幾步，又變回白天了。

他想，或許雲空已經早一步出去了。

這一步恐怕就有數日之遙呀。

「那傢伙，就是急性子。」

他搖頭笑了笑，大步走出去。

【典錄】洞天

相傳為漢代東方朔所撰的《海內十洲記》，詳列了分佈在東西南北四海，神仙居住的十個海中仙島。

晉朝陶淵明《搜神後記》提到晉朝初年，有人誤墮嵩高山北的大穴中，穴中竟別有天地，又見有人下棋，下棋人教他出路，他在半年後才成功離開，發現出口竟遠在蜀中。這故事表現了「洞天」一詞的概念。（著名的〈桃花源記〉也出自此書）

到了南朝，茅山派祖師之一的陶弘景在《真誥》說「大天之內有地中之洞天三十六所」，但三十六個地方並沒列出名稱，只提了第八洞天是句曲山（後稱茅山）。

直到唐朝，司馬承禎才在《洞天福地天地宮府圖》詳列十大洞天、三十六小洞天和七十二福地名稱，整理出中國境內修仙之地，後來又由五代晚唐杜光庭在《洞天福地岳瀆名山記》調整次序。從此神仙不再只住遠不可至的海中，而是跟人間平行存在的「洞天」，但只有有緣人能有福分進入。

北宋真宗時，張君房編定《雲笈七籤》，說道教仙境有「三十六天」，分別為欲界六天、色界十八天、無色界四天、種民四天（四梵天）。把天界的三十六天跟人間對應，就是三十六小洞天。但從名詞來看，分明是取自佛教名相。

洞天中的時間速度跟人間不同，故事源頭要再回到晉朝，東晉虞喜《志林》說：「信安山有石室，王質入其室，見二童子對弈，看之，局未終，視其所執伐薪柯（斧頭）已爛朽，遂歸，鄉里已非矣。」這則故事後來被歷代轉述於《水經注》、《述異記》等書，還說該山因此又稱「爛柯山」。

南朝，宋人劉義慶的《幽明錄》有一段〈劉晨阮肇天台遇仙〉，說是漢明帝永平五年，劉晨（或晟）和阮肇入天台山取谷皮（一種草藥？），在山中遇上仙女，仙女帶他們回家，讓他們飽享豔福，十天後兩人求去，回到家中已過了七世子孫了。

這類情節在後世不斷有發揮，如唐代傳奇《遊仙窟》、明代馮夢龍《警世通言》卷三八〈李道人獨步雲門〉、清代蒲松齡《聊齋誌異》的〈翩翩〉等，皆是入山遇仙，人間就過了許多倍的時間。

之二十

宣和四年（一一二二年）

今晚好忙。

他坐在營帳中挑燈夜讀，讀的是他最愛的書本之一《孫吳兵法》。

明天是他人生的第一戰。

在戰爭前夜重讀《孫吳兵法》，有如孫武和吳起兩位兵學先賢親臨營帳，相隔千年的指導他。

一切皆已佈署就緒，明天就是驗證兵法是否有效的時刻了。

在這重要時刻，營帳外卻傳來沒聽過的銅鈴聲，他才剛感到困惑，部下們便押了一名道士進來。

他立刻從交椅上站起，用眼神質問部下。

「隊長，這人在山腳鬼鬼祟祟的。」

他把道士打量了一番，看他是真道士，抑或是對方的細作。

他派人潛進敵營，難保對方也會做相同的事。

孫武說：「兵者，詭道也。」

又說：「夫未戰而廟算勝者，得算多也。」

吳起說：「此非車騎之力，聖人之謀也。」

決戰之前的佈署，各種詳盡的計算和謀略，或許在殺敵之前，就已經決定了勝負。

他和一眾部下都是初赴戰場，猶如年輕無畏的幼虎。

然而他武功高強又讀書多，智勇雙全，因而受到真定府路安撫使劉韐的賞識，被委任為小隊長，讓他有一展抱負的機會，所以這個首戰，絕不能有失誤！

道士身著道袍，頭戴涼帽，背上掛了個繡了先天八卦的黃布袋，手中握著竹竿，掛著泛黃的白布招子，連兩顆銅鈴都發出陳舊的聲音。

他指了指道士肩上的黃布袋：「搜他的布袋。」

部下答應了一聲，便拉下黃布袋，把東西倒在地面。

桃木劍、銅鏡、木印、筆墨硯、朱砂、黃紙、竹筒、火石、一串銅錢、一本《周易》……引起年輕小隊長注目的，還有一本書和一個小卷軸。

先打開書，前面寫滿了字，似乎是道士記錄的見聞，後半本仍是空白的，文字最後寫的是：「居秀水澗已三十日，方知簡妹知其出口……」還夾著一根乾草。

「小心那根草，別掉了。」道士忽然作聲。

小隊長聞言，更是要把那根乾草拿起來嗅嗅，已經乾得連氣味也沒有了：「是什麼草？」

他用指頭壓了壓草莖，裡頭軟軟的。

「只是普通的燈心草，是我師父給的紀念。」

小隊長瞥了眼道士的眼睛，只見他的眼神異常清澈，說謊者是假扮不出這種眼神的。

先賢孟子曾說：「眸子不能掩其惡。胸中正，則眸子瞭焉；胸中不正，則眸子眊焉。」意思是：眼睛不能掩飾心中邪正，心胸正直者眼睛明亮，心胸不正者雙眼模糊。他也曾體會過孟子所說的話，因此深信不疑。

小隊長也有敬愛的師父，是他同鄉的神弓手周同。

周同教他左右手皆能開弓的神技，還把心愛的兩把大弓贈送給他，此番出陣，先師周同的愛弓便隨身不離。

他把乾燥的燈心草夾回本子，拿起小卷軸，問：「這是什麼？」

「《五岳真形圖》，是入山辟邪用的。」

打開卷軸，在霉斑點點的紙上畫了奇形怪狀的圖案，還標示了泰山、嵩山、茅山等字樣，又寫了各種精怪的外形和名稱。

「得罪了，道長。」小隊長彎下身子，把滿地的東西放回布袋，「這麼晚了，你為何在這附近遛達？」

「我還想請問，今年是何年？」

「何年？」小隊長好奇道：「你認為是何年？」

「政和七年。」

押他進來的兵卒緊皺眉頭：「岳兄？」他們向小隊長甩頭，暗示此人不可信。

小隊長心胸坦然，不置可否：「現下是宣和四年了。」

「那麼……是幾年了？」

小隊長用手指算了算，抬頭問部下：「政和八年之後才改元，是吧？」部下狐疑的點頭，「那麼有五年了。」

道士很是懊惱的抿嘴咬唇，接著又問：「此地是江寧府吧？」

小隊長更覺得有趣了：「不，是真定府。」見道士仍在困惑，便補了一句：「在河北西路，再往北就到遼人國界了。」

「那麼遠……」道士低頭自言自語：「想是北岳常山洞。」

部下不耐煩了：「岳兄，我們捉他來，怎麼反而盡是他在問我們？」

「你們說得沒錯，」小隊長正色道：「請問道長該如何稱呼？」

「貧道雲空。」雲空拱手道。

他見這年輕人體格健壯，雙臂肌肉硬實，但臉神稚嫩，像是初次遠行當兵的模樣。他跟部下稱兄道弟，又溫文儒雅，頗受部下敬重，令雲空也不禁對他油然產生敬意。

「回到原本的問題，道長為何在這附近遛達？」

「我……去探訪仙人古跡，才剛出山洞，就被您部下逮住了。」

「這附近強盜橫行，道長怎麼還敢亂跑？」

「強盜？」雲空怔住了。

「我們奉朝廷之命，駐軍在此，為免傷及無辜，還請道長暫時不要離開營地。」

雲空心急想趕路，他剛才掐指一算，果然錯過了跟師父破履的十年之約，如今恨不插翼飛到師父身邊。

「敢問，這個暫時有多久？」

其實就在明天，但軍情大事豈能隨便告知？小隊長只能顧左右而言他：「道長耐心等候，兄弟請安排一下道長住哪個營？道長也累了，給他些吃喝吧。」就等於是軟禁了。

部下答應了一聲，正要押雲空出去，又有部下匆匆來報：「隊長，營外有人求見。」看他神色不寧，情況不尋常。

「是路安撫使劉大人派來的嗎？」他猜想，莫非有軍情要事？

「不，是人稱北神叟的一位奇人。」部下有些慌張，「他是四大奇人之一，神臂弩就是他家的發明。」

雲空一聽，整個人當下繃緊了幾分。

小隊長困惑了，這人物他有所耳聞，但在出兵攻打強盜堡壘的前夜，此人又為何出現？

「你可有問他，有何要事求見？」

「他說軍情之秘，必須當面述說。」

小隊長沉吟了一陣，問雲空道：「道長一聽此人，便臉色有異，是舊識嗎？」

雲空沒料到這麼丁點臉色變化都被這小伙子給看破了，看來也不好隱瞞了：「實不相瞞，此人與我有些過節。」

「是何種過節？」

「其實只是私事……」

「請恕我多問，刻下軍情緊張，不容風聲鶴唳，即使是私事，也還請道長交代一下。」

雲空無奈，只好說：「貧道說了，只怕各位不信。」

「但說無妨。」

雲空只好說了：「這北神叟姓洪，是狩獵世家，專為達官貴人獵取珍禽異獸，也包括了妖精鬼怪。」

「妖精鬼怪？」押住雲空的兵卒失笑道。

小隊長制止了部下，要雲空繼續說：「獵取鬼怪何用？」

「據說是拿來吃的。」雲空嗤鼻道。

旁邊的兵卒聽了，當下鐵青了臉。

雲空繼續說：「某次我入山，偶遇山魈，正在跟山魈傾談間，他竟當著我的面射殺山魈。不特此也，他濫殺妖物，有的妖物修行百年方得人身，卻被他恣意射殺，惹來狐仙上門尋仇，他追殺狐仙，被我和師兄救了，因此結下樑子。」

小隊長聽了，說：「神仙妖鬼之事，我還以為荒誕無據，聽道長說來，是真有此事了？」

「北神叟貿然來此，如果不為狩獵，則必為妖物而來。」雲空斷言道。

他身邊的兵卒更加神不守舍了。

「那沒什麼道理，」小隊長沉思道：「若他的弓箭真如傳聞中那樣厲害，如肯協同殺賊，則如虎添翼。除非他能對我有幫助，否則見他又有何益？」他搖搖頭：「蹊蹺，真正蹊蹺！」

「岳兄，」雲空身邊的兵卒終於開口，「我以為，多一事不如少一事，當前非常之期，還是不見北神叟的好。」

小隊長考慮了一下，忽然說：「道長，你招子上寫著會占卜算命，是吧？」

「是的，不過……」

「請為此事占一卦，權作參考，看看該不該見北神叟？」他心想《孫吳兵法》也提過戰事占卜，雖然不以為然，亦不妨試試。

雲空只好席地而坐，從布袋取出三枚銅錢。

那不是大宋銅錢，而是更古老的唐代「開元通寶」。古錢置於掌心，自然透出一股渾重的氣息，彷彿曾經流過它的時間全都凝聚在方孔四周了。

他將兩手圍成拱形，讓銅錢在裡頭翻動，口中反覆呢喃：「請問卦神，若見北神叟，是吉是凶？」待覺得搖到時機妥當，再把錢朝地面一放，根據三枚銅錢的正反定出少陽、少陰、老陽、老陰，如此搖了六次，得出一卦。

「比卦，變無妄卦。」雲空說著，用指尖在地面畫出卦形。

上坎下坤→上乾下艮

比卦→無妄卦

小隊長兩臂在胸前交叉，看著卦說：「變爻頗多的，是表示事情多變化嗎？」比卦變無妄卦，六爻中有三爻陰陽互換，是以有此一說。

雲空瞄了他一眼：「看你年紀輕輕，也研究過《周易》？」

「我愛讀書，什麼書都讀。」小隊長嚴肅的說：「吉凶如何？」

「比卦說：吉，原筮元永貞，無咎。表示這占卜是占問對了，沒表示吉凶。然後又說：不寧方來，後夫凶。是說不願服從的剛來歸順，後面來的有災禍。」

「什麼意思？」

「難說，瞧瞧變卦。」雲空說：「無妄卦說：元亨利貞，其匪正有眚，不利有攸往。仍然表示是有利的占算，但……這句難解。」

「何以難解？」

「其匪正有眚。一般而言，古語『匪正』就是『不正』，直解為不正當的行為會惹來災禍，但隊長剛才沒告之，你們在這裡靠近遼人地界，是要打強盜呢？或是要跟胡人一戰？若是打強盜，只怕此卦另有解釋。」

小隊長觀察雲空的眼睛。

水清如鏡。

「是強盜。」他說了。

「隊長！是軍機！」他的部下忙提醒他，反被他擺手制止了。

「相州有劇盜陶俊和賈進，率眾攻掠附近縣鎮，殺死官吏和居民無數，官軍攻打過他們好幾次，卻屢戰屢敗。」小隊長說，「此刻他們正在真定府南邊山區盤踞，我們近日就要出兵。」

「如此厲害的角色，你們才出這麼少人，豈非送死？」雲空驚問。他剛才進入營地時，官兵不見形跡，可能都躲在帳中，又見營帳並不多，軍馬也僅數十，是以粗略估計了人數。

再說，營地飄著一股說不上是什麼的怪氣味，聞起來挺難受的。

「你已經知道該知道的了，其餘皆是軍機。」

「好，」雲空舔了舔唇緣，「其匪正有眚，或可解為：匪人正好有災禍。而那句不利有攸往，若指不利於進攻，又前後矛盾，若指不利接見北神叟，勉強可解得通。」

「是事情太複雜，還是道長的解卦能力有待加強？」

「我遇過此類卦象，此中必隱有一難以估算之變數。」雲空咬牙道，「待我再占一卦。」

雲空搖動銅錢，再問：「請告知此中未知變數。」這次得卦「晉九四」，為晉卦第四爻變。

上離下坤　晉卦

九四爻變

「這一卦，爻辭是：晉如鼫鼠，貞厲。」雲空的眉頭愈加緊了，「難解，難解，鼫鼠是大老鼠，晉如鼫鼠乃指如老鼠一般進攻，是凶的占問。」

旁邊的三名部下全都面色有異，有人甚至悄悄把手扣到佩劍上。

小隊長思考片刻，說：「來者不善，善者不來，那位叫北神叟的，還是回絕了他吧。」又轉向雲空說：「或許，『貞厲』的意思不是凶占，而是指這個占問是進攻勢如破竹呢？」

雲空聽出小隊長別有所指，話裡有話：「貧道才疏學淺，願聞其詳。」

小隊長正猶豫該如何回答時，營帳外忽然傳來慘叫聲。

小隊長反應很快，只不過瞬間，他已回身抄起大弓、腰間掛上箭袋、弓弦搭上長箭，立即衝出帳外。

他的部下訓練有素，也抽出佩劍，追隨他出去。

雲空還正在錯愕，一名剛跑出去的部下竟慘叫著退回營帳，當下仰臥倒地，甲冑的胸口處插了一根短箭。

更令雲空大驚的是，那名兵卒的頭正在縮小！

兵卒的四肢快速萎縮，漸漸縮入衣袖和褲管之內，頭顱也漸漸縮進甲冑裡面去，喊叫聲越來越尖細，最後變成吱吱聲，便沒了聲息。

雲空驚疑的上前，手才剛碰到箭身，竟痛得縮手！

那根短箭十分冰冷，雲空一摸就像把手浸入臘月冰河，冰寒透骨。

他把甲冑拿起，倒出幾塊凝成冰塊的鮮血，還有一隻大老鼠的屍體重重摔出。

這一切都說得通了！

北神叟不改本色，他是專程來殺鼠精的！

難怪方才進入營地時，沒見到其他兵卒，想必他們都躲在營帳中，不方便現身吧？

「不行呀！」雲空衝出帳外，他要制止洪浩逸！

在營地的幾個篝火照明之下，只見一名白髮高大的漢子站在營門，用神臂弩朝向營地發射短箭，腳下還躺著一件空甲冑。

洪浩逸眉心亮起紅光，照得他滿面血紅。

他用的是連環神臂弩，可以連接發射三箭，兩名官兵左右閃避，意圖用劍格開來箭，看他們神色慌張，想必對北神叟感到十分畏懼。

洪浩逸的飛箭所過之處，空中落下細粉似的雪花，留下一道寒冰似的軌跡。

「休得傷我部下！」小隊長拉起三百斤強弓發出一箭，竟硬生生射中洪浩逸剛射出的箭，兩箭互擊，在空中轉了百餘圈才落地。

「呔！」洪浩逸年逾八旬，依舊聲如洪鐘，「好俊的箭法！你是何人？」

「我是官軍隊長，這些人是朝廷禁軍，你殺禁軍，不怕朝廷治以強盜罪名嗎？」

「我洪某眼中只有妖物，凡妖必殺！你瞧這死了的妖物，不是露出本相了嗎？」他把腳下的甲冑踢向小隊長，裡頭掉出一隻鼠屍，「你說，朝廷見了這個，怎麼可能會治罪呢？」

小隊長氣憤的盯住洪浩逸，轉頭看了看身邊兩名部下，咬牙道：「不管是人是妖，他們都是我的部下！」

說著，小隊長迅雷似的從箭袋抽箭上弓，轉眼便拉開強弓，把箭指向洪浩逸：「你殺了我的部下，我只好要你償命。」

洪浩逸訝異道：「部下是妖怪，你不害怕嗎？」

雲空跳出來，向洪浩逸喊道：「洪老先生！請住手！」

洪浩逸蹙眉道：「你又是何人？」

時間倉促，雲空來不及多言：「你也在我面前殺過妖物，我懇請你停手！他們都是保家衛國的漢子！」

「妖就是妖！多說什麼？」他二話不說，衝進營地，一手舉起神臂弩，一手從腰囊抓出三根銅箭，一搭一抽，竟瞬間裝好了箭！

小隊長連發二箭，洪浩逸腳下運起八步趕蟬的輕功，腳步如同穿花繞樹，驚險的避開了力足射穿甲冑的來箭。

營地中的馬匹忽然嘶叫，四五匹馬竟掙脫韁繩，紛紛衝向洪浩逸。

雲空定睛一看，才看見每隻馬背上皆伏著一隻大鼠。

小隊長乘亂跑入馬陣之中，拐彎抹角的迫到洪浩逸身邊，掄起大弓去扣他的手腕。

沒想到洪浩逸雖然年邁，臂力不輸小伙子，他一手抓住小隊長的大弓，不讓他扣下來。

小隊長鬥智不鬥力，手中只一轉，大弓轉了半圈，套住了洪浩逸的手。

洪浩逸正驚訝之際，小隊長奪力拉弦一放，弓弦彈擊洪浩逸的手腕，頓時痛徹心肺，但他仍不願讓神臂弩脫手。

駿馬停在他面前，大鼠紛紛翻身跳下馬，躍上洪浩逸的手臂，奮力咬他的手臂，他不願手臂被廢，才終於鬆了手上的神臂弩。

小隊長把他兩手用大弓套牢，不令他掙脫，兩名部下跑來，劍刃搭上洪浩逸頸項：「岳兄，殺了他吧！」

「不可，」小隊長搖頭道：「綁了他。」

他們把洪浩逸五花大綁的押回營帳，經過的營帳走出許多大鼠，一隻隻如人般站立著，觀看路過的洪浩逸。兩名部下忿恨的說：「岳兄，此人必是陶俊指使，來毀我軍力的！」

「陶俊是什麼東西？」洪浩逸不高興的嗤道：「我洪某一生光明磊落，從來沒有人能夠指使我！」

洪浩逸被押進營帳，雲空也隨之進入。

「你這小子，」洪浩逸面向小隊長：「年紀小小，身手恁般了得，老夫要知道敗在誰人手中，請報上名來！」

「我姓岳，名飛，鄉下小兒耳。」小隊長邊說邊把玩洪浩逸的神臂弩，「這件兵器好精良！洪老名震天下，為何看上我這小小軍營，來殺我兵？」

「老夫路經此地，眼見妖氣沖天，便順手來殺妖了。」洪浩逸道，「你帶了一窩妖兵，如何能勝過人類？」

「官兵積弱，不敢拚命，無心殺賊，」岳飛正色說，「我這批兄弟有智謀有膽識，只要肯為國拚命，哪有人、妖的分別？」一席話，說得身邊的部下義氣填膺。

「岳兄見諒！」兩名部下單膝跪地，「先前有所欺瞞，不敢讓你知道我們的來歷！」

「我很驚訝，」岳飛深吸一口氣，「但我不介意。」

洪浩逸也吃了一驚：「老夫以為你曉得？」

「不，我不曉得，我老家在湯陰，聽說真定府募兵，便來報名以一展所學，這批兄弟是在路上遇到，說要一起去當兵的。」

洪浩逸問官軍：「你們是刻意找上他的？你瞧！妖物果然不安好心！」

那部下說道：「沒錯！我們是刻意來跟隨岳兄的，因為有高人指點，說我們鼠精一族若想功行圓滿，他有一條明路，就是跟隨岳飛，保護岳飛，否則大宋將提早兩百年落入胡人之手！」

「早兩百年？」雲空馬上想起神算張鐵橋，不禁大奇：「是何等高人？」

「他只說他叫至巽道人。」那部下說，「他道行高深，族老聽了他的話，便吩咐我們來緊跟岳兄。」

「鼠類有何才能？」洪浩逸嗤之以鼻。

「你在問我問題嗎？」岳飛冷冷的望著他，「若想知道答案，何不拭目以待？」

洪浩逸睜大眼看著岳飛。

頃刻之間，他可以感受到這名小伙子身上背負的命運。

洪浩逸自幼在眉間有一隻隱目，躲在薄薄的表皮下。那隻隱目能見妖物，一眼便能分辨人和妖物，每當情緒高亢，那隻隱目便會發出紅光，尤其當他感受到有妖物接近的時候。

現在他的隱目又發光了，把岳飛照得滿臉通紅。

他看見岳飛身上糾纏著一股妖氣，不是他本身所有，而是一股極深的因緣。

「好，」洪浩逸不懷好意的說，「我就看看你如何驅使這群妖兵！等你戰敗，老夫再慢慢殺妖。」

小隊長的部下當即大怒，臉上瞬間爆出幾簇剛毛，他把劍搭在洪浩逸頸上：「岳兄饒你一命，我們兄弟可沒饒你，你只消踏出營地一步，就是我們為兄弟報仇的時候。」

岳飛輕輕擺手，制止了部下：「把他們兩人禁足，派人看守。」他轉眼看雲空：「道長，你不會偷偷逃走吧？」

「貧道也想瞧瞧你怎麼打贏這場仗。」

「好，我不把你綁起來，刀兵無情，若有個萬一，你也有機會逃跑。」

雲空明白他的意思。

若有萬一，他可以決定要不要解開洪浩逸的繩子。

※※※

小隊長的營帳燈火通明，除了兩位貼身部下之外，地面還躺了兩隻鼠屍，有數十隻大鼠包圍著鼠屍，悲傷的垂下頭。

「這是你們最早殉職的同伴，明早出兵之前，我們將祭酒禮葬之。」岳飛對群鼠說，「現在我終於明白了許多事情，當我說要派三十人潛入敵營時，你們這夥兄弟搶著要去，因為你們是鼠類。」

早在幾天前，岳飛派三十人假扮成商人，讓強盜搶劫他們，然後投降並表示願意加入盜營，成為他們的一夥。

陶俊和賈進那夥強盜打贏了幾次官兵，志得意滿，早已不將官兵放在眼裡，何況他們也需要增加兵力，這三十名青壯男子正是他們所要招募的對象。

「是的，」那名部下拱手道，「除了裡應外合，我們還另有計畫。」

岳飛喃喃道：「子華，你名叫子華，你們凡是名字有個『子』的，都是鼠族嗎？」他正眼直視部下子華：「說吧，你們還安排了什麼我不曉得的計畫？」

「我們最擅長的，是找糧食。」

「所以你們會破壞他們的糧倉？」

「我們同伴潛入回報，今晚此刻，應該已在賊窩使出看家本領了。」

「好計，」岳飛點點頭，「我派去山下埋伏的百名步卒，沒有你們的同伴吧？」

「沒有，」子華說，「如您所見，我們道行不足的同伴，一入夜便會露出原形，只有部分可以一直維持人樣。」

「這解釋了為何當初決策時，你們堅持只在白天作戰了。」岳飛不斷點頭。

子華感慨萬分的說：「岳兄果然不嫌棄我們！我們雖為鼠族，也懂感恩，您不把我們視為異類，我們當捨命以報！」

「這不是重點，」岳飛擺擺手，「我在想的是，戰場上瞬息萬變，我們雖有計畫，也要隨時應付不可預期的變化，況且兵貴神速，你們只能白日出戰這點，成了我們的弱點。」

鼠群們低頭不語。

「如果當初我知道，則不會帶你們冒這趟險，出兵不能出有弱點的兵，」岳飛用力拍擊大腿，「事已至此，明日惟有奮力一搏，清早出兵，務必中午以前解決，如此盤點賊窩、處理戰俘，才能在傍晚以前完成！」

群鼠聽了，無不義憤填膺，精神百倍。

「我們會在中午以前獲勝的！」另一名部下興奮的說。

岳飛想起，他聽說真定府要應募「敢戰士」，期望有比禁軍更勇猛的士兵。他剛去應徵時，路安撫使劉韐讀了他的履歷，依一般考試要他使拳、舞刀劍、弄棍、射箭、騎馬，見他才華出眾，便讓他當上小隊長。

當了小隊長，才知道他們這批「敢戰士」是準備要打胡人的，當時他心想，百年前宋、遼訂下「澶淵之盟」，雖然每年要給遼國送錢，卻也讓兩國人民休息生養，免去無數家破人亡的慘劇。不知為何，朝廷又要攻打胡人了呢？大宋有這種兵力嗎？

還是說，近年北方崛起的另一批胡人，才是他們要準備攻打的對象？新來的胡人叫女真族，建立金國，初生之國正是朝氣蓬勃，而宋、遼二國沉痾日久，如何抵擋得過？

更何況，他還曾聽劉大人抱怨，真定府養的禁軍連強盜都打不贏，令強盜氣焰熏天。所以他才主動請纓，要先用肆虐相州附近縣鎮的陶俊、賈進盜群試試身手。

岳飛向劉大人提出，他只需要一百騎軍，便可解決。

劉韐大喜，給他步卒百人、騎兵百人，讓他獨立行動，不加干涉。

得人賞識若此，岳飛更加用心計畫這場戰鬥。

盜賊出自相州，他的家鄉湯陰縣就隸屬於相州，這群強盜的事蹟，他是聽人說過的。

他探測地形、訪問被攻擊過的縣鎮、訪問跟強盜對陣過的士兵，掌握好對手的習性之後，計畫已然在他胸中成形。

他查明盜賊最近的動向，得知他們暫時盤踞在真定府和相州之間的山區，便馬上部署作戰計畫。

然而，出現了意料之外的變數：誰能料到他手中會有百隻鼠精呢？

「還有一件事，」他問群鼠：「你們剛才說的至巽道人，是怎麼回事？」

※※※

雲空和北神叟被請進一個營帳，有人端來水袋和大餅後，便出去守在帳外。

雲空肚子正餓，撕了大餅，便配水吃下。

吃飽了，還問北神叟要不要吃一些？

手腳被綑綁的洪浩逸不發一言，兩眼無神的望著地面，完全失去方才的氣焰。

「你不該這麼做的。」雲空先說話了。

洪浩逸沒答話。

「我們也算有緣，我行腳天下，三次在三個不同的地方遇上洪老，皆在殺妖，不過，那些願意捨身救人的妖，你也殺得下手嗎？」

洪浩逸依然不動容。

「當今之世，人比妖可怕，人中之妖比比皆是，這類妖人，洪老也會殺他嗎？」

洪浩逸終於抬頭：「實不相瞞，老夫這趟正是要去殺妖人。」

雲空沒料到他會這麼說，不禁好奇：「你要殺人？」

「老夫近年來領悟到一個道理，當做人做到像妖一樣時，人跟妖已經沒什麼差別了。」

「洪老所言不差，但若反過來，當妖比人還有情有義時，洪老仍視之為妖物嗎？」

洪浩逸又不說話了。

「你逢妖便殺，說實話，如此行徑比妖還可怕，你豈不是人中修羅惡鬼嗎？」雲空憤慨的說，「如此說來，人跟妖的差別，洪老要如何區分呢？」

「我兒子在我腰間的袋子中。」洪浩逸忽然說。

「咦？」

「你記得的，十年前那隻妖狐，我兒求我放過牠，我沒有食言。」洪浩逸黯然道，「我兒不久後便病故，洪家已然無後了。」

雲空不知該說什麼才好：「請節哀。」

「洪家無後，或許真如你所言，是由於殺戮太過吧？」

雲空心想，洪浩逸幹的不只殺戮，而是毀家滅族的勾當。但他沒說出口。

兩人沉默了一會，雲空才說：「洪老是隻身出行嗎？以前都看你前呼後擁的，很多人跟從。」

「我兒過世後，老妻不久也病故，我便結束家業、遣散家丁，也把小妾給休了，給她一筆厚資，另尋人嫁去，」洪浩逸像在說別人的事一般，淡如清風，「而今老夫孑然一身，再無牽掛。」

雲空嘆道：「人生在世，一場空花，洪老今後作何打算？繼續殺妖，直到再也殺不動為止嗎？」

洪浩逸喪子之後，再也無法振作起來，這十年都在混沌度日，依著長期養成的習慣行動，循著能感受妖氣的隱目去殺妖，其實根本沒想過這麼多。

「如果說，」洪浩逸的眼睛突然有了神采，「我洪某要嚇世人一跳，做出反常的事呢？」

「咦？」

※※※

北岳恆山，百年前因避宋真宗趙恆的名諱，改名叫常山。

在真定府附近的北岳常山是第五小洞天，乃西漢隱士鄭子真真人的修仙處，有鼠族久居山中，跟著學仙，日久修煉成精，因此在鼠族之中地位超然。

沒想到有一天，有個人類竟闖進他們的山林。

「晚輩道號至巽，乃至元道人弟子，求見鼠王。」

鼠王見來人仙風道骨，相貌清奇，童顏鶴髮，便知乃同道中人。鼠王覺得此人沒有威脅，便現出人身見他：「我們避居深山，向來不與人類來往，不知道長拜訪，所為何事？」

「晚輩聽說鼠王道行高深，但修行數百年仍未臻圓滿，所以特來獻上建議。」

這句話說到鼠王心裡面去了。

「如此道來，道兄必然有備而來，我洗耳恭聽。」

至巽道人說：「晚輩大膽說，竊聞所謂『真人』者，完美之人也，然而避居山中、遠離塵世，雖可專心求仙，但最後一著，應是出世然後入世，才是功行圓滿。」

「出世？你是叫我們鼠族進入人世嗎？老鼠過街，只會白白送命，何來圓滿？」

「鼠王別急，且聽晚輩說來。」至巽道人說：「近年來，大宋氣數每下愈況，北方金人剛剛興起，有洪水之勢，不出數年便會消滅遼國，只怕再過幾年，大宋也會成為胡人天下，到時千年華夏文明，經過兩百餘年胡人統治，恐怕消滅至盡，無法復生。」

「未來之事，如何說得準？道長為何說得像理所當然？」

「因為我深明步天之術，天下氣數在我指掌之中，了然分明。」

鼠王疑惑的直視此人，亟欲看出他的來歷：「你說令師是至元道人？」

「承師父教誨。」

「步天之術……至巽……」鼠王沉思良久，猝然一驚：「莫非你是……？」鼠王伸手往前作勢推了一把。

「我是。」

鼠王立時恭敬起來：「道長若肯賜教，乃本族的福氣，願聞其詳。」

「此地不遠處有個湯陰縣，有一少年武功了得，聰明又愛讀書，是難得一見文武雙全的奇才，惟有他能夠力挽狂瀾，改寫未來的歷史，令胡人延遲兩百年佔領中土，如果你們能去輔佐他，就是天地間一大功績！」

故事聽到這裡，岳飛覺得十分不可思議：「延遲兩百年？那人能推測未來嗎？」

「鼠王是深信不疑的。」鼠精子華頷首道。

「那名少年就是我嗎？」

「能拉三百斤大弓的二十歲男子，家住湯陰，姓岳名飛的，恐怕只有隊長您了。」

岳飛哈哈大笑：「如果我真是他口中那位能扭轉乾坤的男子，岳飛求之不得！然而胡人遠在邊疆，強盜則近在眼前，咱兄弟們需過得了明日，才再考慮一下至巽道人的預言！」

鼠精們聽了，也跟著吱吱大笑。

「咱們今晚養足神，明早殺敵去！」

※※※

晨霧還濃，岳飛的營地已經整裝完畢了。

敢戰士們餵飽馬匹、穿好甲冑，帶好隨身軍糧，方便作戰中途食用。

數十人騎著馬，在晨曦中浩浩蕩蕩的出發。

昨晚看起來只有寥寥數人的軍營，憑空出現了幾十名官兵，個個面帶長鬚、身穿輕甲，手持長矛、日本刀等長兵，背負長弓、箭袋等遠程武器，雄糾糾的騎在馬上。

岳飛率眾傾巢而出，他兵力有限，是以不留一人守營。

雲空站在營帳入口觀看，看到鼠精騎馬，莫名的聯想到：「鼠為子為陰，馬為午為陽，子午合作、陰陽一體，再適合不過。」

聽見馬蹄聲遠去，洪浩逸便開口了：「可以放開我了吧？」

依洪浩逸要求，今日清晨，雲空已先將綁住他手腕的繩子鬆開，讓重要的手腕先恢復氣血循環。

雲空總是對人有某種信任，他無法相信世間有完全奸險之人，所以當洪浩逸跟他表示將會幫助岳飛時，他心中大喜，但也擔心自己過於輕信，是以一再不放心的說：「洪老萬勿負我。」

「你我雖非深交，然而你見過洪某行事，老夫說一不二，絕非背信之人。」

雲空點點頭，幫他解開其他繩子：「不殺鼠精。」

洪浩逸深吸一口氣：「不殺。」說出這兩個字實在不容易，不過只要一說出口，就簡單多了，「說過不殺就不殺。」

雲空幫他鬆綁後，遞給他大餅和食水，讓他補充體力。洪浩逸不浪費時間，他直接將餅塞進口中，跑出營帳，去主營尋找他的神臂弩。

神臂弩和箭袋被恭恭敬敬的放在交椅上，似乎在等候他的到來。

他甚至感覺得到，他的武器是多麼的被尊重。

洪浩逸看見營中還掛著一把大弓，只是沒見著大弓用的箭袋，他想了一想，便將長弓拿走。

營中有兩匹沒人騎的戰馬，洪浩逸選了一匹裝上馬鞍，跨上馬背，試騎了一會兒，便策馬踏出營地。

他留意到營地旁有兩堆新土，泥土還濕濕的飄著酒香，不禁眼神黯淡了一下。

離開前，再回頭望了雲空一眼：「後會有期。」

「祝你好運。」

「喝！」洪浩逸拍馬快奔，追上岳飛的隊伍。

疾跑了一段路，終於看到前方的隊伍。

前方的鼠精們見他追來，起了一陣騷動，有人把馬停下，橫刀擋路。

洪浩逸停馬舉手，表示沒有傷害牠們的意思：「告訴隊長，我是來助陣的！」

岳飛聽見騷動，策馬前來：「洪老先生願意幫什麼忙嗎？」

「你要我幫什麼忙？」

岳飛瞄了眼洪浩逸的身上：「那把弓是我的吧？」

「打贏了就還給你。」

岳飛在馬背拿出一個箭袋，裡頭裝了三十支箭，他把箭袋遞給洪浩逸：「這是昨晚死去的弟兄的。」

洪浩逸望著箭袋，看見上面寫了「子兌」兩字，當他接過來時，感覺分外的沉重。

「好，待會見。」岳飛轉頭向一位部下說，「子勝，你去通報埋伏的步兵準備，洪老先生就加入他們吧。」

子勝應諾了一聲，向洪浩逸說：「請跟我來。」

岳飛一夥人往強盜的寨壘前進，子勝和洪浩逸兩騎則走另一條岔路。

子勝在途中向洪浩逸解釋：已有百名步兵埋伏在賊窩附近，現在要叫他們準備好，待會岳飛會佯敗逃走，賊人見他們人少，必定出寨追趕，屆時鳴短笛為號，步兵便會衝出來。

「軍隊不是以鼓聲和鑼聲為號的嗎？」洪浩逸問。

「這趟比較特別，因為不欲令賊人知曉號令，且隊長已查明賊人以牛角為號，所以要用他們無法掌握的號聲。」

「去到那裡要多久？」

「快馬半個時辰。」

洪浩逸點點頭：「冒昧問一句，那些埋伏的百名步兵，是人還是鼠？」

子勝不悅的回道：「是人。」

洪浩逸嘆了口氣。

「怎麼？你還有什麼不滿意的嗎？」子勝用腿輕踹馬身，促馬加速。

「非也。」洪浩逸也趕馬追上，「對不起。」

「什麼？」風聲太大，子勝聽不清楚。

「對不起！」

這回子勝聽見了。

洪浩逸從背後追上時，看見子勝在拭淚。

※※※

中午時分，雲空遠遠便聽見隆隆的馬蹄聲，近百匹馬輕鬆的踏步回營。在馬隊和步兵之間，包圍著十多個被反綁著手的人，脖子上套著活結繩套，連成一串行走，想來是被俘的強盜，而且回來的官兵竟比離開的多上一倍。

雲空遠遠望見洪浩逸也在騎兵之中，他眉間的紅光，在豔陽下也很是引人矚目。

軍隊在安頓俘虜時，洪浩逸走來找雲空：「一切如岳飛所料，他派了三十人當內應，又派了百人埋伏，前後夾殺，才進攻沒多久，內應就擒得賊首，殺了幾名嘍囉，其他人就一哄而散了。」

「如果這麼簡單，為何官軍出征數次，皆敗戰而歸？」

「這批新募的官軍叫『敢戰士』，還不明白嗎？表示之前的都是怕死不敢殺敵的，未戰先敗，如此之兵，如何保家衛國？」洪浩逸疲憊的說著。

說話間，岳飛踱步過來：「洪老先生，我們收拾好營地，馬上要啟程去相州，請你與我們同行，好讓我向知州大人為你請功。」

「你的好意，老夫心領了。」洪浩逸將大弓解下，連箭袋一起還給岳飛，「太快結束了，只用了五支箭。」

「你跟我們回去吧，我把你介紹給劉大人，一同為國效力。」

「小伙子，謝謝你的好意，」洪浩逸拍拍岳飛的肩膀，「老夫還有要事，休息一會便要走了，只不過，請聽我一言……」

「謹聽指教。」

「活在這種時代，你是個異數，要堅持這樣活下去很辛苦，甚至會因此斷送性命。」

岳飛點點頭。

「不過，請堅持下去。」

岳飛年輕的眼神發出光芒，彷彿對於為理念赴死有了心理準備。

「好了，有酒嗎？」

「有。」岳飛馬上命人取來一瓶酒。

洪浩逸拿了酒，走到營地外的兩個土堆旁，把酒輕輕淋在土堆上，然後雙膝跪下，深深的磕頭下去。

喧鬧的營地忽然安靜了一半，因為在洪浩逸把頭磕下去的當兒，有一半的官兵停下了動作，轉頭凝視他的舉動。

他們打從進營，就一直在留意洪浩逸。

在洪浩逸磕頭的那一刻，許多人眼裡的殺意頓時化為輕風。

洪浩逸祭拜完了，又朝著營地鞠了個躬，鼠精們也個個向他微微垂首。

然後他邁步離去，頭也不回。

※※※

百年之後，由岳飛孫子岳珂編寫的《鄂王行實編年》這麼寫著：

宣和四年，岳飛活擒相州巨賊陶俊、賈進之後，相州的知州（州長）王靖向朝廷上表，奏請封岳飛為補承信郎。

命令尚未下達，岳飛便收到家鄉來訊，告知父親病故，他馬上回家奔喪，盡禮節守喪。

沒想到，朝廷忽然中止了「敢戰士」計畫，把這群召募的官兵全部遣散，補承信郎的任命亦不了了之，岳飛不理會，也不追問此事。

直到兩年後，岳飛才重新投軍，回到歷史舞台。

之廿一

冷弩寒矢

宣和四年（一一二二年）

很久以前，他就已經老了。

說是老了，也只不過是皺紋乘他不留意時爬上了額頭，侵佔了臉龐，可他的身體還健壯得很，一把精鐵打造的大弓，依然可以輕易拉得滿滿的。

「老」這個字對他而言，只不過是經年在日曬風吹雨打下度過，而呈現給別人的印象而已。

他施起「八步趕蟬」的輕功，在草葉上飛奔，任誰也甭想跑在他面前。

他的神臂弩射出一箭，十副竹甲也照樣穿透。

可是今時今刻，他的確覺察到自己已經老了。

夜風吹得不是很猛烈，竟也教他打了個寒噤。

他對這個寒噤感到十分不悅，因為他不得不為此承認已經老了。

但是，他精壯的身體依然足於令人佩服，他於是挺起胸膛，走去敲門。

等了半晌，有人來應門了：「誰呀？很晚了。」那人站在門後，等門外的人回應，才決定要不要開門。

他也不是專揀晚上來的，只是白天趕不到，正好抵達時又是黑夜而已。

「告訴當家的，是洪浩逸來了。」

「洪浩……」門內的家丁陡地一驚，趕忙說：「您老等等，我請教太夫人去。」

「太夫人……」聽得腳步聲匆匆離去，洪浩逸忖著：「果然，當家的是太夫人了。」

這個家曾經很多男人，能管事的都死絕了，否則也輪不上女人當家的。

腳步聲又回來了，語氣恭敬的說：「您老久等了，太夫人要我問三條問題，好確認是不是北神叟，請勿見怪。」

黑夜有人拜訪，謹慎小心總是沒錯的，洪浩逸說：「問吧。」

「請問令堂名諱？」

宋代雖然不會刻意隱藏女性名字，但家母的名字，也不會隨便讓人知曉的。「李鶯喜。」洪浩逸直接答了。

家丁戰戰兢兢的問第二題：「李家家訓，孩兒幾歲入作坊拜師學藝？」

「男兒七歲，女兒六歲。」

「這題有副題：為什麼？」

「因為開始換齒，從換第一顆牙開始入作坊。」

「第三條由我來問了。」門後是太夫人的聲音，太夫人不知何時來到的，洪浩逸根本沒聽到她走來的聲音。雖然已經年老，洪浩逸依然認得出她的聲音，問題是：她的聲音跟年輕時一樣。

「太夫人好。」洪浩逸說。

「太見外了，你以前怎麼叫我的？」

「這是第三個問題嗎？」

太夫人沉吟半晌：「要是，也行。」

「哪一個以前呢？」洪浩逸嘆道，「最久最久以前，我喚妳秀秀的時候嗎？」

「不，是我嫁進這個李家之前。」

洪浩逸回想了一下：「薛老闆。」

「是了。」洪浩逸聽得出太夫人語氣中的笑意，「開門吧。」家丁開了大門，洪浩逸這才看見好久不見的太夫人。

太夫人如尋常婦女般，穿著一件素色抹胸，在涼涼的夜裡披了件半透明的褙子，豐滿的酥胸半露，面色姣好，皮膚光滑，乍看以為是三十來歲的貴婦人。

洪浩逸有點意外，但也覺得理所當然。

太夫人吩咐家丁說：「小游，這位是先君的表弟，不是外人，準備酒果，也準備一間客房。」

「不需麻煩。」洪浩逸說。

「故人夜訪，要是半夜到外頭去找住宿，人家還說我們李家怠慢客人了。」

洪浩逸不作聲了，細心觀察太夫人的一舉一動，觀察她眉宇間的表情變化。

兩人到偏廳坐定，洪浩逸把身上的神臂弩、箭袋和行李袋放在身邊，又待下人擺上溫酒器、酒瓶、幾樣佐酒菜如豆乾、鴨脯、雞內雜、核桃、栗子、梨乾，每樣雖少卻皆味美精緻。

兩人一直沒交談，直到太夫人吩咐下人出去等候呼喚了，才問道：「我們有五十年沒見過面了，今日造訪，不會只為敘舊吧？」

「五十年了嗎？」洪浩逸道，「我的表侄們呢？怎麼會妳在當家？」太夫人所生的孩子，年紀最長的應該也有四、五十歲了。

「我兒不幸，一個個活不長命。」太夫人黯然道，「最長的孫子還未立冠，家中能管事的都是女流，我也不得不挑起這付擔子呀。」

「原來如此，」洪浩逸說，「自從妳過門後，我就一直沒親自拜訪過，也是為了避嫌，希望妳不要見怪。」

「那名滿江湖的北神叟，今日就不避嫌了麼？」太夫人幽幽的說，為洪浩逸倒了一小杯溫酒，「難道你五十年來，沒想過我麼？」

眼前的美婦人，眼神幽怨，洪浩逸雖然年逾八旬，也不禁怦然心動。

這裡是他外祖父的家，外祖李宏是給朝廷獻上改良神臂弩、令禁軍軍力大增的功臣，他小時候曾長期在此居住，在李家弓箭作坊跟隨外祖父學習兵器製作，也是在這裡，認識了這位太夫人。

洪浩逸還記得第一次見到她的情境。

此地是大名府城外的宅院，大名府乃北宋四京之一的北京（非現代北京所在），由於在四京中最靠近遼國首都燕京，因此是北方最大的城市，也是軍事重鎮，人民皆有尚武之風。

太夫人的父親是外祖李家作坊的工匠，太夫人自幼就常在李家走動，比洪浩逸更早耳濡目染。洪浩逸初次來學習時，兩人都只有七、八歲，太夫人很是聰慧，還會從旁指點洪浩逸。

洪浩逸很喜歡她，知道她姓薛名秀，於是常喚她秀秀，還回家跟媽媽說，以後要娶秀秀為妻。

但是秀秀的爸爸覺得高攀不起，秀秀十幾歲那年，作主把她許配給酒樓老闆。

那是秀秀的第一段婚姻。

「我當時真想馬上去把妳搶回來。」但是洪浩逸沒說出口，畢竟這是六十年前的心情了。

太夫人那句話：「五十年來，沒想過我麼？」像塵封的詛咒般在腦中旋繞不已，但他的理性教他保持面色不變，不輕易透露自己的感情。

因為他還有更重要的事。

洪浩逸避開了太夫人的問題：「後來我聞悉妳嫁來李家時，我是被嚇著了。」看來當年看上她的，還不只他洪浩逸，「妳的元夫怎麼了？是離婚嗎？」

「他是病死的。」太夫人說這話時，嘴角掛著笑。

「然後就嫁過來了？」

「我還打理了一陣子酒樓呢，你不是來找過我嗎？」

「當時我並不知道妳元夫去世了。」洪浩逸當時也是準備要大婚了，所以才特地跑來大名府，想再去看秀秀一眼。

「扯了這麼久，你還沒說出此行的目的呢，」太夫人笑道，「事隔五十年，你總不會是來找我再續前緣吧？」

洪浩逸吞下一杯溫酒，把每一道小菜都夾來吃了一遍，才放下筷子：「我已經散盡家財，遣散了所有下人和弟子，現在是孑然一身了。」

太夫人訝道：「你的兒子呢？」

「病死了，他本來就體弱，十年前被一隻妖狐纏身，然後就一病不起了。」說著，洪浩逸不禁把心神轉去腰間的一個小皮囊。

太夫人咬了咬下唇，若有所思貌：「所以你絕後了。」

「我已經超過八十歲，也不怕說，我有過一妻三妾一婢，前後為我生了五子六女，個個夭折，唯一活上十九歲的，也病死了。」洪浩逸試圖雲淡風輕，但仍然忍不住紅了眼，「有人說我殺戮太過，不但捕獵奇珍異獸，還捕殺妖物，大凡成妖之物，靈性比尋常野獸更高，殺了牠們，怨氣更重，才會有絕後之報。」

「因為這樣，你才遣散家私的嗎？」

「不僅如此，」洪浩逸覺得小菜挺好吃的，不免多夾了幾口，「我還聽聞，外祖家這邊的情況也是跟我一樣。」

「哦？」太夫人的眼神掠過瞬間的警惕，一閃而逝。

她是嫁給李家次子的，本來當家者應為嫡長子，但長子早死，後來她的第二任丈夫又在婚後十年過世，這一家的男丁，幾乎沒有活過四十歲的。

她自己生的二子一女，如今也僅存女兒，已嫁到城內去，孫子同樣一一夭折，只遺下最小的兩個孫子由她撫養。

「所以我猜想，會不會也跟風水有關係呢？」

太夫人感到放鬆了一些：「風水是嗎？」

「我請教過幾位地理高手，他們舉了好些例子，」洪浩逸又喝了杯溫酒，「比如有人家子孫皆有肺疾，地理師說祖先棺木被樹根穿過，結果開棺證明，果然祖輩骨骸被樹根穿胸而過。」

太夫人聽得入神，視線在洪浩逸臉上的皺紋間游走，尋找他年輕時的痕跡。

「還有另一戶人家，子孫個個有足疾，天生不良於行，結果是樹根纏著祖先足踝，又有棺木泡水的，子孫都有皮膚生膿瘡……」

「那他們把棺也開了，風水的地氣也壞了，問題該如何解決呢？」

「祖先和子孫血脈相連，氣血也相連，祖先屍骨一天不化盡，不管是好是壞，子孫一天都會受到影響的。」

「由此看來，要祖先屍骨化盡，只有火化一途了。」

不比以前的朝代，宋代民間盛行火葬，雖富有人家也常用火葬。有讀書人士大夫反對，認為火葬乃對死者不敬，但民間業已成俗，禁無可禁。

「正是。」洪浩逸說，「我懷疑外祖家，或有一祖上不安，才令我們兩家三代子孫受累。」

「那你想要怎麼做呢？」

「請帶我去李家墓地走一趟。」

太夫人沉吟了一下：「明兒起個大早，我叫小游帶你去。」

「好。」洪浩逸很高興她如此爽快。

「你慢用，」太夫人站起來，「我還得去收拾，待會小游會來領你去客房。」

「有勞。」

太夫人優雅的踱出偏廳，洪浩逸沒放過她忐忑不安的神情。

這位他曾經深愛過的女子，有些事在瞞著他，看她如鯁在喉的樣子便知道了。

他平日打交道的人非富即貴，那些有權勢的人無不奸巧，接觸多了這些人之後，有時他會覺得妖物比人還更為單純、更容易預測。

這位太夫人是他自幼相識，本來要談婚論嫁，他對她的性情甚為清楚。

不過那也是六十年前的性情了，誰曉得歲月會把秀秀塑造成一個怎麼樣的人？就連洪浩逸自己，也清楚知道自己一生中的個性有過多少次的轉變。

所以其實他也沒告訴太夫人全部的事實。

在開門的瞬間，當他看見她的容貌時，便決定不能告訴她全部了。

「門外的！」他呼喚站在偏廳外等候吩咐的下人，只見他匆匆忙忙走來，是個三十來歲的男子，「你叫什麼名字？」

「我叫長生。」

「長生，再添兩瓶酒。」

「小菜要嗎？」

「酒就好了。」望著長生匆匆離去的背影，洪浩逸不禁感嘆。他本身對下人嚴格，但在生活上十分善待，這名叫長生的下人面黃肌瘦，看來不是過得很好。

半個時辰後，洪浩逸喝得人事不省，在偏廳呼呼大睡。

太夫人聞訊，便吩咐人把他扶去客房。

待他們把他安置在床上，輕聲關門後，洪浩逸睜開了眼睛。

他口中發出打呼聲，耳朵卻豎起來聆聽外頭的動靜。

他的耳朵非常敏銳，這是狩獵練就出來的，有時要捕捉某些特定的獵物，還必須在林中偽裝成樹木，好幾天一動也不動，只用耳朵判斷獵物的動向。

夜晚的李家宅院，有許多聲息。

他自幼在此處走動，對李家宅院的地形瞭如指掌，他用耳朵判斷聲音所在的方位，猜測聲音的移動方向。

他聽到有人在他房外，探聽他的呼吸聲，良久才踮著腳尖離去，從腳步的重量和節奏聽來，房外的人是太夫人。

不久，他聽到有人和婢女竊竊私語，還有打情罵俏的聲音。

接著，到大半夜時，終於出現他最在意的聲音：蹣跚的蹙音，每一步都距離很小，像學步的嬰兒，但更輕盈、更鬼祟。

洪浩逸暫時停止打呼聲，細心的傾聽。

跟他小時候聽過的一模一樣。

※※※

清晨的太陽還未加熱地面時，家丁小游便帶洪浩逸走去李家的墓地了。

墓地埋葬的人不多，僅僅他的外祖父母和前兩世的祖父母，加上幾個他們的子女，連太夫人的丈夫都不在其中。或許大部分都火葬了，畢竟有宋一代因人口暴增，土地相對不足，所以土葬比較困難。

墓地周圍栽種了幾棵柳樹，風吹柳動，添了幾許悽愴，加上這些墓碑都老舊了，更是顯得蒼涼。

洪浩逸細讀了每個墓碑上的名字和生卒年月，問道：「你們多久來打理？」

「每逢除夕、清明、中元、重九都有來拜祭的。」小游說，「有時太夫人還親自帶人來。」
洪浩逸站起來，指向旁邊一塊偌大的墓地：「那塊是誰家的？」
「那是官設的『漏澤園』，是官家收葬窮人和無主死者的，喏，旁邊那家寺院就是管理漏澤園的，再旁邊那塊就是『化人場』，火化用的。」
「哪天你死了，想埋了還是火化？」洪浩逸摸著高外祖父的墓頭，隨口似的問道。
忽然被問到這種不吉利的問題，小游支吾了一陣，才說：「哪怕兩頭不到岸，我們富貴人家的長工，半窮不窮的，漏澤園不收，火化也要主子肯費錢呀。」
小游沒想到，他這番話是一語成讖，再過三年，大名府便要陷入戰火，他將成為無人收拾的無名屍。
洪浩逸仔細觀察高外祖的墳墓周圍：「缺了高外祖母，沒葬在一塊兒嗎？」
小游聞言，也走過來看了一下：「我沒留意過呢，怎麼少了？」
「你在李家工作了幾年？」
「打從十五歲，太夫人收容我，也有二十年了。」
「這麼久了？」洪浩逸問，「你在李家沒聽過高外祖的故事嗎？」
小游歪歪頭，表示沒聽過。
洪浩逸沒繼續談下去，他高外祖其實是遼人，歸化了大宋，所以他也有遼人血統。
在步行回李宅的路上，洪浩逸又問小游：「我記得，李家晚上有個習慣，會在一間房間裡擺上食物，不允許有人進去或偷看的。」
小游訝然道：「連這個你也知道？」這是李家習俗，外人沒什麼理由知道的。
「我沒告訴你吧，我幼時住過那裡好幾年，在作坊學習弓弩的製作。」

小游聽了很是興奮，名聞江湖的北神叟會告訴他這些，令他深感榮幸。

他聽過江湖傳聞，本來以為北神叟是位很可怕又不易相處的人，如今看來親切得很，而且不是李家的外人，便敞開了心胸：「每晚祭拜鼠王，的確是有的。」

「原來還有哇？」洪浩逸不禁心中嘀咕：鼠王嗎？

「太夫人說，以前府中群鼠肆虐，晚上偷吃，又打破器皿，有高人建議，與其捕殺，不如祭之，是以從外祖那代便開始祭鼠王，自此便人鼠相安。」

「我很好奇，用什麼祭拜？」

「都是些飯菜，跟太夫人吃的差不多，」小游忽然傻笑道：「昨晚您老來訪，我可以這麼快上酒菜，就因為早有預備呀。」

原來如此，他昨晚吃的跟鼠王吃的相同呀？那麼還挺豐盛的。

「大凡祭神，食物都仍在，這鼠王會吃掉祭品嗎？」

「當然了，每晚吃個一乾二淨。」

「好厲害，」洪浩逸聊天似地，「你們有人見過鼠王嗎？」

「太夫人嚴厲規定，家人們不許窺探，否則立即逐出。」

洪浩逸知道，人類總免不了好奇心，於是佯道：「我小時候有去偷看過哦。」

兩人安靜的走了一段路，小游終於忍不住說了：「有人看過，真的好大一隻老鼠。」

「誰？」

「老爺，恕我不能說，看過的人嚇壞了。」

「好，我不逼你說，也不告訴太夫人。」洪浩逸先安了他的心，「真的是鼠王？」

「他說很暗看不分明，不過很大隻，」小游兩臂圍抱胸前，「像這樣，有個兩歲小孩那麼大。」

洪浩逸點點頭：「家裡拜鼠王也有很多年了，還是在同一個地方嗎？」

「打從我進來工作開始，就在太夫人的房間隔壁。」

洪浩逸咬了咬牙。

他把一切都拼湊起來了。

時間還早，他請小游帶他到李家的作坊去參觀，那兒是他小時候學習的地方，是為朝廷製作武器的地方，李家作坊專門供應弓、弩、箭等遠程武器。

作坊的老工匠們見北神叟來訪，紛紛恭敬的上前問好，還抓緊機會討論對武器改造的心得。洪浩逸讓他們瞧看他改良過的連環神臂弩，可以連續發射三箭，老工匠們忍不住就想要畫下設計圖，洪浩逸也不藏私，索性詳細告訴他們改良的幾個關鍵。

「你們還有製作中空的箭頭嗎？」他問老工匠們。

「餵毒用的嗎？這個不多做，有三種。」資深的老工匠領他到一個櫃子前，給他看展示品，「喏，有大有小，這個中空的，這個有細溝。」細溝的在使用前沾上毒液，利用毛細管原理將毒液吸入。

洪浩逸挑選最細最短的：「這個有多的嗎？可以給我一個嗎？」

「北神叟要的，一打都有！」

「一個就夠了，我還得借個爐子，把這箭頭改造一下。」

洪浩逸這麼一說，工匠們全都興奮不已，紛紛緊跟他到打鐵的爐邊，佔個好位子，瞧他如何改造。

跟興趣相同的人談天，洪浩逸度過了一個愉快的午後。

他一生中沒幾個值得記憶的愉快時刻。

他很珍惜這個午後。

※※※

傍晚回到李家時，太夫人邀他共進晚餐。

飯桌上只有他們兩人。

太夫人看著洪浩逸身邊的連環神臂弩，神色不安，洪浩逸故作不理：「怎麼不叫妳的孫兒一起吃飯？」

「他們在，不方便說話。」太夫人直接了當的說，「如何？今天去查了風水，有什麼發現嗎？」她眼神飄渺，似在隱藏著眼神後的真正動機。

「高祖的墓可能有問題。」洪浩逸大聲說，「最好擇日叫人開棺查看。」

「開棺這等大事，務必謹慎，只怕壞了風水。」

「風水早就壞了，否則妳我兩家怎麼會絕後？」

「此是族中大事，我恐怕不能定奪。」太夫人擱下筷子，別過臉去。

「這家裡也只剩下妳可以定奪了，不是嗎？」

太夫人不說話了。

宋朝法律善待女子，在某些條件下，女子是有繼承權的。

法律規定夫死後百日即可改嫁，社會上也不歧視離婚、改嫁的女人，讓女人在生活上不至於失去依靠。

太夫人臉色轉緩，一雙哀怨的眼睛流盼左右後，幽幽的望著洪浩逸：「你想要兒子是不是？我還可以幫你生。」

洪浩逸感到有點意外，但仍冷靜的說：「我們都有八十歲了。」

「你健壯得不像八十歲，況且，你瞧我看起來像八十歲嗎？」

洪浩逸沉默了一下，才說：「妳有修仙道嗎？」

太夫人不作聲。

「我聽說女人要修仙道，有一途徑是先斬赤龍，若是如此，即使不論年歲，妳如何還能生育？」斬赤龍就是斷絕月經，為免每月耗損真氣，影響內煉結丹，某些派別的女性修仙需先令月經中止。

太夫人淺笑：「可以斷絕的，也可以再續，就如你我年少時無法圓滿緣分，今日再續，也足以今生無憾呀。」

「我又聽說女人修仙，多用採補之術。」洪浩逸的眼神溜到太夫人胸前，抹胸下高高隆起，若隱若現。

太夫人紅了臉，呼吸也稍微急促了些：「不瞞你，先夫過世後，我可沒讓男人碰過我。」

「若蒙不棄，」洪浩逸輕聲說，「妳的廂房何在？」

太夫人低頭道：「需等二更交二鼓，下人皆去睡了。」

洪浩逸點點頭，兩人隨即閒話家常，像好久不見的密友般，述說自己這些年的遭遇。

他們都迫不及待的期待著夜深。

※※※

二更交二鼓後不久，連下人都完全停止活動後，洪浩逸躡手躡腳的走到太夫人房外，他的八步趕蟬乃上乘輕功，追逐妖物時令牠們無法察覺，此刻更是派上了用途。

太夫人聽見門外有聲息，便開啟房門，讓洪浩逸進房。房裡只點了一盞油燈，在昏黃的燈光下，太夫人用發抖的手指敞開洪浩逸的外衣，露出他堅實的肌肉。健美的肉體，在黃光下特別的令她垂涎，她好久沒碰男人了，更何況這男人是她年少時深愛卻無法結合的那位。

洪浩逸伸手到太夫人背後，輕輕解開抹胸的扣子，太夫人馬上投入他懷中，飢渴的聞他身上的氣味，洪浩逸找到她下襬綁的結，輕易的褪下裙子，讓她完全赤裸。

「讓我好好瞧瞧妳。」洪浩逸在太夫人耳邊輕輕說。

太夫人羞澀的退後兩步，讓洪浩逸盡情觀賞她成熟飽滿的胴體，她宛如少女初夜般滿臉通紅，任憑洪浩逸撫摸她柔滑的肌膚、輕揉她堅挺有彈性的雙峰。

「妳是妖怪，」洪浩逸抱著她的腰身，令兩人的肌膚貼緊，「八十歲還有這種身體，非仙則妖，告訴我，妳是哪一種？」

太夫人的手沿著洪浩逸的腹肌往下滑，撫弄他發燙勃立的下體：「你也是妖怪，八十歲的男人應該是油枯燈盡，怎地還有這麼大一根燭火？」

她拖著洪浩逸上床，打開雙腿，邀請他進入：「阿逸，我等了你好久了，快來吧……」她感到洪浩逸的手撫摸她的陰唇，手指探入她的陰道，她嬌喘道：「壞人，我不要這個……」

忽然，她感到一陣暈眩，整個腦袋瓜重重晃了一下。

當她發覺不對勁時，有紅光透進她閉著的眼瞼，她在意識模糊中張眼，看見洪浩逸的額頭冒出紅光。

待太夫人癱在床上沉沉睡去，洪浩逸才將手指伸出來。

他下午在作坊改造了中空的箭簇，剛才晚飯後，他便把它小心插進指甲下方，待疼痛過去後，再把迷昏藥「三步倒」注入箭簇。他平日將「三步倒」沾在箭頭，待插入獸體後，藥隨血行，即使猛虎也極快軟倒。

他只用了少許在太夫人身上，若再用多一些，恐怕她會停止呼吸。

問題只在，此藥需進入血液循環系統，一般要插入體內見血才有效，洪浩逸並不想傷了太夫人，所以陰道就是最佳的選擇了。千百年後，我們知道陰道內和口腔、眼睛內層等等一樣是「黏膜」，小分子藥物和細菌可以直接經由黏膜吸收進微血管，效果發揮很快。

其實，方才他也差點按捺不住。

其實他想，他很想，但他還有更重要的事要辦，令他的理性一直處於上風。

「對不起，秀秀。」他也不確定這個對不起是否真有必要，說不定他沒猜錯，秀秀真是妖物，即使他感受妖物的直覺沒感覺到。

他幫太夫人蓋上被子，自己也穿上衣服了，才輕推房門，去取他藏在門外角落的連環神臂弩和箭袋。

箭早已上膛，北神叟恢復了獵人的敏銳，慢慢推開太夫人睡房隔壁的房門，那處每晚供奉鼠王的房間。

房中點著油燈，照著滿桌的飯菜，一隻蹲在飯桌上的生物，正在低垂著頭，手執碗筷，慢慢的咀嚼美食。

洪浩逸回身輕掩上門，悲哀的望著那隻生物。

那生物似乎察覺了，卒然停下筷子，回頭驚愕的盯著他。洪浩逸看見了一張老邁的臉孔，皺紋佈滿了每一寸皮膚，稀疏的白髮零亂非常，身長兩尺的身上不穿寸縷，兩個乾癟的乳房垂掛著。

她只有一隻眼睛，圓滾滾如紅丹，另一隻深邃無底，彷彿不知通往何處的孔洞。

洪浩逸先打招呼了：「拜見高外祖母。」

那生物盯住他手中的神臂弩，下巴微微發抖，發出乾枯又尖細的聲音：「你是誰？」

「我是您的玄外孫。」

聽見是她的後代，她臉色放鬆了些，隨即尖聲道：「不要打擾我吃飯。」她回過頭去，「秀秀答應過我的。」說著，又繼續埋頭吃飯，似乎這是天底下唯一重要的事情。

「高外祖母，」洪浩逸還是打擾她了，「為何您可以活這麼久？有兩三百歲了吧？」其實在他小時候，高外祖母的事還不是秘密。

當時，一百五十歲的高外祖母的身體已經縮短了，但還沒現在這麼短。她冬不畏嚴寒、夏不怕暑熱，漸漸也不穿衣服，不愛見人，整日躲在房中。

久而久之，又二十年後，家人幾乎忽略了她的存在。

直到某日，她餓得到廚房裡覓食，妖怪般的模樣嚇壞了下人，家人害怕傳出去會有辱家門，便把她用鐵鍊繫了，鎖在鐵籠中。

洪浩逸並不知道她曾經被鎖起來的歷史，當他知道秀秀嫁給他的表哥後，已跟李家鮮少來往。

「高外祖母，您還想活下去嗎？」洪浩逸慢慢舉起神臂弩，短箭散發寒氣，點點霜粉從箭簇飄落。

「誰不想活著？」高外祖母瞪住他，「難道你要殺我嗎？」

「這麼活著，會快樂嗎？」洪浩逸把神臂弩瞄準她。

「秀秀也問過我，」她舉起細如牙籤的左手，五指之中缺了隻尾指，「所以我給了她快樂。」

秀秀接手李家後，把她從鐵籠釋放，她很感激秀秀，所以送了她一隻尾指。

「不要殺我，」高外祖母作勢要折斷手指，「我也給你長命百歲。」

「怎樣才能夠長命百歲？」洪浩逸的額頭發出紅光，照遍了房間。

「吃掉我的一塊，你就變成跟我一樣了。」她一邊說話，一邊還不忘扒一口飯吃。

「謝謝高外祖母厚愛，不過我活膩了，」洪浩逸徐徐迫進她，「我的兒子一個個夭折，妳的孫子們也是，每一代、每一個都不長命。」

高外祖母尖聲罵道：「不肖孫，不肖孫，與我何關？」

「祖先跟子孫精氣相連，不論是死的活的，只要氣血仍存，禍福都會影響子孫。」洪浩逸的眉間剎那爆出紅光，把手指扣在扳機上，「只要您不在了，至少你們李家暫時還不會絕後。」

「李不李家與我無關，我有秀秀就好了。」高外祖母厲聲道：「李家幹的是殺人的勾當，四代下來不知為世間添了多少亡魂，造了多少孽，如何怪在我頭上？」

洪浩逸站在高外祖母跟前，冰寒的箭簇指著她的頭顱：「我好奇的是，那麼當初您又是吃掉誰的一塊呢？」

他靠得太近了，近得高外祖母只要伸長脖子，就可以聞到他的氣味。

「我認得你，認得你了……」高外祖母睜大紅丹似的獨眼，喃喃說，「你在很小的時候，常常在作坊玩，對不對？」

「對，我小時候就見過您，那時候的您比現在高一些。」

高外祖母指著他：「你小時候出過意外，在作坊被箭所傷，是我曾孫的螺旋箭，箭頭穿進你的頭，你記得嗎？」

洪浩逸怔住了：「我不記得……」

他小時候的確出過意外，不過他壓根兒想不起來是何種意外。

「螺旋箭要是穿入肚子，拔出來就肚破腸流，穿進頭顱，拔出來就頭裂腦出。」高外祖母的尖聲是活生生祖先的聲音，有著無比威嚴，「你小小的頭殼那麼薄、那麼脆弱，他們好不容易剜開箭簇周圍的骨頭，你的頭開了個洞，白白的腦子也看得見了，他們要把你睡倒，腦漿才不會流出來。」

洪浩逸渾身發冷，不是因為他手中箭弩的冰冷，而是因為他猜到了高外祖母接著要說的話。

「你娘央求我救你，」高外祖母的手指舉得高高的，指向他的額頭，「我給了你一個眼睛，那個，就是我的眼睛。」

在解剖構造上，眼球後方粗大的視神經直接跟大腦溝通，所以眼球本來就可以被當成是外露的腦袋。

她把眼球放進洞開的頭骨，眼球黏上洪浩逸的腦子，合為一體，堵住洞口，成為他腦子的一部分。

從此，他便有了感覺妖物的能力。

每當妖物接近時，他額頭上的紅眼就會察覺，通知他的腦袋。

每當他有殺意，額頭上的紅眼就會暴出紅光。

有生以來，洪浩逸第一次激動得渾身顫抖，連神臂弩都握不穩了。

他想起剛才秀秀說的話：「你也是妖怪……」難道她早已知悉？

他跪倒在地上，直愣愣的望著地面，油燈的火光微晃，把他和高外祖母的身影惹得不安的搖晃。

高外祖母見他不作聲了，繼續沒事兒一般埋頭吃飯。

洪浩逸的腦袋瓜陷入空前的超級紊亂中，過去一幕幕捕獵妖物的情景掠過眼前，他回憶著察覺到妖物時身體的感受，他一直以為是天賦的直覺，是上天賦予他殺妖的重任。

高外祖母吃飽了，用一方折好在桌上的絲巾抹了抹嘴巴，慢慢從桌面爬到他的肩膀上，抱著他的頭，在耳邊輕語：「你知道我為何寧可當妖，也不願當人嗎？」她的語氣不是悲傷，而是鬆了口氣也似的說：「這世道，人妖難辨，人還比妖可怕，李家專做殺害同類的兵器，四代造孽，我雖生為李家人，死可不想當李家鬼！」

洪浩逸壓根兒沒想過，高外祖母竟對夫家積怨如此之深。

「高外祖母，您還沒回我……」洪浩逸呢喃道，「您吃過什麼肉？您是什麼妖怪？」

高外祖母吃吃笑道：「不瞞你，玄外孫，我吃的不是等閒妖怪，是夜叉肉，是古老的飛天夜叉肉。」

那就說得通了，傳說中的夜叉身手敏捷，說不定他的身手跟這個有關，他健壯的身體也跟此相關，畢竟他跟妖物的眼球是氣血相連的。

「您怎麼會有夜叉肉吃？」

「那是很久以前，百妖王請的客，」高外祖母還在吃吃笑，似是對兩百年前那段遭遇很是得意，「我吃了之後，還不覺得有什麼差別，一直到八十歲後，還比你高外祖父年輕時，才知道百妖王沒騙我。」

「百妖王？」洪浩逸額上的紅眼又微微亮起紅光了。

「百妖王消失很久了，不過我聽其他妖怪說……有時候，我會招待路過的妖怪，牠們告訴我一些消息，他們又找到百妖王了，而且他已經化身為人。」

洪浩逸道：「怎麼說？他究竟是人是妖？」

「他遲早會統領群妖，重新當王的。」

「聽說來，高外祖母好像知道他的身分。」

「我消息靈通，當然知道，」高外祖母忽然從他肩膀躍起，轉眼便身手敏捷的跳到天花板上，原來上方開了一道小門，就是她出入的通道，「我若告訴你，豈不是讓你去殺他？」

「我剛剛才瞭解到，我老早就跟您是同類了，怎麼還會去殺百妖王呢？」

看著高外祖母爬進天花板的小門洞，洪浩逸慢慢把手伸向地上的神臂弩，不想她忽然探頭來望著洪浩逸，他的手馬上僵住，只好回望她，兩人四目交接，互相捕捉對方的心理。

高外祖母只有一個紅紅的圓眼，滿是皺紋的臉上也看不出她的表情，更遑論她的心思。

她忽然嚴肅的說：「玄外孫，你得知道，七十年前，我願意捨掉這顆眼珠，是因為你媽鶯喜對我磕頭不斷哀求，說要是你死了，她也要一頭撞牆死去，因為你是洪家五代單傳，鶯喜受了多少委屈才生下你。」高外祖母指著那個空洞的眼眶，「你不妨想想，我願意給你眼睛，是一個很容易的決定嗎？」

洪浩逸不作聲，心裡卻像有根弦彈了一下。

「你聽得出我的意思嗎？鶯喜是我曾孫女，你家五代單傳，五代以來就單傳了，你兒子死了，會與我有關嗎？」

洪浩逸頹然垂頭，覺得自己更加衰老了。

「更何況，殺祖重罪，是直墜地獄的，你也想做？」

洪浩逸緊握拳頭，舉棋不定。

「去找百妖王吧。」

「什麼？」洪浩逸驚奇的抬頭。

「你認識他的。」

「為什麼妳要我去找他？」

「你會明白的，」高外祖母說，「你很重要，到時你會明白的。」
「您說我認識？那麼他是誰？」
「在來此之前，有個曾與你有數面之緣的道士。」
雲空？
洪浩逸腦中第一個掠過的是他。
但雲空並沒有妖氣，只是普普通通的尋常道士。
「你無須刻意找他，」高外祖母說，「時機到時，你們就會見面了。」
「您怎麼知道？也是因為消息靈通嗎？」
「沒聽說過嗎？人家說山鬼能知一歲之事，你的高外祖母，也算是鬼神呀。」說完，她就縮入天花板上的小門洞，從裡面把小門掩上。
洪浩逸拿起神臂弩，指向天花板，耳中聆聽高外祖母走路的聲音，用聽覺追蹤她的位置。
鬼神能知一歲之事嗎？
那麼高外祖母知不知道這一箭會否射中她呢？甚至，會否射出去呢？
難道在這一箭的扳機扣下去之前，高外祖母早就知曉會不會扣下去嗎？
如果早已知曉，那他會扣嗎？
是命定還是未定？或以上皆對？
只有在扣下扳機的那一刻，才能知道扳機會不會扣下。
八百年後，大陸的另一端也有個學究提出了類似想法，以「薛丁格的貓」聞名於世。
洪浩逸重重呼了口氣，放下神臂弩。
他步出祭拜鼠王的房間，回客房收拾好隨身行李，便走到宅院的圍牆邊，輕功躍身而出。

乘著星夜，他想趕路回到最後見到雲空的地點，雖然他明知會撲空，也要試試。
他體內的妖氣令他比常人精神百倍，即使在夜間趕路也不覺疲憊。
他要會一會高外祖母所說的百妖之王，看看能不能除去他身上的妖目。
即使是死，他也希望以人的身分死去。

※※※

天花板上，高外祖母的心臟激烈的卜卜跳。
是的，神鬼能知一歲之事，但方才那瞬間，她也不確定玄外孫是否下得了手。
但是，天下大勢太過明顯，她的確是感覺得到的。
她知道，再沒幾年，大名府將陷入連年戰亂，她也將失去棲身之所。
眼前的危機解除了。
下一步，她該怎麼做呢？

【典錄】夜叉

「夜叉」一詞源自印度，為梵文Yaksa的音譯，是印度神話中的一種小神，也被納入佛教，見之於各佛經中。夜叉又可以音譯為藥叉、野叉等等，不同的佛經有不太一樣的譯法，意譯是輕捷、勇健、能噉、貴人、威德、祠祭鬼、捷疾鬼。另外還有夜叉女，正是所謂母夜叉也。

夜叉有善有惡，皆形象猙獰，常跟羅剎相似，容易混淆。惡者相狀可怖，能令見到他的人錯亂迷醉，進而被飲啜精氣、噉血肉；善者守護佛法，被列入護法神「八部眾」之一（亦即「天龍八部」，因為包括了天眾、龍眾、阿修羅等八種神靈之物）。

《長阿含經》中，夜叉和羅剎都受毘沙門天王統領，工作是守護天神，不但生活安樂，還頗有威嚴，甚至還有被稱為大將的，《大方等大集經》則有毘沙門天王十六夜叉大將，《藥師如來本願經》有守護的十二藥叉大將。

除此之外，夜叉還有種類，例如《大智度論》說有地行夜叉、虛空夜叉、宮殿飛行夜叉三種。

夜叉的形象傳入中國之後，少了神靈的味道，只留下恐怖形像，成了街頭流氓式的怪物。比如唐朝《宣室志》說江南有個姓吳的人，在外地娶了劉氏為妾，幾年後，原本溫柔的劉氏忽然變得易怒、愛吃生肉，終於有一次，吳生親眼見她生吃一隻鹿，劉氏發現事跡敗露，於是脫去衣服露出本相，原來是個全身青色的精瘦夜叉，便捷如疾風的飛逃了。

《通幽錄》說，哥舒翰年輕時，他的愛妾半夜被夜叉分屍吃掉。《傳異記》說馬燧逃難時，夜宿破屋避開追殺者，半夜遇上身體金色、紅髮、手臂像木材彎曲的夜叉，把追殺馬燧的人和馬全部撕裂吃掉。因為吃相恐怖，所以夜叉又叫「能啖鬼」。

無非人間

之廿二

宣和五年（一一二三年）

【零】十年之約

雲空愣住了。

這一愣，好久都回不過神來。

他真的不相信眼前所見，所以只好懷疑自己是不是走錯路了。

不，這山道只有一條，就是每次都走得他小腿很瘦很痛的路。

如他所料，過了重重石階，隱山寺便自崢嶸亂石中露臉了。

令人懷念的山門，依然屹立在密密重疊的竹林中。

這是他午夜夢迴的地方，他豎耳聆聽，竹葉細微的窸窣聲輕撫著耳膜，祥和的恬靜，沁涼入心。

可是，那是什麼呀？

山門依舊、竹林依舊，可是掃葉子的卻換成了道士。

「隱山寺」的橫匾不見了，變成了「竹葉觀」！

他上一次來，是燈心、燈火大師圓寂之時。

只不過十年，滄海桑田，竟能將百年古寺變成了道觀？

他沉著氣，走去向掃葉子的道士拱手作揖：「請問道兄。」

那道士很老了，老得動作異常遲緩。

他慢慢停下手中的工作，緩緩抬頭，瞇了瞇眼：「有什麼事呀？」

「請問……此地是否有個隱山寺？」

老道士側耳聽了聽，好像聽進去了，又好像沒聽進去。

他兩手撐著掃帚，別過頭去，閉上兩眼。

良久，老道士才不急不徐的說：「隱山寺……躲到山後面去了。」老道很認真的遙指遠方。

「呃？」雲空抬頭找了找。

「汗仔啊，你不知道嗎？」

「咦？」聽見小名被呼叫，雲空吃了一驚。

老道士捋了捋花白的鬍子，摸了摸稀落的白髮，笑容中滿是無奈。

「凡……凡樹叔叔？」

「正是，阿彌陀佛。」

「隱山寺發生了什麼事啊？」

「天子聖明啊，全都因為天子聖明。」

原來，數年前，皇帝改年號宣和，同時下詔改稱佛祖「大覺金仙」，其他佛改稱「仙人」、菩薩也改號。

這是他自稱道教「教主道君皇帝」後的下一波行動。

不僅如此，他又下令僧人改稱「德士」、尼僧稱「女德」，改服飾、稱呼姓名……他要從頭改到底，所以佛教寺院便改稱宮觀。

這一切發生時，雲空正被困在秀水澗。

據說，這是由得寵的道士林靈素慫恿皇帝，一手策畫的。

林靈素出身佛家，後改奉道教，因為跟佛教有宿怨，得寵後便開始對佛教的復仇行動。其實才改了一年而已，林靈素失勢後，一切就回復原貌了。

但是隱山寺只收到朝廷改成「德教」的命令，卻沒人告訴他們可以改回來了。

「改得了皮毛改不了骨子。」凡樹笑著敲敲肋骨。
「竹葉觀」跟「隱山寺」沒啥不同，只是和尚換成了道士，佛經換成了道經。
隱山寺原本便藏了不少道經，雲空小時候也翻過的。
凡樹掃著地上的竹葉，掃了過去，又掃回來，老是掃不成堆。
雲空看了良久，才知道他並不是想掃走樹葉。
雲空問道：「看凡樹叔叔掃葉子，令我想起神秀的偈子。」
唐朝時，禪宗五祖弘忍大師要傳衣缽，弟子神秀和惠能各寫了一偈，以證自己已悟大智慧。
神秀寫了：身是菩提樹，心如明鏡台，時時勤拂拭，莫使惹塵埃。
惠能寫了：菩提本無樹，明鏡亦非台，本來無一物，何處惹塵埃？
後世認為惠能所云境界更高，所以五祖才傳袈裟予他。
「好，好，」凡樹仍舊在掃地，「惠能寫了什麼？……本來無一物，何處惹塵埃……」
「是，這偈句句針對神秀的偈，指出神秀尚未得道。」
「惠能格調頗高，雖符合佛法，但神秀或許更近乎人情，」凡樹舉手一指，「瞧，我沒去惹竹葉，竹葉卻打來我身上了。」
雲空撿起竹葉，只敢拿著葉柄，免得被鋒利的竹葉邊緣割傷手指。
「汗仔啊，其實神秀寫得不差……神秀不如惠能是沒錯，可他點出了世事莫可奈何呀。」
「凡樹叔叔，所以才勤掃竹葉，卻不掃走嗎？」
凡樹只是慈祥的微笑。
雲空望著山門後的院落，心中重重感慨，那裡是他幼時充滿回憶的居所。
「老衲這十年來也精進不少呢。」凡樹掃著地，似是在自言自語。

「叔叔健朗，不知朽樹叔叔怎麼樣了？」

「那個住持呀？後來就改稱觀主了。」凡樹哼了一聲，又不說了。「汗仔，我剛才說我精進不少。」

「是。」

「我見過你師父破履。」

雲空納悶了一下，不解的說：「師父說他不再行走江湖，定居下來了。」

「你師父不走江湖，可沒說不能來找我呀。」

雲空搞不懂：「雲空與師父原本約了十年相會，不想有事打擾，遲了一年，若是師父在這裡，我就……」

「老衲這些年來修有小成，常跟你師父破履神交啦！」凡樹用掃把柄輕敲雲空的頭，「說話真的要說得那麼白嗎？」

雲空恍然大悟，原來凡樹有神通。

出家人若修行中出現神通，都不會公然告訴他人，但凡樹告訴雲空，必有他的理由。此種遠距通訊是叫做神足通嗎？雲空問道：「師父有說些什麼嗎？」

「有，他說若是見到你，趕快趕你走。」說著，已是一掃把打了下來，「快去見你師父。」說可簡單，師父最後定居在桂林，雲空要見上師父，還需走上約半年光景。

「凡樹叔叔，天色已晚，且留我一宿，明日大早就走，好嗎？」

「要留，你去竹林裡過夜，那裡冬暖夏涼，舒服得很。」

「你去跟朽樹叔叔說情，我借宿一晚，不礙事的。」

「朽樹也不在了。」

「咦？」雲空這才注意到，隱山寺似乎比往日殘舊了些，雜草也比以前多，而且他來到至今還沒聽見裡頭有人聲。他狐疑的問：「還有什麼人在嗎？」

「只有我一人。」凡樹淡然說，「朝廷發下命令時，大眾反對服從，認為此地偏遠，官府應該不會發現，然朽樹堅持要改，大家便一個接一個離開了。」

「那麼朽樹叔叔呢？」

「僧眾都沒了，當住持還有什麼癮？所以也走了。」凡樹說，「你來了也正好！好久沒剃頭了，今日你就為我剃頭好吧？」

「好。」雲空很高興的答應了，這表示他被同意留宿了。

「我去燒壺水。」凡樹說著，踉蹌的走進裡面

雲空一路跟著凡樹走，眼見沿路兩側雜草叢生，牆漆剝落，隱山寺落魄至此，雲空也不禁欷歔。

凡樹走到水井，正要打水，雲空見他行動不俐落，忙搶上前去拿桶：「叔叔，我來。」

凡樹硬拉著桶：「你是過客，還是要住下？」

雲空怔了一下：「我是過客。」

「所以你沒打算要一直照顧我，每日為我打水、洗衣、煮食，直到我一步也走不動，然後為我荼毘，是嗎？」

雲空把手縮回來了。

「那就對了，不久將來，我會一人死於此地，那時你也不會在我身邊，所以打水這件事，就讓我跟昨日或明日一樣，自個兒來吧。」凡樹把小桶放進井中，然後費力的拉動繩子，很久才把一小桶水拉起來。

他自己提水，到香積廚生火，一切雖然緩慢，但井然有序。

雲空不幫手，他知道他不能幫。

他唯一能幫的是剃頭。

凡樹席地而坐，身邊放了一盆熱水，雲空把剃刀先在熱水中刷兩次，再為凡樹剃頭。

雲空幫他一點一點剃掉頭髮，小心避免割傷他薄薄的頭皮：「要剃鬚嗎？」

「再好不過了。」

水盆中浮滿了毛髮時，熱水也早已冷卻了。

雲空要去倒水時，凡樹問他：「你們不是有種圓光術嗎？」

一語驚醒夢中人，雲空不禁頓足：「我沒想過！」然後咬牙道：「不過我也沒用過。」

凡樹指向廚房：「去換一盆清水來，要滿的。」雲空慌忙去拿了。

待他端著滿滿的水盆，小心翼翼的走回來時，凡樹的身邊已經備好紙筆，正結跏趺坐，雙目半閉，口中似乎喃喃有辭。

凡樹兩眼一瞪，見雲空回來了，便說：「我正在與你師父破履說話。」

雲空恭敬的在凡樹面前坐下，彷若師父正在眼前。

「他要你記下『圓光咒』，還有畫符的形狀。」

雲空忙拿起紙筆：「有印訣嗎？」

凡樹沉默了一下：「沒有。」

雲空把所有指示記下之後，先從布袋取出朱砂筆，在腦中把所有步驟演練一番後，深吸口氣，準備開始。

「謝謝你了，凡樹叔叔。」

凡樹頷首道：「快去，破履等著你呢。」

雲空口持「圓光咒」，手執朱砂筆，心神凝定後，用朱砂在水盆的水面上畫了一道符。

水痕過處，驟然亮起幽幽的光芒，一張人臉徐徐浮現。

雲空鬆了口氣：「師父。」

【壹】品茗之谿

師父的影像模模糊糊的，但仍舊可以看出師父又蒼老了許多。

雲空不敢將視線離開水面，生怕一轉眼就失去了畫面。

「雲空……」師父的聲音在耳邊飄忽。

「是，師父，對不起，弟子錯過了十年之約，因為……」

「不需說，一切都有因緣，」破履截道，「不必找我，不可找我，圓光術的時間不長，總之告訴你，你暫時必須留在北方。」

「為什麼？」

「先告訴我，燈心燈火大師圓寂前，提示了你什麼？」

「呃……」師父忽然問起，他還得好好回想，「猶記得，他們說，有兩個東西跟我的生死大劫有關。」

「兩個東西嗎？」破履不禁失笑，「他真愛開玩笑，還有呢？」

「若我過得了生死之關，還有一個比生死更難過的關，但他們什麼也沒提示。」

「一葉知秋嗎？」

雲空驚道：「是，他們有說這個。」

「這個就是提示了。」
「師父怎麼知道？」
「為師這十年可不是白過的，」破履說，「記住，千萬不可忘記這兩個提示，你也替人算命，應該理解為何我們不能明說。」
「弟子瞭解，為了避免影響『運』的趨向。」
「很好，接下來的，我可要明說了。」
「是。」雲空預備好了。
「你知道江湖上有所謂四大奇人吧？」
「知道，我跟師兄都見過那位北神叟。」雲空提醒破履，「而且南鐵橋……」
破履再次打斷雲空：「小心無生，」他的語氣竟不覺有些顫抖，「他很危險。」
雲空訝然道：「師父說的是東海無生嗎？」
「他們正在找你。」破履的臉忽然在水面放大了一下，「而且快找到了。」
「我該如何避開？」雲空感覺到師父的緊張，又不明白發生了什麼事。
「你避不了，而且不能避，你一定得面對，否則的話，」破履斬釘截鐵的說，「下一次，我不知道你還有沒有這麼多的緣，有這麼多人會幫你。」
「師父，我不明白。」雲空愈發困惑了。
水面上的破履轉頭望去背後，停留了一陣，不知在瞻望什麼。
「師父？」
水面上驀地亮起強烈的光線，照得雲空張不開眼，下意識的舉起寬袖遮眼。
這是圓光術的光嗎？還是師父出事了？

他急忙放下寬袖，凝視著強光，意圖把強光看透。

他生怕師父有事，又怕圓光術會中斷了。

強光忽地消失，就跟出現時一般唐突。

雲空感覺四周暗了下來，他以為是視覺在強光過後的補償反應，但當他安穩下來後，他發覺，周圍果然是陰暗的。

水面沒有畫面了，師父不在了，他忙轉頭環顧，才發現四周全是敗瓦殘壁，屋樑傾斜，隨時要倒塌的樣子。

「凡樹叔叔！」他的聲音在廢墟中迴盪，一點凡樹的影子也沒有，連他呼出的空氣都不存在。

他冷靜下來，回想剛才是如何抵達這裡的。

這裡還是隱山寺嗎？

他口持咒語，用朱砂筆在水面畫了道符，卻沒有反應。

他納悶了一陣，從布袋取出桃木劍，將指尖點在劍身，然後心念凝定，將一股真氣緩緩灌入。

桃木劍有如頑鈍的泥石，沉默無聲。

雲空十分困惑，究竟剛才那一剎那發生了什麼事？他甚至開始懷疑他究竟曾不曾登上隱山寺？更之前呢？他有沒有到過亳州？更之前更之前呢？他在何地？

他愕然發覺，記憶非常混淆，許多時間線交纏在一起，他竟在一時之間無法分辨。

不管之前了，解決當下的狀況最重要。

他把道具放回布袋，腳踏陰陽步，一邊探索這陌生之地，一邊慢慢走向崩塌的門口。

外頭光線昏暗得很怪，灰濛濛的，不像白天也不像黑夜，也看不出有沒有太陽。

雲空走到門口時，腳下踢到了一樣東西，在地面滾動了一下。

他彎身撿起，見是一幅卷軸，翻轉卷軸，看見貼了張標籤，沒寫字，卻畫了一朵雲。輕輕展開卷軸，映入眼中的是一幅白描小圖，似是一潭池水，旁邊扁石上坐了位老者，手中握著草扇，正搧著小火爐，煮著一壺水。

再展開卷軸，底下是空白的。

「什麼意思？」雲空納悶不已。

他還正在不知所措時，抬頭一看，眼前的灰濛霍然展開，迸現一片山腳下的竹林，旁有谿谷小池，果然也有位頭戴草笠的老者，正垂著頭搧火煮水。

得見活人，雲空心中一陣興奮，又不禁疑心：為何情景跟卷軸如出一轍？

他深吸一口氣，當下決定步向老者，恭敬的作揖問道：「借問老丈，請問此地是何處？」

老者頭也沒抬起來，斜望他一眼：「問錯問題了。」

雲空愣住了：「問錯……？」

「去池水照照臉吧。」

雲空困惑的走近池塘，探頭下望，隱約看見一位瘦削的中年人，留著鬢鬚，正從水面回望他。雲空吃驚不小，該水面的中年人也同樣一臉驚訝，雲空嚇得忙縮回頭：「這位是誰？」

「還是問錯，再看！」

雖然不瞭解，他還是把頭伸到池子上方，這次見到一名中年書生，水波一盪，又變成一名穿著皂衣的吏役，隨著漣漪輕波，水面的臉孔一張張變幻，表情也隨著雲空變化，卻沒有一張是雲空的臉。

雲空彷彿明白了老者的意思：「我……我是誰？」

「這才是，」老者道，「你是誰？」

「我是雲空。」

「雲空只是你師父為你取的假名，正如陳汗也是你生身父母給予的假名那般。」老者說，「假名不是你，你也不是假名，那你是誰？」

雲空不知道自己是什麼處境？他在一個不知何方被一位不知何人打禪語，是答或不答好？是離開繼續探索還是留下繼續問答？此時此刻，他完全無法判斷。

他試圖感受周圍的「氣」，但他感覺到的只有空寂。

眼前的老者，非鬼非人非神非妖，雲空完全無法猜測他的身分。

無論如何，他什麼也做不了，所以最好的選擇還是回答吧。

不，還有另一個選擇。

「雲空愚鈍，請教老丈，老丈您又是誰？」

老者依舊沒抬起頭，哼哼輕笑幾聲：「顯而易見，我是煮茶老人。」

「煮茶老人……」

泥壺上的小孔徐徐噴出白煙，泥壺在爐子上格格顫抖，煮茶老人於是打開壺蓋，頓時有一陣濃烈的茶香撲鼻而來，他觀看壺中沸水翻騰的程度後，把泥壺移開火焰，輕置地面。

「我用雨天採的茶葉，敗器燒火，煮山谷之水，三沸而止，你道茶味該當如何？」

雲空蹙了蹙眉。

唐朝把喝茶當成飲藥，直到陸羽編寫《茶經》，才將喝茶的地位和品質提高。

依陸羽之說，「敗器」乃廢舊有異味之木具，用來煮茶，異味會摻入茶中，破壞茶味。山谷之水乃凝滯不動的「死水」，有腐物懸浮其中，有礙健康。三沸之水已老，滾沸過久，影響茶味，減少香氣。

雨天採茶，茶味必變。

總而言之，這一杯茶，無論如何，必是一杯失敗的茶。

老人將茶倒入小杯，遞給雲空。

雲空猶豫片刻，舉杯慢慢喝下。

這一喝，茶味竟一口比一口甘美，一口比一口香醇，一口比一口涼透入心，雲空整個人從腳到頭都感覺清涼了。

雲空乍驚乍喜，忍不住笑顏綻開，感慨的說：「雨茶、敗器、三沸死水，我想不出這茶為何……」

「這茶有個名堂，」老人將滾沸太過的水倒掉，「叫『人間茗』。」

「此名何來？」

煮茶老人舉起泥壺，道：「壺乃中空，故能盛水，人亦一皮囊，天地之氣暫時充斥其中，遊走人間數十年，歷經眾苦，不管成龍成蟲，終亦敗壞，然而在人生將盡、蓋棺論定之時，回顧一生善惡，是什麼決定了茶的好壞？」

「是煮茶的人？」

「是心。」老人用手指點了點胸口。

「心……」

雲空呷了一口茶，感受著滿口香醇，心中卻五味雜陳。

老人背對著雲空蹲低身子，在池畔清理茶具：「天地之氣聚化為人，人於母胎煉成人形，但要到人間，還須先通過赤龍道……」

「赤龍道？」

「人剛從母體出來，無法立刻適應人間惡氣，要是熬不住，便會夭折，回歸太虛。」古時嬰兒夭折是常事，女人生子也是要冒著性命危險的。「所以赤龍道先以血水洗滌胎兒，經歷一場血浴，為進入五濁惡世做準備。」

「請問赤龍道是……？」

「那邊不就是？」雲空循著老人所指望去，前方驟然出現一片赤紅之光。

雲空驚愕之際，耳邊聽見老人聲音：「去吧，逆行赤龍，尋覓龍首何在。」

「煮茶老人，」他轉頭想問，老人、火爐、泥壺全不見了蹤影，池水甚至沒留下剛剛洗茶壺激起的波紋。

雲空心念一動，展開手中卷軸，果然，方才畫中池水和老人之下，新填了一條扭曲的紅色小路，路旁站了一排人，再看下去，又是空白。

雲空依稀有些明白了。

不管是誰或是什麼呈現這片幻境，他相信沒有惡意。

眼前紅光漸淡，地面出現了一條紅色的道路，踩上去軟軟的像長了層厚苔，前方不遠處，路旁聳立的人影隱約可見。

「上路吧。」雲空不再猶豫，他相信答案會在該出現的時候出現。

因為他感受到，出題的彼方，其實熱切的想告訴他答案。

【貳】石人之道

天空依然像一層厚塵般，灰溜溜的。

雲空走在血紅的路上，端詳路旁的石人。

道路兩旁是樹林，石人背著樹林，一尊尊直立著，個個面色鬆弛、兩眼微張，但不是深入禪定的面貌，而是死者失去張力的表情。

有的臉孔他認得，就是方才在池水倒影中所見到的。

雖然每一尊容貌不同，有的比較粗獷，有的比較秀氣，有高有矮，但他們幾乎清一色皆是中年男子！

這裡頭究竟隱藏了什麼訊息？

他細看石人的衣服打扮，意圖找出線索的脈絡，此時他留意到，石人並不是無邊無際，雲空望得見路的末端，於是，他回頭從第一尊開始數，想知道究竟有多少尊石人？

樹林中傳出樹枝斷裂的聲音，雲空陡然一驚，躲到石人前方觀望樹林，只見林蔭之中有個戴笠老者，正彎腰撿起地面的枯枝，反手放入背筐之中。

雲空馬上呼喚老者：「老丈人，借問則個！」

老人抬頭望了望他，他趕忙從石人後方走出來。

「問什麼？」

「這些石像很老了嗎？」

「老則老，不老則不老。」老者高聲回道。

「咦？」雲空仔細再看，果真是第一尊最新，雖然也有一層濕滑的苔蘚，但不如接下來的，一尊比一尊古舊，越後來的，越被苔蘚侵蝕得嚴重。苔蘚會生根進石頭，分泌溶解石頭的汁液，所以古老的石人佈滿了斑駁的小坑洞，連容貌也一片模糊。

「老丈人可知，這些石像源自何朝何代？」

「要說何朝何代嘛，老夫不懂。」老者從樹林中現身，繼續撿拾枯枝，草笠半遮去他的臉孔，「最老的那尊，應該還沒朝沒代吧。」

「最老那尊？」雲空眺望路的盡頭。

「你得親自跑過去瞧瞧，」老者說，「而且要快。」

要快？雲空感覺老者別有所指，但他還有問題要問：「這些人是什麼人？」

「這些是假身，是空殼，是沒有氣血的雞肋。」雞肋者，出《三國志》曹操語：食之則無所得，棄之則如可惜。

「既然是雞肋，為何仍花工夫陳列在此？」

「因為你還沒有捨棄。」老者說。

雲空聽了愣住，隨即沉思他從進入此地以來所得到的訊息。

「所以……這條是我的路？」

「是目前為止，你走過的路。」老者點點頭：「這些石人是一條鏈，是每一段鏈上棄置的容器，路是無始劫本來具有，本來無始無終，但在無朝無代以前，開始鎖下了第一段鏈，於是綿延至今……」

雲空抿著嘴遙望他還看不清的第一尊石人，良久才問：「謝老丈指點，還想請問老丈如何稱呼？」

「嘿，豈非顯而易見乎？」老者抖了抖裝樹枝的背筐，「我叫拾柴老人。」

他的語氣跟煮茶老人如出一轍，雲空不禁莞爾：「老丈人看來十分熟悉此地，可否陪晚輩走到路的那頭？」

拾柴老人慢慢的搖頭：「路是你的，個人生死、個人了，老夫想陪也陪不了。」

「我明白，謝謝老丈人。」雲空用力點點頭，向拾柴老人拱手道：「告辭了。」

雲空轉身，慢步走過一尊尊石人，默默站著的石人，看起來十分孤單，正如雲空一般，在大部分旅途中都是孤獨的。

他不想一一觀看石人了，反正重點在第一尊石人是吧？煮茶老人說的逆行赤龍道，拾柴老人說的第一段鏈，都在提示他，答案在彼端等著他。

「跑過去，」拾柴老人方才是這麼說的，「要快。」

他加快腳步，只見經過的石人一尊比一尊朽壞得厲害，臉孔一張比一張模糊。

他邊走邊數，已經數到十五了。

此時，彼端已然十分接近，雲空遠遠望去，忽然不由得放慢了一些步伐。

他疑惑的一邊慢慢走過去，一邊觀察。

最前面那尊是坐著的。

他身形壯碩，而且形狀奇特，頭上好像長了角，身上好像有盔甲。他似乎在沉思，一手托著下巴，一手擺在大腿，而且……

他好像會動。

雲空的腳步更慢了，因為那人身上散發出危險的氣息。

是的，那人被層層紅黑色的怨氣包圍，雲空從來沒見過如此濃烈如此令人窒息的怨氣，即使是清風湖那滿湖的怨魂，也不及此人身上的怨氣來得駭人。

在第四尊石人前，雲空終於停下腳步，也停止了計數。

最終的數字是二十八。

二十八尊石人。

再往前去，紅色的道路伸入灰沉沉的濃霧，想必卷軸中也是空白一片。

那人發現了雲空，徐徐轉頭瞧他。

被那人的視線觸及，雲空渾身寒慄，他感到怨氣正朝他舞動觸角，他感到無窮的殺意正醞釀著。

雲空也看清楚他奇特的裝備了。

那人全身上下有許多青銅片，都有細皮革穿過小洞口，綁在胸口、腹部、手臂、腿部等處，而最大的是他頭上戴的青銅盔帽，上面伸出兩根扁扁的長角和許多尖刺，前方打造了一張兇惡的獸臉，頭盔下露出的面孔有紅黑二色的紋身，怒眉如亂雲迴捲。

「你是誰?!」那人一說話就像洪鐘作響，頓時把雲空嚇得透體酥麻。

雲空強打起精神，不想讓他看出內心的恐懼：「貧道雲空。」

「貧道雲空?是個什麼怪名字?」那人充滿疑心的打量他全身上下，「我沒看過你這種裝扮，你是哪一族人?」

「你問了我一個問題，我也得先問你一個。」

那人愣了愣，隨即怒道：「我堂堂大巫，八十一氏共主，何時由你跟我說規矩?」

大巫?雲空還在磋磨他說的話，他已經整個人站起來，惡狠狠的瞪著雲空：「莫非你是熊人的細作?」

雲空緊鎖眉頭，連忙說：「貧道遠從南方而來，初到此地，著實不知此地發生何事?」

「你不知道我是誰?」

「不知道。」

「你不知道我們大戰數日，死傷慘重，八十一氏幾乎蕩然無存?」

「我不知道，此地是何地?你們跟誰大戰?」

「誰？」那人的雙眼立即爆紅，「我們一開始也不知道是誰，是一群不認識的外來人，闖我土地、奪我畜牲、割我五穀、殺我族人，還搶掠我們的女人，連……連……」眼淚忽然溢出他的眼眶，讓他無法繼續。

雲空不出聲，等他說下去。

那人被突如其來的哀傷籠罩，竟至無法站立，整個人當即跪了下地，用雙臂撐著地面，抽泣個不停。

那人哽咽著，嘶啞的朝著地面說話：「沒有了你，我該怎麼走下去？」

聽了這話，雲空陡地一震，一滴淚珠泌入眼珠，蓋上角膜，模糊了他的視野。

雲空感同身受，完全能感受得到他的情緒波動，完全能體會他心中緊揪的痛苦，彷彿是發生在他自己身上的事一樣。

「你在哪裡？」那人兩手抓地，挖出血紅的海綿，地面溢出鮮血，「你在哪裡？你在哪裡？」

雲空感到哀傷如同漲潮時的浪濤，在胸中一波又一波洶湧起伏，把體內的空氣逐口逐口抽離。

「只要能找到你，」那人掙扎著挺起上半身，滿眼淚水，「我願意放棄一切！一切！」

「一切嗎？」一把陰冷的聲音響起，那人的哽咽聲便戛然而止，「一切是多少？」

雲空驚駭的看著一名大漢輕輕鬆鬆斬下那人的頭，人頭還被青銅獸頭盔包著，骨碌碌的在地面打滾。

那名大漢滿腮鬍鬚，粗眉圓目，他看也不看雲空，不客氣的連著頭盔提起人頭，便沒入濃霧，消失無蹤。

雲空看傻了。

那名斬人的大漢是什麼時候跑出來的？

親眼看著眼前的人被活生生斬首，雲空恐懼得哆嗦不已。

他全身僵直的盯著無頭屍，俯臥在地面的無頭屍仍在抽搐，兩爪還在地面摸索尋找，像是要找回自己的頭，而斷頭的脖子兀自冒著血，時而隨著心臟的收縮噴出一兩道血泉。

黑紅色的怨氣好不容易找到個缺口宣洩，像烏雲般從脖子的斷口湧出，像氣球一般往四面八方暴脹，推進到雲空腳邊，令他由不得畏懼的縮腳。

無頭屍翻轉過身子，兩手狂亂的在身上撕扯，他抓破自己的乳頭，扯裂了肚臍眼，像要將腸子抽出來那般。

雲空感覺到，無頭屍體內的怨氣正在猛烈的增加，源源不絕的從斷頸湧出，彷彿無止無休。

正如血肉的腐敗氣味會吸引蒼蠅，這股濃雲般的怨氣也吸引了某些人的興趣。

空中赫然投下一道白色的強光，穿透了黑氣，耀眼得令雲空睜不開眼。

雲空用力睜開少許眼睛，看見了空中如同中午豔陽的白光。

是個圓盤。

【參】破履之軸

雲空呼吸急促，全身興奮得發抖，也懼怕得發抖。

師父曾經提過、兩次遇上過的發光圓盤，終於現身了！

巨大的圓盤佔據了大半個天空，燦目的亮光宛如神祇降臨，如果他是古人，想必會敬畏的發著抖，忍不住跪下膜拜吧？

一個形狀奇特的東西從圓光的下方冒出來，雲空猜測，那便是師父所說的飛車，師父曾經乘坐，也曾在商代的亳城出現……等等！若此地仍是隱山寺，這兒不就是靠近亳州了嗎？

飛車緩緩從圓光中飛下，雲空望見有個高大的人乘坐在上面，飛車輕輕的落地，連灰塵也沒揚起，步下一個高大的銀人。

如師父所形容的，銀人的臉孔是一片黑琉璃，光滑得能映照出雲空的面孔。

他在無頭屍旁邊單膝跪地，一隻碩大的手掌平撫著屍體上方的空氣，似乎在觸摸正在迸散入空氣中的體溫。

雲空瞧不見銀人的表情，他猜測銀人看起來有些激動，似乎正在對眼前的無頭屍很是感動。

不久，銀人顯是下定了決心，他毅然站起，回到飛車。

當飛車升空時，無頭屍竟也跟著浮了起來，似有一條無形的韁繩正牽引著它，將它拉上天空，帶到圓形光盤之中。

雲空看得發呆，深深感到不可思議。

剛才銀人看也不看他，就如同那位斬掉別人的頭的大漢一樣，彷彿雲空並不在他們面前，或者說，雲空對他們而言更像是無形的鬼魅。

或許這一切都是幻境？本來就不存在？只像眼睛疲勞時看見的空花？

他展開手中畫卷，只見方才看過的水池和紅色小路在紙上反轉方向了，原本最前端的水池，此刻竟移去了最後方，而小路的開端處畫了一圈圓光，圓形中間畫了一個斷頭人……圖形忽然開始在開展，像有枝無形的筆在卷軸上作畫，不停添加新的畫面。

卷軸上，二十八尊石人的盡頭出現一片黑林子，緊接著畫上火海，然後是許多的山河綿延，山上畫了間寺院……雲空兀自驚奇的當兒，發覺腳底下有浮動的感覺。

他猛地抬頭，才看見身邊的第二尊石人脫離了地面，正冉冉的升上天空，而他自己的身體也被漸漸的抽離地面！

雲空驚覺之際，趕忙跨足要往回跑，他的一條腿脫離了束縛，但無法著地，另一條腿卻仍被那股力量拉扯著。

情急之下，雲空用力往前仆倒，讓上半身離開引力範圍，一撲到地面，他馬上翻滾身體，待覺得沒有力量牽引他了，才回頭望去。

第三和第四尊石人也飛升了。

雲空二話不說，拔腿就跑！

紅色的路面像油脂肥厚的豬肉，很不容易奔跑，根本跑不快，雲空望望路旁的林子，立刻走到紅路之外，期望踩到硬實的地面。

他才正要把腳踏出去，卻看到紅路之外根本不是地面，而是濃濃的黑泥漿，一腳踩下去的話，還不知道見不見底。

「沒有用的，」有個老邁的聲音傳過來，「這事你作不了主。」拾柴老人站在路旁的林子中，扔了根枯枝過來，枯枝掉到泥漿上，很快就被吞沒了。

雲空只好把腿抽回，一步步朝他走來的方向走過去。

他後方的石人，一尊接一尊的升上天空，被吸到圓盤的強光裡頭。

拾柴老人在林中隨著他走，聲音卻猶在耳邊：「你走的並非新路，而是過去業力的顯現。」

「老丈人！天上那個，究竟是什麼?!」雲空朝拾柴老人大聲問道。

「是歷世糾纏你的人。」

「為什麼要糾纏我？」

「因為你有他要的東西。」

「他是什麼人？」

「令師告訴過你了。」

是的，師父說過。奇肱國。切孔人。

「他們要我的什麼？」

「他們要你不想要的。」

「老丈人！我不懂啊！請明白告訴我好嗎？」

拾柴老人站著不動了：「老夫告訴不了你呀，因為想把它忘掉的是你，緊抓著不放的也是你，你若不願意記起來，誰也無法告訴你呀。」

雲空不能回頭望拾柴老人，他怕會拖慢了腳步，只好嚷道：「老丈人！你是誰？莫非你就是我的心嗎？」

或許老人已經距離太遠了，也或許老人其實沒回答，雲空沒聽到他的回應。

雲空終於走到赤龍道的末端，還差一步之遙便能踏出去的當兒，他回首觀看，圓光緩緩沿著赤龍道前進，石人們在空中排成一列，沒入圓盤底部的白色強光中。

「你回來了。」又是一把老邁的聲音在他前方。

一名頭戴草笠的老者正安坐在地，膝上橫放一把古琴，十指在琴上撥弄著。

古琴安靜無聲，因為琴上沒有弦。

雲空慌忙踏出紅色的路面，第二十八尊石人當即飛空而去。

「他快要逮到你了，你該怎麼做呢？」老者說。

「這只是個幻境，他逮不到我的。」

「那你為何逃呢？」老者一手按在琴上，一手繼續撥琴，「真似幻時，幻似真。」老者五指一撥，古琴竟發出清脆的琴聲，「這不是幻境，此地是你的寸心所變現，說到底，無非是人間罷了。」

「這是真的？」

「是真也是假，假時也是真，記得佛祖悟道之前，琴師說過什麼嗎？」

這是佛教中有名的公案。

身為太子卻離家修行的佛祖，在學習印度苦修的方法時，聽見琴師教弟子：要琴音悅耳，調整琴弦時，太緊不行，太鬆也不行，應取其中道，不緊不鬆。聽說佛祖因此大悟，改變修行的方法。

他過去的太子生活過於安樂，後來的修行又刻意求苦，苦、樂皆是極端，所以不苦不樂的中道才是正道！

雲空聽了這句話，忽然安心了。

「我明白了。」

他回身面對圓盤，直視著它。

圓盤越過他頭頂，消失在灰沉沉的天空中。

「很好，」老者說，「你面對它了，這是很好的開始。」

雲空鬆了口氣：「剛才遇過煮茶老人和拾柴老人，您老想必是撫琴老人了。」

「胡說，」老者脫下草笠，炯炯有神的雙眼慈祥地微笑：「我是你師父。」

「師父！」雲空大驚，頓時眼睛一熱，視線立刻模糊，但模糊就見不著師父了，他趕忙把淚水抹去，雙膝直跪下地：「師父，弟子不肖，沒來得及依時赴十年之約。」

「我跟你約十年，其實是為了督促我自己精進努力，」破履笑道，「否則的話，以我以前的粗淺能力，委實幫不上你呀。」

「那麼師父，剛才的幻境……」

「是你的心。」

「那兩位老人……」

「是你自己。」

「那二十八尊石人呢？」

「是容器，是業火在敗器中煮死水，混沌了千年，」破履懇切的說，「但你的心依然清淨無垢，只差一著。」破履伸出食指。

雲空頷首道：「拭去塵埃。」

破履安心的點頭，嘆氣道：「那我可以走了。」

「師父要去何處？」

「剛才你用圓光術找我時，有人馬上覺察到了，為師不得不立刻將你藏起來。」

雲空憶起水盆中忽然暴湧的強光：「我猜，那些切孔人又找上你了。」

「他們盯上我了，因為他們知道，只消找到你，就能找到他們找了很久很久的人，」破履說，「而他們要找的人，也正在不斷的找你。」

「但我四處亂走，他很難找到我。」

「不只那麼簡單，還有人故意令他找不到你。」

雲空驚道：「是什麼人？」

破履回頭望了一下，不知在望什麼。他轉回來時，說：「我話說得太多，他們就很容易察覺到你的位置。」破履揮揮手，道：「睜開眼睛，快快下山去吧。」

雲空一愣：他的眼睛本來就在睜開的呀。

念頭過處，眼前赫然展開一幅新景象，剛好看到晨曦穿透山霧，在昏暗的室內打上一片白紙也似的亮光，耳朵忽然沉浸入竹葉的窸窣聲，鼻子也嗅到露水散發的泥土香。

他仍在隱山寺，眼前仍有一盆清水，他的黃布袋和招子也全在身邊。

獨缺了凡樹。

他站起來時，只覺渾身痠痛：「凡樹叔叔……」

他四處尋找，查了大殿、偏廳、香積廚、茅房等等，完全看不出隱山寺最近有人居住的跡象。

終於，他在僧房中找到了凡樹。

凡樹靜靜趺坐在他的僧床上，乾化的肌膚像尊腐朽的木雕像，五尺之身縮成一肘高度，半合的眼睛如同深睡的人偶，教人不忍心喚醒他。

雲空感覺不到凡樹有一丁點生命的跡象，但說不定他在進入甚深禪定，仍有細微難測的拙火，也說不定他已然虹化，進入不生不死的涅槃。

雲空離去之前，想再陪凡樹一下，才注意到凡樹身邊有一張折起來的白紙，被壓在石硯之下，硯中乾涸的墨汁已將擱在裡頭的毛筆筆尖黏住。

雲空小心取出白紙，打開來是凡樹的絕筆詩：

幻身來此一遭，四大遊戲人間，野雲遊於虛空，虹身照見真如。

雲空記下來之後，把紙重新折好，塞回石硯底下，說不定改日會有人讀到。

他在凡樹身邊靜坐，直到中午才下山。

他不知道，日後他想回來，也再沒機會回來了。

之廿三

摧枯拉朽

宣和六年（一一二四年）

「古人說得好：金風未動蟬先覺，暗算無常死不知。」說書的把摺扇一合，往空中揚了揚，「看官，這是何解？」

說書的人聲音太大，連坐在十幾步外的雲空都聽得很明白，也樂得免費聽人說書。

河岸涼風徐徐，有人在幾棵大樹合抱的地方搭了棚子，賣些吃喝，雲空在入城之前，也先在此處歇歇腳打尖兒。

不想說書人一句話，喚起了他的思緒。

「金風未動蟬先覺……」

「金風」指的是秋風，秋天一到，蟬便要墜地而亡，所以金風雖然仍無動靜，蟬兒卻已察覺生命之短促，更加賣力的鳴叫「知了——」「知了——」，感嘆生命將盡。

但雲空敏感的以為說書人另有所指。

因為神算張鐵橋曾預言：大宋會亡國，但非宿敵遼人，而是他們沒預料到的金人。

如此宏偉的開封府——雲空望了望不遠處的京城——卻似乎對金人的威脅毫不察覺。

雲空喃喃道：「金風未動蟬先覺……」其實金風已經在吹了，只是蟬未覺。

去年，他跟隨岳飛回到相州湯陰縣，在那兒侍了一陣，便作念來他初出江湖時拜訪過的開封府，如果說金人會滅宋，也應該要先滅此地吧？

除了張鐵橋，岳飛的鼠精部下也說，有位至巽道人預言，岳飛將使中國晚兩百年落入胡人手中。

這是他手上對未來僅有的線索。

不知何時的未來，金人大兵將會掩殺到這裡，把一個繁華如金銀打造的開封府，大宋的國都，如蝗蟲般橫掃每一片瓦、每一塊磚……

想到這裡，雲空打了個寒噤。

等背脊上痲痲的寒意消失了，說書人的聲音又溜進耳朵了：「關雲長輸得不明不白，死得怨氣沖天，一世英名竟被小人暗算，付諸流水……」

原來是在講三國。

雲空吃著熱呼呼的麵，十月的風夾帶寒氣，那碗麵更是分外的可口了。

「可聽過城東那所大宅？」

「那邪門子的……」

雲空又豎起了耳朵。

「姓溫的宅子果然夠瘟，一場怪病讓全家四十餘口一個不剩。」

「別說了，一想到那宅子，俺汗毛都硬了……」

是三個粗漢在隔壁桌子大聲談論，還大口啃著羊肉。

「溫家大宅，開封府內誰人不曉？這幾日來有個怪事。」

「啥怪事？」

「有人住進去了。」

「什麼人恁大膽子？」

「是個賣豆腐的……說也邪門，他每日由那宅子扛豆腐出來，見晚才回家，大家只見他一個人出入，卻在牆外聽見裡頭有四五人的聲音。」

「賣豆腐的？」

「在東角樓那帶，近日不是有人滋事嗎？」

「哦，就是那個賣豆腐的呀！」那人恍然道。

這比說書的還好聽，所以雲空便繼續聽下去了。

一名本來只顧吃肉的粗漢，此時乾脆停下筷子，挨近問道：「東角樓那一帶發生啥事啦？」

「有個新來的豆腐郎，自稱白蒲，沒拜過行老……」

原來幾天以前，有個名叫白蒲的少年豆腐郎，也不知何方人氏，一大早便大剌剌的擺下擔子賣豆腐。

豆腐有豆腐行，豆腐行有「行老」，行老管理整個開封府的豆腐郎，一如今日的同業公會，新人不先拜見行老，加入行會，行老肯定是老大的不高興了。

行老放出風聲，暗示白蒲去見他，可白蒲理都不理，自顧自的賣豆腐。

偏偏白蒲的豆腐又滑又潤，做得有如白玉磚子，一口吃下去還有股特有的清香，把黃豆的菁華全都呈現了出來，無論色香味都是人間少有的。

白蒲的生意一日比一日好，名聲傳遍全城。

這麼一來，豆腐行的行老更是擺不下那張老臉了。

某日清晨，才剛開市，五名彪形大漢便聚到白蒲的攤位前。

「老哥，上好豆腐喂。」白蒲少年爽朗的笑臉，白淨透紅的清秀，壓根兒叫人難把他和豆腐扯上關係。

大漢抄起一方豆腐，豆腐在他手上輕輕搖著，搖得他掩飾不了眼中的嫉妒。

從他抄豆腐的手法來看，此人顯然也是日夜處理豆腐的行家。

「小子，你這豆腐煞是好看，不知味兒如何？」

「客人買回去試試便知端的，非我誇口，明日您老必回味兒再來尋我。」

「哦？你這豆腐是何名堂，敢如此自誇？」

「叫小白玉的豆腐，便是我白蒲做的，」年輕人很有自信的重述道：「小白玉豆腐。」

「哦？」那大漢把豆腐甩下地，再踩了個稀爛，「這下子，該改名叫臭泥豆腐了吧？」

白蒲指了指腳下的擔子：「不打緊，不打緊，老哥鬆了手，小弟還有兩大擔子呢。」

其餘四名大漢走上前來，把他兩擔豆腐全翻下地，還不知從何處找來一桶糞水，為一地的豆腐碎添了料。

大漢丟下一句話：「說明白了，識相的快去拜見行老，好有人罩著，不然明日還有下文呢。」說完便要離開。

「且慢，」白蒲笑道，「老哥讓小弟見識了，小弟尚未回禮呢。」

「哦？」五名大漢覺得很好笑，但還是忍住了笑，叉手圍著白蒲，看他要變什麼戲法。

「紅葉！」白蒲叫道，「五位大哥，全給我請他們跪下。」

大漢們聽了，直想狂笑。

他們連頭都已經抬起來，準備要狂笑了，卻立刻滿臉驚訝。

他們發現，他們的雙膝已經自動在白蒲面前跪下了。

「紅葉，叫他們張口。」

他們看清了，那叫紅葉的是個小女孩，穿了一身大紅，托著紅通通的小臉，兩顆精靈的大眼，還不時帶著笑，煞是可愛。

可愛歸可愛，這可愛可不是尋常人吃得消的。

紅葉噗哧一笑，手中亮出十枚銀針。

只見她雙手一揚，銀針全插到五人身上，每人身上插的位子都一模一樣。

這一插，五個人全控制不住的自動張口。

紅葉這下才說話：「白哥哥，你要怎地？」
「讓他們嚐嚐我的小白玉豆腐，讓他們知道無論怎樣調理都好吃。」
紅葉又是一笑，這一笑，五名大漢連心都酥麻了：「小娃兒再笑一笑，下跪多久也願意。」
「你們這幾個壞人，」紅葉用小手把他們一個個指遍，鈴噹似的聲音響遍了五名大漢的耳朵：「我白哥哥的豆腐給你們糟蹋了，不要暴殄天物，全把它給吃下去。」
五名大漢著魔也似，把泥地上的糞水碎豆腐給扒了起來，大口大口的吃。
雲空聽故事聽到這兒，心裡一驚：「京城裡臥虎藏龍，這小娃兒必有異人傳授，認穴竟如此之準。」
隔壁檯的漢子繼續說下去……
五名大漢吃完了豆腐，白的黑的褐的在嘴邊混成一堆，有口難言，苦哈哈的用眼睛向白蒲哀求。
「好吧，叫他們向那行老回報去。」
紅葉一躍而起，兩手一陣揮舞，開出一片銀花，轉眼間，大漢們身上的銀針全移了位。
紅葉才剛著地，五名大漢立刻跳起來飛跑，沒命似的止不住腳，口中還咕嚕咕嚕的叫不出聲來，滿口令人作嘔的糞臭豆腐，要吞卻又吞不下去，反覆在咽喉進出，像漱口般難受。
「你猜這一跑，跑到何方去了呢？」
「我猜不著。」
「直直撞去豆腐行行老的攤子，把一攤子豆腐全開了花。」
三名粗漢放聲大笑，笑完後又再叫了壺酒。
「我說，那喚作紅葉的小娃不是與白蒲一路的？可剛才說白蒲每日獨自一人出入溫家大宅，沒見那紅葉嗎？」

「俺也道聽塗說來的，管他媽的那麼多。」

※※※

雲空聽著聽著江湖閒話，不覺便把麵給吃完了，摸摸肚子還未飽，再摸摸腰囊，便洩了氣。

他安慰自己：「七分飽乃養生之道。」打算離去。

進了城，照樣找間道觀掛單了，尋訪張鐵橋所言會亡國的道士去。

打定主意，雲空站起來要結帳。

他才剛站起，卻有人在身邊坐下，向他揚手道：「道長請坐。」

雲空愣住了，他端詳此人，見他一臉福相，顯是每日吃慣山珍海味的人。

這人不論表情舉止都透出一股奢侈的氣味，皮笑肉不笑的酒窩加上精明的眸子，一看便知是商賈。

奇的是，此人眉間隱隱有一股烏氣。

這人身邊還有個隨從，長得比雲空高了一個頭，他不客氣的把雲空隨身事物拿下，放置一旁，又禮貌的擺手請雲空坐下。

雲空大惑不解：「先生素未謀面……」

「當然曾經謀面，」那壯年人笑道，「道長的道號不是雲空嗎？你招子上的詞句沒變，我是記得的。」

「貧道委實不記得。」雲空抱歉的搖頭。

「在下姓余，當年在平安樓……」

雲空猛省起來了。

那時他初涉江湖未久，來到了金粉樣的國都開封府。

余公子當時在平安樓喝茶，對蹲在旗杆上的一個人感到好奇……接著便惹來一場風波。

「約莫有二十年的光景了吧？」當年的余公子，臉上也不覺露出些許老態，也該改稱余老爺了。

當年平安樓一鬧，雲空也因此結識了赤成子。

赤成子為師父龍壁上人追殺逃跑的僕人高祿，他盜了龍壁上人的刀訣，竟練成刀法，在江湖上闖出「青刀高祿」的萬兒。

不想赤成子使計，竟把他的手筋腳筋給挑斷了，一身武功全廢。

雲空記得，後來余公子收留了高祿。

「貧道想起來了，是故人！」雲空作了個揖，靦腆的搓搓手說：「二十年了，記不清了。」

「道長面有菜色，想是有困境。」

「慚愧，慚愧。」雲空不好意思的低頭苦笑。

「自道長去後，我余某總在惦記著，不想緣分未盡……」余老爺懷念的說，「如此難得，不如權在我家住下吧？」

「豈敢，貧道……」

「道長不必謙遜。」余老爺轉頭吩咐道：「棋兒，幫道長還錢，把道長的物件小心拿著，咱們進城去吃一頓好的。」

隨從答應了，拎起東西便跟在兩人背後。

原來余老爺到城外看一批貨，回城途中，在酒肆坐下歇息，所謂無巧不成書，便這麼遇上雲空了。

兩人邊談邊踱入東門，才剛入城，喧鬧之聲便一股腦擁了上來。只見一路綿延進城的街道兩側，各種買賣衣物的、書畫的、珍奇玩物的叫賣之聲此起彼落，把空氣也給炒熱了起來。

由於正是晌午時刻，各種野味、海鮮、果子、糕餅四處皆是，淡香濃香混成一團，把雲空激得愈發餓了。

余老爺道：「在我家住著，閒時傍晚還可以到州橋夜市去，就在朱雀門外，那兒的鹿肉、狐肉、脯雞、腰腎雞碎……又便宜又好吃，只在京城才有的。」

余老爺把雲空帶進酒樓，讓他好好飽餐一頓。

席間，兩人不免聊起當年的那樁事。

余老爺對赤成子鬼魅般的面貌很有印象，便問起有關赤成子的消息。

「前年還見過面，又失散了。」

當年發生的事已經渺茫，如煙似霧，回想起來卻依然驚心動魄。

記得龍壁上人毒殺了自己的弟子，只留下他最疼惜的赤成子……不，還有一位半成子中毒沒死，盜去龍壁上人的一大袋書，不知拎往哪兒去了？

不知那些書裡頭寫了什麼？會造成什麼禍害？

龍壁上人所學的那一套盡有些陰森森的，一個不好，半成子又不知會從書中學去什麼邪術呢？

沉吟了一會，雲空想換個話題：「余公子，不，余老爺……」

「隨興就好，」余老爺挺起胸，一副豁達的笑臉，「乾脆叫我的名號吧，朋友都叫我『竹舟』的。」

「這名號挺雅。」

「附會風雅而已，我不如道長四海飄泊，只好自己關在家中雅一雅了。」

「僭越了，竹舟先生。」雲空覺得這余老爺跟當年的余公子相比，實在是變化太大了，不過有一個變化，卻是他打從剛才就一直想說的：「請恕貧道直言，你額上有一團黑氣，有些詭異。」

竹舟伸手摸摸額頭，兩眼往上瞟了瞟：「怎個詭異法？」

「若額上有黑氣停滯，多主霉運，可你這氣又不像……」雲空嚥了嚥涎，「比較像是，您耗了大量元氣，還摻進了幾些怨氣。」

「怨氣？」竹舟不置可否，「當個生意人，與人結怨，恐怕是有的。」

「竹舟先生近日可感到身子有些虛虛的？」

「這可沒……」

「道長，」身邊的棋兒挨過來說，「老爺沒虛，我可虛得緊。」

「我沒給你幹苦活兒，你怎麼虛了？」竹舟歪斜身子，皺眉看他的僕人。

「老爺，這陣子邪門得緊，莫說是我，琴兒、書兒、畫兒近來也有些虛虛的，聽說家裡也有好幾個人病倒了。」

竹舟臉上掠過一絲懼色，不禁脫口道：「溫家大宅……」

「不會吧，老爺。」棋兒一聽，面色也僵白了。

想是很多年前溫家大宅四十餘口一病死盡的傳說嚇著他們了。

「不是瘟疫，」雲空道，「要是瘟疫，不會只有一宅子的人遇害，必定會傳到宅子外頭去的。」

「溫家的事也是我兒時聽聞的。」竹舟道。

「竹舟先生，既然你邀貧道到貴府打擾了，貧道便順便瞧瞧，小病小醫，大病大醫。」

「道長見多識廣，想必是有辦法的。」
雲空客氣的笑笑。
「說起來，我家裡還有一位故人呢。」
雲空本來就想問的，不想竹舟先提起了，便問：「是高祿嗎？」
「高祿，是他，」竹舟摸摸後腦，「我當年把他帶回宅中，他也做不了啥事，你知道……」
「我明白，手筋腳筋業已斷了，做不上粗活兒。」
「我差使他做一些送東西的閒差，送些帳本或查貨什麼的，要不是遇見你，也差點忘記他的過去了。」
竹舟把雲空的肚子填飽後，帶他邊走邊聊，不覺便走近余家了。
余家幾代經商，建了偌大一個宅子。
雲空和竹舟主僕三人才走近宅院，守門的下人遠遠瞧見，便走過來聽候吩咐。
竹舟馬上吩咐：「好好侍奉這位道長，打理一間清淨的雅房。」
雲空看那下人一眼。
黑氣，有如蜘蛛猙獰地附在他額頭上。
忽然，彷彿有道強烈的力量擊了他一記，雲空冷不防整個頭往後一仰，整張臉都歪了。
「又來了！」他忖道。是他再熟悉不過的怨氣！
抬頭一看，余家宅子上空，有陣陣黑濛濛灰迷迷的氣體，棲留在半空中，別有居心的蕩漾著。
雲空很肯定這是怨氣，他見過太多了。
他向來對怨氣有強烈的感覺，這次尤其強烈。
為什麼余家有如此險惡的怨氣？莫非有什麼不可告人的秘密嗎？

竹舟見雲空忽然面色蒼白，關心的問他：「道長不舒服嗎？」

雲空斟酌了一下，才說：「實不相瞞，貴府怨氣很重，貧道剛才一時不察，被怨氣沖到，不礙事的。」

竹舟大惑不解：「我自問把家裡的下人也照顧得好好的，家裡何人怨我？」

「老爺真的待我們很好的。」旁邊的下人附和道。

那股怨氣在半空盤踞著，居高臨下的傲視這位卑微的道人。

進了宅院，竹舟先在偏廳招待他，等候客房被準備好。

一名下女端茶過來，竹舟看了她一眼，問說：「文香呢？怎麼兩日沒見她了？」

那下女聽老爺問起，忍不住盈現幾滴淚水，手指一抹，便忍不住哭了起來：「文香死了。」

「怎麼死了？」竹舟驚道，「她兩日前才說不適，怎麼就死了？」

「老爺不知，她昨晚便嚥氣了。」

「怎麼沒人告訴我？」竹舟從椅子上站起，眼中又是錯愕又是哀傷。

「家中的事向來夫人在管，不稟報老爺的……」那下女好不容易止淚，低頭說：「夫人今早備了副棺木，叫文香家人領回去了。」

竹舟一屁股坐倒在椅子，長長嘆了口氣。

「老爺，我退下了。」那下女退出房外，留下莫名其妙的雲空。

良久，竹舟才嘆息道：「文香向來是服侍我的，我把她當成女兒看待，還替她找了人家，明春要過門的。」

「難怪竹舟先生如此悲傷。」

竹舟眼紅紅的，他用手去擦了擦，不想竟越擦越癢，越紅越熱，只好起身道：「道長，怠慢了，勿怪竹舟才是。」
「先生節哀才是。」
「謝道長關心，先告辭了。」竹舟悲傷得渾身無力，步伐蹣跚的走出門，還差點給門檻跘了一交。
雲空回想剛才那位下女的臉孔，不禁面色凝重。
她的臉上也有一道黏滋滋的黑色怨氣。

※※※

一入夜，溫家大宅就沒人敢經過。
即使是順路會經過的人，也盡可能想辦法繞遠路。
沒人想招惹那一宅子的陰森鬼氣，大宅的傳說早把一城人給說怕了。
深夜的溫家凶宅，卻有一個院落亮著燈。
燈光透出紙糊的窗，看得出飄飄忽忽的人影。
人影在紙窗上慢慢變大，又慢慢變小，時而扭曲成說不出的形狀，時而又扭曲成詭異的人影。
房中有五個人。
其中有一男一女兩人正趺坐在地，雙目半閉，面色鬆弛，如在睡夢中。
正在挑選黃豆的，是長得白白淨淨的白蒲。
一般做豆腐的會在三更磨黃豆，弄到太陽露臉，就可以扛出去賣了。
其餘四人，除了紅葉在不安分的走來走去，沒人發出聲音。
「白哥哥，」紅葉毛躁的說道，「老呆在這裡，煩死人了。」

「辦完了事，便回師父那裡去。」白蒲依舊自顧自的挑黃豆。

「師父每天都自己在忙自己的，又不陪我，我不回。」紅葉不高興的蹬了蹬腳，手中銀光一閃，把牆上的壁虎給釘住了。

壁虎越是掙扎，細細的銀針越是把牠的皮肉撕裂，慌張的亂扯之下，終於把秀長的身子撕開一道裂口，後半截掛在牆上，牠失神的游走了一會，才摔落下地。

「別隨便殺生！」有人大聲喝道。

那把聲音很是威嚴，把紅葉嚇得立刻抽手，眼中頓時淚水打滾。

白蒲呢喃道：「黃連，莫怪紅葉不懂事……」手中繼續忙著挑黃豆，把不新鮮的、染病的、有蟲的、發芽的、長相古怪的，全都挑走。

待他把一大袋黃豆挑完了，滿意的搓了搓手：「好了，我要磨粉了。」

怪的是，這宅中別說石磨，連個小磨臼都沒有。

白蒲輕輕吸一口氣。

那口氣進入他體內後，直通氣海，如激流般湧去雙臂。

他左手抄起黃豆，與右手輕輕合抱，登時從指隙間流出一攤細粉，他立刻用右手把黃豆粉放入袋子，再重複方才的動作。

他兩手越動越快，越磨越快，裝黃豆粉的袋子逐漸鼓脹。

袋子快要裝滿的時候，趺坐著的兩人睜開了眼，彷彿剛從一場大夢中甦醒過來。

紅葉立刻上前關心：「青萍姐回來啦？」

白蒲也撤下工作，走到兩人面前：「紫蘇也回來了？」

黃連冷著一把臉，粗糙的臉孔好像擠不出表情似的：「如何？」

「找到了……」紫蘇疲憊的說道，「在一戶姓余的人家……」說著，他疲累的呼了口氣，伸了把懶腰。

※　※　※

雲空住在竹舟家中，也不是日日被侍候的。

他每日晨起，便走到街市中，拿著白布招子招徠生意。

偶爾有人請他進宅子看看風水、或看相、或推命，走累了，他便當街席地而坐，靜坐運氣，養一養神。

這座人類歷史上空前的大城市，雲空光是用走的就連續走了幾日，才將開封府內能走的地方都走遍了。

他要在此地落入金人手中以前，盡情記憶她的繁榮。

那句「金人滅宋，道士亡國」是神算張鐵橋以性命換來的。

只不過令雲空懊惱的是，究竟那句「道士亡國」是指什麼？眼下朝中黨爭鬧得烏煙瘴氣，童貫、蔡京等權臣肆虐民間，張鐵橋卻隻字不提他們，且皇上寵信的道士林靈素已經失勢，不知還有哪位道士有能力亡國？

他知道這裡的繁華也不會長久了，也不曉得金人何時會攻來，但要知悉天下大勢，國都開封理應是最敏感的吧？

想到大宋將要亡國，雲空有些氣餒，晚上陪竹舟聊天時，也不禁少了些神采。

「道長心中有事？」竹舟忍不住問道。

「事是俗事，」雲空說，「俗事免不了心煩。」

「不妨道來。」

「恕貧道不可說，」雲空擺了擺手，「此事還屬天機。」

他曾想過勸竹舟舉家南遷，早幾年避開戰亂，卻又擔心一旦傳開了，會否引起開封府人心騷動？他擔心干擾命運的運作，反而促成提早亡國。

「哪有許多天機？」竹舟捻了捻鬍子，「道長二十年前說我鄉試必中，以後便考運空空，行商才致富的，如今字字應驗，哪一句不是天機？」

「不瞞您說，這個……人身上的小小玄機是可以略洩一二的，否則我們道士便難以餬口了。」

竹舟忽然面色愁苦，嘆了口氣：「我家中也不知冒犯了什麼，也可能真有虧待了人而不自知的，還請道長替我作主才是。」

「竹舟先生何故煩惱？」雲空明知故問，他要當事人親口坦白。

「記得你剛來那天，我家婢女文香去世了？」

雲空點點頭。

「我去看了一下屍首，覺得大惑不解。」

「怎麼了？」

「文香的屍體很瘦，一點也不像她平日的模樣，她瘦得皮包骨，跟餓死的沒兩樣。」竹舟滿臉困惑，「若給文香的父母見到女兒的死狀，事情傳出去，以為我余家餓死婢女，豈不壞我名聲？」

雲空等他繼續說。

「我當下大怒，以為夫人虧待她，但夫人向來善待下人，我不該誣賴她的；於是又懷疑有人虐待她，所以我問了其他僕人，他們卻異口同聲說，文香是在一天之內，忽然瘦死的。」

「瘦死？」

正在這當兒，那天端茶來的下女又出現了，她端來茶水點心，佐主客兩人聊天食用。

她神色不寧的瞥了眼雲空，雲空立刻叫住了她：「妳叫什麼名字？」

她不安的望了眼竹舟，見竹舟頷首，她才行了個萬福，怯生生的回答：「我叫凝香。」

「好，凝香，」雲空放柔了聲音，「妳聽見余老爺說了，妳見過文香死前什麼模樣嗎？」

凝香又瞟了眼竹舟，才說：「我見到了，她整個人……很瘦很瘦。」

「很瘦？她是死前才瘦下去的嗎？」

「不，是死前兩日，她一陣暈眩之後，站立不穩，說是身子不適，便回去躺了，才躺個一日，人便瘦成骨架似的，連話也說不出了。」凝香越說越怕，竟不知不覺發起抖來。

「凝香，」雲空的聲音，溫柔得足以讓貓兒乖乖翻身，「告訴我，文香不是頭一個吧？」

凝香忽然睜大眼睛，恐懼的凝定不動。

「告訴我。」

「道長……」凝香彎身拉住雲空的衣袖，「救我……」

「凝香，慢慢說。」

「我……我這幾日，身子愈發差了，有時昏沉沉的，想不起自己在幹什麼，整個人使不上力……」她兩手扯住雲空的衣袖，扯得雲空整個人都在晃。

她害怕得忘了老爺在身邊，把恐懼毫不保留的傳達給雲空，連冷汗都沾濕了雲空的衣袖。

雲空怕她又哭出來，趕忙將手指點去她的眉心：「心念凝定。」他運了一口氣，輕輕灌入凝香眉間。

凝香頓時感到全身一股暖意，心中的恐懼驟然驅散了大半。
她發現自己失態，忙將手縮回，退後侍立在旁。
竹舟親眼見到下人如此恐懼，也不禁當場愣住了。
回神之後，竹舟立刻懇求雲空：「我家有此等異事，道長千萬為我作主！」
「竹舟先生，」雲空道，「貧道做事，憑的是一肚熱腸，能不能解決你的問題，貧道不敢應承，盡力便是。」

※※※

似乎是有意跟雲空作對似的，凝香第二天便病倒了。
她早上還好好的，工作到晌午，一個昏頭，就站不起來了。
她被送回房中，由幾位平日要好的下女輪番守著，想到她大概也會就此死去，大家都先哭成一團了。
凝香沒有發熱也沒有發冷，只是兩眼發呆，乾得龜裂的嘴唇不知在呢喃些什麼，無人聽得明白的囈語，像是從地府帶出來的咒語，聽得人心裡發毛。
低迷的寒意在室中蕩漾，外頭的冬意把人的意志磨得死沉沉的。
雲空穿過迴廊，走去後院下女聚居的角落，迴廊上的夜風帶來寒梅和水仙的淡淡香氣，但他無心欣賞。
為了避免有私情，下女們集中居住的地方，平日禁止男人到這裡來。
雲空向竹舟問准了，才跑到這平常家中男人不准來的地方。
雲空不想有人閒話，便要求有個下女陪他一起共守凝香。

他想親眼瞧瞧，所謂「忽然瘦成了骨架似的」是怎麼個瘦法？

如果那真是一種傳染病，他自己也免不了會染上。

但他心裡老掛著那團在空中盤旋不去的黑氣，使他相信那絕不是一種病。

那麼又會是什麼呢？

屋外沒起風，窗外的枝葉靜悄悄的。

可是燈火卻忽然熄滅了。

陪守的下女驚叫一聲，跌跌撞撞的去找打火石。

雲空清楚的聽見，室內掠過一陣詭異的風。

那陣風經過雲空眼前，轉眼又再回頭經過一次，這次是溜出了室外。

那陣風還有手。

那隻手摸了雲空一把。

這一摸，雲空整個人打了個寒噤，一股氣便從體內流向那隻手。

只不過摸了一把，手又沒入了黑暗，跟著風吹散了。

當那下女再度把燈點亮時，雲空只覺兩眼昏花，腦中一陣陣暈眩，連腰都直不起來，不得不用手臂支撐身體。

在頭昏腦脹中，雲空聽見下女尖叫，登時心神一震，抬眼望向凝香。

床上的凝香已經停止囈語。

她的兩顆眼珠子陷得快到底了，像是不用勺子就無法掏出來似的。

她豐潤的身體乾枯得只剩下一層薄皮，脆弱的披在骨架上。

真的是瘦得太過分了。

瘦得連呼吸的力氣也沒有，心臟也疲倦得跳不動了。
陣陣寒意自雲空體內透出，整顆心像被浸入冰河似的，開始禁不住全身發抖。
※※※

這一夜，余府充滿了不安。
凝香有如破棉布般的遺體，被用一塊草蓆包起，只等明日買了棺木送還父母。
雲空披了兩件寒衣，抖著手喝薑湯，不停運著體內的先天之氣，巴望身體快些暖和起來。
「來，火盆子來了。」門外一聲吆喝，余府的家丁們抬來嚴冬才用得上的火爐，燃起了煤球。
竹舟來探望雲空，兩位身形魁梧的近身僕人棋兒和畫兒守護著他。
「竹舟先生……」雲空好不容易才穩住了嗓子，「可否見見尊夫人？」
「有何不可？」竹舟說著，回頭吩咐道：「快請夫人。」
下女們匆匆忙忙的去請了。
「道長，究竟發生了什麼事？」竹舟貼近雲空耳邊問道。
「先別聲張，」雲空說，「貴府不是有病，而是有人……」
「我府上自然全都是人的。」
「非也，竹舟先生，是有人殺人……」雲空打了個噴嚏。
「殺人？」竹舟有些不敢相信。
一說起殺人，不是白刀子進紅刀子出，便是揍人致內傷而亡，或是中毒七孔流血之類的。
哪有人殺人是把人給瘦死的？
「夫人來了。」下女匆匆走回來，趕緊搬來一把交椅。

「竹舟先生，」雲空道，「貴府內務由夫人打理，您不插手的是吧？」

竹舟點點頭。

「如此，貧道要向尊夫人問些家務事，萬盼勿怪才是。」

「我曉得。」

余夫人徐徐走來，均匀的身段，優雅的步伐，一瞧便知是教養很好的女人，臉上表情不溫不火，好像天底下沒有什麼事可以驚動她似的。

「相公，」余夫人輕聲有禮的說，「夜已深，不知喚我來客房，是何要事？」語氣中對這種不合禮儀的事情感到不悅。

「娘子，」竹舟站起來，輕輕扶了夫人坐下，「凝香剛死了。」

「我已經知道了，已發下錢糧，只等明日買棺，一併送給她爹娘。」

「娘子，這道長……」

余夫人馬上起身行了個萬福：「不知道長作何稱呼？」

「貧道雲空。」雲空連忙還禮。

「是凝香死時，陪在身邊的道長？」

「正是貧道。」

「哦……」夫人展了展眉，快速的打量雲空一番。

「道長有事要問夫人，」竹舟在一旁說，「道長問的，夫人儘管回答便是。」

「道長請問吧。」余夫人的語氣中，依然免不了帶有不滿。

「得罪了。」雲空的身子回暖了一點點，便努力的坐直了腰，恭敬的問道：「敢問夫人，貴府已有幾人是如此過世的？」

「道長的意思，像文香、凝香一般的？」
雲空虛弱的點頭表示是了。
「記得最先是墨蘭，約莫三年前吧，然後才是秋菊、春蝶，說起來也怪，大多是下女們……」
「沒有男的嗎？」
「有，只有兩人，是在春蝶、文歡、夏夢之後的，一個叫劉二，一個叫張老兒的家人。」
竹舟在一旁驚訝地說：「死了這許多人，夫人怎沒告訴我？」
「老爺管外頭的生意就好，怎麼能被這些家事煩擾呢？」
竹舟只好悶坐在一旁，一手煩躁的敲著膝蓋。
「前前後後，也快有十人了。」
雲空不打話，靜靜的沉思了一會，才問：「貴府三年前，有新進人口嗎？」
「沒有，倒是那場怪病發生後，才頻頻進人口的，」想了一想，她又說，「凝香便是那時進來的。」
「不是之後來的人……」雲空忖著。
「道長還有要問的嗎？」夫人催促著，暗示時間很晚了。
「夫人不嫌麻煩的話，可否將所有死者的名字、性別、年紀和死亡日期寫下？」
「這……」夫人面有難色。
「貧道有了這些名字，可以替他們超度，免得陰魂不散、家宅不安，影響佘老爺的生意呀。」
夫人聽了，馬上一百個願意：「這也不難，我去查查家中帳目，瞧看哪日買過棺木的便知。」

※※※

累極了的雲空，在昏沉中入睡，一直輾轉在作噩夢，好幾次以為自己驚醒了，卻發現仍在夢中。

凝香死時，有隻手摸了他一把，他當場覺得虛脫，身體像被挖掉了一塊那般難受，房中紅通通的煤火，一點也暖和不了他的身體，填補不回他失去的部分。

在睡夢中，他見到床邊站了個人，臉龐瘦得像骷髏，這種瘦，教人想起凝香的死狀。

「是勾魂使嗎？難道我要彌留了嗎？」雲空不禁生起不祥的念頭，想像自己將被列入余府的死者名單。

床邊的勾魂使握著他的手，他感到自手心傳來一股暖意，彷若空瓶被注入暖水，頓時感覺舒服了不少，火盆子也變得太悶熱了。

勾魂使似的人消失了，隱沒入煤火的紅光背後。

雲空全身冒汗，疲憊不堪的他連汗也不想擦拭，便沉沉睡去。

※※※

城門外的墓地，埋葬了幾百年來的居民和過客，墓碑雜亂交錯分佈。

自秦滅魏以來，黃河曾經發過數次洪水，開封府城數次幾乎全毀，墓碑也被沖刷乾淨，因此墓地是一代人疊了一代人，不分輩分的擠在一塊。

新墳離城門遠得多了，那裡有更多鴉兒在噪鬧，爭論如何平分食物。

雲空踏著濕答答的泥地，眼角在腳邊的死嬰身上留連了一下，死嬰的腸子已然被掏空，可愛的肥肉也早被鴉兒食盡，狼藉的散成一堆殘骸。

雲空繼續數步子，依循紙條上的指示，去找墨蘭的墓。

墨蘭是余夫人所說的第一位死者。

當他找到那塊半腐朽的木牌時，還不太敢推斷上面殘留的字跡。木牌上的漆字已經快剝落至盡，但開頭的「高門劉氏」幾個字還是能夠分辨的。

「高門……」雲空心中呢喃著，眉頭禁不住皺了皺。

「沒錯，正是高祿。」後面有把聲音斬釘截鐵地說。

這把聲音很熟悉，雲空馬上認出是誰，回頭便道：「赤成子，你終於來了？」

「來了好一段日子了。」

不見兩年，赤成子頭上長毛了，他眉毛稀疏，留了少許鬚毛，一頭長髮沒綑成髮髻，而是隨意束成一條馬尾，臉孔依然削瘦得像骷髏。

雲空想起昨晚床邊的勾魂使，恍然大悟：「昨晚救我的是你嗎？」

赤成子點頭承認：「是我。」

雲空又驚又喜，本想問他為何會在余府出現，口中問的卻是：「那年失散後，你去哪兒了？」

赤成子搖搖頭：「我出來洞口之後，沒見著你。」

「我被官兵給捉了。」

「原來如此，難怪當時附近有軍營。」赤成子道，「怪哉！我們從句曲山進洞，出來的地方卻是常山，你也一樣吧？」

「我也想問你呢！究竟為什麼？簡妹指點我們的出口，其實不是進來時的地方吧？」

「看來，說不定洞天之中有洞天的通路，不是人間道路。」忽然，赤成子忍不住滿臉堆笑，神色興奮的說，「簡妹還在等我，待解決了這件事，明年山澗的入口開啟，我便要回去了。」

赤成子真的變了。

以往他四海飄泊，行事乖僻。

記得他曾經是臉上沒有眉毛、沒有睫毛、沒有頭髮，沒有在臉上保留一根毛髮的人。

他留起了頭髮和鬍子，頓感精神煥發，冷冰冰的眼神也變得帶有盼望的神采。

因為如今他的心中，已經存有一位心愛的女人。

雲空很高興能再見到他，可是他神出鬼沒的現身，令雲空心裡覺得怪怪的。

他剛才甚至有一度懷疑赤成子是兇手。

「洞天的事，遲些再說吧，」雲空指指墨蘭的木墓牌：「眼下余府死了許多下人，這位是三年前第一位死的，如果這位是高祿的妻子……高祿在余家當下人，我仍未見到他，這妻子恐怕是他在余家娶的。」

「墨蘭本是余家婢女，顯然是余家安排她跟高祿結親的。」

「難道高祿跟這件事有關係嗎？」

「犯過錯的人很容易再犯錯，」赤成子眼中倏地現出殺意：「二十年前，他盜我師父刀訣，被我廢了武功，二十年後的今日，我要奪他性命。」

「你認為那些人……是他害的？」

「我知道是他殺的。」然後他說：「你也知道。」

「我？」

「他昨晚殺死凝香時，摸了你一把。」

雲空驚道：「你怎麼知道？」

雲空要問的是，赤成子怎知有人摸過他一把？又怎知那人便是高蒜？

「因為我親眼見到的，」赤成子抬了抬下巴：「我比你早幾步到余府，我已經在那裡住上一個月了。」

雖然赤成子行事怪誕，老是陰沉沉的，可是他從未向雲空說過一句假話。

「我不懂，你親眼見到，而高蒜卻不知道你在他身邊嗎？」

「我讓你馬上明白。」赤成子倒退幾步，展開兩隻手臂：「你看，我在這裡。」

雲空定睛看著他，生怕看漏了什麼。

「然後呢，我不見了。」赤成子剛說完，身體竟慢慢隱去。

他的身影在空氣中褪色，越來越淡，露出背後紛亂的墳堆。

如果不是事先知道，雲空還以為光天化日碰上鬼魅。

雲空用右手圍著嘴角，輕喚道：「赤成子，你學會了隱身術不成？」

「非也，」赤成子的聲音一起，雲空才看見他，原來他根本沒離開過原本的位置，「我並沒隱身，只是隱氣。」

「何謂隱氣？」

「我全身經絡已被師父打通，可以自由自在駕御自身的氣，只要把這氣隱去，四周的生物便感受不到我的存在。」

雲空若有所思：記得曾經，師父破履變成了一棵樹。

那次，當一大群「蟲」追上來時，師父把自己想像成一棵樹。

當他的念頭完全相信自己是棵樹時，他全身的氣也因而改變特質，全身流露出樹的氣息，令群蟲誤以為是樹，而轉了方向。

「五官會感受周遭的氣，」赤成子說，「目能視有形之氣，耳能聞有聲之氣，一旦我閉了全身穴道，不讓我的氣被人感覺到，別人便看不見我、聽不見我、聞不到我。」

「你在余府出入，沒人發覺過你嗎？」

「只有高祿，差點發現我。」

雲空驚疑道：「高祿有那麼厲害嗎？」

「他也學會了御氣之術，而且手法十分高明。」赤成子臉色一沉：「他其實是很聰明的人，以前當我師父的僕人時，我們卻一直很蔑視他……」

「他究竟是什麼來歷？」

「師父只說過是撿來的小孩，其餘一概不透露。」

「他真的十分了得，」雲空心有餘悸，「昨晚他只摸我一把，我就感覺快死掉了，虧我平常還有靜修煉神，何況其他沒修煉的人？」

赤成子正色道：「你聽說過一件軼事嗎？道是京城這裡有位胖大和尚，一手倒拔了垂楊柳，人稱神力。」

「沒聽過。」

「其實那棵垂楊柳是枯了心的，裡頭空空，外表看來正常，卻是一拔就起。」赤成子道，「所以要把人弄死，並不一定得一次結束他的生命。」

「你的意思是……」

「只需一次一點、一次一點，人便慢慢枯萎，到了差不多時，只消輕輕一推，就把他瘦死、累死。」

雲空明白了：「這就叫摧枯拉朽。」

他摸摸胸口，昨晚的虛耗感猶存。

他莫名的想起說書人的話：「暗算無常死不知……」在他還沒進城就警告他了。

回想起來，在余府借住多日，竟還沒見著高祿。

現在他更不想見到高祿了。

「那你在余府的這個月，究竟在等待什麼？」

赤成子哼了一聲：「等？就等他露出馬腳。」

※※※

整個余家大宅，個個人的臉上都蒙了層黑氣。

他們老覺睡眼惺忪，四肢虛浮。

反之，高祿紅潤的臉，在陽光下顯得神采奕奕，他粗濃的眉毛下睜著銅鈴似的大眼，貪婪的望著一名下女。

他看得出，那名下女已經差不多了。

只要輕輕的再拿一點……

他悄悄地靠近她，見那下女步伐飄浮，頭也昏沉沉的晃著，他便十分高興。

他用手指輕觸那女子一下。

下女沒有驚叫，兩眼一白，便倒在地上了。

高祿不慌不忙地走開，準備今晚好好飽餐一頓。

他知道，那下女免不了要被抬回房去休息的。

只要想起吃飽後的快感，他便忍不住全身興奮得抖擻。

記得第一次吃飽，是託墨蘭的福。

墨蘭是余家主人安排下嫁給他的，家裡的男僕和下女結成連理是常事。

他對墨蘭也沒什麼感覺，反正只是一位同住的女人罷了！

自從龍壁上人的女兒繡姑死後，他便再也沒有愛上其他人的念頭了。

自從赤成子廢了他的武功之後，他便再也沒有任何想要熱衷追求的事。

他對繡姑的愛，無人能取代；他對赤成子的恨意，也沒有比那更深的了。

一想起赤成子，他便閤夜難眠，在床上輾轉反側，沉陷在恐懼、焦慮和不安之中，赤成子的影子會越來越膨脹、越來越猙獰，直到要把他整個人吞下去，他才慌忙坐起來，睜著眼等候天明。

直到那個人出現……

那個人讓他見識到了另一個境界……

高祿想也沒想到，以前全心全意守護的那本刀訣，只算雕蟲小技，原來還有不需使用外力的「內功」，完全只靠體內真氣運作。

他第一個先向最接近的人試用，那便是墨蘭。

墨蘭禁不住他的一招。

他一握墨蘭的手，墨蘭全身的氣便如同洩堤暴洪，瘋狂地傾注入高祿的手，止都止不住，直灌他手心，湧入他全身上下各處，完全填塞高祿的每一條經脈，餵飽高祿的每一顆細胞。

他當時還不懂得控制，一時慌張，竟甩不開墨蘭的手，只見墨蘭眼中的光彩飛快消逝，豐腴的臉頰猛地下陷。

直到最後一點氣也吸盡了，她才被鬆脫，此刻只剩下皮包著骨架，在地上蜷成一堆。

高祿興奮得不住喘氣，心裡直想大笑。

吃飽了飯，只有胃是滿足的。

吃飽了「氣」，卻是全身都飽脹的。

他愉快地手舞足蹈，從未這麼快樂過，原來以前練什麼功、揚什麼名、立什麼萬，全都不如全身每一顆細胞都吃飽來得滿足。

他忘不了那種美味。

他還想再吃。

他無法罷手，又為何要罷手？他貪婪的吸了一個又一個人的氣，余府上下都沒人搞清楚發生了什麼事。

余府下人之中，他惟有不敢妄動老爺近身的琴棋書畫四僕，之前曾試著吸他們的氣，雖然吸了一點，但他們警覺性很高，不值得打草驚蛇，所以就放棄了。

直到那晚，他前去吸凝香的氣時，看見雲空了。

他心裡十分吃驚，這道士是他差點忘掉的人物！

當年要不是這道士，會引來赤成子嗎？會使他武功全廢嗎？

他乘機吸了一些雲空的氣，立時心下大喜！

那種氣，果然和余府裡面的人大大的不同哇！

下人們每日工作得很疲乏，他們的氣帶有苦澀味，而他也曾嘗過余家主人夫婦，他們的氣太肥膩，味道也不夠好。

可是雲空是有修行的人！

雲空的氣有淡雅的松香，進入經脈便生出一股清靈的沁涼，舒服得不得了。

今晚吧，他想，今晚，這好管閒事的道士，就讓他知道好管閒事的下場吧。

他一定又會守在下女身邊，那就讓俺一石二鳥……哦不，只管吸那道士就好了，至於那位下女嘛，反正是遲早的事。

一想到此，高祿心裡雀躍不已，人便興奮的想跳起舞來。

今晚這一餐，想必是他人生中吃過最好的一餐！

以往他是把人一點一點慢慢吸乾，這叫「摧枯拉朽」，即使是鐵柱般的大樹也要倒的。

可是這一次，他打算一次過把雲空的氣吸個乾淨，就像墨蘭那般。

因為他對這道士的出現感到很是不安，這人是留不得的。

不過，想想又有些可惜，如果一次吸完了，不知何時才能再遇上這種美食呢。

※※※

城門外的墳地是數百年來的亂葬崗，即使冬日的太陽猛照，也烤不暖這裡的空氣。

雲空和赤成子陪著滿地的死人，陪著他們埋葬了、腐朽了的過去。

墳堆中透出寂寞的記憶，絲縷般迴盪在雲空四周，令他感到不適。他有閱讀這些陳舊記憶的能力，但此刻只會對他造成干擾。

「記得嗎？」赤成子說，「我的師父和師兄弟們，全因煉丹中毒而亡，這中了丹毒的人，要不是全身潰爛，便是肉身不化。」

「肉身不化，不正是羽化飛昇、脫去軀殼？」

「如果真是如此……」赤成子緩緩走著，停在一個微隆的土堆前，「那此人便是得道成仙了。」

雲空不知土下埋了何人。

赤成子大吸一口氣，臉色立時脹紅，他大袖一舞，腳前的泥土竟如波浪般滾去兩側，露出一個坑洞。

坑洞裡蜷縮著一具屍體，身上的衣服已經腐化，只留下片片湊不起來的碎紗。

屍體沒有頭髮、沒有眉毛、沒有鬍子，臉上泛著一層銀黑光澤，發出陣陣酸臭。

「是半成子？」雲空大為吃驚，忙靠前去瞧仔細。

「正是半成子。」他是赤成子的師弟。

當年龍壁上人毒殺三名弟子，只想留下赤成子，再把所有的書籍傳給他。

不想連成子和虛成子依計中毒後，半成子卻只飲下半杯金液，不但沒有毒發，還偷襲赤成子和雲空，搶走書籍。

沒想到再次見到半成子，竟已是一具「肉身不化」的屍體，顯然他後來還是毒性發作了。

「你找回那批書了？」

「沒有。」

「你找到半成子時，沒找到書？」

「我找到半成子，是因為我跟蹤高祿，高祿走來祭拜他的。」

※※※

高祿從床底下拖出一袋書，心中無限感慨：「龍壁上人一生心血，既然落在我手上，早知如此，當年何必苦苦堅持一本刀訣？」

更何況，赤成子他們都弄錯了，那本刀訣其實不是龍壁上人的，高祿並沒偷刀訣。

那本刀訣，本來就是他的。

高祿年幼時，乘坐的大船在巨浪中觸礁沉沒，他抱著衣箱漂流，僥倖被沖到岸邊，被到海邊尋訪仙跡的龍壁上人帶回家。

那本刀訣，是他衣箱中最珍貴的故鄉記憶。

是他生身之父遺留的刀訣《加末以太知之術》。

也就是說，其實是龍壁上人偷了他的家傳刀訣，他只不過是拿回來而已。

「加末以太知」五字以草書寫成，當時尚無法釋成漢字，後世有人根據《山海經》譯成「窮奇」，更後世才定名為「鎌鼬」。

而他的本名也不叫高祿，他其實叫「馨」（Kaoru）。

雖然已經年近五十，他依然無法忘記幼時的故鄉。

他在富裕的家庭出生，父親是一名武士，是當時新興的階級，代表著武人的地位比過去更加提昇，也可以涉足原本只有貴族可以參與的政治。

他從小就學習各種禮儀，學習進入上層社會必需的漢字和儒學，在父親的嚴格指導下學習木刀、射箭、棍法，親眼見到許多政治人物在家中進出，也聽說崛河天皇其實是個跟他年紀相仿的孩子。

不知為何，父親有一天回家時愁容滿面，命令母親收拾行李，次日便帶著他登上一艘大船。父親告訴他，這趟旅行，他們父子倆可能有去無回，因為過去遣唐使的船有很多遇難失蹤的。

父親一語成讖，他成了船難的唯一倖存者。

那年他才十一歲。

說起來還要感謝半成子。

幼年的他，在龍壁上人那裡當小僕時，只有半成子是對他最好的。

半成子平日便有一股傻氣，凡事做起來都只一半一半的。

高祿要是被龍壁上人或他的弟子打罵了，也有半成子來陪他哭一把的，哭完之後，又會逗他發笑。

說起來，半成子的人還真不錯。

七年前，他在幫余老爺送信時，在街上巧遇半成子，見他一個人落魄的走在大街上，腳步蹣跚、衣衫破爛，兩眼無神得幾乎快變成灰色的了。

高祿一眼便認出了他。

他沒注意到半成子不尋常的膚色，心裡只熱呼呼的想去打招呼。

他並不知道龍壁上人死了，也不知道從前欺侮他的連成子、虛成子業已去世，不過他心想半成子的模樣如此潦倒，那些他害怕的人應該不可能會在附近出現的。

他上前去打個招呼。

半成子並沒理會他，還是踉蹌的不斷前進，有一步沒一步的走著。

高祿還看見，半成子的嘴角垂了唾液，隨著他的步伐在搖擺，臉上結了層厚厚的泥垢，連衣服也到處是霉斑，滿頭蒼蠅圍繞著他的臭酸味打轉。

高祿偷偷把他帶到城外一間破廟，打了井水替他洗淨身子，又餵他吃了些饅頭。

半成子依然迷迷糊糊的。

一直到嚥氣為止，他都沒說過半句話。

他說不說話不要緊，最要緊的是，他留了一袋書。

一袋龍壁上人半生的心血。

高祿把半成子葬在亂葬崗之後，把整袋書拎回家，有空時便讀書。

他學習龍壁上人過去教導弟子的煉氣之法，日子漸久，頗有心得。

直到三年前的那天，他選了那本沒有書名的書來看……

※※※

開封府又入夜了。

還沒入夜，幾個夜市早就熱鬧起來，燈火通明，人聲嘈雜。

可是府城除了夜市之外的其他地方，往往是靜悄悄的，燈也不見幾盞，只有更夫在寒夜中哆嗦的報更聲，平常吵鬧的狗兒們，在這種清寒的夜裡，連叫也懶得叫了。

此時，卻有五條影子在屋頂上飛竄，但今晚沒有月光映照，看不清那些飛快倏過的人影。

他們往余府方向進發，猶如五道清風，輕柔的在空中競跑，腳尖偶爾輕點屋簷，也只沾染了一點塵埃。

黑夜中猝然閃過一道銀光，有隻野貓慘叫一聲，翻下屋簷。

「紅葉！住手！」有把聲音輕聲喝止。

紅葉噘了噘嘴，不聽話的再發了一針。

這次她只射下了幾片枯葉。

「人家只不過想練習嘛。」

「紅葉，」白蒲在半途中挨近她，「妳已經練得夠好了，待會兒有妳好玩的。」

然後五條人影又再恢復沉默，只有身體摩擦空氣的聲音。

眼下，余府的燈光已經出現在視野中了。

「分路！」一聲令下，五條人影迅速分開，潛往余府中的五個角落，好像被余府吞沒了一般，不發出一點聲息。

就好像他們從未出現過一樣。

※※※

下女的房中生起熊熊的火盆，企圖趕跑寒氣。

那名下女迷迷糊糊的，依舊不停說冷。

她身上披了好幾重棉被，皮膚仍舊冰封似的雪白如霜，她渾身顫抖，不停呢喃：「冷……好冷……」

「她叫什麼名字？」雲空問在床側陪守的下女。

「喜妹。」那下女畏畏縮縮的答道，很是不安。

外頭寒風蕭瑟，風聲鑽過窗隙，吹出摧命般的悲嚎聲。

「喜妹……」雲空口中低吟著，眼睛和耳朵卻絲毫不敢放鬆，留意著四面八方的動靜。

四面八方中，惟有背後是可以放心的，因為赤成子正守在他背後，閉了全身六百七十五個穴道的氣，使得沒人察覺得到他的存在。

但沒人知道，除了赤成子之外，余家還有五個角落也躲了人，正虎視眈眈的盯著這裡。

雲空還沒告訴竹舟有關高祿的事，他不想驚嚇余府的人，以免有任何消息傳到高祿耳中。

然而，此刻高祿正穿過迴廊，走向後院，大踏步朝房間走來，壓根兒沒察覺前方的危機。

他的自滿令他疏忽了周圍可能潛伏的危險，他也萬萬沒料到，在余府過了二十年平靜的生活，會因為他的貪婪而戛然中止。

他滿心歡喜，打算這次不要一陣風似的偷溜進去，而是大大方方出現在雲空面前，嚇他個一大跳！然後把房間內的人全部吸盡，不留活口！

因為他知道雲空的能耐。

雲空根本沒有能耐！

他是吃定他了。

他興奮得脹紅了臉，兩手骨節咔咔直響，恨不得馬上看到雲空驚慌失措的表情。

他一腳踢開大門，聽見下女尖聲怪叫。

高祿盯住雲空，如餓狼般跨步搶到雲空跟前，立時伸爪向他攫去。

他已經在想像飽足後的滿足感了。

可是他沒注意到，雲空根本沒有受到驚嚇。

他也沒注意到，下女在他踢門前一剎那就尖叫了。

因為當赤成子察覺到他來勢洶洶的氣焰時，在他快進來的當兒，霎然開啟穴道，露出真氣，現了身形，下女見房中忽然多了個怪人，嚇得翻倒凳子，撲到牆上。

高祿伸出手，眼睛只顧盯著雲空，一心要捉住他。

但是赤成子的手搶到前面，握緊高祿的手。

高祿冷不防的感到有一團氣闖進他的身體。

那隻手「送」了一團污濁的氣給他！

穢氣一入經脈，高祿的胃頓時激烈抽搐，一陣強烈的噁心衝上喉頭，燒灼他的食道，當場兩眼昏花，趕忙倒退到門邊。

高祿看清偷襲他的人，當場紅了眼，怒喊道：「赤成子？又是你！」即使赤成子長了鬍鬚，他依然可以一眼認出這位日夜痛恨的仇人。

赤成子不打話，一個箭步從雲空身後閃出，拳頭直擊高祿肚臍。肚臍乃人體尚未接收外界之氣以前，最早由母體得氣的部位，一旦破壞，恐怕全身氣息撩亂。赤成子的攻擊，是完全不顧性命的貼身打法，意圖一拳就能封鎖高祿。

但高祿不會坐以待斃，不等赤成子趨近，高祿發出一聲古怪的低吼，像豬叫和獅吼合唱，鼻子和嘴巴竟冒出兩股白煙。

高祿馬步一沉，竟猛然釋出一股爆炸性的強大力道，如洪水般向四面八方沖激，把赤成子撞開，把雲空撞得踉蹌倒地。

赤成子和雲空忙將心神收斂，把一口真氣運滿全身，勉強擋住來勢洶洶的氣流，可那留守的下女是凡夫俗子，高祿發出的力道把她重重壓在牆上，身上發出清脆的骨折聲，立時口吐鮮血。

雲空見狀，忙跑到喜妹身邊，察看她的狀況。

高祿心知不妙，他本想不留活口，赤成子的出現吹皺一池春水，他必須先解決赤成子！

赤成子也十分驚訝，原來高祿不只會吸人精氣，還懂得釋放氣！

高祿打算破釜沉舟，一舉解決眼前的問題！他兩臂大張，口中深深吸氣，四周的空氣如瀑布般湧入他口中。

他要赤成子灰飛煙滅！

赤成子追殺他十二年、害他武功全失！

赤成子還燒掉刀訣，令他父親引以為傲的鐮鼬刀法從此失傳！

這個他恨透了的仇人，如今忽然送上門來，過去的所有的怨恨頓時填滿了他的心，體內的真氣竟在剎那爆漲了幾倍。

赤成子也不是省油的燈，他骷髏似的眼睛一睜，一頭亂髮無風紛飛，身上的衣裳竟鼓脹起來，宛如有風在裡頭吹拂一般。

高祿把氣導向指尖，指尖射出一道尖銳的氣，把赤成子的衣服射穿了一個洞！

高祿等著聽到赤成子的慘叫，等著看他噴出滾熱的血。

可是赤成子沒有。

高祿再射出幾道氣，雖把赤成子鼓脹的衣服穿洞，卻似泥牛入海，赤成子毫髮無損。

赤成子得意的冷笑：「高祿！你還是輸我一籌！」

高祿怒吼道：「赤成子！你何苦咄咄逼人！今日俺非要滅了你不可！」

赤成子笑道：「我的氣乃師父親自打通，你那私自胡亂練來的，怎比得上……」

高祿不讓他說完，忽然整個人衝到他面前，兩臂大開、嘴巴大張，只見他腳底一沉，一波強烈的力道把赤成子捲得橫空飛起，直直撞上天花板，把屋樑也撞歪了。

「俺今天要殺了你！」高祿殺得興起，一掌望空發氣，那股氣打偏了，沒打中赤成子，反將屋頂打穿個大洞。

赤成子狼狽的摔到地面，全身動彈不得，一道血水流入眼眶，混濁了他的視線。

他不敢相信，他輕蔑的高祿，竟有能力把氣操縱得出神入化！

若今日死在高祿手上，也是他傲慢的報應！

雲空護著喜妹，一點辦法也沒有。

他的眼睛見到高祿的怨氣正不斷膨脹，像朵巨大的烏雲包圍他全身，纏繞在他四肢上、身上、頸上和頭上，如百條毒蛇、如暴風雨般繞著他旋轉。

他不能眼睜睜讓高祿殺死赤成子！

雲空從布袋取出桃木劍。

桃木是一種對氣很敏感的材質。

高祿吆喝一聲，一掌向赤成子的面門擊去，欲將它打個稀爛。

當他的掌心快要碰觸到赤成子的臉時，虎口突然疼了一下。

他沒料到雲空竟敢冒死靠近，把桃木劍刺去他的虎口。

頃刻之間，虎口彷彿開了個缺口，桃木劍把他要擊出的氣導開，轉個彎從虎口注入桃木劍，在劍身內四處亂流，湧入乾枯已久的木細胞，細胞忽然獲得生命力，整支劍隨即強烈震動，竟在劍身擠出芽苞，萌出新芽，長出新枝，冒出花苞，轉息之間竟爆出鮮豔的桃花。

雲空看呆了，沒想到桃木劍竟開滿了桃花，說不得下一刻還會結出果實！

「臭道士！」高祿狠聲道，「你別急，俺待會便來收拾你！」

這下女的小小房間，本來擠了五個人就已經很擁擠了，要是再多五個人豈不更擠？人一擠，即使外頭是寒涼的夜晚，裡頭也是炎熱的。

「好悶熱呀。」一把小女孩的聲音響起。

雲空和高祿一愣，才發覺門口站了五個完全不認識的人。

一名白淨的少年走進來，扶起赤成子，讓他靠坐在牆上：「傷得好重呀，高祿你真想殺他呀？」

少年無視房中高漲的殺意，殺戮的氣氛忽然變得非常尷尬，高祿愣在當場，不知對方來頭和來意，驚疑的舉棋不定。

他的手一時不知該如何擺放才好，心裡又忐忑難寧，忽然之間，他好像又回到了當年……

當年赤成子才剛把他的武功盡廢之時的萬念俱灰。

當年船難令他失去一切時的徬徨無助。

當年龍壁上人美其名救了他，實際上是吞沒了他父親的刀訣和遺物、斷絕他歸鄉希望時的憤慨。

一切都失去希望、失去了把握。
一切都好像會在下一刻的瞬間瓦解、化為泡影。
一切都好像是多餘的，是沉重的。
他回過神來，追尋自己這個念頭的起因。
他在害怕！
是的，這些忽然出現的人使他害怕！
在電光火石的轉念之間，為了驅走心中強烈的不安，他忽然轉身，無預警的向白蒲發動攻擊。
「蠢漢！」白蒲連忙站起，轉身面對高祿。
高祿朝他一撞，緊緊抱住了他。
他想補充「氣」。
他一運氣，渾身前後上下六百五十七個穴道一起開啟，盡情把少年的精氣吸入體內。
這樣下去，再過幾秒，這位少年便會瘦成一張薄紙。
白蒲的氣進入高祿的身體，他的氣帶有深山大澤的清爽，有渾厚的松柏花草之味，高祿沒來由的嘗到一頓美餐，心下不禁鬱悶。
這人如此年輕，何來這種大修為者才有的真氣？
而且高祿已經抱了他好久，竟還沒吸盡他的氣，猶如在擁抱大海，有取之不竭、掏之不盡的氣。
這少年是誰？
為何他的同伴都沉默的站在一旁，冷靜的觀望？
為何少年的氣如此令人舒暢，還把他的暴戾之氣不知不覺的中和了、淡化了？
高祿驚怕的鬆開手，比原本的恐慌更加恐慌，懼怕的看著一點也不把他放在眼裡的少年，連冷汗也泌不出來。

白蒲臉帶微笑，把他的手移開，上前拍拍他的肩膀：「說起來，你偷學我師父的法門，該算是半個師弟，可惜你沒真正拜師入門。」

雲空聽了一愣：「沒聽說龍壁上人還有這些弟子。」想著，不覺的轉頭想詢問赤成子。

白蒲又說了：「那些書在何處？快快交出來，我們會讓你走得舒服些。」

高祿見到這年輕人，宛若見到一望無涯的海洋，自己變成了毫不起眼的溝渠，只好乖乖的回答：「在……在俺床下。」

「這樣才是。」白蒲走到床邊，把一袋書從床底拉出。

「等等……」赤成子掙扎著說話，嘴角還流著血：「那些書……是……我師父龍壁上人……畢生心血！」

「是畢生心血沒錯，可是，」白蒲淡然說，「是畢生偷盜而來的心血，是從我們師父那兒得來的。」

赤成子怔住了，因為他知道龍壁上人是真的會這麼做的，但他下意識依然維護自己的師父：「口說無憑！你……你們師父是誰？」

白蒲輕蔑的睨了他一眼：「你知道也沒用，這些是仙人之學，不是凡夫可以學習的。」

「如果我師父真的是偷來的，那他也挺有本事！」

白蒲笑了：「回想起來，的確挺本事的，我們當時都沒料到呢。」

當時？赤成子忖著，「當時」是什麼意思？

五人中走出了一名大漢，他黃色的方臉看似兇惡，卻隱隱散出飄逸之氣：「這位赤成子，且讓我助你一臂。」

說著，他把手蓋上赤成子的天靈蓋，赤成子的肩膀只彈動了一下，臉上竟瞬間恢復了血色。

這下子，赤成子才真正體會到天外有天。

看來他們果然是這批書的失主，或許師父是因為學不來書中的技藝，才把它深鎖起來的。

現在失主已經親自尋來，他沒有什麼話可以說的。

他只能沮喪的垂下頭，暗自嘆息自己竟花了這麼長時間，去尋找本來就不該擁有的東西。

看來，他追隨了大半生的龍壁上人，還真是一位失敗的師父呀。

問題是……赤成子驚覺：師父學不來的技藝，卻被高祿學上手了！

他還要師父幫他打通任督，而高祿是在短短三年就學成這種境地了！

說不定高祿真的是曠世奇才！

「高祿……」赤成子望向高祿，正想對他說話，卻看見幾道銀光飛到高祿身上，刺中他的穴道。

那身穿紅衣的小女孩，兩手揮出細細的銀光，銀光筆直的穿破空氣，留下一道道涼涼的軌跡，交織成耀眼的銀絲，如銀雨般濺灑在高祿身上。

第一枚銀針刺上高祿時，他的腳便無法移動了，接著一個個穴道被封鎖，在他身上佈成一道針網。

不一會，他已經全身燦目光輝，在燈火下顯得華麗無比。

紅葉微微喘氣，手中夾了一枚銀針：「白哥哥，除了他腳板下的，我全都封住了。」

白蒲回道：「那刺他百會。」

紅葉嬌喝一聲，飛身躍起，把最後一針刺入高祿頭頂正中央的百會穴。

剎那，高祿的腳板開始抖動。

他的氣忽然如洪水般衝出腳底，爭著離開他的身體，大股大股的灌入地底。

他的小腿肌肉劇烈亂抖，抖得像快要分離斷落了一般，抖得有如沸騰的水在翻滾，抖得有如狂風中顛搖的弱枝。

高祿的臉上刺滿銀針，已經瞧不清表情。

他可以清楚的感覺到，他處心積慮從很多人身上收集而來的氣，正從腳底流入地底，完完全全的歸還大地。

他的身體正無情的枯萎中，意識正逐步趨往空無。

他的氣在地表下四處流竄，有些碰到樹根，便鑽入樹身。

冬天的樹已經葉子脫盡，黑黑的枝梢原本很寂寞，這下，竟忽然冒出了萬千個芽兒，綠油油的新葉剎那綻滿了樹枝，在荒涼的冬夜下開出一片大綠。

余家院子的樹一棵接一棵長出葉子，長得又急又多，大樹們沒來由的接收這麼多的氣，只好拚老命長出新葉，才能宣洩過多的氣。

花樹也不甘示弱，原本已經沒人涉足的花園，開了紅白黃橘紫各種色彩的花朵，擠滿了一園春色，在冬夜爆出濃烈的花香。

即將過冬的樹芽也忍不住了，竟從泥地下硬擠出頭，隆隆的長成一棵又一棵大樹，把滿天星光也給遮掩了。

樹根衝出地面，撐破地板，把雲空等人棲身的小室推得傾斜了一邊。

白蒲向雲空叫道：「雲空，去扶你的朋友，快逃吧。」雲空還被眼前的奇景驚訝得發愣，白蒲卻已快步搶到雲空身後，抱起奄奄一息的喜妹，再衝出門外。

他們五人一起行動，如疾風掠過一般，轉眼便遁得無影無蹤。

雲空忙扶起赤成子，兩人趕緊衝出大門。

百忙之中，雲空回頭望了一眼。

他看見樹根像章魚的爪子般爬上牆壁、衝破屋頂，碎瓦紛紛飛濺空中。

高祿已經瘦得像一綑木柴，鬆垮的肌膚也留不住銀針，一枚接一枚鬆脫了。銀針一鬆落，原本只從腳底洩出去的氣便沒了方向，從其他的穴道噴射而出，把牆壁和傢俱擊成薤粉。

雲空忽然感到身後有東西衝過來，連忙躍身跳開，緊接著，一大叢暴長的樹枝從身後經過、湧入房門，把無法動彈的高祿撞得歪斜倒地。

高祿整個身體仆倒，穴道緊貼地面，立即與大地通行無阻。

他的身體被大地猛吸，瞬間壓平在地，像紙一般牢牢貼著地面，五臟六腑和兩百零六塊骨頭全都壓成薄片。

樹根和樹枝在他上方逕自瘋狂生長，朝空中狂舞，迸發芬多精，令冷峻的冬夜前所未有的清爽。

※　※　※

余家的那一晚很不安靜。

早已入睡的鄰人們紛紛被吵醒，跑出來觀看奇景。

他們看見余家的高牆後方升起了參天大樹，連屋頂也被樹撐破了。

他們看見花園的花綻開得滿盈，竟溢出了牆外。

他們忘了冬夜的寒意，眼裡所見只有春天的美妙景致。

一直鬧到天亮，黑沉沉的天翻了魚肚白。

在旭日的光線下，大家才看見余家成了一片濃綠的樹林，連房宅也被掩蓋得見不著了。開封府的大官們聞訊之後，忙在早朝稟報：「恭喜皇上，賀喜皇上，此乃天降祥瑞呀。」眼下跟金人鬧得不愉快，皇上需要這些安慰來麻醉自己。

於是，君臣全都爭相上表道賀，沉醉於一片喜悅中。

竹舟可苦了臉，茫然的抬著頭，在深夜出現的樹林之間穿梭，仰望又高又密的樹葉，越走就越憂愁。

雲空跟在他身邊，也不知該說什麼才好。

他不想告訴竹舟真正的經過，反正沒人會真正相信的，而且他知道竹舟對赤成子有很壞的印象，所以赤成子隱住了真氣，暫時躲在宅院的新生林子中。

而且，那五個忽然現身的異人，更是疑雲重重：他們的師父是誰？龍壁上人怎麼去偷書的？還有，為什麼他們曉得他名叫雲空，而且還叫得挺熟絡的。

「道長啊，您說這該如何是好呢？」竹舟的一句話把雲空從重重疑慮中拉回神。

竹舟愁著眉仰頭望著滿院大樹，嘆息了又嘆息。

「這樹木長得好哇，」雲空望著沖天大樹，讚嘆道：「又粗又堅實，是造大樑的好料子。」

「咦？」竹舟轉過頭來，直視雲空好一陣，接著便開始低頭揉鬍子，「道長說的沒錯，目下朝廷正要建大廟……」

竹舟開始動起腦筋，他一面抬頭望樹，一面撫摸樹身，終於露出燦爛的笑容。

「棋兒呀！」他嚷道。

「是，老爺。」棋兒翻越廢墟，匆匆跑來。

竹舟笑道：「拿算盤來。」

百妖堂前篇

之廿四

宣和六年（一一二四年）

黑驢垂著頭，瞇著眼，不想看那燒紅了天的晚霞。

晚霞紅得叫人鬱悶，牠打從心裡就不喜歡。

驢背上坐了一位老者，老者也垂著頭，不同的是多戴了頂大草帽，把眼前的霞色全給遮住了。

黑驢在小林子裡左彎右拐，終於盪到了一間破廟門前。

破廟也不知曾經供奉何許神明，在遭遇兵燹，金人幾番越過國境入侵之後，廟便荒廢了，廟門也歪了，香爐也丟了，廟祝也跑了，只留下一座神像是土塑的沒人要。

破廟裡面厚厚的蒙了層灰，連從外面看去也是灰頭土臉的。

老者翻身下了黑驢，蹣跚的走了幾步，兩手反剪在背，凝視廟門。

「我道是誰來了，」廟門後有人聲道，「原來是老爺子您。」

老者乾乾的笑了幾聲，好像骰子在磚地上打滾的聲音。

「老爺子敢情又帶了不少好東西來吧？」

老者拍拍驢背上的包袱，表示對了。

黑驢沒耐性的咕嚕了兩聲，踱到廟門旁去坐下，等著有人歇下牠身上的重負。

林子裡又靜悄悄的鑽出了兩個人，他們一看到老者，忙揮手道：「哎呀，老爺子來了，您福壽！」

老者還是不吭聲，只笑著拱手。

「老爺子，我來替您拿帽子。」一人迎上來道。

老者看看地面，看見晚霞的紅光已經漸漸褪去，地面也開始灰沉沉了，這才解下草帽來。

他把大草帽遞給來人，依舊微笑著，面上的瘦肉擠上眼袋，露出上排的一列黃牙。

只露出上排的黃牙。

因為他沒有下巴。
他的臉，只到上唇便結束了，下面是空的。
他呼吸的時候，喉嚨中發出絲絲聲，也是借著這絲絲聲，還可以弄出幾個字眼來：
「絲……來齊……了？」為了不讓大家瞎猜他在說什麼，所以還是把字寫出來了。
「回老爺子，」廟門後的聲音說，「只差正主兒了。」
廟門小心的被打開，門鈕磨著拖著一把苦澀的嘰嘰聲，像是萬般不情願的迎接來客。
太陽已快完全沒入山後。
廟門內起了風，捲起了一把塵埃。
塵埃被這風一捲，冷得碎散開來。
接著，廟中驀地捲起大大小小的陰風。
老者踏入廟門，和氣的笑著。
廟中吹起一陣暴風，在廟裡有限的空間中狂暴的亂颳，把樑柱也吹得發起抖來。
漫天塵沙紛飛，有如迎接貴賓的紙花。
狂風戛然而止，灰塵冉冉降下，廟裡頭直像下著一場隆冬大雪。
「見過老爺子！」幾十把聲音一起呼喝，聲波把落塵震得打了幾個滾。
老者一擺手，破廟又恢復了安靜。
他們開始等待。

※※※

五條影子不走大路也不抄小路，而是在林子上方飛馳。

隨著越來越低的陽光，他們的影子越拉越長。

他們恃著輕盈的身手，輕踏著樹葉奔跑。

他們不想走路，是為了避免碰上任何妨礙，畢竟林子上空是沒人走路之處，由他們來走最是適合不過。

他們遠遠望見林中有一片空洞，空洞下方必然就是他們要去的地方了。

太陽仍留著幾道殘光，為趕路的人照一照路，好讓他們不會馬上就摸黑了。

這五個人加緊了速度，閃過一批橫空而過歸巢的鳥群，飛快的奔向那裡。

太白金星早已在空中現身，代替陽光為行人引路。

五條影子把腳尖輕觸在葉子上，一片也沒折落。

他們要趕在陽光完全沒入以前抵達那片空地。

空地上有一間小小的破廟。

破廟孤零零的佇立在那裡，四周雜草把它重重包圍，從林子上方望下去，有如受困無助的老人。

「好難看哦！」小女孩一見破廟，立刻作聲，「白哥哥，我們要來的就是這裡嗎？」

「白蒲，你管教管教紅葉。」一把穩健沉重的聲音斥道，是他們之中年紀最大的黃連。

白蒲立刻低下頭，連聲答是，忙向紅葉使了個眼色，小女孩假裝沒看到。

「好吧，下地。」黃連威嚴的下令。

五人輕輕從樹梢上落地，正好見著颳進破廟的最後一片捲風。

他們一來，風就歇了。

太陽也正好完全隱了臉，大地匆匆忙忙的披上一片漆黑。

五人各自從身上取出一件東西，稍微用力一揮，便發出光明，不似火焰熾熱，卻比火焰還明亮，而且是近乎日光的白光。五人手舉光明，依然立在原地，沒有再前進的打算。

沉默了一會，紅葉很快又沉不住氣了：「要等多久嘛？」

這次她沒那麼幸運了。

一名女子立刻逼近身來，賞了她一巴。

這一巴沒有聲音，卻是痛得紅葉立即仆倒在地，想哭，卻硬忍住了哭聲：「青萍姐……我不再說話便是……」

青萍走回了原位，依舊站著。

叫白蒲的白淨少年將紅葉扶起，撫了撫她的背，紅葉哽咽了幾聲，才回到原先站的位子上。

突然，五人的耳朵一動，聽到了林中傳來細微的聲音。

「來了。」那穩重的聲音一說，五人立刻呈扇形散開，藏身在破廟四周林子五個不同的方位。

※※※

「你沒看見嗎？林子前頭有光，一閃就沒了。」才剛說完，雲空又覺得那光不比尋常，他想不出有何種火光會是白色的。

「有人家吧。」赤成子撫了撫隱隱作痛的骨盤，隨口應道。

自從被高祿所傷，赤成子身上的傷尚未痊癒，連走路都會疼痛。

不過高祿的事情解決了，他也放下了心頭大石，打算回到秀水澗去找簡妹，永遠不問世事。他想從出洞的真定府回去，而非入洞的江寧府，因為那兒比較近。

雲空也想北行，因此兩人再度結伴而行。

「太好了，沒錯過路頭，不必夜宿林子了。」雲空提了提掛在左肩上的布袋，加快了腳步。

赤成子還是疑惑著。

他也留意到那火光有些詭異，那顯然不是火光，山野密林間的妖火帶著青藍色，也不是他見到的這種白光。

可是現在前頭漆黑一片，方才的白光已經完全不見蹤影了。

莫非有翦徑的強人？

這些年來盜賊紛起，太湖以南有花石綱迫反方臘，梁山泊的頭目宋江也是被迫反的官兵，僅止今年山東、河北兩地因連年凶荒，許多飢民淪為盜賊，山東有張仙聚眾十萬，河北有高托山聚眾三十萬，還有無數零星大小盜賊潛伏各地，因此若有強人在林中作案也不稀奇。

赤成子只是疑心，不是擔心。

憑他的功力，那些強人算得了什麼？

他們藉著星光引路，見到雜草叢後有一間破廟。

中國土地上歷朝歷代所立的廟太多，荒廢的自也不少，這些破廟倒是提供了趕路人一個歇腳的方便處。

雲空撥開雜草，踏過草叢，率先來到廟門。

像雲空這類遊方道士常有機會在荒山野林中行走，也有一些荒山野林的避忌。

所以他不先踏入廟門，而在門外先說一番話：「門外有兩名道士，夜過貴處，欲借宿一宵，萬盼十方有靈多多包涵。」

這是例話，少不了的。

而且向來是說了就算，只再等上一陣子，馬上就要進去的。

可是當雲空正要舉步時，耳中聽見了一些聲音。

林子裡有各種各樣的夜聲，有樹葉聲、草聲、夜鳥振翅、蟲鳴、鼠竄聲、土中鑽土聲……

不，這聲音是在廟門後傳出的。

破廟大門喪氣的歪了一邊，虛掩著。

門後是一片烏油油的黑暗，黑暗中啥也瞧不見，一眼望去，把一個小廟也看成了深淵似的黑洞。

雲空細聽。

是廟中地面上的塵埃，正在地上研磨著，輕輕的在移動。

赤成子翻過了草叢，走到雲空背後：「怎了？」

「先點把火好嗎？」

「也是。」赤成子取出火帖子，先燃了一片，稍稍照亮了廟內正堂。

那一點火光微不足道，廟中更厚更重的黑暗立刻就把它吸收了，那點火光只能無力地在黑暗中掙扎。

「進去吧。」

雲空還是裹足不前。

他幼時的直覺已經好久好久沒出現過了。

此時此刻，那種強烈的感覺卻如排山倒海一般洶湧而來，從廟門後狂洩出來，刺激著他的直覺，沖激著他的神經。

他忽然很後悔站得這麼靠近廟門。

他還來得及逃嗎？

自小他便能感受妖氣，他所到之處也少有妖異之物近身。
可是這一次不同。
雲空感覺到，廟門後有一股力量迅速地膨脹……
雲空的瞳孔瞬間放大，腳下一退，回身猛拉赤成子：「快跑！」
廟門砰地一聲撞開。
黑暗中什麼也沒見著，只感到一股又一股濃重的穢氣流洩而出，直攫雲空和赤成子兩人。
穢氣中夾雜有嘈鬧的嘻笑聲，還有哀愁的哭聲在嗚咽。
雲空想運一口氣，以加快腳步。
可是才一吸氣，滿肺立刻灌入腐屍般的惡臭，不但運不了氣，還馬上栽倒在地。
赤成子口中大喝一聲，整個人拔地飛起。
輕功練到極致，可以從原地直直跳躍到高空，是謂「旱地拔蔥」。
這一拔不成。
廟中衝出的妖氣緊追上天，在半空中如同靈蛇般扭擺，窮追赤成子的腳跟。
赤成子這一飛身乃下下之策，因為他還是人，在半空中停留不了多久。
他連忙在半空中一個翻身，企圖拖延逗留在空中的時間。
妖氣根本不理他那一套，毫不留情的捲住他小腿。
被一根妖氣捲住，他便逃不掉了。
千百條的妖氣馬上捲上他的腳板、他的手臂、他的無名指、他的腰身、他的頭髮。
他沒被拉下地，而是直接從半空中被拉入了廟門。
雲空是一早就栽在地上了，在被拉入廟門前，還壓扁了一整軌的雜草。

兩人一沒入黑暗，廟門立刻合上。

當廟門「砰」一聲合上時，那聲巨響驚動了不少山林鳥蟲。

不過林子馬上又安靜了下來。

※※※

雲空和赤成子被好好的安放在地，四周充滿了各種各樣的聲音在亂喊亂叫，卻沒見著半點影子。

是因為太暗所以看不見嗎？

或許「他們」也這麼想。

所以在熱鬧的各種怪叫聲中，燃起了幾把鬼火。

鬼火在半空中載浮載沉，把破廟的正堂模糊的勾描了出來。

土塑的神像無助的坐在陰暗中，周圍擠滿了各種怪模怪樣的妖物，一個個穿了人類的服飾，卻總是在眉宇間少了股人味。

這些妖物之間站了一位老者，他的周圍空出一小片空間，顯然他是個有身分的妖怪。

他從群妖之間緩緩走近雲空，焦急的抖著手，喉嚨中不斷發出絲絲聲，還有痰咕嚕咕嚕的在裡頭打滾。

「老爺子，趕上了！」一名妖物自大門闖入，手中拖了一具人屍。

那具死屍顯然才剛死沒多久，嘴角的血還在淌著，兩顆眼球順著地心引力轉向地面。

那跑來的妖物猛力一扭，便把死屍的下巴硬撕了下來，小心翼翼的捧給那位老者，老者裝上了下巴，試著咬了幾下，才滿意的笑了。

「這廝不錯，那臭囊就給你吧。」老者馬上話語變得清晰起來。

那妖物大喜：「老爺子，整個是我的？」

「是你的。」

那妖物高興的連叩幾個響頭，把死屍珍惜的抱起，向其他妖物吐了吐舌頭，才興高采烈的跑開。

老者清了清喉嚨，向雲空說：「你終於來了。」

雲空只注視著老者，不知該作何回答。

「你還記得我嗎？」

「略有印象。」

赤成子詫異的看著雲空。

雲空轉頭向赤成子解釋：「我小時候常常看到，蹲在我家爐炊上的，好像就是他。」

赤成子點點頭，他知道雲空小時候能見人所不能見。

老者欣慰的說：「你總算想起我了。」

「你把我倆『請』來，是有要事嗎？」雲空沉著氣問道。

老者瞟了赤成子一眼：「老朽只想請你，這人是多餘的。」

赤成子恍然抬頭「哦」了一聲，站起來拍拍灰塵：「既如此，貧道告辭了。」

「不送。」老者擺手道。

赤成子運起一口氣，兩手隨時準備萬一遭受侵襲，便發動攻擊，他那副殺氣騰騰的樣子，連妖物也讓路給他，讓他走向大門。

他從容的打開門。

門很臭。
一股酸溜溜的氣慢慢的呼進來，還帶有濃膩的濕氣。
赤成子往大門一瞧，才看見門框上下有兩排尖尖的牙齒，正等著他一踏出去便合起來。
他毫不猶疑的關上門，走回雲空身邊。
老者不理他，繼續對雲空說：「當年火精侵襲你家，殺了令雙親，老夫甚是遺憾。」
「這事好多年了，」雲空說，「難道跟你有何關聯嗎？」
「老夫沒保住令雙親，至少保住了你。」
「是你救我的？」
「是我。」
雲空懷疑的轉了一下眼珠。
這一轉眼珠，正好掃視了大堂一遍，果然地上、牆上、樑上，全站滿了、蹲滿了、爬滿了妖物，他們全都一聲不發，似乎在靜靜等待什麼。
偶爾，也有妖物忍不住搔搔臉，或者舔舔身體，稍稍暴露了一些身分。
「那麼，事隔多年了，你再找上我……是有要事嗎？」
「天大的要事，」老者呵呵笑道，「老夫等了多年，就是等這一年呀！可知道有幾年你不見蹤影，老夫可是找遍了天下，才再把你找著的。」
「這一年……」雲空小心地說，「有什麼特別嗎？」
「今年，你四十三歲。」
雲空拉緊了下巴一陣，瞄了赤成子一眼。
「四十三歲怎麼了？」

「你完全忘記了嗎？」老者兩手抱頭，訝異的說，「你真的忘記了！」

「我不知道我忘記了什麼。」

「你的前生！」老者走過來，對著他吼，「你的前……」啪的一聲，老者的下巴掉了在地上，雲空撿起來還給他。

老者急急將下巴裝上，開始反剪著手，不安的兜著圈子踱步。

周圍的妖物們開始有些不安，嘰哩咕嚕的交談起來。

雲空於是思索。

《抱朴子》有言：「但知其物名，則不能為害也。」是說一旦知道妖精鬼怪的名稱，只要呼叫他的名字，他便不敢害你。

他一一端詳眼前的妖物。

有臉長長的，兩眼分得很開，穿著儒服，相貌溫和，大概是鹿、馬、羊之類的獸妖吧。

有長得駝背拐足，兩眼視線飄忽不定的，大概是鼠、鼬之類吧。

有長得衣冠楚楚，有居士風範的，大概是狐……

雲空很懷疑抱朴子的話，沒什麼理由妖物要害怕自己的名字。

他記得，抱朴子還推薦了「六甲秘祝」法，就是一直暗中唸「臨兵鬥者皆陣列前行」九字，可以防身辟害。

防身？

不行，他已身陷其中了。

他推敲不出這些妖物有何意圖，又為何要提起他的前生。

他猜想燈心燈火大師知道他的前生，師父破履也暗示過他的前生別有意義。

但他並不很有興趣。

老者打斷了他的思緒：「你的前生是四十三歲去世的，你再兩年也要同歲了，那時正是你意氣風發之時，你是九黎大巫，八十一氏共主，戰無不勝，把敵人搞得焦頭爛額，正在你人生最最鼎盛之期，你卻死了。」

「我怎麼死的？」

「你被敵人算計俘虜了，被活活的割頭，送到千里之外，好讓你身首分離千里，再也合不回來，敵人怕你怕到這個樣子，你說你是多麼令人敬畏呀。」

雲空向來成事不足，他想不出自己會有什麼令人敬畏的地方。

「你和敵手交戰數十回，把敵人戰得心驚膽寒，你殺了他多少人，比他殺過的還多上幾十倍，你死後還成神，成為天地之鬼雄！」

天地鬼雄——雲空靜靜坐在地上，把布袋抱在膝上，眉頭越鎖越深。

「有意思，」赤成子笑道，「有意思。」然後不斷的點頭。

老者焦慮的說；「你難道一丁點兒也想不起來？」

雲空指指腦袋瓜：「它本來就不在，叫我從何想起？」

赤成子揮揮手，讓老者注意到他：「我說，你們各位找雲空，所為的是何事呀？」

「要他回復他前生的身分，」老者挺起胸，很嚴肅地說，「要他當王！」

「當王？」赤成子頗感意外，「當你們的王嗎？」

「是的，百妖共主，百妖之王！」老者激動的說，「兩百年前，您也曾當過百妖王呀！你答應過我們要再回來的！」

雲空搖搖頭，嘆息道：「貧道雲遊四方……」

老者沒耐性等他說完了。
他一指朝上，沉聲說：「給他……」「啪！」下巴又掉下地了。
老者很不高興的撿起來，空洞的喉嚨不停發出咕嚕咕嚕的咒罵聲。
待他安上下巴，他已懶得再說，只用手指了指雲空。
剎那，百妖發動。
樑柱上數名妖物飛身而下，一把緊抱雲空的頭。
赤成子馬上反應，才正要吸氣，鼻孔竟立刻被一名妖物塞著，緊接著幾十隻妖物飛撲過來，把他四肢、頭頸、胸腹全都牢牢抱緊。
大堂上的鬼火突然大亮，把每個角落照得一清二楚。
雲空的頭被緊扯，嘴巴被一隻毛茸茸的手給封了起來，把他的喊叫聲硬給壓了下去。
一名妖物拿了匕首，筆直朝他走來，一刀割去雲空頭頂。
匕首在頭頂直劃一道，緊接再橫劃一道，交叉成十字形的大裂口。
雲空感到頭上一陣涼意，刺鼻的液體沿著鼻樑流下，恐懼令他的心跳加速到極限，胸口被心臟猛烈撞擊，撞得肋骨都在作痛。
他滿眼驚惶的瞪著老者。
老者說：「冒犯了。」
話才剛完，雲空頭上的妖物將傷口一把撕開，如同剝橘子皮般，用力往下猛扯。
雲空依然喊不出聲音來，他看見眼前經過一道黑影，光透過黑影，還可以看見絲絲血色。
那是他的頭皮！
他的鼻子從正中裂開，兩隻耳朵垂掛到臉頰，熱呼呼的頭皮冒著淡淡的油脂味，往四個方向剝下。

赤成子眼睜睜看著雲空被活生生剝皮，看得額頭青筋暴現，然而他的弱點完全在妖物們掌握之中，他的主要穴道完全被壓住了，高祿造成的內傷也令他無法順利的運氣，此刻的他是一點力氣也使不上。

他很想救雲空。

他無助的看著雲空被剝開的臉，眼珠子還在血紅的肌肉群中驚恐的望著老者。

老者說：「再剝。」

妖物們一把扯下雲空臉上的肌肉，道道血花濺到空中。

雲空已經不再有掙扎的意思。

緊抱他的妖物也鬆開手了。

他們開始脫下雲空的衣服，把垂掛在脖子上的臉皮再繼續往下拉扯，露出脖子上粗大的肌肉，慢慢再拉下了胸膛，拉下了背部。

鬼火忽明忽暗，興奮的舞動著。

大堂裡的群妖開始扭動腰身，口中發出狂野的吆喝聲。

老者在冷眼等待。

大堂越來越吵鬧，氣氛越來越亢奮。

雲空的皮已經完全癱在地上。

妖物們細細的撕下他的肌肉，一條條肌肉被鄭重的擺在雲空周圍，雲空猶如一朵盛開的紅花。

然後，雲空在狂熱的嘈鬧聲中抬起頭。

抬起一個泛著幽幽白光的頭。

那個頭閉著眼，眼睛上是粗濃的劍眉，眼睛下是一道道紅黑交替的異樣紋身，腦後垂了一束長髮。

「這不是雲空！」赤成子心裡喊道。

他沒看錯，雲空坐在那裡，坐在那裡被生剝皮肉，然後抬起頭來，可是抬頭那位不是雲空。

那個頭張眼了，露出血紅的眼睛。

那頭一張眼，壓制赤成子的妖物們紛紛鬆開手，一一走上前去，包圍著雲空，誠懇的跪在地上。

那老者也慌忙跪下，把頭一叩到地，說：「大王在上，盼聽老夫一言。」

雲空脫去皮肉的身體，漸漸披上了一層似霧的光芒。

「想當年，大王差點可成為天下共主，差點可成為天下人的老祖宗，卻於四十三歲壯年，死在熊人手下。」

赤成子一旁聽著，「熊人」想必就是老者口中的敵人了。

他看雲空全身泛著純淨的白光，睜開的血眼卻茫然不見神采。

不，不是雲空，他再提醒自己，那不是雲空。

那是被剝開之後的雲空。

老者又說：「大王死後成神，受歷朝歷代祭祀，每有出兵，必享血食，可謂死而無憾……我們妖類一向沒有頭領，大王既然不能成為人的共主，盼請大王能再次帶領我們，成為百妖共主！」

泛著白光的臉似乎沒聽到說話，默默的再度閉上雙眼。

「大王忘了諾言嗎？您前世才剛剛答應過的，前世答應過我們的。」老者不斷的提醒他，

「盼大王成全！」老者喊道。

「盼大王成全！」眾妖們一起喝道。

大堂陷入一片寂靜，妖物們等著雲空的反應。

雲空什麼反應也沒，只是靜靜的合著雙眼，脖子緩緩低垂。

「是不是弄錯了？」有個妖物小聲說著。

「沒弄錯。」

大家仰首往上瞧。

因為那句話是上面傳下來的。

破廟的屋頂忽然破開五個大洞，五條人影在碎瓦老塵包圍之中直直降下。

他們降下時，還一手抄了身邊的碎瓦拋射出去，擊倒了好幾名妖物，妖物們冷不防遭到攻擊，紛紛怒喊起來。

他們降到地面，正好在五個方向把雲空圍起來，待確定圓圈內沒有任何妖物後，他們轉身朝外，鎮定地面對群妖。

赤成子一瞧，心裡大叫：「又是那五個！」那在開封府余家遇過的五人！

他們也對雲空有興趣？

五人之中，那把威嚴的聲音說話了：「沒弄錯，他是雲空，他前生的確是……」

話猶未完，老者冷冷的瞪著他說：「你們是來搗局的嗎？」

「非也，我們是來幫忙的。」

「報上名來。」

那威嚴的方臉男子，站直了身子，更加顯得比常人高出一大截，他一拱手，道：「無生弟子，黃連。」
身邊的一名年輕女子也拱手道：「無生弟子，青萍。」
另一個年輕男子，也挺起胸口道：「無生弟子，紫蘇。」
最後兩個是看來最年輕的，白淨少年道：「無生弟子，白蒲。」
「無生弟子，紅葉。」
老者揚起雙眉，很有興趣的注視著紅葉：「原來如此，原來如此，」然後才拱手道：「是無生的五位弟子大駕光臨，失迎失迎！」
無生，乃北宋末年傳說「四大奇人」中最神秘的一位。
他的來歷、他的去向、他的性別從來沒人說得明白。
傳說中，他是無事不知、無事不曉，舉凡天下百家武功、星相、彈琴、弈棋、詩詞、縫紉、鑄冶、炊事、針灸……只要你提得出來的，他都會，被人稱為「無所不知的無生」。
傳說，他有五名弟子在江湖上行走，可是……老者提出了他的疑問：「我聽說無生五弟子的事跡，也有五十年以上了，你們這些娃兒……」他瞟了瞟五人，沒一個是超過三十歲的樣子，「不會是冒牌的吧？」
黃連說道：「如假包換。」
青萍扠了腰，尖聲問道：「那麼老先生年歲多大了？」
老者格格笑道：「老夫有幾百歲了。」
青萍道：「你是古戰場上一顆沒下巴的頭顱，你的幾百歲是從死了之後算起，還是戰死之前算起？」
老者一聽語中帶刺，來歷又被道破，臉色變得很難看，難看得連赤成子都皺了皺眉，別過臉去。

赤成子倒是好奇，向來只存在於傳聞中的無生弟子，怎麼會出現？

看來他們果然是衝著雲空來的。

「你們沒弄錯，」黃連道，「此人確是雲空，可是你們搞錯年紀了，他還有七年才要四十三歲。」

老者掐指再算一算，很肯定的說：「沒錯，你們想騙我，我打從他出娘胎便盯住他的，他今年四十一，我怎麼會弄錯？」

「打從出娘胎？」紫蘇訝異的睜大了眼，然後大笑起來。

黃連一喝：「噤聲！」紫蘇馬上住了嘴。

黃連咧嘴微笑，露出一口整齊的牙齒：「老先生，好幾年前，你曾經跟丟了一次雲空，有好幾年你都找不到他吧？」

老者不情願的點頭承認。

「告訴你，那時他誤入了另一個世界，那個世界的三十天等於人世的五年，待他成功回來時，人世也已經過了五年了。」

「所以，」紅葉插嘴道，「他真正的年紀要比現在少五年，再回頭加三十天，懂不懂？」

老者不相信，他沒理由相信。

「不信你問他。」紅葉指向赤成子。

赤成子發現自己終於被人注意到了，不禁笑著說：「是真的，那時我跟雲空在一塊兒呢。」

雲空依然全身散發著幽光，靜靜的閉著眼。

「難怪他沒反應，」老者嘆口氣：「他還沒醒過來。」

「再過七年才會醒。」黃連道，「讓他提早醒來的話，你也不知道會發生什麼事，這也不是你樂見的吧？」

老者突然雙目一亮，迫問道：「為何無生也要找雲空？」

黃連很快回答：「也是因為他的前生呀。」

老者狐疑的盯著他們：「我們正是群龍無首，正需要這位四千年前的大王主持妖界，你們要阻撓嗎？」

「不，不阻撓，我們會先借他一借，然後再還給你們，」黃連慢慢地說，「好不好？」

「君子一言！」

「絕不食言。」

老者回頭吩咐眾妖：「把雲空的皮肉攞回去！」

※※※

「無生的五名弟子跟那老妖就這樣說定了，那叫黃連的和老妖互相擊了擊掌，便各自離開了。」赤成子把整個經過告訴雲空。

雲空很疲倦，他沐浴在破廟外的陽光中，時不時扭一扭身體，看看身上的皮肉還會不會掉下來。

「也就是說……」雲空無力地呼了口氣，「我還有幾年好日子可以過？」

「或許是吧？我要回去簡妹那裡，也顧不得你了。」

簡妹便是住在黃連所謂「三十天為人世五年」那地方的，看來無生的弟子也曉得那個洞天世界的存在，但不知他們知不知道，各個洞天之間是否互通的呢？不過赤成子打算這次回到秀水潤之後，就再也不回人間世了，或許，他可以在洞天之中，慢慢尋找通往各個洞天的門口呢。

「多謝你擔心了。」雲空又再呼了口氣，瞇著兩眼，抬頭享受暖和的陽光。冷天曬太陽最舒服了！

「要不要跟我一起回去？可以躲個好幾年。」

「不要，」雲空說，「我要去找無生。」

「你說啥？」

「我要去找無生，」雲空很堅定的說，「不是聽說無生是無所不知無所不曉的嗎？我要去找無生，看看究竟怎麼一回事，令我不得安寧，令我不能自自在在遨遊江湖。」說到最後，雲空已有些惱怒。

雲空終於瞭解到，他的這一生充滿了不由自主。

那位沒下巴的老妖怪，小時候就常在他家出現，他還宣稱雲空沒被火燒死是他的功勞，若真如此，為何他不也拯救雲空的父母？這群妖物想他當妖王，是否直接跟他父母的死有關？

老妖怪還說出他的前生！就跟他在幻境中赤龍道所見到的一樣！拾柴老人說的：「在無朝無代以前，開始鎖下了第一段鏈……」第一尊石人，八十一氏共主，他無數前生中重要的一個關鍵！

無生的五名弟子兩度現身，明顯的不是巧合，而且從他們的對話中得知，他們對雲空的瞭解可能比雲空自己還清楚。他們彷彿偶戲中的操偶人，劇本都在他們手上，不，是在無生手上！

師父說過：「切孔人要找的人，也正在不斷的找你……」莫非那人就是無生嗎？

還有一個，還有一個……雲空努力的回想，師父還在幻境中告訴了他什麼。

「……還有人故意令他找不到你。」那人是誰？那人是誰？

霎時間，雲空略有所悟：「莫非……」

所謂四大奇人，已經全都在他的生命中出現過了。
所有人給過他的線索，燈心燈火、破履師父、神算張鐵橋、老妖怪，還有一位算是還沒正式朝過相的五味道人，忽然之間全部匯集在一起，勾畫出整個全貌的輪廓……仍然只有輪廓。
赤成子驀然打斷了雲空的思緒：「你到何處去找無生？從來沒人知道他的行蹤呀。」
「沒關係，我就是要找到他。」
赤成子不說話了，雲空這種牛脾氣還不算罕見，他在跟雲空相處的短短時日中，已經摸透他的個性了。
「那麼那些妖怪呢？」
「你剛才說了啊，他們會來找我。」
赤成子點點頭，又再搖搖頭嘆息。
唉，算了。他想，反正他再也幫不了他了。
雲空的路，就由雲空去走吧。
路可還長呢。

※※※

群妖散去後，破廟中獨留下一人。
他披著一件破舊的斗蓬，戴著擋雨用的草笠，打從一開始就混在眾妖之中，果然沒妖物發現不對勁。
他脫下草笠，露出他額頭上耀目的紅光，讓緊緊包住的自己鬆一口氣。
隨著妖物們慢慢遠去，他額頭上妖眼的紅光也逐漸褪去光芒。

他依然很介意高外祖母贈與的妖眼，成就了他，也貽害無窮。

「七年嗎？」他摸摸花白的頭髮，掐指算了算，到時自己會是多少歲？

他不禁自問：他仍有機會以人的姿態死去嗎？

【典錄】抱朴子・登涉

「抱朴子」是東晉人葛洪的別號，他可謂道家中的雜家，對道家各派學說「多聞而體要，博見而擇善」，因而自成一派，把自己對道家的觀點撰成《抱朴子內篇》二十卷（另有《外篇》五十卷屬儒家學說），是一本真正承先啟後的著作，總結了晉朝之前的道教資料，也影響了晉朝之後道教各流派的產生。

《抱朴子內篇》資源豐富，其中第十七卷〈登涉〉專談上山要注意的事。對山林的未知恐懼，古今人皆然，古人則發明種種方法來保護自己，這一卷就收集了大量這一類資料。

「登涉」卷對山中所遇到的各種問題都有一套辦法，包括有：

（一）入山的正確時間和辟忌時間。

（二）各種辟邪工具如古鏡、秘圖。

（三）自衛秘法如禹步、六甲秘祝法。

（四）預防及制服山中害人生物的方法，如辟山精法、防蛇法、對付射工沙蝨等毒蟲的方法、辟蛇龍法、辟百鬼法、辟虎狼法等。

（五）對付山中困境的方法，如辟風、辟害、辟水，還有可步行水上、住在水中的秘法！

（六）「入山符」的樣式，可辟虎狼、百鬼。

這一卷乃《抱朴子內篇》中唯一不談內丹、神仙的，是研究魏晉時代方士秘術的好材料。

白雪投爐

之廿五

宣和七年～靖康元年（一一二五～一一二六年）

【曇花】

聽說曇花長了很久都不開花，花苞老是賭氣似的緊緊合著，宛如羞澀的處子，等待著剎那的燦爛來臨。種曇花的人最可憐了，一旦見它冒出了花苞，便要小心翼翼地呵護它，每日澆水施肥就只為看它開花！怎可讓嬌弱的花苞在開放前便凋謝了呢？於是每日寸步不離，緊守著花兒，即使是老婆要臨盆了也沒這麼焦慮。

人家說曇花一現。曇花啊，說開就開了，放出驚豔的光芒，那種淒豔的美，連西施也要羞愧了起來，只因為曇花一生只開那麼片刻，連沙場上殲敵萬千的老將也忍不住想回頭去瞧看它的壯麗。

曇花滿足了，謝了，它的嬌媚立時變得衰老，少女的姿采褪成了土灰，花瓣無力的逐片落在黃土上，化為土壤，告別來去匆匆的人間，再無人聞問。

【孝子】

孝子記得，阿爹好像是摔下山頭死的，只記得娘哭得很慘，聲音到現在還是啞啞的。他記不得那麼多了，畢竟那時年紀還很小啊。

家門前種了用來餵蠶的桑樹，他娘辛辛苦苦的忙了大半年，蠶絲也賣不了幾個錢，可是他曾進城去瞧瞧，蠶絲在城裡批發的價錢還真不低呢，看那老闆腦滿腸肥的，他們可是一天也吃不上一頓飯。

他替人打工，牛也放過，田也耕過，可小時候沒多少力氣，掙不了幾個錢，現在長大，可以多掙幾個子兒了，他娘的臉色也有了些血色，可是熬壞了的身子是補不回來的。

他娘常常咳嗽，身子老是好不起來，夜晚天冷時更是咳得厲害。小時候聘他放過牛的嚴老夫子說他娘血虛，也給了他一些補血藥材，可他娘說甭浪費了好東西，竟把它好好的藏了起來。從小手上只拿過銅錢，金呵銀呵的壓根兒沒見過，更甭說碰了。他好想賺來一碇銀子，給娘玩賞玩賞，可是連銅錢兒留在手上的時間都沒多長，更甭提銀子了，照說他們這些窮人百姓理應安分才是，誰叫銀子自己送上門來。

事情是這樣的，那天孝子進城打工，幫米鋪擔米，不知哪位大老爺運了一車子的金銀，車子兩側還有鏢行的人護著，本來沒人曉得車上有金銀，也沒人知道那些莊稼打扮的漢子是鏢客，可是不知哪位官老爺的門下在騎馬開路，路可沒多寬啊，按規矩，路上有官大爺，所有人都要閃去巷子迴避，那運鏢的車子躲不及，馬一來，車子便翻了，金啊銀啊的滾了一地，人們見了就要搶，漢子便亮出刀來，兇神惡煞的，搶到銀子的人也不得不交回來。

孝子沒去搶，他當時兩手抱著一大袋米，也搶不著，那天見晚，領了工錢，買了豆腐回家，出了城門，遠遠望見老家的炊煙升起了，心中不覺憶起那些金銀，便覺得腰囊沉沉的，伸手摸一摸，從腰囊裡摸出了一塊足兩的銀子。

他又慌又喜，不知銀子何時來到腰囊裡頭的，是老天爺開眼了嗎？

銀子刻有字，聽說有錢人家在銀子弄上字，以前米鋪也有夥計偷了別人的銀兩去用，還被拉去衙門挨了好些板子，所以他把銀子上的字先磨花了，才再敲碎。

他娘吃了一頓好肉，以前即使過年也聞不上肉味的，這回他娘可真高興，她差點忘了肉的滋味兒了，他告訴娘，肉是老闆賞他的。

大概是太久沒吃肉了，一時不慣，娘還瀉肚子瀉得臉都白了。

自此以後，他的腰囊便常常無故出現銀子。

【雲空】

殺氣從遠遠的北方傳來，空中垂掛著厚重的怨氣，使原本沒啥人跡的官道變得更是陰晦，雲空受不了沉重的怨氣，忍不住便加快了腳步。

一路上聽聞許多謠言，道是金人早在正月便取下遼國首都燕京了，遼國已經亡國了！那個從大宋開國以來的宿敵，大宋百餘年來窮全國菁英之力以應對的契丹族，被後起之秀的女真族滅亡了！

遼國夾在宋、金之間，遼亡後，金國通往大宋再無障礙，深秋十月，金國兩路大軍從雲中府出兵，浩浩蕩蕩的攻向大宋。韃子們倒可真會挑日子，十月出兵，不就是選個寸草不生的嚴冬交戰嗎？真不知打的是哪門子主意。

孫武不就說了？「天者，陰陽寒暑時制也。」司馬法也說：「冬夏不興師。」冬天糧草耗得多，運糧又不便，看來金人想急急打下大宋，所以才破釜沉舟，快快打完仗好回家去。

雲空心中抱怨著，他手上的白布招子也不安分地在風中搖晃，竹竿上的兩顆銅鈴更是鬧個不休，似乎責怪雲空不該在這種天候到北方來，況且金人的大兵又正在後方，可隨時是會送命的。

他是隨著赤成子回到常山，確定通往洞天的入口如期開啟後，才繼續他的行旅的。

不想一路上遇上許多逃難的隊伍、饑民的隊伍，他一路避開這些危險的人群，打亂了南下的路程，陰錯陽差竟來到太原府附近了。雲空尋思著：此地應有渡口可以南渡的吧？

他和赤成子在常山腳下當初遇見岳飛的地方，等候了將近一個月，真的看見山壁上出現一個模糊的影像時，兩人才放鬆了心情。待洞口完全開啟，兩人確定裡面的景象跟當初出來時無二無別，便是離別的時候了。

赤成子在踏進洞天之前，回頭向雲空說：「如果你願意，歡迎與我同行。」

「我尚有塵緣未了。」雲空搖頭道。

「這無妨！」赤成子高興地說，「我只要在裡面等上一年，一年你不來，你大概永遠就不會再來了。」因為那時候，人世已過了六十年了。

雲空苦笑。

他突然想起莊子。

莊子曾說，夏天的蟲，無法向牠說明何謂「冰」，因為牠未到冬天就死了……個人生死個人了，赤成子無法領會他的心境。莊子也說人生短促，一如陽光穿過縫隙，所謂白駒過隙，忽然而已。只是忽然。

赤成子進入洞天後，外間塵世的事對他而言，就只不過是一個接一個的忽然了。

眼前出現一座府城，打斷了雲空的思緒，他看見大城，頓時放下心頭大石，忖著：那便是太原府了吧？

雲空穿過城外的許多戶人家，才抵達城門，只見守門的士兵一副有恃無恐的樣子，大概還不知道事態危急呢！或許金人伐宋之說不過是空穴來風，雲空信以為真了？

守門的正眼也不瞧他一眼，但雲空還是迎上去了：「敢問大哥，這城裡何處有道觀呢？」

守卒上下打量了他一會，才問道：「道長，打哪兒來的？」

「從開封來的。」其實雲空明明從東方來，要南下去京城開封府，卻莫名的編說從西邊來，大概是下意識的不想被問及北方的情況吧。

「你問道觀麼？當今道君皇帝治下，太原府裡處處是道觀，你再打聽打聽吧。」皇上自封道教教主，道教一片興旺，當然不愁沒道觀。

雲空謝過了，緩緩步入城門，一進門便擁來一派太平氣象，壓根兒不見軍情緊張的氣氛。

但雲空心裡仍然十分不安。

張鐵橋所預言的「大宋必亡」，似乎越來越迫近了。

太原果然多道觀，雲空見大多已有人在門口設攤，便找了家門口沒攤子的，進去跟觀主打個招呼。

那廟門上方大書「義勇武安王」五字，敢情是這些年才掛上去的，因為皇帝兩年前才敕封關公這個名銜，以往都只叫「武安王」的。

觀主是個老朽，穿著半新的道袍，可見這道觀香火還挺旺的。

「你要在門口為人解惑呀？」觀主問道。

「還請老師父允許我在此掛單。」

「成，成。」那觀主答應得很爽快，只是臉上蒙了層憂色。

雲空在寮房安頓下來後，正好觀主來喚他用晚飯，兩人便圍著八仙桌用起飯來。四方可坐八人的八仙桌，乃北方胡人的發明，近年才流入大宋，在這觀中竟有，足見此道觀收入頗豐。

閒聊了一會，才知觀主道號虛凌，四川人氏，雲遊了數十年才在此安定下來的。這道觀以往是由另一名道人守著，但早已仙逝多年了。

兩人互相說了一些自身經歷後，虛凌沉吟一會，忽問道：「你說你是從北面來此的？」

「是的。」

「一路上平靖否？」

「這……」雲空遲疑著，「路上有傳言，道是遼國亡了，金人要來了。」

「來了嗎？果然。」盧凌滿臉愁容。
「莫非此地早有所聞？」
「非也，」盧凌道，「本觀有一口古鼎，據說是三國時留下的，平日沒怎樣，這些日子來卻每日在響。」
「古鼎會響？」
「想來是關帝爺顯靈吧。」
雲空心裡的陰影突然擴大了好幾倍。
他的盤纏將盡，如果不在此賺幾個錢的話，很快便一步也走不動了。但若在此待上幾天，便可能離開不成了。
他希望可以儘快離開太原，但前題是要有盤纏。
他方才向守門的撒謊，就是避免守卒疑心他是探子，向他追問不休。
忽然之間，他希望他沒進城，一路南下往開封府行去。
北方數十里外，金兵的旗幟已將大地遮得一片黑暗。

【取物】

孝子往腰囊一探，這次竟是一塊金子！
他的眼睛瞪得傻了。
原來黃金是這種顏色、這種光芒的！
原來黃金摸起來是這麼暖和的……
他的手在微微發抖。

他不敢給娘看見。
這一刻，他真正惶恐了起來。
他倚靠著一棵大樹坐著，滿腦子的疑惑。
他看見一個道士在前方不遠走過，手上拿了一根綁上白布招子的竹竿，還繫了兩枚銅鈴，白布上寫了「占卜算命・奇難雜症」八字。道人不知向守戍問了些什麼，便進了城。
他沒理會那道人，心中只掛著這些日子以來，銀子是怎麼跑進腰囊去的。
他想著想著，伸手入腰囊，摸出了一塊銀碇。
他再試，又一塊。
他懂了。
忽然間，他懂了。
他把手掌攤開，擺在曲起的膝蓋上。
心念一起，掌心便有了一塊銀子。
心念再起，掌心多了一塊金子。
他望著不遠的城牆，城牆腳下長了一些白花。
他把手伸向空中，輕輕一撈，手中便多了一株花，花根還帶著些許泥土。
他開始害怕。
他搖搖晃晃地站起，擔心不遠的城門守卒看見他做的事了。
他低著頭，躲躲閃閃的竄入樹多草長的地方，悄悄走回家。
他也沒告訴他娘道他回來了，便躲入房中，全身縮進被窩，面朝著牆躺下。
他開始害怕他自己。

【古鼎】

整座道觀幾乎要塌下來了。

磚瓦猛烈的跳動，連樑上的百年老塵也翻了下來，桌上也擺不住燈火了，燈油濺了一桌面。

是古鼎，又在響了。

古鼎被當成香爐，裝滿了沙子，是以比原來更加沉重。

可是古鼎在跳動。

三隻獸形的鼎足沒一刻是同時貼在地面上的。

雲空被驚醒了，披上外衣便跑了出來。

只見虛淩跪在蒲團上，口中喃喃唸著經文，求神明息怒。

神壇上的關聖帝看起來十分惱怒，又好像十分焦慮，紅紅的臉龐在陰暗中彷彿發出紅光，青龍偃月刀上的刀環也不安地響動。

「雲空，助我一臂。」虛淩從蒲團上站起，手中拿著丫字形的桃枝。

鼎中的香灰正在像波浪般翻騰，似乎神明急著要說話了。

兩人各自握著桃枝的兩條分枝，桃枝尾端插入香灰，虛淩兩眼一翻，馬步一沉，白花花的鬍子吹了起來，手臂立時揮動，在香灰上揮寫。

雲空驚奇老朽的虛淩臂力竟如此之大，他根本跟不上虛淩的動作。

一個接一個字在香灰上寫出，雲空緊記在心。

他越看越心驚，越看越懊悔。

他果然不應該進城來的。

鸞文曰：「兵臨城外，無路可逃，金氣盛時，太原當破。」

【冬城】

宣和七年十月，完顏阿骨打出兵中原，兵分兩路。

東路攻向燕山府（今日北京城附近），那是大宋費盡心機、剛從遼國手上得到、中原百餘年前割讓給契丹的「燕雲十六州」之一，然而守將郭藥師投降，於是燕山府又回到金人手中。

這支東路軍很快南下，由熟悉道路的郭藥師為嚮導，越過黃河，直逼首都開封府。

西路自雲中府取太原府，半路上先佔下了鄰近的代州，十二月稍便包圍了太原。

事實上，早在十二月初二便有金人使者來到，預先通告要來攻佔太原，意圖讓太原懼怕，最好像郭藥師一般不戰而降。

其時權臣童貫剛好被皇帝派來太原「宣撫」（考察），聽說了便要逃，被知府張孝純阻止：「大王應該會見各路將士，竭力抵抗金人，若是離去，人心動搖，河北河東就會旋踵而失了！」當時童貫剛被封為廣陽郡王，所以張孝純稱他為大王。

童貫怒目罵道：「我是受命來宣撫的，不是來守土的！」

像童貫這種攀權附勢之徒，都是毫無節操之輩，平日只會欺上凌下，作威作福，張孝純老早看穿，於是撫掌譏笑道：「平時童大王作多少威福，一旦金人要來了就畏怯如此，身為國家重臣，不能為國排除患難，反而帶頭鼠竄，有何面目去見天下士人？」

童貫支支吾吾，口中答應不走了，即日便腳底抹油，溜回開封府去了。

有辦法的人逃得了，沒辦法的就只好有難同當。

羽毛般的雪降下太原府，蓋上了城內人家的屋頂，也蓋上了金人的帳篷。

太原知府張孝純分析利害，決定採拖延戰術，閉門固守。他告喻軍民，說：「太原自古是軍事重鎮，如今城堅糧足，加上嚴冬已至，我們以逸待勞，待金人糧盡疲累，又等援軍裡外夾擊，不日便能解圍！」

金人十月出兵，是欲以迅雷之速取下中原，預算中是可以早早收兵的，不想天不如人意，金兵受阻於城外，太原久攻不下，白雪紛飛，軍糧不繼。

嚴冬臘月，往年已是大家忙著準備過年的時節，如今卻是全城節糧，城內一片死氣沉沉。

城裡的人日日惶恐，不知金人何時會攻進來。

城外的居民根本無處可躲，儲糧全被金人搜去，年輕力壯的都被拉去幹活兒了。

連金人也沒預料到，屢戰屢敗的宋兵，這一仗竟有本事拖上這麼久！

雖然近年改用煤炭生火了，以往太原府每日依然有城外的樵夫送柴進來，現在煤炭逐漸耗盡，柴也沒半根，有傢俱的人開始劈開傢俱生火，為的只是取那一絲暖意，沒傢俱的人便拾枝砍樹的。

想想冬天還長呢，太原府內豈有燒不盡的柴？

大家都不如意。

金兵也焦慮得很，每日在城外叫陣，期望宋人開門出兵，可這種鬼天氣，雪花是會攝人力氣的，兵卒們也使不上力去叫罵了，更甭說攻城了。

退兵如何？

不成，左副元帥粘沒喝沉重的搖頭：皇上有令，攻不下城就不用回去了。

北方運來的糧草消耗得很快，兵卒們都在省著吃。

這種時節，雲空反而有了生意。

他擺在道觀門旁的小攤，每日也有幾個主兒，愁著臉來問災厄、問行人、問前途的，雲空也替來廟裡求籤的人解籤。

後來天氣實在冷得受不了了，寒風吹得人都快僵了，雲空才把攤子搬入觀裡。

觀裡的古鼎不再響了，虛凌的神色卻是一日凝重過一日。金兵確如所料圍城，依鸞文所言，恐怕目下就要破城。

「恐怕未必。」雲空反覆斟酌了鸞文，道：「所謂金氣盛，未必指金兵。」

雲空知道自己已無法逃出城外，現在只希望鸞文不靈，宋軍得勝，再不然就期望城破後仍能平平安安出城。

圍城將近一個月，大宋皇帝趙佶突然遜位，把皇帝給兒子趙桓當了，大概也準備開溜吧。這些消息，城內一概不知。

過了一個淒涼的大年夜，太原府絲毫不見喜氣。

元旦之日，城內靜得像死城，前一夜的大雪把太原府染得慘白，猶如在雪白曠野中喘息的荒魂。

紅通通的燈籠在風雪中搖晃，分外的顯眼，似乎在預警著未來的流血，也將如它一般鮮豔。

那天之後，改元靖康。

不久，大宋終於答應把太原府割讓給金國。

【老樹】

那天米鋪很忙，老闆絲毫沒放鬆的緊盯他們搬米。

外面忽然人聲吵雜，孝子也不敢去關心發生了什麼事，免得被扣薪水，倒是老闆見苗頭不對，捉了個臉色慌張的人詢問。

「你不知道嗎？金兵打來了！」

孝子嚇愣了，頓時手腳慌亂，滿腦子一片混沌。

他第一個想到的是娘。

他是住在城外的，若是金人打到城外，那娘怎麼辦？

他米也不搬了，薪水也不要了，跑出糧舖便衝向城門的方向。

城牆上排了密密麻麻的兵卒，城門關閉了，出不去。

他戰戰兢兢的找到一位面色凝重的卒子，恭敬的問道：「請問兵大哥，這城門怎地關了？」

「什麼？」那卒子訝異地看著他，「你不知道嗎？金兵就在外頭呀！」

「兵大哥！兵大爺！」他激動的拉著那名卒子，「行行好，放我出去好嗎？我娘還在外頭！我娘……」

「你瘋了不成？外頭盡是韃子，他們可是茹毛飲血的呢！」

「不行！我娘……我娘……」他慌張得嚇得六神無主，跪在地上號哭，頭顱又熱又燥，急得快要乾裂開來了。

他伏在地上，淚水奔流，鑽入土中，滲入地底。

飛雪滿天。

怒號的北風，彎腰哀泣的老樹，陪著孝子在哀嚎，在傷悲。

孝子在路上踉蹌地走著，兩眼的淚水已凍結，緊貼在皺裂的皮膚上。

他的鼻腔塞滿了黏液，呼吸愈加困難，但他擔心娘親擔心得忘了呼吸。

他眼前忽然蒙上一層黑霧，頓時天旋地轉，仆倒在雪地上。

矇矓中，他看見家門前的老樹，娘正在樹下等他回去呢！

他笑了。

他伸出手，企圖撫摸那棵樹。

他碰到了。

剎那，他清醒了過來。

沒錯，他碰到了！

他睜開眼，四周仍舊漫天風雪，眼前一樹一草也沒。

但他的手，確實在摸著一棵樹。

他看他的手，並沒碰著任何東西，除了飛撲而來的雪花。

但他的手，此刻確確實實「正在」摸著一棵樹。

【破牆】

姜家大小姐長得十分標緻，臉蛋兒隱隱的透出一片桃紅，猶如吹彈得破，雙睛如同清水裡的黑葡萄，輕輕一笑，可真把人的魂兒勾上九重天去了。

不覺長到了一十八歲，豔名不脛而走，太原府一名官兒打聽到了，便想法子脅迫這商賈人家，好交出女兒讓他獻給皇上。

「姜家後院有塊好山石，皇上要的。」官兒一聲令下，丞吏們立刻出動。

姜家後院的牆被拆毀了，說是要運出山石，免得弄壞了一塊好石。姜家老爺慌忙騎上驢子，趕去求見那官兒。

「皇上要的奇石，誰敢違抗了？今天搬了，明日就上綱船運到京師！」五年前花石綱事件引起方臘造反後，朝廷本來廢止了花石綱，方臘被鎮壓之後，皇帝故態復萌，這官兒因此以此威脅姜老爺。

「小人可以獻出山石，只求不要拆牆……」姜老爺苦苦哀求，可那官兒的臉孔冰冷得很。

「這樣吧，除非……」官兒猥褻地笑了起來，正想拉出正題。

一名下人衝了進來。

「放肆！」

「老爺……」下人氣喘如牛，臉如金紙，手足胡亂揮動，「壞了！壞了！」

那官兒正要引入正題，要姜老爺送上女兒，下人卻不識趣的打亂了話頭，立刻大怒道：「呿！霉氣！壞了什麼？」

「知……知府命令鎖城。」

「好好的為啥鎖城？」話才剛說完，官兒立即大悟，登時面如金紙：「莫非……」他不敢說出口，生怕一說出口便會成真。

要是姜家那面牆沒毀，結果或許會不太一樣。

家裡沒主兒，城外頭正鬧著兵，城裡頭一片紛亂，姜家有一面破牆，可不是好事。

姜夫人叫家丁守著破牆，可是風雪大呵，家丁冷得哆嗦了起來，沒力氣了，一夥見機作亂的流氓闖了來，一闖便進去了。

家丁們被打倒在地上，任由那些流氓翻箱倒櫃，家裡的女人沒法兒，只得亂叫亂喊。

不一會，那夥流氓抱著大包小包，大搖大擺地出來，仍是從破牆出去。

可巧，孝子正從雪地上爬起，緩緩繞過巷角，撞見了這檔事兒。

他最憎恨別人乘亂作梗，一時怒由心上起，孝子大喝道：「唏！休走！」

「風緊！」一名流氓嚷道，「扯呼！」
「噫，他一人，咱們五人，怕他甚的？」
眾流氓放下手中贓物，殺氣騰騰的朝孝子走來，打算教訓一下這不知死活的小子。
他們預算是活活打死孝子的。
孝子又驚又怒，未等及他們走來，揚起一手捉去。
他發覺他弄錯了。
他感覺到他的手陷入一片稀爛，握到一段粗硬的事物，「格」的一聲，十步之外一名流氓的脖子垂了下來。
流氓的脖子如同斷線的玩偶，頭還連著一張皮，掛在胸前。
孝子驚惶的看著自己的手，果真一片血肉糢糊。
那流氓倒在雪地上。
其他四人先是怔了怔，再一擁而上。
孝子也慌了，隨手亂捉。
四名流氓全都還來不及走到他跟前，便已倒地而亡。
孝子全身抖了起來，一抖不可收拾。
並不因為寒冷。
而是因為，他的手中，有一顆眼珠、一塊腎、一節肋骨和一把腦子，還在大雪中散發著縷縷熱氣。
他狂叫著扔掉那些東西。
他拔腿狂奔，沒命地跑。

他害怕自己，他害怕自己，他害怕自己。

一直跑到一處有燈火的廟宇，看到正義凜然的關公塑像，他才找到慰藉，安心的止步。

【使臣】

冰天雪地中，只有稀疏的黑色樹枝分外鮮明。

太原知府張孝純站在城牆上眺望，但是太原府城牆並不高，所以張孝純四周有弓箭待發的士卒守護著，身前還豎立著一面面厚重的虎牌。

他瞧見數騎由東南急奔而來，是大宋旗號，卻進入了金兵的營地。

他兩眼不放鬆的緊盯著那面宋旗，瞪得眼睛都快凍硬了，才低頭眨了眨眼。

是宋軍沒錯，但肯定不是援兵。

莫非皇上投降了？

張孝純不知，國都開封府在被金兵重重包圍下，皇帝早已「禪讓」，年號早已更改，而「太上皇」趙佶也丟下兒子往南逃命去了。

張孝純低頭望向城外的民宅，密集的沿著城牆而建，像是府城的一層外衣。金兵將營地紮在城外，想必城外百姓也吃了不少苦頭吧？

等了一兩個時辰，灰壓壓的金營中，方才那些宋人又出現了，這次還尾隨有數名金兵。

他們來到北城門下，城上的弓矢立時齊齊向下瞄準。

「來者何人？」張孝純沙啞的喊聲，不失威嚴。

「皇上有旨！」領頭的人回道，「張知府接旨！」

「接旨可以，金狗不得入城！」張孝純這一喊，城牆上的守卒無不歡呼，也有人朝下痛罵，一時哄聲如雷。

「皇上聖旨當恭迎，不得違抗！」

張孝純朝向南方開封府的方向拱手：「皇上命我守城，今將在外，君命有所不受！」

城下諸人商量了一陣，只見金人向宋使呼喝了幾句，宋使忙低頭躬身不已，在城下被羞辱了好一陣子，才又揚威耀武的仰首大叫：「張知府，現讓我等進城，金使留在城外，速速領旨，勿誤大事！」

張孝純答應了，卻只將城門開了僅容一騎通過的空間，便不再開啟。

「張孝純，你膽敢欺君犯上！我乃朝廷命官，何敢待我如此？」

「城門啟閉不易，為防敵人來襲，委屈大人您了。」張孝純淡淡的說完，便後退數步拱手作揖。

使臣沒法子，只得進來。

張孝純引他進了軍營，便跪下領旨。

來使宣布說：「奉天承運，皇上詔曰，今太原府、中山、河間三地一併割與大金國，知府全權負責此事，並我軍班師回朝，克日啟程。欽此……」

張孝純並不起身接旨。

使臣鐵青著臉，口中欲喊「違抗皇命，大逆不道」，但眼角一瞟，四周跪著的諸將已將手按在劍柄上，似乎在等候著張孝純的命令。

頓時，憤怒的表情被驚恐與懦弱擠走，臉孔扭曲成一副哭笑不得的樣子。

「大人請回吧。」張孝純仍是跪著，輕輕擺手做出送客的姿勢。

使臣結結巴巴的說：「你好大膽子，當心被流放……」說著，周圍諸將全亮出了兵器，寒芒瞬間掩蓋了使臣的身影。

這下吃驚不小，使臣沒命的跑出軍營，跑出城門，騎馬奔馳而去。

【尋訪】

「知府大人，今日果然又是如此。」

張孝純終於決定去看看。

金兵圍太原已經一個月了，由於冬天糧草消耗甚快，太原軍民已漸感不支，節糧節柴已許久了，可是人的忍耐力十分有限，每日都如此寒冷，叫誰可以不吃又不生火那麼久？

每人都想著過一日是一日，況且大寒天，不吃會更怕冷，也就沒真省著吃，這樣遲早有一天會斷糧，城內可能會出現暴亂，屆時太原不攻自破。

張孝純有時不禁會想：或許趕走來使、拒絕投降，表現了自己的節操，卻害了滿城百姓……

「太原乃大宋重關，國之本也！」張孝純如此告訴部下，「當年太祖統一天下時，御駕親征也尚且取不下太原，如今叫我揖手讓敵，教我他日如何在黃泉下交代？」

「知府大人所言甚是。」共同守城的副都總管王稟也點頭稱是。

太原因此成了一座孤城，糧食和木柴一點也進不去。

「知府大人。」

張孝純從沉思中回過神來。

近日有親信告訴他，有一家道觀每日發糧，自金兵圍城後不久便開始了，這不禁令他大為好奇。

一家小小道觀，何來如此多的糧，並且還廣為施捨，每日不斷的施捨了一個月？

張孝純命親信去打探多日，終於決定親自去拜訪。

他帶了親信數人，換了便服，一路上不聲張的往道觀走去。

果然觀前人潮擁擠，一條小小的街道被人擠得熱了起來，把積雪也溶成一地的雪水。

觀前有兩名道士忙著掏粥，數口大缸裡都是熱烘烘的香濃麥粥。

一直到大缸全掏盡了，眾人才慢慢散去。

張孝純和手下們急步上前，向虛凌問道：「道長，城中正要絕糧，不知貴觀之米糧打從何來？」

虛凌和雲空見他問得唐突，不禁狐疑的皺起眉頭。

「這位兄台，是本觀有關聖帝君顯靈呀。」虛凌一本正經的說。

張孝純哈哈一笑：「道長不必拐彎抹角，我等乃為正事而來。」

「啥正事兒？」虛凌見來者有數人，不禁憂心。

「在下太原知府張孝純，此番前來是為請教高明。」

「原來是知府來了……」雲空心中暗忖，「若果真是個為百姓的官兒，也不妨……」

張孝純正色說道：「現正是太原百姓處於水火之時，大家理應同舟共濟，如今本府正憂心軍糧不繼，金人又把太原圍了個鐵桶似的水洩不通，近日得知貴觀每日發糧，是以本官欲求妙策，如何可使米糧不絕？」

「實無妙策，但有異人。」雲空道。

「雲空……」虛凌急欲阻止，反倒被雲空阻攔了。

「大人請隨貧道入內，便知端的。」

眾人來到後院，只見一精壯漢子倚牆而坐，神色呆滯，絲毫沒注意來人。

不久，漢子緩緩抬起右手。

漢子的手在空氣中揮舞著，彷彿在採摘。

半空中發出一片「啪」、「啪」之聲，粗細不一的樹枝由漢子手中落下，有的還帶有新發的芽苞。

很快的，地上堆滿了柴枝，虛凌忙著將薪柴收入柴房。

半晌，漢子再度舉起雙手。

他的太陽穴暴起，手臂上青筋浮現，好像在半空中努力的撕東西一般。

他大喊一聲，兩手放鬆，麥子由兩手之間淌下，在他跟前堆起一座小山。

他兩手猛地一抽，從微風中抽出了一個糧袋。

糧袋上寫了很大很大的一個字，一個「金」字。

【英雄】

自古英雄，怎樣才叫英雄？

汗青斑斑，多少英雄得以青史留名？多少英雄卻在歷史中灰飛煙滅，隨風而逝？

多少英雄如曇花初綻，未及向世人炫耀，卻已急急投爐，被燒得一乾二淨，不再留連在塵世？

多少？又是多少曇花投爐？

【赴死】

金兵軍糧老是不足，已經節無可節了，還是不夠。

他們疑心城外百姓有人偷糧，便去民家搜查。

可是金兵已經很瘦了，百姓更瘦得奄奄一息，別說是糧，連家裡的蟲都被吃乾淨了。

開封府那方面反覆無常，時戰時和，太原府又久攻不克，大金皇帝完顏阿骨打已有疲態，意欲速速解決當前情勢，乃命攻打太原的粘沒喝分兵趨往開封，加重開封府的壓力。

春意正濃，殺意又至。

金營糧草頻頻失蹤，後來連兵器也開始減少，粘沒喝察覺事情不單純，只得下軍令：「士卒各自保管兵器，如有遺失，梟首以正軍令！」

軍令不能驅邪，兵器照失不誤。

誰也沒料到，兵器都跑到太原知府手上去了。

天氣真真正正的回暖了，融雪染濕的土中也鑽出了小草，羞澀地沐浴在陽光中。

孝子仍是呆呆的，每日大部分時間都靠坐在後院，雲空和虛凌向他要糧有糧，張孝純向他要兵器有兵器。

某日，一道暖暖的陽光照到他身上。

他的腦子暖和了起來，思緒便稍微活絡了一些。

他又想起了家門前的老樹，憶起了他娘。

「娘……」

他的手往空中捉去，企圖握著娘的手。

他握到了。

手中握著一隻斷臂，手臂上的皮肉已經脫落得差不多了，只剩下少許仍附在棕褐色的骨枝上。

「娘……？」孝子睜大雙目。

「娘——！」孝子眼中爆出火花，血絲剎那爬滿了他的眼睛。

他向天哀嚎，向地呼喊，他揮動手中的枯骨，他詛咒天地萬物，他的淚水混著血絲湧出。

他又看見那棵老樹了。

【投爐】

雲空聽見孝子的哀號，趕到後院時，正好看見孝子的身影逐漸消失，他在空氣中最後的身影兀自發狂的哭喊，最後跟隨聲音一起完全沒入虛空。

雲空瞠目結舌，心中只在思量：孝子走了，以後怎麼辦？

怎麼辦呢？

自金兵圍城那日，孝子便住在這義勇武安王廟了，為何兩個月後，孝子才這樣不發一言便離去？

那是因為孝子看見了一棵樹，他家門前的老樹。

他伸手一碰便碰到那棵樹了，於是拉著樹身，奪力一拉，樹根牢固在土中，所以樹身不動，而他反而被樹給拉過去了。

所以他回到家了。

他發現自己站在老樹下，欣喜若狂，飛奔衝入屋裡，大喊：「娘！我回來了！」

可是屋裡沒人，所有東西都被翻得亂七八糟的，還蓋上了厚厚的灰塵。

他想起剛才握著的枯骨。

他不希望那是娘。

他四處亂走，竟不見半個金兵，於是走去嚴老夫子的家，那位他小時候幫忙放牛的。

嚴老夫子看見他，大為吃驚，忙將孝子帶進屋裡，問他這兩個月去了哪裡。

孝子不理他的問題，只是問：「我娘呢？」

「你娘過世啦。」

孝子一聽果然，雖然心中早已不抱存希望，還是忍不住嚎啕大哭，滿胸滿腑的悔恨。

「你娘是餓死的，金兵來時，我們自顧不暇，糧也給搶了，幾天後才去看望你娘，不想竟死了……」

「我娘葬在哪兒？」

「在你家門口那大樹下。」

孝子飛奔出去，回到家門老樹。他想哭，但他已經哭太多、哭太累了，他只想再見他娘。心念方起，他娘便出現在他雙手之間。

他娘花白的頭髮仍然垂在腦後，下葬時的衣服已破爛不堪，透出陣陣惡臭，一些皮肉不勝擾動，墜落下地。

但這是娘啊。

雖然臉上已無皮肉可顯出她生前的慈祥，空洞的眼窩似乎仍留存有昔時的關愛。

他娘的屍骨少了一條手臂。

他知道，它被留在道觀後院。

「唏！那傢伙！」一聲粗喝，孝子回頭，見是兩名金兵。

怒火燒紅了他的心，他的眼眶立時暴脹，一根咬斷的門齒由口中飛射而出。

他將娘放下。

金兵移近身來。

孝子大手一揮，那金兵「哼」都沒一聲，顫慄了一下，滿臉驚惶的倒在地上。

倒地之前，他還看見孝子手中多了一顆血淋淋的心臟，心臟還在驚恐地跳動，彷彿對於離開它的主人而感到十分的不安。

另一名金兵呆了一下，很快揮矛衝來，但也很快倒地。

孝子把兩個心臟扔到腳邊。

其他金兵巡視而來，一見苗頭不對，立刻湧了過來。

孝子的腳邊又多了幾個心臟。

【離城】

二月梢，春意已濃得有些膩了。

原本皇帝答應割鎮後，包圍開封府的金兵已經退兵，不想大宋皇帝立刻就好像得了健忘症般，不但不履行和約，還處處想用小伎倆來扯金人後腿。

被狼咬過的羊，竟馬上忘了傷口有多痛。

金營中得令，副元帥分了一部分兵力前往開封，和東路兵會合，集中火力猛攻開封府。

太原府外只留下一員大將銀朮可，金兵威脅頓減，金營日夜守備慎嚴，只等主軍回陣，城外情勢因而放鬆不少。

再過一些日子，金人竟然無預警的消失了！

知府張孝純未得開封消息，不知城外金兵撤退是凶是吉，見機不可失，便乘機大量囤積糧草，也在城內開闢了一些菜園，又不斷運入木柴。

雲空出城，去尋找孝子。找了半天，才在城北打聽到他的消息。

告訴他消息的是一名姓嚴的老塾師。

嚴老夫子說：「也不知他到底學了啥妖術，只見他手一揮動，便拋出一個血淋淋的人心，金兵還未到他面前，便喪命了。」

雲空問道：「後來怎的？」

「金兵可狠哪，人山人海的，他一邊喊娘，一邊把人心拋在地上，地面堆了越來越多的人心，還在跳著呢……一大堆人心在嘈鬧，還真像戰鼓的聲音，剎那之間，我真錯覺以為他可以把金兵殺盡，一個人就抵得上整隊兵馬……

「金兵大概以為有軍隊攻來了，不知原來是心臟在跳呢，所以來了一批又一批……你說一個人怎麼鬥得過金兵呢？他兩手只管亂舞一通，又不停的拋出人心，心臟都堆上他的小腿了，想走也走不動了，他前面的金兵屍身堆得高高的，後面來的還得先把屍體移開才行呢！

「他累了，也沒力氣喊娘了，聲音好像在拉鋸一般……啞了，他的手還一刻都沒停過呢，只管在空中亂捉，眼睛都累得翻白了，我們遠遠還看見他一直把人心拋上半天，也不知過了多少時間，死了多少金兵！

「金兵也喪了膽了，不敢再衝過來，大家嘰哩咕嚕了一陣，開始用箭射，有的金兵手上的弓，不知怎的便到了他手上，可是他們人多，箭多，他怎麼抵得了？不一時，整個人成了刺蝟，看不出人形了，還在抖動著，還可以聽見長長的喘氣聲，有如笛子在吹……

「金兵一擁而上，揮刀亂劈，有的還劈不下手，嚇得軟倒在地。後來我們上前去瞧，他站的地方只留下碎骨碎肉，和泥土混在一起了，泥土還泡在血中呢。」

雲空聽得全身雞皮疙瘩，不禁用手掌抹了抹後腦，把毛骨悚然的寒意稍微去掉了，才謝過嚴老夫子回城去。

是夜，雲空向虛凌辭行，兩人弄了一桌菜，靜靜吃著。

「雲空，」虛凌倒了一杯酒，舉杯道，「此番一別，比生恐怕無緣再見了。」

雲空點點頭，也還敬了一杯：「道兄年邁，也需保重身子才是。」

「不行了，金兵尚未罷休，不知何日才會停戰，破城之日，大概也是貧道的大限了。」

「道兄放心，關聖帝君還保佑著你呢。」

虛凌嘆道：「不知當日鸞文『金氣盛時，太原當破』又是何意？可有頭緒？」

雲空道：「金氣若非指金兵，當指秋季而言，或在八九月間……」得此鸞文時在冬季，如今太原也沒落陷，所以如果不應在去年，最近可能就在今年應驗了。

屋宇突然間悶悶的震了起來。

兩人停下說話，不安的四顧張望。

「似是古鼎在響。」虛凌說著，率先走出大堂，雲空緊跟其後。

果然是古鼎在震動。

虛凌早有準備，在神壇上方垂吊了一枝朱砂筆，焚香禮拜之後，朱筆立時自動在宣紙上揮寫起來。

紙上只寫了兩行字：「郭京大開東京門，金風閏月逐二帝。」

虛凌不解。

雲空神色凝重的看著這些字，說：「太原解圍了，我明日便啟程往東京去。」說著，便焚香祝道：「神明雖有靈，也無法扭轉乾坤，貧道力小，更加是無濟於事，只希望神明保佑，此去有驚無險，得以苟存性命於亂世。」言畢，叩首三遍。

「關聖帝君有何指示，難道你明白了？」虛凌困惑的問道。

「神明不欲明言，凡人從何猜測？」雲空感到胸中一片冰涼，他憐憫的望著虛凌，說：

「您老人家可要好好熬過這場劫難呀。」

古鼎停止震動，整個大殿安靜了下來。

【後事】

半年後的秋八月，金兵又再蜂擁而至，太原府城外的居民紛紛湧入城內。

本來知府張孝純擔心城內人數太多，守城更艱難，想阻擋城外居民，此時竟有人提議：「一旦糧乏，這些百姓可是上好的軍糧呀。」聽得張孝純背脊發涼。

粘沒喝頻頻派人向知府張孝純及副都總管王稟招諭投降，卻總是不答應，於是便開始用三十台大炮全力攻城。

大炮把太原軍民辛辛苦苦修築好的城牆，毫不費力的打了個稀爛，軍民搶修城牆，比戰鬥殺敵更是耗時耗力。

缺糧的問題終於加劇了，在《續資治通鑑》記載：軍兵們先吃牛、馬、騾等，接下來連戰鬥用的弓弩皮甲也被煮軟了來吃……百姓們則煮草茭、糠秕、野生的蓱蓬草來充饑，但也支持不了多久，便終於開始吃人了。

九月初三，粘沒喝終於攻陷太原。

王稟帶領羸瘦的士兵巷戰，突圍之後，抱著太原廟中的太宗皇帝畫像投水，兒子王荀等一門八口也一起赴難。

張孝純被金人擄獲，不久之後，被釋放任用。

當他被問及為何當初堅持不投降，今日又願為金人所用時，他說：「身為父母官，不投降是為了守護國土和百姓，如今國家棄我而去，我仍然要守護百姓啊。」

在毫無援軍的情況下，太原孤城自守，兩次圍城，前後一共歷時兩百六十日。

【典錄】曇花

所謂「曇花一現」究竟有多短暫？其實曇花大概會開個好幾天才凋謝，但只在晚上開花。「曇花一現」是出自《法華經》，經中有一句是佛祖對舍利佛說：「如是妙法，如優曇缽花，時一現耳。」優曇缽花就是曇花，由於各版本梵文音譯不同，又譯作烏曇、優曇婆、優曇波羅花等。《法華文句》曰：「優雲花者，此言靈瑞，三千年一現，現則金輪王出。」《玄應音義》曰：「無花而結實，亦有花而難植，故經中以喻希有者也。」總而言之，它用來比喻「偶見即逝」，也是本故事《曇花投爐》的意思，不過經中曇花看來並非咱們人間的尋常曇花呢。

人間的曇花屬仙人掌科，又名瓊花、月下美人。它的莖像葉子，花是白色，花下方有紫紅色花被呈鱗片狀，花很大又很香，只在晚上開，但只偶爾開花。曇花還可以吃，且只需普通扦插便可繁殖。

月兒彎

之廿六

靖康元年（一一二六年）

看官！

宋時有個皇帝，駕崩後諡號徽宗的，本名趙佶。

這皇帝是大宋第八任皇帝，當初他的皇帝哥哥駕崩，有人提議讓他當皇帝時，便有反對的聲音說：「趙佶輕佻。」此人做皇帝是嫌輕佻，做個風雅之士倒是絕對青史留名的。

他懂得鑑賞名畫，更畫得一手好畫，佔有藝術史一席之地。

他寫得一手好字，創出「瘦金體」，自成一家。

他還很痴迷道教，崇信不少道士。

他給道士很高的禮遇、很高的地位、很多的錢財、很多的方便。

可是，在他十九歲登極，剛即位不久的崇寧三年，名震天下的道士魏漢津竟潑了一盆冷水：「不到三十年，天下就要大亂。」

這道士本是四川一名兵卒，懂音樂又懂陰陽術數，常常把過去未來說得很準，才受寵的。多年以後，替趙佶主掌皇家道觀「道籙院」的道士徐知常，又潑了另一盆冷水。他在設壇與玉皇上帝溝通後，向趙佶說玉皇上帝很生氣，說：「趙某有慢上之罪，全家徒流三千里。」

趙佶沉默不語，疑心徐知常是不是在搞鬼，後來便借故囚禁了徐知常，徐知常也不可小覷，在牢獄中便施法失了蹤，以後再也沒人見著了。

也不需事後証明，魏漢津的「不到三十年」根本就像是馬後砲一般，趙佶第二年馬上就因為利用「花石綱」向民間搜括奇花異木，搞得天下大亂，民變四起，滿地盜賊。

宋代漕運發達，在河道上運糧運貨的船以十船為一「綱」，花石綱就是專門在民間搜索奇花異石後，運往京城的綱船。

花石綱加上滿佈天下的貪官污吏，最後的受害者總是老百姓。

老百姓向天哭號，天裝作沒事般，狠下心掩了耳朵。
老百姓向地哀啼，地硬得像石頭，長不出半株芽兒。
這是，各地流民紛紛出現，賣老婆子女的大有人在。
這些被賣的，有姿色的便送入娼館，沒姿色的便送去宰殺，掛在肉勾子上論兩發賣。
這些人肉不叫人肉，叫「兩腳羊」。
其中男子的肉老而瘦的叫「饒把火」，要熬煮較久才不難吃。
而年輕女子的肉叫「不羨羊」，意思是說味道美得勝過羊肉。
小孩的肉叫「和骨爛」，表示小孩肉嫩，會連肉帶骨一起煮爛。
其時，民間流傳了一首歌謠，酒館裡賣唱的、街坊間的小兒，不時便琅琅上口，輕輕的唱出：

月子彎彎照九州，幾家歡樂幾家愁，
幾家夫婦同羅帳，幾家飄散去他州。

※※※

雲空手中那隻瓷碗舉在半空，甜湯已經冷了好久了。
他似乎還沒有意思要用它沾一沾唇，眼神也是呆滯的沒有焦點，不知正望向那裡。
事隔一年，他終於回到開封府，先在汴河邊的茶湯攤子買了一碗熱騰騰的甜湯，只見汴河上的漕船絡繹不絕，漕運工人正粗聲呼喝著，搬進從其他州運抵的貨物，又見路邊竹棚下有為人修臉的師傅，正替一名壯年書生修整他面上的雜毛。
　　雲空環顧四周，只見騎驢的、拉車的、趕豬的、打鐵的、修車輪的眾生相掠過眼前，忽然之間，耳中聽不見吵雜聲了，整個世界陷入一片靜謐。

他眼前的一切，都將在近期內消失。

大宋被金人攻打已經不只一次，每次都靠談判和金銀來解圍，京都開封府還在今年二月剛被金人包圍了三十三日，也是向全城搜括金銀才令金人退兵的。然而朝廷內亂，權臣小人當道，每次一解圍，換得片刻安逸，皇帝和權臣們又故態復萌，違背與金人的盟約，如此反復無常，金人也失去耐性，打算一次解決大宋了。

但是對開封府人而言，百餘年來不就是這麼熬過來的嗎？只不過遼人換成了金人，日子還是一樣過的吧？

不，雲空知道，這一切快要結束了。

道士魏漢津、徐知常說過了，神算張鐵橋說過了，太原府義勇武安王廟的鸞筆說過了，連真定府那位小隊長岳飛手下的鼠精也知道。

他望著河面，兀自出神的沉思，心想他為何來此？

雲空在太原府解圍後馬上南行，以往可以乘船往下游順行到開封府，原本理應十分快捷的行程，但在太原府陷入戰事後，許多人想往南逃難，船費已經高漲百倍，雲空付不起，只好用腳走。

路上逃難的人潮很多，雲空怕人群混亂會旁生枝節，因此盡量避開流民。

這一路十分艱苦，要食物沒食物，所幸盧凌在雲空離去前準備了緊急行糧，包括乾煎餅和果乾，還有幼時跟師父、師兄雲遊時學會辨識可食用的野菜野果，增加了他的生存機會，不似其他從城市出來的難民，往往誤食毒草毒果，輕則重病，重則送命。

為了省食物，雲空也在晚上野宿時靜坐守一，使用以前跟師父學過但沒認真實踐過的「辟穀法」，讓體內真氣達到最大化的利用，也讓食物的需求達到最小化，因此少量的食物也令他撐完了整個旅程。

如此歷經三、四個月，雲空才終於抵達開封府。
進了城，他先花個幾文錢喝碗甜湯慰勞自己，卻是一口也喝不下。
太原府的關聖帝君鸞筆道：「郭京大開東京門，金風閏月逐二帝。」
今年有閏月，是閏十一月。
還有半年。
而文中的「郭京」，會是一個人名嗎？
他問茶湯攤子的小販：「東京城內有個人叫郭京的嗎？」若郭京是個名人，那就容易了。
小販晃了晃頭：「不曉得，沒聽過。」
「城郭的郭，東京的京呢。」
「道長，俺不識字呢。」小販靦腆的笑道。
雲空知道問他沒用，苦笑了一下，舉碗要喝湯，卻被小販用手擋著：「你那碗冷掉了？俺換個熱的給你。」
「謝謝，不好意思的。」雲空想要推辭時，小販已將一碗熱甜湯遞過來，把冷的那碗收回去自個兒喝掉。
雲空很感激的謝過了小販，因為他真的三個多月以來沒進過一點熱食。
喝完甜湯，雲空頓覺通體舒暢。
他憑著記憶，尋找前往余府的路，前年才接待過他的余老爺竹舟先生，不知還在嗎？如果還在，應該勸他搬家才是。
雲空左彎右拐，走了半個時辰，好不容易找到余府，從外頭看見那片參天的大樹不在了，只留下一株，以牆外就能看到樹冠。

雲空敲了門，門內即刻有人應答，守門的一見是前年長住過的雲空，忙進去通報。

不久，守門的家丁回來，陪笑道：「道長，老爺外出，不知晚上回來否，夫人請道長進去，為您接風洗塵。」

夫人出自士人之家，不願直接面見男客人，但她其實正躲在暗處觀看，決定如何招待來人。她瞧見雲空一身塵土厚重，又比前年削瘦了許多，知道他必定路途辛苦，便吩咐下人準備飲食，也燒一桶水讓雲空弄乾淨身體。

雲空在家丁帶領下穿過前院，竟能看見後院那棵參天大樹，樹葉如同巨大的草帽般覆蓋半個余府宅院，在夏天的庭院裡投下大片樹蔭。

那兒是高祿的葬身之地。

有機會的話，他要到後院去，到樹下瞧瞧。

余家讓雲空好好洗了個澡，令他感覺像從地獄升到天界，很沒有真實感。他刮除皮膚上的污垢，用小刀修短手腳指甲，清除陷在指甲中的厚垢，把髮髻解開洗頭髮，花了半個時辰才將多月以來的污垢去除。

余老爺的近身僕人琴兒給他一件外衣披著：「道長的衣服正在洗著，夫人吩咐漿好後再送上。」古人為免衣服易髒，故把衣服先在澱粉水中漿洗，日後更容易泡洗掉污跡。

琴兒還送來薑湯，因為人即使多月不洗澡也不會生病，卻往往在大清洗後容易受涼，而薑湯是暖身驅風的良品。

雲空很感激夫人的體貼，令他更是想告訴他們那些預言，只怕他們不信，錯過了逃命時機。

飯菜上桌了，是由余老爺的貼身侍從琴兒送來的，有三小盤菜肉，都是口味清淡健胃的，夫人還特地吩咐不用禽肉，因為有的道派是忌食飛禽的。「老爺何時回來呢？」雲空一邊先挑纖維較多的蒸白菜來吃，一邊問道，「貧道有急事要告訴他。」

「書兒和棋兒陪老爺去城外，說不上何時會回來呢，最遲也應該是明天吧，」琴兒從余老爺還是余公子的時候便認得雲空了，他們算是老相識，「道長安心休息，我們都想知道你發生了什麼事呢。」

雲空嘆息點了點頭。

回想起來，逃離太原府像是昨日的事，卻又恍如隔世。

如今他獲得暫時的輕安，依然不能大意，因為在這余府圍牆之外的世界正是風起雲湧，禍福只在旦夕決定。

「那麼琴兒，請教你，知道有個叫郭京的人嗎？」

琴兒認真的想了想：「我認識的、老爺認識的，都沒這個名字。」

雲空悶聲低頭吃飯。

「這名字很重要嗎？」

「可能吧？」

琴兒拍拍胸膛，說：「雖然我不認得，我會幫你問問其他人。」

「謝謝。」雲空感激的說。

「名字怎麼寫，是佛經的經還是東京的京？」

※※※

用完餐後，雲空百無聊賴，可心中老是掛著一件事，覺得非完成不可。

他踱到下女居住的後院，去看那棵僅存的參天大樹。

剛才琴兒告訴他，老爺把其他的樹通通砍了，賣了很不錯的價錢。且幸好賣得快，再遲個一年的話，金人圍城，皇宮的工事就停歇了。

那麼為何獨留一株沒砍倒賣掉呢？老爺說長得好看，所以留下的。

雲空不太相信這個回答。

這棵留下的大樹雖然長得雄壯，卻纏繞著淡淡的怨氣。

應該是高祿的怨念依然留存吧？這樣下去會沒有問題嗎？

他必須把脖子完全抬起，才能仰望這巨大的樹，他還記得高祿和無生五名弟子的那一晚，它是在短短的時間內長得這麼大的。

他憶起令高祿把吸取到的精氣決堤似的外洩的，是個紅衣的小女孩，應該就是豆腐郎傳說中那位善於飛針的女孩了，看樣子只有七歲，想不通怎麼會那麼厲害？

記憶中，那位小女孩後來也在百妖群集時出現……

說起來，這棵樹算是高祿的墓。

雲空走到樹下，撫摸壯碩的樹身，想像它裡頭蘊藏了多少人的性命。

忽然，他感覺有種異樣。

當他把手逗留在樹幹稍久，掌心竟傳來一波波微弱的心跳，甚至可以感覺到它在呼吸，非常細微的起伏，但的確在呼吸。

雲空驚愕的縮回手，然後退後一步，低頭看看踩在腳下的樹根和泥土。

因為他發覺，連他的腳底，也感受到輕得幾乎感受不到的起伏。

「難道……？」

地面的呼吸變急促了，雖然這改變依然細微得難以察覺。

雲空認為是由於他的出現，這棵樹才變得燥動的。

「高祿？」他輕輕呼喚。

大樹驟然停止了生命的現象，像枯死了一般，只那麼一剎那，又再恢復活力，把自己偽裝成一棵普通的大樹。

雲空抿了抿嘴，伸手要碰觸樹身，他轉頭四顧，看看若有萬一，是否有人可以幫忙的？不，其實他們也幫不上忙。

雲空半合眼，調整氣息，把手按在樹幹上。

一股淡淡的氣探索似的碰上掌心，接著慢慢增強，鑽入他的手掌，流經他的意識，那股氣夾帶著意念，儲存著過去的訊息，娓娓述說一幕又一幕的心酸時刻。

雲空驚奇的看見，原來高祿不是中原人，而是來自他所不瞭解的陌生國度，口操他沒聽過的語言，卻穿著類似中國的衣服，寫著相似的中國文字。

但最容易遺留的記憶通常都是負面的記憶，恐懼的、悲愴的、憤怒的、不安的、難過的，種種強烈的記憶流經雲空，讓人容易誤以為他的生命只有苦楚，從來不曾開心過。

他看見高祿的童年，被父親嚴厲的訓練，在河邊的沙石地上揮舞木棍，跟其他孩子對打，稍有誤失，就被父親踢翻在地，整個頭被壓入河水中，差點窒息而亡，整段記憶中充滿了對死亡的恐懼……

意念像瀑布般沖激著雲空的意識，他奮力悍衛著自我，以免被強勁的高祿意念沖垮。

……徹夜離家的恐懼，初次登船的恐懼，在風浪中嘔吐得瀕死的恐懼，最可怕的，還是沉船當時，即使曾經在河中訓練過泳術的他，也沒把握能在濤天巨浪中存活。

忽然，雲空腦中有個影像一閃而逝。

那東西像一團風，又像一隻渾身細毛的黃鼠狼。

許許多多混沌的念頭湧入雲空的意識，令他漸漸明白了高祿的想法。

「原來如此……」雲空喃喃道，「你並沒有偷刀訣，那本刀訣是你的！」

高祿所受盡的恥辱和冤屈，令雲空的心深感陣陣絞痛，忍不住淚水盈溢，流下兩道清淚。

相隔二十年，雲空才明白高祿所受的冤枉。

即使是赤成子也不曉得他的師父才是竊賊吧？

赤成子不知道他是助紂為虐，反而令高祿陷入更深的絕望之中。

雲空也窺見那一幕了，當赤成子割斷高祿的手筋腳筋時，高祿的意識墜入了深邃的黑暗，至今仍無法掙脫。

「可是，余老爺待你不錯吧？」雲空低聲問他，「雖然身分低下，但你沒被虧待，跟其他人平等吧？」

大樹依舊源源不斷的輸出怨恨的意念。

「你是高祿嗎？」雲空覺得高祿還沒死，或許他被壓在樹下，或許他就是樹根，「或者，你已經不是人類？」若是如此，那他的命運就更為悲哀了。

他猜不透高祿如今成了什麼。

「不管你是什麼，你冤，被你取去性命的人也冤，」雲空用力壓住樹身，把自身的意念強灌進去，「你怨別人，別人也怨你，冤冤相扣，連接成緊鎖不斷的鐵網，生生世世互相報冤，你可願意？」

意念的交流比語言的交流更為直接，更容易將想法傳達，這才是真正的「交心」。

大樹於焉沉默。

完全的靜謐，沒有一點意念的流動。

突然，雲空腦中爆出一個影像。

是一個蓄著短鬚的男子，穿著軍裝，騎在馬上，一對溜來溜去的眼珠子，不停在關注旁人的表情。

「誰？」雲空問，但沒得到回應。

然後，大樹恢復了安靜，只剩下纖維管裡的水分子互相摩擦、推擠的聲音。

※※※

近晚時分，自號竹舟的余老爺總算回來了。

他聽了琴兒描述雲空剛抵達時的模樣，儘管疲憊至極，依然跟雲空坐下談話。

他選了個幽靜的角落，叫近身僕人棋兒等人守在外面，不讓其他人靠近。

「聽說道長從北方來的嗎？」

「貧道特地來找你的，」雲空低聲說，「情勢危急，金人跟以前的遼人不同，大宋可能無法抵擋。」

竹舟伸手作勢要捂住雲空嘴巴：「這些話不能隨便說。」

「貧道何嘗不知？」雲空彎腰貼近竹舟，「我被困在太原圍城，金人二月才撤兵，我歷經艱難，走了百日才到此地。」

「平常走水路僅需十餘日的……」竹舟憂心的皺眉道，「年初時，朝廷派兵來宅中搜刮，湊足銀兩給金人，開封才得以解圍的。」他心中想的是：這樣下去，遲早被搜刮一空的，錢賺得再多也沒用。

竹舟是幾代商賈，從晨起到夕睡，腦中所思無不是生意經，連思考都用數字而非文字。辛苦掙來的錢被威脅取走，雖說贖回了一國之都，也是心痛，朝廷平日又不是沒在徵稅。

「我特來告知，開封會落陷，」雲空壓低了聲音，「你們要逃要快。」

竹舟不信，疑心的蹙眉道：「兩百年來，開封屢次危急，也不至於落陷。」

「貧道也不願相信，但這幾年來，各方消息不斷示警，恐怕勢無可擋。」

「何方消息？」

雲空嘆了口氣：「這就是最難信的部分，我這幾年遇上了許多事，一直得到同一個消息，四大奇人中的神算張鐵橋向我示警，也有太原府的關聖帝降鸞預言，甚至連精怪也知道，如果竹舟先生欲知其詳，我可以一一道來。」

竹舟不說話了，托腮沉思。

良久，他才挨近雲空耳語：「大宋真要亡國了嗎？」

「我不敢說，不過開封府會失守，而且可能在半年之內。」

竹舟沉吟片刻，說：「長城阻擋了遼人，也擋得了金人，長城以南有太原府、真定府第一線防護，東京也有應天府、大名府、河南府三京圍繞保護。」

雲空提醒他：「金人輕易突破防線，開封還是被包圍了。」

竹舟沉默的盤算了一下，才說：「金人貪圖的不過錢財，大宋立國百餘年皆以財力令胡人止步，今年何獨例外？」竹舟的想法跟大宋立國以來的政策相似，商業空前發達的宋朝，相信沒有錢解決不了的問題。

「竹舟先生，你是商賈，諒必比我更懂人心，」雲空說，「聽說如今朝中，從皇上到宰相都是貪財怕事之人，軍情緊急時廢除花石綱，軍事稍解又恢復花石綱，禁軍不思保家衛國，臨陣敗逃，連皇上都逃去南京，把燙手的皇位讓給兒子了，大宋氣數已盡，天地皆知，惟有我們凡人執迷不悟。」

竹舟嘆道：「我家在京城經營百年，家私全在開封府，豈能輕捨？」

「皇上來搜刮一次，就足以拿走你家世代積蓄，你再不捨，還是會雙手奉與他人，不是給朝廷，就是給金人。」

竹舟懊惱的垂下頭，一手不停地敲打桌邊。

「能逃就逃吧，再遲就逃不及了。」

「限期何時？」竹舟兩眼血紅，打從身體累至心底，面貌瞬時老了十年。

「依鸞文，太原可能秋天落陷，開封則可能在冬天，日子不遠了。」

竹舟毅然起立：「這些別告訴任何人。」

「我只告訴你，免得城中人心大亂。」雲空想過，張鐵橋說過「道士亡國」，如果他的傳言造成開封府內亂，他不就成了張鐵橋所說的亡國道士？

「謝過道長。」

竹舟拱手轉身要走，被雲空叫住了：「慢著，竹舟先生，尚有一事想借問一下，當日後院那些大樹，只有一棵留下。」

「是的。」竹舟停步應答。

「有什麼原因，特別留下它嗎？」

竹舟遲疑片刻，才貼近他小聲說：「我僱來的伐木工說不能砍。」

「為何呢？」

「因為那棵樹才一斧下去，就流出鮮血。」

雲空訝然道：「原來。」

「道長早些兒歇息了。」竹舟一踏出去，當即吩咐：「棋兒、畫兒！把所有去年的帳本搬去帳房！琴兒、書兒！拿算盤和筆墨去帳房，通知夫人準備夜食，我今晚不睡了。」

※※※

雲空沒閒著，他每天到街市上幫人占卜、推命、看相等等，打聽流傳在市井間的消息，觀察人心的變動。

他也每日觀望天空，不是觀察雲氣，也不是觀察星象，這些都不是他所擅長，他觀察的是怨氣。

果然，只不過一個月，北方的天空便出現不安的顏色了。

竹舟跟雲空商量：「我家本非東京人氏，上一代才在東京落戶的，祖家仍在杭州，因此作思搬回杭州，道長看看該處安全否？」

雲空為他占個卦，得了個「鼎九三」，是個先難後易、最終吉利的卦。

為求謹慎，再占一卦，又得個非常吉利的「萃卦」，卦辭說「利貞（意指好的占卜）、利有攸往」，雲空便撫手道：「杭州不是問題。」

竹舟謝過了他：「東京前往杭州十分便利，有河道接上漕運，一路順行，我夫人家眷先行，待安頓好所有生意，我才最後離開。」

「你還打算回來？」

「先父千辛萬苦才建立起這裡的生意，我輩不能說廢就廢，與其連根拔起，不如留下根基，他日要回來就不難了。」竹舟嘆氣道，「行商有部分是靠運氣的，我總不能不賭一把，要我把所有生意放下，到新地方重起爐灶，談何容易？」

雲空點頭說：「貧道無家無根，唯一賭本就是這副肉身。」

「道長何時要離開？」

「這幾日便走。」

竹舟抿嘴欲言又止，最後還是開口了：「我有個不情之請，若是在下要求道長留下陪我，直到不得不走的時刻，如何？」

雲空心中大大的嘆息：「這是先生比性命更在意的事嗎？」

「書兒和畫兒將保護全部家人去杭州，其餘下人全部遣散，琴兒和棋兒將陪我留守。」

雲空難以決定，只好又從布袋取出三枚古錢，搖出了上風下地的「觀卦」。此卦主事情仍棋、畫二僕強壯且有武功底子，琴、書二僕辦事玲瓏，難怪竹舟有此安排。

在變化之中，因此心神不寧，應靜觀其變。

他心中默問：「那麼，余老爺這趟不走的話，是吉是凶？」

三枚古錢在他手中翻滾碰擊，雲空一撒手，古錢落到木桌上，三枚古錢竟不偏不倚卡在木桌的小縫中，豎立不倒。

竹舟驚問：「這是什麼情況？」

雲空也冒出一頭冷汗：「罕見，罕見，我見過一枚銅錢立起，沒見過三枚的。」

兩人驚疑的盯住豎起的銅錢，一時心驚肉跳，捉不定主意。

雲空咬了咬牙：「我每日問卦，只要情勢乍變，我就離開，可以嗎？」

竹舟嚥了嚥口水：「感謝道長。」

「最晚九月，可否？」也就是再待多一、兩個月。

「沒人想送命的，道長，你要走時，余某也無法強留，只不過若是你在，我就安心許多。」

一個月後的八月，金兵終於抵達太原城下，第二度包圍這個五代時的晉國首都、防禦北方的軍事重鎮。

先把第一線防衛攻陷了，金人才可能無後顧之憂的進攻大宋首都開封府。

太原圍城的緊急軍情再次傳到開封府時，朝中勾心鬥角，無人願意出兵，以免惹毛了金人。

太原由始至終都是無人救援的孤城，知府張孝純的「內外夾擊」成了永遠無法實現的空想。

雲空遙遙望見北方天空的怨氣愈來愈濃厚，忖度金兵的馬蹄聲已快要逼近京城，或許很快又會與太原同一命運。

此時，雲空還有個疑問：郭京是誰？

如果大宋氣數已盡，還有辦法能夠扭轉局勢嗎？

※※※

這時候，還有另一個人在找郭京的。

這人和雲空一點也不相干，他是大宋的兵部尚書，也就是管理兵事的最高長官孫傅。

太原被圍又無援軍，若太原城破，下一個目標必定是東京了，最害怕金人來到的是他，因為即使大家都逃了，他還是最不能逃的一個，大兵掌握在他手上，等於大宋前程全在他手上。

偏偏大宋打從一開國就害怕將領掌握兵權，天下軍兵全部納為皇家「禁軍」，打仗時才任命將領帶兵，造成將領和士兵沒有感情交流，士兵軍紀廢弛，遇上金人這種戰爭高手，加上一個草包兵部尚書，想保住開封簡直是妄想。

孫傅在這種情況下，拼命的想要尋找可以阻擋金人的其他法子。

有一天，他起意拿起丘浚的《感事詩》來讀。

丘浚是仁宗在位時的進士，據說術數功力頗高，能知未來興廢，他當官最高至殿中丞，寫過《天乙遁甲賦》、《觀時感事詩》等詩，孫傅崇敬此人，冥冥中覺得他說不定為未來留下了什麼提示。

果然，當他讀到其中一句「郭京楊適劉無忌，皆在東南臥白雲。」，心中忽然有感：「這豈不是三個人名嗎？」孫傅滿心期望有奇蹟出現，這一句詩就被他當成了讖語，深信詩中必然另有旨意……

「每到亂世，必定奇人屢出，這必然是上天的徵應！大宋還有救啊！」兵部尚書孫傅命令一下，尋訪這些人名的行動立刻展開，比準備對付金人的行動更來得積極。

果然不負苦心人，一名叫劉無忌的人在市民中被訪著了，但他長相平庸無奇，只是個普通腳夫。

而郭京並不在平民百姓中，他是宮中的禁軍「龍衛」，也就是屬於侍衛中的馬軍。

孫傅很是興奮，不斷向人說：「事有轉機了，事有轉機了。」

待他傳喚這兩人來到跟前，郭京的長相立刻便引起了他的注意。

郭京一個魁梧漢子，渾身上下是豪氣，人長得很是威武，到底是個當龍衛的，聲音也頗洪亮：「參見孫大人！」這一句，已讓孫傅對大宋的前途先放下了六十個心。

孫傅的滿意是寫在臉上的，身邊早有懂得察言觀色的急著說話了：「恭喜大人！得到良將啊！大宋有救了。」

孫傅盡量維持莊嚴的表情，假惺惺的淡然問道：「哦，如此說來，此人可有軍功？」

這句話不能沒了下文，說話的人馬上說：「這郭京曾經活捉金兵兩位元帥，立過大大的功啊！」

「哦？」

「他把金兵殺得一個不剩，保過一城人的性命。」

「此人真有恁般能耐？」

這些事均有記錄於軍功冊中，不過孫傅也知道冒功的多，真有功勞的未必會記入，花時間去翻查僅供參考的軍功冊，實在沒有必要。

郭京聽見孫傅語氣中有了懷疑，急得直想自己跳出來說話，他知道這是千載難逢的好機會，說不定一句話馬上就能夠讓他擺脫小卒生活，昇官發財，即刻貴不可言。

他深諳在官場中生存的法則，一要臉皮厚，二要懂吹牛，三要心腸狠。當他聽聞兵部尚書要找的人名跟他一樣時，昨天就把大部分的儲蓄給了這個孫尚書身邊的紅人，要那人「發現」他，並且儘管吹牛，如今孫傅有疑心，這人該再說說好話才是啊。

那人不負所望，果然開口了：「郭京不僅只是彪勇有力、神勇非凡，他還能使六甲法，手一指對方，對方立刻落馬受擒，那金兵元師便是如此乖乖被擒的。」

「六甲法？」

「是的，他曾得異人傳授，是個難得的佐國良材，可比張良、樂毅！」

孫傅瞄了眼郭京。

郭京在底下站得直挺挺的，濃眉下的雙眼炯炯有神，孫傅很快就相信他了。

「郭京，你且告訴我，六甲法是怎麼使的。」

郭京的腳底早涼透了。

他不知那人怎麼扯出六甲法的，那不是軍中閒談時的說話嗎？他平日聽說書的說的，回到軍中去轉述給同伴們聽，說得活靈活現的。

「郭京，說得好像你真懂得六甲法似的。」一名同伴曾這麼揶揄他。

他抬眼正視孫傅，這位根本不懂軍事的兵部尚書，心裡告訴自己：「絕不能放過機會！」

他上前揖手道：「大人，使六甲法要用七千七百七十七人，必須生辰符合六甲方可，師父叮嚀不可洩露此法奧秘，恕小的無法多言。」

孫傅想想也是，不能強人所難的。

郭京又說了：「若是大人信賴小的，讓小的招納可使六甲法的神兵，小的可一舉殲滅金人，讓他們永不犯中土！」

孫傅興奮得臉也漲紅了，右手一拍椅子把手，說：「好！郭京！我於明日參見皇上，奏明此事！你準備好你的六甲法吧！一切調度，隨你方便行事！」

※※※

中秋已過，入夜之後就會氣溫驟降，若是北面緊貼的黃河面上起陣風，濕氣襲人，更是涼透入心。

好一個淒涼的中秋，竹舟好久沒獨自過中秋了。

杭州有人捎來消息，他的家人已經安頓好了，雖然心中感到踏實了些，卻也倍感孤單。

琴兒從夜市買來晚餐，張羅給竹舟、雲空、棋兒和他四人用晚膳時，有些興致勃勃的要跟雲空說話。

竹舟也瞧出他有話要說，便問：「你打聽到什麼消息了嗎？」

「真的有這個人，道長先前問過我的。」

「誰呀？」

雲空心中一揪：「莫非是……」

「郭京，道長問過我的。」

「你從哪兒打聽到？」

「目下開封府內無人不曉得郭京這個名字呀，」琴兒興奮的說，「他是朝廷找來的神兵元帥，據說會刀槍不入的六甲法，公告要召收六甲神兵抵抗金虜！只要八字符合的，就能得他傳功，外頭正為這檔事鬧得熱烘烘呢，道是大宋有救了！」竹舟聽得半信半疑。

雲空感到寒意流遍全身。

這個名字真的出現了。

「竹舟先生，是時候該去杭州了。」雲空屏息說。

「朝廷說是神兵呢。」

雲空深吸一口氣，端正了坐姿：「貧道告訴你們，我在太原府得到的關聖帝君鸞文吧。」

竹舟主僕三人等他說。

「郭京大開東京門，金風閏月逐二帝。」雲空慢慢一個個字說了，待他們逐字消化了，才繼續說：「頭一句不消說了，第二句的金風或指金人，或指秋季，如今秋已過半，而太原果然再度被圍，然後是閏月，今年有一個閏月，是閏十一月。」雲空還沒說完，但他稍停一下，等候他們的反應。

「二帝，」竹舟接口說，「咱們如今的確有兩個皇帝。」

趙佶把帝位傳給兒子趙桓，年號從宣和改成靖康，自己當個太上皇，方便隨時遁逃。

「沒錯，字字相應。」

琴兒依然興奮，似是對鸞文的內容全然不在意：「道長聽說過六甲法嗎？」

雲空搖搖頭：「郭京在何處召兵？」

「道長要去瞧看嗎？很熱鬧呢，大夥都報上八字，郭大元帥掐指一算，便知道能不能當神兵了。」

竹舟擔心的望著琴兒，他看琴兒似乎很崇拜郭京，很想問他是不是也想當神兵，又怕一旦問了會弄假成真，只好迂迴的問：「你也有交上八字嗎？」

琴兒紅了臉：「那些人都是身強體壯的，棋兒的話比較適合。」

棋兒當場叱道：「我最討厭打仗了！」

雲空望著琴兒通紅的面孔，心中了然：「明天帶我去看吧。」

琴兒亢奮得整晚睡不好，一大清晨就喚醒雲空，早早用完早餐，便要出門。

竹舟也想去看看：「替我僱兩頭驢子。」棋兒趕忙去出租驢子的店舖，付了押金，便牽了一頭叫驢和一頭騾回來。

竹舟騎驢，雲空騎騾，兩僕各牽著一頭畜牲，朝主管禁軍的殿前司走去。

到了該處，只見人聲鼎沸，各種各樣的漢子全圍在一座高台前方，有閒漢、有苦力，甚至也有老者，人山人海的很難擠上前去。

遠遠只見兩名壯大漢子登上高台，所有人立時噤聲，等他說話。

那兩位漢子穿著紙甲，用錦布打扮得十分華麗，手執五彩令旗，自信的俯視眾人。

「哪一位是郭京？」雲空問琴兒。

「都不是，是昨天剛當上神兵的。」琴兒一臉羨慕的望著高台上的人。

一位神兵神氣的握起拳頭，用高亢的聲音嚷道：「金人已經快攻打來了！咱們無法坐視不顧！」他情緒激動，口中不住呼出白氣，「而今蒼天有眼！有郭大元帥精曉六甲法，只要八字相符，便可成為六甲神兵，刀槍不入，神功護體，可以把金人打退！」

另一位也接口嚷道：「郭大人乃朝廷御封大元帥！只要經他傳功，便可成為神兵！」兩人一唱一和，惹得下方群眾激動起來。

「我們要見郭元帥！」有人作聲向台上喊道。

在眾人高聲要求下，郭京終於上台了。

雲空見了，心下大驚，那張臉，就是在他跟余府庭院的大樹溝通時，呈現在他腦中的那個人。那雙賊溜溜的眼睛，察言觀色的表情，絕對是同一人。

郭京畢竟是禁軍馬卒龍衛出身的，外表英挺，體格雄健，面貌堂堂，一表人才，輕易得到他人的信任。

但人看人往往關乎觀看者的內心，邪人看邪人覺得親切，正人看邪人就一眼看出問題。孟子建議觀人眸子，雲空永遠謹記在心，因為這招百試百驗。

「竹舟先生，」雲空問身邊的余老爺，「你在商場打滾多年，若是觀人面貌，覺得郭京此人如何？」

竹舟何曾見過這種場面？目瞪口呆的望著郭京，口中喃喃道：「說不定，大宋真的有救了。」

郭京的感染力強，容易召集群眾，短時間內不易被識破，搞不好有些人永遠也不能識破他。

雲空深深的嘆了口氣。

《左傳》有云：「天反時為災，地反物為妖，人反德為亂，亂則妖災生。」

看官請留意，雖說天反為災、地反為妖，但妖、災皆始自於人反，人反生亂，才造成天地反常，遂生妖、災。

大宋之亡，亡於人也。

皇帝親自允許郭京召募兵丁，賜給他金銀玉帛，不但大大加官，還違反祖制任由他召兵。

召兵不問技藝、不問體能，只有一個條件，則要八字符合六甲。

問題是，郭京大字不識一個，平日只聽過說書的說啥「六甲」、「遁甲」、「子午」等名詞，便記了下來，什麼才叫六甲，他壓根兒說不上來。

所以實際上的募兵標準只有一個：他喜歡就行了。

市井之徒見有人募兵，又不問條件的，只需交出生辰八字，便紛紛湧來了。誰不知當兵好賺錢？平日可以欺壓百姓、榨取油水，臨陣遇敵時只要跑得快就送不了命。

於是，十天之內，七千七百七十七名六甲神兵，全數召足。

六甲神兵俱足，只欠金兵試刀。

※※※

雲空去意已決。

他收拾好行裝，一如往日，草帽、黃布袋、竹竿招子，僅此而已，不增不減。

竹舟先生贈送他半貫錢（五百文銅錢），方便隨身之用，還給他十張一貫錢的交子：「道長到了杭州，只要在余家的交子舖就能換到銅錢。」

雲空感慨的說：「謝竹舟先生，貧道不勝感激。」

棋兒僱了頭驢子，護送雲空到渡口，坐上相熟的漕船，給了船家銀兩，請求他們送雲空到杭州去。

臨行前，雲空跟棋兒說：「如今恐怕只有你可以託付了。」

「道長何出此言？」

「老爺和琴兒都惑於郭京，惟有你清醒。」雲空正色道：「因此，請聽我一言，或許可保住你們三人性命。」

棋兒憂心道：「開府真的會被攻打嗎？」

「萬一會的話，你雖有武功，也千萬不要魯莽反抗送命，而是馬上緊鎖大門，爭取時間跑到後院的大樹下，你老爺說會流血的那棵。」

「我知道是哪棵，但為什麼？」

「不特此也，我每日有供食給那棵樹，也請你每日用飯後，留一些飯菜倒在樹下，添些茶或酒更好。」

「道長，」棋兒聽得有些頭暈了，「我不明白。」

「那棵樹是高祿。」

「高祿？」棋兒怔了一下。他打從平安樓一事親見赤成子制服高祿，也是他依余老爺吩咐把高祿帶回家的，高祿在余府工作十七年，他十分熟悉此人。

但是，前年後院忽然半夜長出森林般的大樹後，高祿就下落不明了。

「我沒告訴你們，那晚發生了什麼事，不過千真萬確的是：那些樹全是高祿生出來的，而那棵大樹就是高祿本人。」

「太匪夷所思了！」棋兒無法馬上接受。

「高祿是知恩報恩之人，過去種種惡行，皆是受盡委屈所致。」雲空握著棋兒的手，「你對他好，他就會對你好的。」

棋兒花了點時間思索雲空所說的話：「樹下供食也不難，只是危急時跑到樹下，何用之有？」

「我拜託過了，他會保護你們。」

※※※

開封府越來越冷了，有如風燭殘年的老人，正一點一滴地耗去生命的活力。

十一月二十五日，傳說中的金兵終於來了，開封城內立刻鼎沸起來，城民們互相奔走告知噩耗，恐怖的氣息立時瀰漫全城，連街上的野狗見了人都不敢亂吠。

金人包圍了開封，遲遲不見動靜，更加叫人感到恐懼，心裡有如吊桶七上八下的，好像是隨時等候被宰的畜牲。

閏十一月，又一路金兵來了，這才令人省悟：原來當初來的只是東路軍，只等西路軍也來了，才一起攻城的。

東西兩路軍兵集合，金人馬上發動猛烈攻擊。

大宋的首都開封府，在大雪紛飛中無助的哮喘。

七千七百七十七名六甲神兵，卻在歡樂的氣氛下盡情享用酒肉，兩隻眼睛還不忘在歌伎和舞伎身上游走。

有的忍不住的，便把舞伎拖到旁邊去恣意淫樂一番，再回到場中飲酒。

外頭的大雪越下越大，把開封一城人凍得直抖，城中糧食正以難以置信的速度減少，街頭也開始出現一具又一具的死屍。

城外的金營冒出白煙樣的熱氣，以逸待勞，靜靜的等待這座城池枯萎。

兵部尚書孫傅每日都在催促郭京，要他快快用神兵趕跑金人。

郭京那裡肯放過好不容易得來的富貴，不去享受？

他在幾天之內從小卒變成元帥，擁有華宅、奴婢數十人，每日任他淫樂。

經過三個月的自我麻醉後，他漸漸差點兒也開始相信起來：「六甲法無堅不摧……」可是他仍帶有幾些清醒：「也不用急著出兵，大宋禁軍不是我六甲神兵的數十倍嗎？犯不著急著去送死……」

他也上過戰場，深知金人的可怕，不如等其他軍兵先出征，待他們贏了，自己再去撿幾把便宜，保住了神兵又保住了地位，何樂不為？也不必擔心「六甲法」奏不奏效了……

郭京這麼一想，每日天孫傅催他出兵，他便笑說：「我只要擇個良辰吉日，神兵只需用三百，便可天下太平，將金人趕回老巢，直搗陰山！」

孫傅再來催促時，他說：「我這是以逸待勞，待金人的氣焰弱了，不怕他不連滾帶爬的跑！」

這年的大宋一如掙扎的油燈，盡力的燃燒著最後一點燈油，卻又無計可施，偏偏這年的氣溫又特別的寒冷，於是日者（方士）便將兩件事聯想在一起，分析道：「大宋國運與天地是緊緊相繫的，如今大地酷寒，草木不生，國運自然難以振興了。」

結論是，一年一度的迎春大會應該提早舉行。

往日迎春都在立春前一天舉行，儀式是把一隻泥土做成的春牛用輪子拖入宮中，皇帝再拿鞭子象徵式的鞭打，表示要催促牛去耕田了。

這儀式叫「鞭春」，由於第二天正是二十四節氣中的「立春」，意思是說鞭春之後，春天果然就來了！

靖康元年閏十一月初二，朝廷提早鞭春，期待春天早些光臨，天氣別再這麼冷了。

如果天那麼聽話自然最好。

諷刺的是，到了二十四日，陰雲竟佈滿了整片天空，晦暗得像要崩塌下來。

陰雲罕見的落下了雪絲，每一條雪絲都有好幾寸長，在空中打著轉、滾著落地。

緊接著，漫天飛雪猛落，比金兵更是來勢洶洶。

大雪連日不止，積雪把好些人家的屋頂都壓垮了，有的人家大門更被高高的雪堆封住了，被困在家中愁著臉。

那雪也稀罕，說來就來，說停就停。

雪忽然停了，露出冬夜的天空。

冬夜的天空，不祥的出現了一顆彗星。

彗星帶著邪惡的髮尾，在夜空中靜靜地移動，似乎是對這座城做最後的一次巡視，想要在它落陷之前好好看她臨終的模樣。

彗星在猥笑。

它幽幽地經過夜空，挑起滿城百姓沉默的顫抖。

彗星出現，皇帝嚇得立刻下詔了：「郭京即能一出陣就打退金人，為何不速速出兵？」

這一責問下來，孫傅的脖子頓時冷了一道，他馬上拖著浸了冷汗的足靴，趕來見郭京。

「郭京，事已危急。」孫傅拉下一貫以來妥協的臉色，鐵著臉說，「你曾說非到危急不可出兵，如今正是大大的危急呀！」

郭京坐在極為舒服的大椅上，整個身子沉入了棉毯中，他懊惱著這兵部尚書的出現，破壞了他正想好好休息一番的念頭。

不過他同時也在擔心著。

他知道如此一拖再拖，搞不好會送了項上人頭。

他反覆的思考，再三思考，一次復一次的思考。

今夜彗星的出現，加上象徵帝王寶座的「太微垣」（星座名）有白色的氣出現，連皇帝也開始害怕得下詔了。

歷代都有彗星主兵燹的說法，如果是真，自己出兵是否也凶多吉少呢？

他嘴角微微的翹起。

這一丁點變化，孫傅並沒注意到，因為他正焦慮得要命。

「孫尚書，別急別急，」郭京很自在的說，「我早已知天意，今日的彗星，不應在大宋，反而是表示金人將亡呀。」

孫傅一聽，還著實欣喜了一下，可是郭京多日來的拖延，又令他不得不小心起來：「此話當真？」

「要知確否，明日便知。」郭京胸有成竹的微笑。

「明日出兵？」

「明日出兵！」

孫傅這回才真正的高興了：「萬事都在您身上了！大宋興衰全在您手上了！」他緊握郭京的手，真個連心都欣喜得熱起來了。

郭京把握十足的笑容，更是讓他覺得：明天一到，城外的金人便會消失得一乾二淨了。

※※※

郭京明日要出征，禁軍立即命令居民們連夜鏟雪，為神兵開路。

白茫茫的大雪仍在下著，眼看新一波的大雪又將來到，居民們疲於奔命，加快鏟雪的速度。

他們一面鏟除積雪時，往往會挖出在路旁餓死或凍死的人，心裡不禁陣陣酸楚。

路邊的死屍已經發黑，在大寒天下也沒發出異味。

天才微亮，郭京便到城門之上，居高臨下的觀看六甲神兵列陣。

郭京穿著燦目的銀澤道袍，在白雪的反光照耀下發出片片霞光。

他旁邊有個人，穿了一身厚重軍甲，很穩重的坐著。

那人是開封府的大將軍張叔夜，是名立下不少軍功的勇將，此刻也只能站在旁邊，聽從郭京吩咐。

大風雪狂飈著軍旗，吹得軍旗也沒命似地哆嗦。

滿天雪粉在郭京眼前盤旋、飛滾，彷如在清掃開封府的悶氣，更確實的說，是在清掃郭京的悶氣。

多日來他擔心的、遲疑的、思慮的，今日將一舉解決了。

他手下七千七百七十七名六甲神兵，各有小將領著，他看了一會金人在城外的陣容，認清他們所在的方位，便回頭喊他們的名目：「天關大將！」

「在！」

「六丁力士！」

「在！」

「北斗元帥！」

「在！」

「南天神將！」

「在！」

他花了很多時間一一唱名，聽著他們一一回應了，便道：「今日隨我殲滅金人！以顯天威！」

「謹聽六甲鎮天大元帥吩咐！」這把聲音，在風雪封天中還挺帶勁的。

「張將軍，」郭京威風的轉頭對張叔夜說，「你隨我在此，在城樓上觀戰，瞧我如何退敵吧。」

「聽您吩咐了。」張叔夜不得不抱拳拱手道。

想起這傢伙不久以前只不過是個龍衛，張叔夜心裡便有些牙癢癢的。

「大家聽著了！」郭京喊道，「所有人下城去，不得窺探神兵作戰，以免犯了天條！僅我與張將軍留在此處！」

此地是郭京官階最高，誰敢不聽？便紛紛聽話下城去了。

同一時刻，兵部尚書孫傅趕到皇宮報喜：「郭京出兵了，社稷有救了！」

皇帝聽了，高興得無以復加，他爹太上皇崇信道教，總算道祖有眼，派郭京來幫助大宋退敵了！皇帝馬上吩咐：「準備酒宴，待金人敗走，朕要好好賞賜！」

宮廷內一片歡樂氣氛，因為天降活神仙郭京終於行動了。

開封府南面的東門，稱做宣化門。

宣化門慢慢的打開。

郭京派了部分神兵聚在門後，準備迎敵。

門在打開時，金人黑壓壓密麻麻的兵容漸漸拉開了。

神兵們終於真正看見敵人了。

金人。

這群傳說中茹毛飲血、專吃小孩的野蠻人種。

他們鬥得了老天派來神助大宋的神兵嗎？

神兵們撫了撫甲衣，甲衣下藏了郭京的神符。

郭京把符交給他們時，是這麼說的：「有了六甲神符，便是天兵天將，既然是天，必可以一當百，不怕刀兵水火。」

金人。

金人在不遠處，望不見臉，不知長得什麼模樣。

一定不像人，一副畜牲樣吧？

這些數十天前還只是開封府的混混，今日卻是對付金人的神兵們，心中都不禁輕視地想像敵人的模樣，可也緊張得在顫抖。

城門上的郭京高舉御賜寶劍，發下號令，敲起進擊的戰鼓了。

「殺呀！」

幾千人一聲喊起，周圍飛撲而來的雪花立時被震成水花，濺落在兵甲上。

他們衝出宣化門，直撲金人。

金人早在等這一刻，等了好多天，都快要不耐煩了，於是精心佈置的四翼軍兵立刻分散出擊，像兩隻手臂般把神兵包圍。

神兵們一古腦的喊殺，腳下沒命的猛衝，腦子裡亢奮得不得了，他們滿心以為金人只像豆腐一般是任他們宰割的，壓根兒沒發覺已經陷入金人的包圍。

神兵攫向金人，揮舞手中的大刀。

金人很快便向他們証明了一件事。

神兵的血從脖子斷口噴射出來，在他倒下時，滾熱的血把一排白雪溶得見了底，他的脖子埋入雪中，血如泉水般瘋狂的噴出，還可以看見自己的肩膀在亂抖。

他看見郭京在城樓上發號施令，不知在喊些什麼，飛雪把他的聲音吸去了大部分。

他的頭滾到一側，在失去意識之前，突然明白了一件金人剛剛向他証明的事。

因為他看到他倒地的屍身下，壓了六甲神符。
城下的神兵們被金人屠殺，完全沒有反抗的能力，神符壓根兒沒有郭京所保證的效果，當神兵們終於認清謊言時，他們也沒有機會向他人述說了。
神兵們亂成一堆，一個個不知是冷得發抖還是怕得發抖，慌張的環顧四方，想尋找可以逃脫的方向。
威風凜凜的郭京，兩眼盯著城樓下御賜的駿馬。
「真是皇恩浩蕩啊。」他諷刺的小聲說道。
張叔夜將軍看見苗頭不對，忙問郭京：「你的神兵被殺了，怎麼會這樣？」
「別擔心，他們不過是尸解成仙，且看我親自出陣！待會這些金人就會後悔當初鑽出娘胎！」
他緩緩步下城樓，心裡不太想去看他召募來的神兵們。
神兵們剩下大約幾百人，他們後方排列了大宋的正規軍隊。
郭京心裡很清楚，因為他也曾是一名正規軍，正規軍也不過是一堆貪生怕死的傢伙。
他心裡回想方才的那一幕……
他眼睜睜地看著放出去應戰的神兵們任金人宰殺，即使這麼遠也可以看見雪地上染得大片血紅。
神兵們想退回宣化門，卻一個也進不了門，因為門早已鎖了。
郭京告別張叔夜，騎上御馬，命令再度開啟宣化門。
門外的雪撲上他的臉，打得他皺緊了臉面。
他徐徐騎出宣化門，身後尾隨著神兵們。
兩側的護城河擠滿死屍，堆得河水阻塞不通，死屍們都是被迫退到城邊的神兵，無路可退了，只好當個水鬼。
郭京不想看護城河。

他舉起寶劍高呼：「大夥隨我衝啊！」他一腳踢馬，一手抽動韁繩，馬兒箭矢般的飛跑出去。

看官別忘了，他本來就是馬兵。

神兵們發聲喊，跟著郭京衝。

郭京一個轉彎，往南急奔。

神兵們跟著他跑，沒命的跑，避開金人，遠遠的跑了個無影無蹤。

金人們錯愕的看著大開的城門。

他們的確吃了一驚，他們從未想過敵人是如此打仗的。

但他們也是從不放過任何機會的。

宣化門來不及關上，根本來不及。

金人們如蝗蟲般湧入，他們早對這個金銀打造的府城垂涎已久了。

開封府陷入了空前的恐怖。

史書上留下了一些紀錄，這些紀錄只是冷冷的一段文字：開封府圍城七十日落陷。那天乃閏十一月丙辰日（二十五日）。

張叔夜與兒子率軍死戰，父子二人同日戰死。

大宋兩個皇帝——趙佶和趙桓，被金人軟禁，第二年才被俘回北方。

這件事，史稱「靖康之難」。

※※※

金兵進入開封府時，是異常興奮的。

宋朝在歷史上獨一無二，它城市化的程度比前後的其他朝代都來得高，亦即全國住在城市的人口比例較高，而開封府更是當時世界上唯一的超級城市，是世界文明的中心，對金兵而言，就像叢林人進入繁華先進的異世界，什麼都好奇，什麼都想要。

但金人並沒想盡情摧毀這個古都。

他們包圍外城，不令居民進出，然後開始一步步要求。他們不會入城搶劫，但要皇帝配合，交出一千萬錠金、兩千萬錠銀、一千萬匹帛等等，朝廷只好搜括民間，包括全城七千多匹騾馬，又要一千五百名少女供他們淫樂，皇帝來不及找到足夠的少女，只好把自己的妃嬪也加入抵數。

金人自己不動手，教你大宋皇帝搶劫自己的臣民。

當外頭傳來驚恐的吶喊聲時，棋兒依雲空所言，把余府前後門加鎖緊閉，然後強拉了主人和琴兒一塊兒去後院。

他們穿過迴廊，直奔後院時，竹舟覺得很奇怪：「怎麼走過頭了？我們應該躲去地窖才是呀！」余府建有地下室，一個是儲存冬天從河面取來的冰塊，一個是儲藏金銀之用的。

「雲空道長臨行前，叮嚀我一定要這麼做的！」棋兒急道，「如果來搶劫，地窖必定也是他們的目標！」

原本對雲空半信半疑的竹舟和琴兒，由於預言一一實現，此刻已經別無懷疑。

大門外有人用力敲門，叱喝著要府內的人合作。

主僕三人躲到樹蔭下，奇特的是，在嚴寒的冬日，他們卻感到樹下一股暖意。或許是如大傘蓋般的樹葉包裹著空氣，反而比較溫暖吧。

敲門的人說的是開封府的腔調，表示來搜括的不是金人，而是更恐怖的同胞。

就像「虎倀」一樣，被老虎吃了的人成為被老虎控制的亡魂，成為專門幫老虎找人給牠吃的妖物。因此為虎作倀者，比老虎本身更可怕。

「怎麼辦？」大樹毫無動靜，竹舟很是惶恐，一旦大門破開，他們躲在樹下的主僕三人，馬上會被瞧見的，「躲來這裡，會有什麼幫助嗎？」

棋兒也十分苦惱，心想雲空還告訴過他什麼。
他想起來了：「高祿！」他朝大樹高呼，「救我們，救我們好嗎？」
「你在瞎說什麼？」琴兒皺眉道。
「老爺，道長告訴我，這棵樹就是高祿本人，不管你信不信，求他救我們吧！」
竹舟遲疑了片刻，才抖著手撫摸樹身：「高祿，我十餘年來待你不薄，如今只求你一事，你可以救救我們嗎？」無計可施的竹舟不停重複著這些話，棋兒也一起極力懇求。
忽然，泥土有了動靜。
他們腳前長出了兩株樹苗。
樹苗快速的生葉、拉長、茁壯，長得比三人來得高，然後像兩隻手臂一般包圍了他們，像兩隻手掌一般包住他們身後的大樹，把他們圍在裡頭。
主僕三人驚訝的站在三棵樹圍成的空間中，抬頭仍可望見被樹葉覆蓋的天空，外頭的吆喝聲仍清楚可聞，但變得像空谷迴音般模糊了。
「這家人是巨商，城裡城外都很多店鋪的！」門外熟悉開封府的嚮導向敲門的禁軍保證，「他們賣藥、賣布、賣南貨，又賣洗臉藥和婦女妝粉，一定可以貢獻很多錢！」
門外禁軍受到鼓勵，終於撞開了門。
他們直接走進屋宅，帶路的嚮導也跟著禁軍走，好奇的想一窺有錢商賈家裡的豪華擺設。
搜刮了一陣之後，他們找不到主人，更加肆無忌憚的搶劫，乘機把搶到的東西佔為己有。
那帶路的嚮導心有靈犀，闖到後院，看見那棵巨大的樹，有兩株較小的樹跟它糾成一團。
他心裡一陣悸動，覺得有異，下意識走到樹的前方，端詳了一會。
「哦，是夫妻樹。」他嗤鼻說著，回頭跟上禁軍，加入搶劫的行列。

※※※

看官！故事說到此處，諸位必然想知道，郭京逃走後，去了哪兒呢？

《大宋宣和遺事》中，只有區區數行陳述此事，說到「郭京脫身逃遁，眾皆披靡，城遂陷」，就完了。如此不免敷衍。

原來，要在後來的《續資治通鑑》才有下文。

首先，郭京出城後一路南逃，路上宣稱自己可以撒豆成兵，逃到襄陽時竟然憑著伶嘴俐舌，又聚了一千多名神兵，大夥屯駐在襄陽的洞山寺。襄陽四面河水圍城，是座易守難攻的名城。

靖康元年閏十一月二十五日，金人入宮後，在宮中待了一些日子，到次年二月才廢太上皇趙佶（徽宗）和皇帝趙桓（欽宗）為平民，帶回北方去當奴隸，他們便是日後岳飛口中的「二聖」。

兩位皇帝後來都死得很慘，怎麼死的，由於消息不通，版本多種。

「二聖」被俘後，遺臣們紛紛擁立宋室血脈，郭京也不落人後，找了個趙家的宗室，也想當個扶立天子的重臣，這一舉動遭到襄陽官員們的勸止，郭京不聽。他當然不聽，因為他手中握有神兵，又有一堆相信他有法術的信徒，他沒有聽話的理由。

一直到四月，有人從開封府逃到襄陽，才決定了郭京的命運。他使開封府淪陷的醜事馬上被襄陽官員得知，於是立刻把他囚禁起來，再偷偷的派人去暗殺了他。

郭京的屍身，從此下落不明。

五月，原本在北宋最後防衛戰中很吃重的「康王」趙構，終於在南京應天府稱帝，史上稱為「南宋」，該年便立年號「建炎」，所以建炎元年和靖康二年乃同一年。

康王即位後，還是被金兵追得一直往南逃，最後才在杭州真正落腳，並建都杭州，改名為臨安府。

【典錄】交子和金錢

「交子」是交換銅錢用的信用紙券，北宋初年由四川商人發明，後來成為全國商人和朝廷都有發行的信用紙券。由於朝廷管制人民不馴服的川民，故意讓四川使用鐵錢而非銅錢，重量過重而不方便交易，才有交子的發明，也成為世界紙幣的起源。

若說四大發明是羅盤、火藥、造紙術和印刷術，其中三件都是宋朝的發明，北宋盛行的海外貿易改進了羅盤主導的航海術，火藥和大炮也成為戰爭的重要兵器，造紙術在宋朝又進一步改良後，紙才得以大量生產，普及民間使用，才有印刷術的突飛猛進。以上種種，也促成了印刷交子的誕生。

交子不是實際意義上有價值的東西，而是錢的交換券，印刷交子的單位（店家）必須有足夠的儲備金，才能建立交換的信用。

然而，真正有價的是金屬，北宋之前是銅，而北宋另一項創舉是宋太祖時代開始以白銀取代銅成為貨幣本位，也就是一切各種錢幣（銅、鐵、金）皆以白銀的換算率為準。由於宋建國之初，五代十國留下的幣值混亂，金銀成為商人交易更可靠的標準，但是銅錢的廣泛使用隨著宋朝海外貿易而成為國際貨幣，日本、東南亞、阿拉伯、非洲皆喜愛宋朝銅錢，也被時人認為是宋代「錢荒」的原因。

直到明清，白銀才落實成為國家標準，但當時「銀本位」也同時在歐洲通行，中國大量使用白銀，有一陣子全球白銀有三分之一在中國流通，以致歐洲也出現缺銀的「錢荒」。當時英國的造幣大臣牛頓（是的，就是那位令蘋果聞名的科學家）發現英國本土的金賤銀貴，國庫白銀不足，為了扭轉劣勢，他在一七一七年（清朝）制定黃金取代白銀成為貨幣，百年後的一八一六年，英國議會才通過《金本位》法案，隨著英國在全球殖民令英鎊成為強勢的國際貨幣後，歐洲各國也漸漸跟進金本位。

直到二次大戰後，數次美元危機令尼克森總統於一九七一年宣布中止美元與黃金兌換，金本位制度於是崩潰，紙幣才成為真正的「錢」。但世界各地依然視黃金為一種「準貨幣」，世界各國的黃金儲備依然重要，全球各種貨幣依然以黃金為兌換比率。

之廿七

建炎元年（一一二七年）

宣和三年辛丑科的狀元是何溴。

那時候，金人還沒打過來，只是宋朝的內憂外患已經把她的氣數愈磨愈衰了。

那一年，停廢多年的科舉又再度舉行，一群群趕著爭取功名的讀書人，又再擠去京師開封府，意圖掙個功名，光宗耀祖不說，還想有官做做。

當然，不是每個讀書人都有資格到京師去赴考的。

他們要到京師，必須先經過四個步驟。

第一步，在宣和二年，亦即「京試」的前一年秋季，各縣照例先考個「秋試」。

秋試考中的士子，由各縣保送到「州」。

由州再保送到「道」，亦即今日省級的單位。

各道在秋季便把士子們解送往京師，冬季向朝廷「禮部」報到，次年春天才舉行考試。

這是宋代一般沿用的「貢舉」流程。

那些能經過重重考試上貢到朝廷禮部的士子們，可以稱為「貢士」，或叫「舉人」。

春試及格之後，才叫「進士」。

這場辛丑科的考試十分特別，因為朝廷已有二十二年沒舉辦科考了，這些年都在採用學校教育取士的「三舍法」，所以一旦恢復了貢舉，養精蓄銳已久的士子們，立刻又成群的出現在官道上，浩浩蕩蕩湧向京師。

但駱文魁生不逢時。

駱文魁的父親務農，每日早起耕田，辛勞養家。

在駱文魁的記憶中，他有一個叔叔，常會來向父親拿錢。

父親是這麼抱怨的：「爹看錯人了，當初要是給我去唸書，我早就當官了，偏生爹要讓弟弟進學，看他，書唸不好、農事又做不成，只苦了我要養他！」

宋朝是很看重讀書人的，為了鼓勵讀書，宋真宗還特地寫了首詩，叫〈勵學篇〉：

富家不用買良田，書中自有千鍾粟；
安居不用架高樓，書中自有黃金屋；
娶妻莫恨無良媒，書中自有顏如玉；
出門莫恨無人隨，書中車馬多如簇；
男兒欲遂平生志，五經勤向窗前讀。

意思是說，只要勤讀書，未來便要什麼有什麼，人生要富貴要得意，盡在讀書。士子們耗廢多少光陰編織夢想，十年寒窗，惹得滿頭花白，一事無成。駱文魁的叔叔便是榜樣。

一年春天，大家正忙著農事，村子外傳來了一片鼓樂吹打，把這個寧謐的村子弄得很是熱鬧！在一群瘋狂吹打的樂手中，有一位全身穿紅，騎著駿馬的人，滿面春風的被擁護在中間。這一隊奇異的隊伍穿過田地邊緣，惹得農人們都放下鋤頭，引頸瞧瞧是怎麼回事。

「李大頭高中了啦！」有人嚷道。

那人邊嚷邊跑，跑到李家去討喜錢。

在一旁幫忙農事的駱文魁，耐不住好奇，撇下了工作便溜到那支隊伍去。他跟著隊伍走，抬頭仰望高騎馬上的傢伙，看著他臉上忍不住一直掛著笑，好像遇上了什麼天大好事的笑容，即使笑得麻痺了，用手揉一揉臉，還是繼續再笑。

不知這廝逢了啥好事，駱文魁便拉著人問。

「小哥，這人上京考試，榜上有名。」

駱文魁不懂。

「李大頭……呃不，該叫李進士，現在是進士了，他到京師去大考，考上進士了。」進士就是及格了。

雖然還是不懂，不過一定是風光得不得了的事了。

待跟隨到李家去了，見那昔時的李大頭下了馬，拜見了父母，村人們一個個向他哈腰勤笑，霎時間好像當了大王一般。

李大頭才下馬不久，便有人抬來一大面匾額，有人驚呼道：「是縣大老爺送的！」連知縣都來賀喜了，村裡頭從沒人有這麼大面子的！

駱文魁小小年紀，張大了嘴，羨慕得要死。

「我要當讀書人。」

他父親考慮了很久。

家裡有三四個兒子，一個去求取功名，其他留下來務農，是一項上好的投資。

於是駱文魁加入鄉中的小塾，開始學經書，還改了「文魁」這個本故事中使用的名字。

村塾是一名流落到此處來的老舉人開的，李大頭就出自他門下。李大頭考中進士後，這老舉人出了名，又多了幾個學生，別人瞧李大頭是他教出來的，有出息，也巴著他把兒子教成進士呢。

我曾經說過，駱文魁生不逢時。

他才剛開始學經書沒幾年，朝廷便停止「貢舉」，改興「三舍」。

「貢舉法」是讀書人自己讀書，再用參加考試來求取功名的。

「三舍法」不同，讀書人必須先考進公家學校「太學」，當上「太學生」，太學生在太學中逐級上升，才有當官的機會。

這下可好了，駱文魁只好改變讀書方向，好不容易累積了多年考試經驗，終於合格成為太學生。

當上太學生後，就要不停的埋頭苦讀了，因為「進士」還在遙遠的那頭呢。

所謂三舍，指的是外舍、內舍、上舍。

駱文魁在「外舍」每月參加「私試」，每年再參加「公試」，不斷累積成績，多年才終於名列第二等，這才可以升入「內舍」，這時他已經年近四十了。

目標是「上舍」。

要在上舍才可以參加禮部的考試，才有機會考進士。

他於是專心攻讀，力求由內舍升入上舍。

他的兄弟們全成家了，有了一群兒女，大家一起辛勞工作來養活他，讓他能安心唸書。

已經投下了這許多青春，不考上進士不但對不起自己，也對不起家人。

他瘋狂的唸書，因為已經沒有回頭的可能，他只有走下去。

但時間像猙獰的怪物，一點又一點靜靜的流失，當駱文魁發現白髮已經爬在頭上時，他慌了。

他忽然覺得茫然，因為人生好像已迫近盡頭了，而他無論對自己、對家人、對人世皆毫無助益，說是廢物也不過分。

晴天霹靂的，宣和元年（一一一九年）又再恢復科舉，廢止三舍法，在太學中挑燈夜讀的日子突然中斷，一切都要重來，他落魄的回到家鄉。

多年沒有勞動，他已經拿不好鋤犁，習慣了在太學唸書，在村子裡唸書又似乎失去了意義，多年不見的兄弟養了一堆子女，每天白眼看他，口中唸唸有辭的數著糧米。

他不能忍受。

他要再去赴試，和一群年輕士子們一競長短。

別人十年寒窗，他可是別人的兩三倍，這可不是白費的，宣和三年秋試一考就上了，冬天趕到京師去準備春試。

他的兄弟看他也挺行，考個秋試像是隨手拈來，便籌了大筆盤纏催他上京，臨別時免不了依依幾句，言下之意就是非考上不可。

宣和三年辛丑科開榜，駱文魁榜上無名。

他將榜文從頭找到尾，從尾找回頭，看了不下上百遍，直到太陽下山了，天黑看不清榜文了，他才落寞的坐下。

他在榜文旁坐了一夜。

這一夜，京城內各處不時傳來喜宴的聲音，杯盤交錯的聲音像針一般刺入他的心竅。

他抬頭望星，一直望到星星也沒入了晨光，他才走到酒館小酌一番。

這是他多年以來難得放縱自己買一壺滿滿的酒來喝。

他收拾好行李準備回家。

他不想快快回家，何況盤纏也不夠搭船，所以他就走陸路，且行且停，說不定找個村鎮待下，當個老師，不回鄉了。

一路上，許多掙扎在他胸中交戰，想起人生都在追求一個遙不可及的目標，在讀書中度過了三十餘年，不曾遊山玩水，沒有碰過女人，說起來，真是個無聊透頂的人生呀！

在經過一個村鎮時，正好有市集，他心念一轉，順便用僅存的盤纏買了綑細麻繩。

他離開市集後，心神恍惚的蹣跚走著，走到個人煙全無的所在，折入個幽靜的林子，找了個可以負重的樹枝，爬到樹上，把細麻繩的一端綁在樹枝、一端繞上脖子，然後從樹上縱身一跳。

於是，本故事的主要人物，駱文魁，死了。

※※※

靖康元年，金兵攻陷京師開封，次年廢二帝為平民，宋朝算是亡國了。

二帝被廢後，「康王」趙構在南京稱帝，改靖康二年為建炎元年，史上稱之為「南宋」。

這新皇帝也不好當。

皇位還沒坐暖，金人聽說又有皇帝，便馬上打過來了，趙構只好一路南逃，這一逃便是三年的逃亡生涯。

同一時間，雲空也在逃。

他坐上從開封府往杭州去的漕船，並沒成功抵達目的地。

漕船半路遇上強盜，前頭的漕船發出警報時，雲空坐在後頭的漕船便有人在逃了。所幸河道正好在水淺之處，雲空踏水到岸邊躲入林子，目睹漕船上守護的保鏢跟強盜打鬥，最終強盜搶了一些貨物就退逃，而漕船也加速離去了。

雲空沒上到漕船，只好改成走路。

官道旁的諸多客店，大多都已關閉，更有許多是遭宋兵或強盜搶搜一空，只有些大膽的依然留了下來開店。

這趟路比太原到開封那程更難走，走了兩個多月，經過的州城、縣城個個風聲鶴唳，沿途更難找到客店，偶爾找到人去樓空的，或殘破，或屍臭連天，俱住不得人。

雲空心裡正慌著，後方又傳來了如雷的馬蹄聲，間中夾雜有兇悍的嘶喊聲。

他毫不遲疑，飛也似的遁入林中。

待跑得深入了林子，他便伏下身子，緊貼地面，專等那些人通過。

也不知那些人是強盜、宋軍或金兵？總之隊伍很是壯大，在林外的官道通過了兩刻鐘，猶未走完。

雲空覺得光是這樣伏著也不是辦法，便低頭數自己的呼吸，眼觀鼻，鼻觀心，靜靜觀察自己的心念。

正想著，一滴雨水不偏不倚的打到雲空鼻尖上。

這也不是大雨，只是忽然來的一場怪風。

這場怪風夾帶著一些綿雨，不正經的貼著地著颳來，倒像是地面有什麼瞧不見的鬼怪在疾走似的。

大路上傳來馬匹的驚啼聲，馬兒慌張得連蹄聲也亂了，只聽騎在馬上的人不停地呼喝，也止不住馬兒的恐慌。

「這風吹得蹊蹺……」雲空暗暗想著，一手將草帽的邊緣拉低，免得被風搶了去，教強人發現蹤跡。

牛毛般的雨飄了幾根，待馬聲人聲遠去後，竟沒頭沒腦的停止了。

霎時間，四周靜如鬼域。

雲空再等了一會，才慢慢抬頭探視，確定兵馬遠去之後，立刻跳起來撥走身上的沙土，思量著下一步該怎麼走。

「這是什麼時態呀？怎麼禁軍也到處橫行了？」

雲空吃了一驚。

因為這句話不是他說的。

他四面環顧，半個人影也不見，但那聲音卻猶在耳邊。

剛才那陣怪風帶給他的詭異感還未褪去，現在又再次包圍上來了。

「道長，那位道長，現在是哪一年了？」

雲空仍是找不著人影，只好回答：「靖康元年了！」

「靖康……怎麼？年號改了呀？」那把聲音有點嘶啞，有些歷盡風霜的感覺，像是個上了年紀的男人。

雲空大起膽子來：「不知先生聽過的是哪個年號？」

那「先生」沉默了一陣子，說：「宣和年……你知道宣和嗎？」

「去年還是宣和七年。」

「哦……」那聲音沉吟道，「也有四、五年了……」

「先生！」雲空很唐突的問，「不知是人是鬼？」

那聲音也不生氣，慢慢的說：「我不是鬼，說人也不對……對，我是什麼呢？」說著便沉默了，像是正在思考。

雲空等了一會，不見回答，便拱手向四方作揖道：「貧道只是路過，不便打擾，就此告別了。」

「哦，且慢。」說著，那先生又不說話了。

「先生有事嗎？」

「……我多年未與人談話了，可以陪陪我嗎？」

「可是，先生在何處？貧道如何作陪才是？」

「道長，你見不著我，我可一直在望著你呢。」

雲空一聽，更是毛骨悚然。

四周恢復了常態，淒風輕颸，大樹忙亂的拍動葉片。

「道長，我在樹上……在你左手邊那棵。」

雲空望去，果然有一棵樹，可是仍舊不見半個人影。

他小心翼翼的走過去，一手握著桃木劍，準備隨時用上。

他終於看見了，看見那位先生。
那先生只露出了下半身，破爛的衣服已顯得灰黃，兩腳靜靜的垂著，彷彿凝結在半空中的樣子。
由於上半身完全被樹葉遮去，雲空走到樹下抬頭仰視，也只看到暗暗的一片。
雲空大起膽子，爬上樹去看個究竟。
他爬到粗枝上，慢慢的移過去。
他看見那人的上半身，在脖子上連了一根繩子。
雲空伸手撥開葉片，讓陽光照入。
那人轉過頭來看他，圓睜的兩眼不知怎的卡著一兩片枯葉，裡頭還有很多黃褐色的顆粒，原來的眼球已經乾縮成一小團了。
他雙唇微張，吐出一小段乾硬的舌頭。
他說：「道長，恕我不能招呼了。」
雲空不知該作出什麼反應才好。

※※※

那人並沒開口說話，但雲空還是可以聽見他的聲音。
他說他叫駱文魁。
那我就叫他駱文魁好了。
駱文魁並不是風雅書生，只是一個埋首經書的寒儒，說是酸儒大概更恰當。
但這些年來吊在這個空曠的大地上，已經洗去了不少酸氣。
因為他不需再為求功名而苦讀了，人世的一切不再與他相干。
在他投環的那一剎那，他的體重使細繩往下巴大力一陷，立刻使他的頸椎骨折離了。
頸椎骨中間有空腔，是給脊椎神經通過的。

一旦頸椎骨折離，脊椎神經便立刻被折壞，將人身體上下聯繫切斷了，就和被砍頭的人沒兩樣。

只不過這一瞬間，人便會失去知覺。

但駱文魁在死的前一秒，腦中飛快的掠過了一絲念頭。

那念頭是一種深深的怨氣。

就這樣，他的腦子似乎還殘留有一絲怨氣，他並沒完完全全、徹徹底底的死去。

他的身體漸漸脫水、枯萎，皮膚和肌肉慢慢的皺成一堆。

他還有意識。

他半張的嘴無法再合上，任風吹入，風會在口腔中打轉，再溜進他乾巴巴的肚子。

寒夜來時，露水會聚在他冰冷的皮膚上，有時會聚在吐出的舌頭上，沿著舌頭的凹陷流入體內。

這叫餐風飲露。

他的眼珠子已經縮成一團豆皮也似，黃白色的東西。

但這並不妨礙他的視力。

相反的，他把這世界看得更清楚了。

因為他沒有眼睛。

沒有眼睛時，他看到天地的氣在交流，遊魂在四野飄盪。

他的耳膜早已腐爛，但他聽見更豐富的地籟，聽見草木生長的聲音。

他說：「我醒了。」

雲空並沒繼續留在樹上，他靠坐在樹旁，手中玩著一株草。

雲空問他：「駱先生，你還記得從前所讀的書嗎？」

「……沒了。」

「是忘了嗎？」
「不是的……我的腦髓，比什麼都快腐化了。」
「哦，」雲空把那株草扔掉，「空了。」
「腦子空空的。」
「你就這樣……掛在那裡，不會無聊嗎？」
「不會，」駱文魁悠悠地說，「我還遺憾沒早幾年欣賞到這種天地的美呢。」
掛在樹上久了以後，他漸漸覺得有點不方便了。
平日慣用的手腳已經乾硬了，無法再使用。
事實上，他全身上下都乾成了一塊木頭似的，乾得連蟲也不想蛀。
此時，他發現他恢復了天生的能力。
是一種人未出娘胎、未墜入凡塵之前的能力，也就是拋棄五官之後的能力。
他可以使風。
他有時想聽聽樹葉聲，便弄道小風挑逗樹葉。
他想看鳥，便弄道大風把鳥兒逼來。
他今天看見了士兵過路，便颳了場陰風，附送一陣小雨。
「我還是個舉人呢，」他乾乾地說，「舉人很多，也不希奇，現在我倒當起大王了。」
雲空陪他說了許久，也覺得該走了，他不想錯過了宿頭，但他還是應了話：「什麼大王？」
「這附近一帶的大王呀，附近有什麼妖鬼起了紛爭，都來叫我解決的。」
「他們這麼信任你？」
「嘿，還叫我大王前、大王後的。」
雲空感到有趣，便問：「妖精鬼怪們都在晚上出現嗎？」
「說不定的，白天也會有。」

「他們怎麼會要求你解決紛爭呢？你不是他們，又焉能瞭解他們的事？」
「嘿嘿，」駱文魁道，「他們說，因為我是讀書人，我是讀了幾十年書的人呀。」
「可是，你的腦袋早已空了呀！」
「道長有所不知，腦袋空空，是非曲折反而一清二楚了。」
雲空越聽越迷糊了。
忽然，駱文魁又安靜了，靜得像塊木碑。
正當雲空以為他不再想說話，正欲動身離去的時候，他又開口了：「有人找你。」
雲空怔了一下：「找我？」
駱文魁的語氣也有些困惑：「說找一位叫雲空的道士，你叫雲空沒錯吧？」
雲空感到全身酥麻發寒，像是有人在暗中盯住他一般：「誰找我？」
「他要我告訴你，余老爺安全了。」
雲空大吃一驚：「高祿，是高祿嗎？」
等待了一會，駱文魁才回答：「是的，他說他叫高祿。」
雲空心底透涼，想不通遠在東京的高祿，是怎麼跟這荒野的吊死人發生聯繫的？
「他怎麼找到我的？」
駱文魁搖晃了一下：「我的身體連著樹，樹的根在地底下，跟天下所有樹根都有聯繫。」
「那麼，你看得見金人正在攻打開封嗎？」
「真的嗎？哎，是，他們告訴我了。」
「誰告訴你？」
「東京的樹，就像高祿。」
雲空的腦子馬上飛快思考：「如果你知道我在這兒，那全天下的樹都會曉得我在這兒嗎？」
「應該是的，不過，你是很重要的人嗎？」

雲空莞爾道：「我不過一個無名道士。」
「可是有很多樹在注意你呢。」
「嗯？」雲空暗暗吃驚。
「而且……我看看，從開封，到江寧，到桂州，到廣州……都有很多樹在關注你。」
也就是從南到北，雲空遊歷過的地方。
雲空腦中開始出現拼圖，他有許多拼圖，現在又多一塊了。
「他們還有說什麼嗎？」
駱文魁頓了一下，才說：「不知為何，他們知道我跟你說話，突然間全部安靜了。」忽然，他又說：「高祿有話要說……」
雲空屏息等待。
「……他突然不作聲了，為什麼？」
等了一會，雲空見駱文魁再也談不出什麼，便向他告辭，繼續他的路程。
本來雲空還作思幫他超度，但見他怡然自得的樣子，便改變想法，任由他繼續掛在樹上。

※※※

駱文魁依舊每日掛著，偶爾將黏在眼前的樹葉用風撥開，讓一些新鮮空氣流灌進眼窩。
他不覺得厭倦，心中也沒有什麼不如意的想法。
直到某一天，一批批的小妖野鬼們經過他的樹下。
小妖們原本窸窸窣窣的，一經過樹下便不說話了，有些慚愧的低頭快步走過。
駱文魁大奇，忍不住喊往他們：「大夥兒怎麼匆匆忙忙的？」
一名小妖走了幾步，看看左右沒人回答，只好回頭來道：「大王，你還是不知道的好。」
「有什麼不如意的事嗎？為何垂頭喪氣的？」

「大王呀，俺不多說了……」小妖丟下這句話，匆匆的溜走了。

駱文魁沒得到答案，只得依舊呆呆的掛著。

小妖們把他的樹拋在身後了，有幾個竟偷偷的哭了起來：「大王平日待我們真好……」

「不行呀，咱們幫不了他。」

「要是把大王解下來，他的氣就會散了，還是會死呀。」

「說不著，大王可能有辦法的。」

大家嘰哩咕嚕的邊走邊議論，談不出個什麼，只是把駱文魁留在那林子裡了。

整個林子的妖鬼精怪們好像全都撤離了，林子變得比平日更加安靜。

此時，有個人出現了，站在駱文魁的下方，靜靜的觀看他。

駱文魁大吃一驚，他根本沒察覺這人是何時或如何來到他跟前的。

那人的面貌十分奇特，他頭髮和眉毛都很稀少，兩腮鼓鼓的，額頭皺皺的，整顆眼睛幾乎是黑的，就像個初生的嬰兒。

「你好，」駱文魁打破沉默，向他打招呼，「請恕我手腳不方便。」

那人發出格格格的笑聲，一如初生兒那般：「你太多嘴了。」連聲音也像嬰兒，不過口齒不清。

若是駱文魁長眼睛的話，他便會發覺，那人真的沒牙齒！

「多嘴？」駱文魁困惑的說，「你是誰？是要來找我幫忙的嗎？」

那人笑得更大聲了：「你自身難保，還能幫人嗎？」

駱文魁發覺，四周圍安靜得可怕。

這安靜比無聲息的安靜更安靜，有股沉沉的壓力，在空氣中瀰漫著。

毫無預警的，遠方的天空，漸漸出現一片黑壓壓的雲。

那雲看來怪怪的，似乎是由無盡的黑沙聚成，自遠方慢慢擁來。

駱文魁感覺到了。

那團洶湧的雲，是「飢餓」！

靜得令人發慌的天空，剎那之間佈滿了嗡嗡聲。

大片的黑雲飛撲過來，橫掃林子。

醜陋的黑沙終於迫到他跟前，露出猙獰的面目。

黃青色的蝗蟲張開利鐮般的大口，奮力啃咬樹葉。

蝗雲。

那片雲全是蝗蟲。

駱文魁馬上起了場風，想把蝗蟲吹跑。

可是他起的風也僅能趕跑幾十隻蝗蟲而已。

在他頭上，在他腳下，在他四周掠過的，卻是成千上萬的蝗群！

蝗蟲們不留情的啃光他周圍的樹葉，然後開始吞噬他的身體。

駱文魁知道他的肉體正一點一點被吃掉，但他感覺不到絲毫疼痛。

他開始慌了，他使起更大的風，讓風在他四周捲動，打擊這些貪吃的蝗蟲。

但蝗蟲鍥而不捨，牠們剛被趕開，另一批馬上又佔據挪出的空間，繼續吃。

駱文魁發現他沒有掙扎的餘地。

他唯一能做的，只剩下消失。

完全的徹底的永遠的消失。

突然之間，他感到了一絲光線。

他非常訝異，情不自禁的拋開使風的意識，將意識集中在那絲光線上。

他忽然的明白到，在他的頭顱中，似乎還殘留有一些腦髓。

這一小團的腦髓保留了一些細細的記憶。

是一句孔子的話……「後生可畏……」

他憶起當年，看見同村李大頭考中進士，十分風光，令他頓時起了讀書之心。

當他哀求父親讓他唸書時，父親不也這麼想的嗎？……「後生可畏，焉知來者之不如今也？」年輕人是可畏的，因為還不知道他的未來呀！

萬一果然讀書有成，考中進士，豈不是押對了寶嗎？

可是……那團腦髓又硬擠出了後半句：「……四十、五十而無聞焉，斯亦不足畏也已。」如果到了四五十歲仍未得聞大道，那這原本「可畏」的後生，也就沒什麼可畏了。

「幼而不孫弟，長而無述焉，老而不死，是為賊。」

小時候不知恭親友愛……他想起他的自私，他拋下家中的農事，讓全家人供他去讀書……

長大了又沒什麼貢獻……他耗費了自己幾十年，也耗費了家人幾十年，到頭來對人世、對旁人毫無益處……

老而不死……痛苦的意識，令他這麼多年來再度想要哭泣，想要吶喊，他知道他不能但他仍企圖張嘴……

那絲光線消失了。

蝗蟲已經鑽入了他的腦殼，啃食掉他最後的腦髓。

他最後的一抹記憶也被吃了。

他的肉體正被貪婪的蝗蟲拚命的吞噬，要將駱文魁化成牠們的養分。

剎那，他頓悟了。

他明白為什麼還有那麼一丁點腦髓留下了。

因為，這正是他自殺前最後的一絲執念，最後的遺憾，遺憾他在這天地間白活了數十年。

他霎然欣喜，他可以感覺到自己在笑。

至少，他的肉身進入了蝗蟲的消化道，為這些飢餓的蝗蟲們提供了活下去的機會，他還是有用的。

他的意識逐漸淡化，他開始忘記自己是駱文魁，他被喜悅感包圍著，緩緩的脫離了這片林子。

將他肉身繫在樹上的麻繩被吞噬了，大樹的樹葉也被吃了個精光。

駱文魁終於忘了他是誰，他曾經是誰。

當他下一次再有意識時，他希望……

他希望什麼已經不重要了。

※※※

蝗蟲離開後，那名長相跟嬰兒一樣的人，毫髮無損的佇立在光禿禿的樹下，望著地面的一堆骨骸，那是駱文魁最後的肉身，蝗蟲啃咬不動的堅硬部分。

那人單膝跪地，伸手按在骨骸上。

骨骸霍地燃起熊熊烈火，那火不是人間凡火，沒兩下子竟能將骨骸燒得只剩灰屑。

一陣強風沿地面颳來，將骨灰吹得四散，吹到其他樹根下，吹到草叢之中，一陣雨後，即將滋養植物。

那人冷峻的望向雲空離去的方向，問道：「哥哥，是那邊嗎？」

等了片刻，他又格格笑了幾聲。

【典錄】科舉

以前以為古人讀書考試當官，歷朝歷代皆是相同，其實不然。

宋朝之前，唐朝注重門第，貴族為統治階層，社會階層嚴謹，下層永遠無法爬至上層。

經過五代十國的大混戰，宋太祖立國，不再注重社會階層，統治階層由士大夫（讀書人）主導，庶民寒門可憑著讀書進入官僚系統，唐五代令人頭痛的貴族門第因而消失，而讀書人經過萬人拚殺考中進士，成為令人崇拜的超級巨星。

宋朝士人可以經過讀書翻身，算命術才開始注重功名運，因為不像唐五代的出生決定了階層，宋朝人的人生是可以爭取進入上層的，但又不像貴族可以歷代地位世襲，因此才出現「富不過三代」之說。

宋朝科舉經過幾場大改革，影響了讀書人學習的內容。

如嘉祐二年（一〇五七）歐陽修擔任考官時，要求科舉以古文作答，引起向來學習駢文的考生反抗，但蘇軾兄弟、張載、呂惠卿等未來的重要人物皆於當時中第，當然，歐陽修的刻意提拔、樹立自己的黨群也是原因之一。

宋朝黨爭激烈，新舊兩黨互相攻擊不遺餘力，往往換宰相就換政策。王安石掌權時的科舉改革，是科舉千年歷史的分水嶺，王安石於熙寧三年（一〇七〇）把原本的考詩賦改成考經義，經過士子分析討論的文章來尋找人才。元祐年間，一度因蘇軾主張又恢復考詩賦，到了南宋則兩者並存。

經義考些什麼呢？內容有兼經和本經，「兼經」（必修）有《論語》和《孟子》，「本經」（選修）則在五經（《詩》《書》《易》《周禮》《禮記》）中擇一，另加「論」（論歷史人物和事件）和「策」（針對時事諫言）。朱熹門徒在南宋掌權後，又在必修科目中加入《大學》和《中庸》（這才形成後世所說的「四書」），選修中以《春秋》取代《周禮》。四書只出三題，大多從《大學》或《中庸》出題。

「熙寧改革」還完善了學校制度，延續范仲淹的方針去設立地方學校，並規定只有學校學生才可以參加科舉。徽宗時代完成「三舍法」，並配合科舉改革，更加注重經義，學校的教導內容也注重經書解釋，王安石甚至還寫好了教科書，由王安石父子為經書寫注疏。但後來代表「舊黨」的朱熹（一一四八年得進士）的注疏變成考生必讀參考書，代表「新學」的王安石的注疏書逐漸因失去市場而消失。

明清之時，主要考八股文和試帖詩，考試內容雖然很廣，但格式越來越僵化，連書寫格式都要嚴格規定（八股文就是文章硬性規定的八段格式），弄到最後讀書人不去讀經史子集等書，不讚研學問，只去讀文章選本。因此清朝衰弱時，八股文被譴責為令讀書人迂腐僵化、亡國滅種之因。

之廿八

黃河入海流

建炎二年（一一二八年）

他每日例行的事，是到塚墓前上香。

塚墓在寺庵的後院，在個不太顯眼的角落立了一條木牌，木牌上用心的寫了「廢劍」二字。

他燃了幾枝香，祝道：「莫問過去多少事，有怨解怨，有冤解冤，散去散去，阿彌陀佛。」

這廢劍塚也不知埋了多少刀劍，都是他從外頭撿回來埋在這後院的。

有的劍是在路邊草叢中躲著的，沾了斑斑血跡，也不知餵過多少血，也不知主人是否已在黃泉遊蕩。

大部分的劍是在附近的戰場上撿的。

這些年戰亂頻頻，金人和遼人狠狠的殺了好幾場，遼人敗下陣，亡國了，戰場上留下的屍骸不是被野鳥走獸吃了，便是腐朽了，只有兵器依然留著，靜靜的等候生鏽。

當然，好的兵器被人拿去了。

次等的被人收去當廢鐵，重新打造，輪迴人間。

最寂寞沒人要的，就被他埋入廢劍塚中了。

他每日在塚前唸佛，意圖化去兵器上的怨氣，讓兵器忘了昔日的廝殺和血腥，漸漸的在泥土中生鏽……

他這麼做，因為他太瞭解它們了。

他每日在塚前誦經完畢，便回到大堂中打坐唸經。

他希望就這樣過完餘生。

坐在光線暗淡的大堂，大門送進來的光將影子拖到佛壇上，隨著影子慢慢移動，他知道快到晌午了。

正在此時，他發現他的影子被另一個影子淹沒了。

有人來了。
而且來人不是僧人，因為他嗅到了一陣淡淡的殺氣。
「這位可是洗鏡和尚？」來人的聲音優雅，似是很有修養，似是不太經意的這麼問著。
「阿彌陀佛，」來人既然問了，洗鏡不能不答，「貧僧正是，不知施主何事？」
「呵呵，」來人輕笑道，「在下此來，是要找一個人。」
「這裡只有貧僧和兩位老僧，不知要找的是哪位？」
「都不是，我要找的不是僧人。」
「這石頭庵只有僧人而已。」
「不，不，」來人瞇著一隻眼微笑，然後趺坐在洗鏡面前，「我帶來了兩樣東西。」
「施主……」洗鏡問道，「不知貴姓？」
「在下紫蘇。」
「紫施主。」
「不，不，我不姓紫，我叫紫蘇，紫蘇不是姓也不是名，是我，所以叫我紫蘇。」
「紫蘇施主。」
紫蘇解下他背上的包袱，道：「我帶來兩樣東西，是特地給你的。」
「施主與貧僧萍水相逢……」洗鏡有些困惑。
「你看了就明白了。」紫蘇解開包袱，亮出兩把兵器，一把是劍，一把彎彎的像劍又像刀，不知是何物。
不管是什麼，它們都很安靜。
這下洗鏡反而疑惑了，既然這兩把兵器都很安靜，那方才的殺氣何來？

紫蘇拿起那把劍，轉了轉劍身，道：「你評評此劍，此劍不太像劍。」

洗鏡見到劍，心裡依然很平靜，沒有什麼起伏變化：「劍就是劍，施主此言，老衲不懂。」

「這把劍會騙人。」

洗鏡不說話，盡力的保持心如止水，水平如鏡。

他不想多年來的修為，因一把劍而破滅。

但他可以很自然的感受到，這把劍祥和無爭，沒半點血腥氣味，所以他問：「此劍，餵過血嗎？」意思是可曾用於殺敵。

紫蘇道：「這劍從未沾血的。」

這把劍實在太平靜了。

洗鏡沒見過如此安祥的劍，它發出一股老神在在的氣息，彷如高僧似的神閒氣定，一副與世無爭的模樣。

洗鏡終於按捺不住，伸出右手，想撫撫那劍。

那把劍突然變得像警戒心很重的狗。

劍身猛然抖了一下，倏地飛起，劃了洗鏡的手掌一道。

洗鏡吃了一驚，才發現自己竟然會想要去撫劍，慚愧之餘，忙道：「阿彌陀佛。」

洗鏡的掌心並沒泌出多少血，因為他的掌心結滿了厚繭。

紫蘇笑道：「看吧，我說它會騙人。」

洗鏡壓著傷口，微閉著眼：「施主也不差。」

「不，不同，不同，」紫蘇笑道，「我是明騙，它是暗欺。」

大堂上掛了幾捲線香，線香燃了段段香灰掉落下來，洗鏡伸手接往了一段香灰，便在傷口上塗抹了一把。

洗鏡極力維持平靜，內心卻湧起了大大的不安：「難道此人拿劍來，是因為……」

「明人不欺暗室，」紫蘇揚手道，「在下紫蘇，乃無生門下。」

「無生？」

「是的。」

「可是四大奇人之一？」

「是的。」

四大奇人中的「東無生」，是所謂「無所不知的無生」。

無生既然無所不知，那一定知道他是誰了。

洗鏡搖頭嘆道：「無事不登三寶殿，想必令師知道老衲……」

「晚輩在此謝罪，」紫蘇低了低頭，「洗鏡和尚，即是十八年前絕跡江湖的鐵郎公，也是數十年前鑄劍名師華萊子之么子，羊舌鐵離。」

他果然知道，洗鏡於是瞇瞇眼：「這些全是過去的名字了。」

「晚輩要找的是鐵郎公。」

「鐵郎公早死了。」

紫蘇不理會他打的禪語，道：「師父說，此劍太過頑劣，無人能馴，只有鐵郎公這種識劍之人，才能馴服它。」

「鐵郎公……」洗鏡好像在說一個完全不相干的名字，「是世人強加諸羊舌鐵離之外號，本來就不存在。」

「不必多言，這是師父的吩咐，晚輩只要將劍交給前輩，就能回去交代了。」

「可是……」

「晚輩另有一刀，贈與鐵郎公老前輩。」

原來那把彎彎的兵器是刀。

紫蘇把刀放在洗鏡面前：「此刀來自東夷，乃倭人的日本刀。」

洗鏡默然的看了眼日本刀，他早已聽說有這種刀，這還是首次見到。

唐宋之間常有商船往來日本，日本刀也是商品之一，唐宋八大家之一的歐陽修甚至還寫了首〈日本刀歌〉。

日本刀是重複折疊打造完成的，刀身打好之後再折起來，折起來之後再打，每折疊一次，層次便以二的等比級數增加（2^n，n=折疊次數），因此反覆次數越多，刀身越是堅硬又不易折斷，鋒利無比。

由此算來，只需折疊捶打十次，便能造出「千層鋼」了。

這種刀一旦見過血，便會猛爆出一股殺戮之氣。

洗鏡真不明白，無生為何要送他這樣刀劍，他已經是個僧人，刀劍本來就不再關他的事。

更何況，即使他是當年的鐵郎公，也只是個鑄劍師，不是劍客也不是刀客，不耍兵器的。

不過，他向來知劍。

每一把劍到了他手上，他便知道它的性情，所以他知道戰場上的劍十分哀傷，才將它們埋在一處，希望藉由佛力將它們超度。

無生要他「馴服」那把劍，又再贈他一把刀，不知所為何事？

但有一件事，他是十分肯定的。

他一向以來都相當肯定。

所以他告訴紫蘇：「劍是不會騙人的，永遠不會。」

他相信那把劍。

紫蘇離開後，洗鏡便將一刀一劍擺在前面，朝著佛像誦經。

他希望兵器能瞭解他的用心，能夠洗去暴戾之氣，在誦經聲中尋求安寧。

因為他是過來人，他明白將暴戾之氣留在身上是多麼的痛苦、多麼的不安，只要回想起當年的那段歲月，全身的每一寸皮膚都會感到自慚，想要躲開人群遠遠的。

往事不自由主的湧上來了，像墨汁滴入清水，很快渲染了他的思緒。

是父親……人稱華萊子的父親。

華萊子鑄劍，出神入化，他賦予每一把劍驚人的生命，每一把劍都是無價的不凡的神器。

當他發現他的劍再也無法推陳出新時，他殺了自己的兒子，將兒子鑄成劍。

洗鏡想起來了。

是的，他是么子，他發現父親的瘋狂行徑，在父親的要求下弒父，將父親鑄成一把劍。

一個他痛恨得直想詛咒的字眼。

洗鏡開始混淆了，他下意識的加大了誦經聲，冷汗鋪上了掌心，額頭上暴現青筋，當年的痛苦忽然全回來了。

他離開傷心的家，遨遊天下。

千不該萬不該，他攜帶了父親的祖傳劍書，他不該去唸那些書，更不該被那些書吸引，不該在隱居的山上偷看別人比武，不該看出比武的人使用的武器不稱手，不該太聰明馬上打造了符合比武者武功的武器，又不該將武器送給他……

不該呀……

他不該流有華萊子的血，對武器的構造有天生的領悟力。

不該展露他的才華。

麻煩還是來了，每位習武的人都希望擁有最適合自己的武器，每個人都極力要找到他，他只好躲，但還是有人能找到他。

他鑄造了多少好武器？多少罪孽？多少因此流血的人？

他的心越來越沉重，但他已陷入江湖，無法退隱。

洗鏡忽然沉靜了，大堂中迴盪著殘餘的經文。

回憶真是令人喪志呀。

他淡淡的笑了，剛才的冷汗流過嘴角，懸在下巴。

他想起了一個人。

是這個人，讓他發覺到，並不是他無法退出江湖，而是無法退出自己的心。

他每天在抱怨自己，沉湎在自己築造的層層痛苦中，但這個人教他掙脫出來。

是一個道士，他叫雲空。

每一個要找他的人，都會要求他打造武器。

但雲空看到他時，卻是流淚。

從來沒有人會為他流淚。

他看見雲空眼中的憐憫，是透徹他的內心後，發自真心的淚水。

那一瞬間，他釋放了。

雲空告訴他：「去做做生意，當個平凡人，或出家為道為僧，遠離俗世……」

洗鏡環顧大堂四周，很滿意的微笑。

這裡是他得到安寧的所在呀！他還在苦惱什麼呢？是紫蘇，剛才紫蘇的出現，竟又將他帶回過往去了，可見修為仍是大大不足呀。

紫蘇的來意是善是惡？

他看了一下眼前的一刀一劍，發現那劍正微微顫抖。

「別怕，別怕，」他撫了撫劍身，「沒事了，我只是不小心回憶了過去。」

刀劍們仍有些不放心，沉沉的壓在地上。

洗鏡雙手合十，靜靜唸佛。

他的佛音輕輕迴繞，繞著繞著，繞上了屋樑，在懸掛的線香間打轉，有如寫意的魚兒，在沁人的檀香氣息中悠游。

佛音又柔又淡，似有似無，融化在空氣中，如清風輕拂，感化人心。

那一刀一劍也沉默了，安心了。

它們安靜的，隨著佛音的波盪微微振著，與洗鏡和唱。

洗鏡知道它們聽懂了，安心的微笑，繼續唸佛。

※※※

「念劍和尚？」

「大人，現在他可是大大的有名呢，每天有多少人到石頭庵去燒枝香，只為見那老和尚一面。」閒人說道。

「閒人」，是一種不事生產的閒漢子，終日盡鑽些權豪富紳、青樓窯子，賺些零頭、混些白食。
這個閒人，正是搭上了一位通事先生。
通事聽這閒人繼續吹牛。
「說也奇，一個和尚唸佛就唸佛，幹啥對著兩把劍唸呢？」這閒人說錯了，有一把是刀，是日本刀，「要不就是要引人注意，博取名聲，用這種伎倆的人不少呢。」
「什麼伎倆？」
「不過是標新立異，好多討些香油錢吧。」
通事點點頭：「話雖如此，那老和尚也虧他想出來的。」
那閒人陪著通事插科打諢，無非為的找些生活，眼看話頭快要就此打住，今天一餐還沒下肚呢，豈能放過這位通事先生，於是忙接口說：「聽人說，那兩把是好劍。」
「好劍？」通事嗤鼻道，「燕京上下的好劍，我有不知的嗎？」
這下可捉對題目了，這通事是喜好收集劍出了名的。
閒人忙說：「小的見識沒先生的廣，不知是不是好劍，都是聽人說的，說是那石頭庵晚上會有奇光照耀，有個道士看見了，說這種光只有千年古劍才有的。」
「唔？」通事稍稍心動了。
反正吹牛是不用本的，那閒人吹得更勤了：「小的沒先生的聰明，不知千年古劍長什麼樣，發不發光，可是那道士遊歷四方，大概也略曉一二的。」
「那老和尚，叫念劍和尚？」
「念劍是別人叫的，因為他天天對著劍唸佛呀，原本是什麼法號倒不曉得了。」
「在什麼寺哪？」

「小的可以帶您去。」

「這……也好。」通事先生撫了撫下巴。

「那寺廟附近的人都在討論這件事，老爺想更詳細知道的話，到附近去喝個茶便知了。」

「照你的辦。」

就這樣，那閒人的午餐解決了。

※※※

洗鏡和尚對著劍唸佛也有好一段時日了，這行徑被人當成茶餘飯後的話題傳頌。

每天來進香的人也多了，為的只是一睹洗鏡的面目。

寺裡的另外兩個僧人喜呵呵的，每日點算香油錢，忍不住便笑出聲來，卻又不明白香客忽然增加的道理。

洗鏡倒有些察覺了。

唸佛不一定要在佛像面前，所以洗鏡將那一刀一劍拿進內室，不再在大殿拋頭露面。

香客們沒見著洗鏡和尚，就漸漸的變少了。

這下子，寺裡的和尚才明白是怎麼回事。

「住持呀，何不再到外面大殿去唸佛呢？」

洗鏡不理他們。

「住持呀，外面有施主在打聽你，想見你呢。」

洗鏡硬是不理。

「住持，你不能不出去了，是通事大人來了，他要見你呀！」

洗鏡抬起頭來，疑惑的瞇一瞇眼：「通事？」

「你不出去的話，本寺大概難保啦！」那僧人慌張地說。

「通事為什麼找上我？」洗鏡低頭問，似乎在問那一刀一劍。

「甭問啦，出去就對了！」

通事是一種很令人害怕的人。

自從三年前金人攻佔遼國，在每一個重要的漢人居住地都設了「通事」，由兼通漢、金兩種語文的人擔當，目的是做金人統治者和漢人百姓之間的翻譯官。

由於金人統治者不諳漢語，一切都聽通事的，所以通事反而成了一切漢人事務的真正處理人，一個最不能得罪的人。

十七年前，羊舌鐵離跟雲空分手後，動念想要出家，竟發現在大宋出家還真不容易，僧人的度牒（執照）居然可以有價錢，而且還被炒高得連真正想出家的人都買不起。

羊舌鐵離深思之後，心想他的名聲在中原還是太顯赫，是以一路北行，竟在因緣際會之下穿過北境，到了遼人的地方落腳。

遼國極力學習漢文化，也十分崇信佛教，羊舌鐵離在遼國鄰近宋境、黃河下游的南京落腳。該地在金人佔領設為首都後，改稱中都，由於古稱燕州，所以又叫燕京，就是今日的北京。

洗鏡和尚住在燕京，而燕京的「留守」是一位戰功很高的金人權貴尼楚赫，《續資治通鑑》說他：「不懂民政」，所以燕京通事更能為所欲為了。

洗鏡雖然是出家人，也不會不懂這些的。

所以他無奈的呼了口氣，將刀劍收好，才走出去會客。

通事身邊跟了一位閒人，正抬高下巴，高傲的望著他。

洗鏡的身軀瘦瘦的，卻顯得十分穩重，緩緩的步出大殿，半閉著眼，從眼隙中看通事。

一看見這通事的態度，洗鏡心中已了然。

這通事身上有一股酸酸的劍氣，只有一種人有這種氣，他以前見過不少這類人。

「阿彌陀佛。」

「廢話少說，」那閒人馬上截道，「通事大人是來看劍的。」

「這位通事大人，」洗鏡面向閒人，恭敬的合十，「您想看的劍是……」

「我才是通事！」通事惱怒地說，「他看起來像通事嗎？」弄得閒人十分尷尬。

洗鏡假意道歉：「抱歉，施主，貧僧無法辨認……」

那通事老大的不高興：「聽說你有兩把名劍，我特地來瞧瞧，怎麼沒見到？」

閒人忙接口道：「大人親自前來，已經是天大的面子了，還不快呈出來？」

「貧僧有的是劍，只是沒有名劍。」

「胡說，」閒人大聲喊道，「誰不知道你有兩把稀世寶劍？」

洗鏡皺了皺眉頭。

「不得無理，」通事擺了擺手，「對大師是這樣說話的嗎？」

「貧僧有劍，讓大人瞧便是了。」洗鏡回到內室，小心翼翼的去拿那一刀一劍。

他撫摸著刀劍，柔聲說：「不要怕，一會就回來了。」那把劍比較敏感，在洗鏡指下微微顫抖。

洗鏡將刀劍拿出大殿，恭敬的呈給通事。

通事揚起眉頭，輕蔑的看了一眼：「如此而已？」

「貧僧每日就是對著它們唸經。」洗鏡的語氣十分恭謙，他只希望這麻煩的人物快快離開，好圖個安寧。

「是呀，正是這兩把。」旁邊的老僧也插嘴說。

通事把劍拿在手上翻來翻去，反覆希望從上面斑駁的鏽跡、劍刃的缺口、暗淡的劍身看出些什麼來，他端詳了好一陣，才鼻子哼了一聲，大步離開。

※※※

「大人，那老和尚在騙你。」

通事盯住閒人，恨恨地說：「你以為我不知道嗎？拿兩把破刀來敷衍我，那禿驢分明小覷我！」他惱怒洗鏡拿兩把鏽跡斑斑的兵器出來給他，膽敢對通事大人如此，簡直是天大的放肆，「他難道不知道我是誰嗎？」

「大人呀，恕我斗膽說一句，」閒人說，「連一個老禿驢都敢這樣，大人的威信，將來怎辦呢……？」

通事斜著眼望他：「你說怎辦？」

「小人不敢！」閒人一臉惶恐，哈著腰說，「小人只是混吃的，能說怎麼辦嗎？」

通事從袖囊裡拿出一碇銀子，放在閒人手上。

「大人，這……會折殺小人的……」

「不想被折殺，就給我回家去，」通事瞇著眼，慢慢靠上椅背，「想一個兩全其美的法子。」

「大人放心。」閒人笑得嘴不合攏，忙將銀子收好。

「你不教我放心，你也不會好過的。」

※※※

燕京城靜靜沐浴在月光中，一片平和。

這個已被金人佔領的地方，除了管理的人換成了金人外，看不出和往日有什麼不同。

洗鏡卻感覺到有不同了。

至少以前沒人來打擾他。

他以前曾經在江湖上留名，現在是個默默無聞的老和尚，在這平凡的石頭庵待了十多年也沒人過問。

怎麼金人一來，出現了一種叫什麼「通事」的人物，反而會來騷擾他了。

或許不是那通事的錯，是他的錯，他不該在大殿中對著劍誦經的，是自己太張揚了。

話說回來，一開始就把它們埋去廢劍塚，不就沒事了？

不行，這一刀一劍尚未經歷人生的歷練，是還未長大的孩子，不像廢劍塚裡頭的那些。

洗鏡乘著晨曦，到廢劍塚去誦經。

自從那通事帶了個閒漢來騷擾之後，他便每天早晨將那把劍和日本刀一塊兒帶去廢劍塚，一起誦經。

隨著經聲的揚挫，晨光越來越亮，漸漸照亮了整個後院。

那把劍跳了一下。

洗鏡察覺，將合十的手分開，安撫了一下那劍。

那劍又開始不安的抖動了。

「劍呀，你已跟隨我多日，難道還在怕我？」

劍靜了下來，似乎在回答：「不是。」

然後，劍又激烈的抖了起來。

洗鏡於是再度合十，澄清雜念，大聲誦經。

劍抖得更厲害了，它彈離了地面，撥弄四周的雜草。

連寫了「廢劍」的木牌也開始震動，整個廢劍塚都在抖，泥土在塚上跳動，一些小草也漸漸的露出了根部。

「怎麼了？」洗鏡擔心的問，「你們為何那麼不安？」

劍無法回答，只能緊張的顫抖。

只有那把日本刀沒動。

「你們是不會騙人的……」洗鏡知道。

他挨近那日本刀：「你知道怎麼了嗎？能告訴我嗎？」

那劍倏地飛起，插在寫了「廢劍」的木牌上。

日本刀還是很安靜。

「洗鏡！」有人慌慌張張的來叫他，他聽出來，是寺裡的和尚，「禍事了！快躲起來！」

「怎麼回事？」洗鏡忙迎向來人。

只見那和尚身後出現了幾名官差，兇神惡煞的衝了過來：「念劍和尚在哪裡？」

「這裡沒有念劍和尚。」那和尚說。

「那他是誰？」官差指著洗鏡。

「阿彌陀佛，」洗鏡鞠躬，「貧僧法號洗鏡。」

「你們是不是窩藏了他？」官差吼道，「本大爺要押捕念劍和尚！」

「施主，」洗鏡說，「本寺只有三位窮和尚，除了貧僧洗鏡，尚有這位孤雲，另一位靜思，沒有念劍和尚。」

「別多費唇舌啦，」只見那天跟著通事來的閒人，從魁梧的官差們背後現身，「那個便是念劍的，每天對著劍唸經的。」

官差們二話不說，一擁而上。

廢劍塚大震，泥土忽然隆起一塊，像有東西要衝出來似的。

洗鏡雙手合十，低聲吟道：「阿彌陀佛，我平日怎麼說的……？」

插在木牌上的劍憤怒的在抖，整把劍又急又躁的迸發出一股熱氣。

「噤聲！」洗鏡一喝，那劍頓時靜了下來。

大家錯愕地看著那把劍，不明白剛才發生了什麼事。

「阿彌陀佛……」洗鏡向廢劍塚鞠了鞠，便向官差說：「我跟你們走……」

上一次離開寺廟不知是幾時的事了，洗鏡這才發覺自己已經好久沒踏出寺門了。

不知這一踏出去，還能不能再回來？

※※※

尼楚赫說的一定是金人的語言，怪不得他一個字也聽不懂。

洗鏡被吩咐跪著，燕京「留守」尼楚赫高高在上，不知向那通事嘀咕些什麼。

通事聽了一陣尼楚赫的話，又回了些金話，再用漢語問洗鏡：「留守大人問你，當和尚有多少年光景啦？」

「回大人，十六年了。」洗鏡困惑的回答。

他不明白通事葫蘆裡賣什麼藥。

只見那通事向尼楚赫又說了幾句，回頭再問：「十六年來，你一直都在那所寺院嗎？」

「是的。」

「是的話就點頭。」

洗鏡點頭。

看見洗鏡點頭，尼楚赫展眉歡笑，又向通事嘰哩咕嚕說了一堆不知什麼，於是通事又問：

「你的度牒有帶在身上嗎？」

「有，我想可能要驗明身分，所以也帶來了……」

「不必多言，有就點頭。」

洗鏡又點頭。

尼楚赫更高興了。

「將他帶回去！」通事一下令，官差們又將洗鏡帶回去了。

洗鏡很是困惑，官差們一字沒提，他也沒想問。

無論如何，他總算是回來了。

兩名相處了好些年的和尚見他平安歸來，忙噓寒問暖一番，也禁不住鬆了口氣。

可是洗鏡還沒釋清疑惑。

他一整晚在廢劍塚周圍踱步，時而趺坐誦經，時而又背剪著手在沉思。

塚中的廢劍們一言不發，連插在木牌上的劍也文風不動。

日本刀散發出一股凝重的沉默，如同飽經世故的旅人，覺得再多說一句話也是無益。

「我不知道……」洗鏡呢喃道，又發了一會呆。

他不想浪費時間。

他依念地仰望滿天星斗，看著繁星移動。

終於，天空泛白了。

※※※

他的困惑沒錯。

天一大亮，幾位官差便來了。

不等他們說話，洗鏡已經走到他們面前：「悉聽尊便。」幾位官差反而怔了一怔，他們本來還打算像平常一樣吆喝來壯壯聲威的。

洗鏡不想驚動了寺中的兩名老僧。

官差們押著他走，也沒告訴他要去哪裡。

洗鏡年紀不小了，路也走不快，官差沒打算饒過他，一路上不時推他向前，又很技巧的讓他不至於跌倒。

終於，來到了菜市口。

菜市口搭了一個壇子。

官差押著他，不讓他走動，只等時間溜過。

眼看還有很長一段時間要等的樣子，洗鏡要求道：「施主，讓貧僧坐下好嗎？」

官差不置可否，任由他坐下。

洗鏡靜靜的誦經，他知道時間遲早會到的，他不急。

空氣漸漸的熱了。

菜市口開始圍了許多人。

一陣騷動，是燕京留守尼楚赫來了。

他一來，洗鏡竟然有些期待。

他不知道尼楚赫會來，也不知道下一步可能是什麼。

那通事大搖大擺的走上壇子，開始宣讀：「金國遍地，久旱不雨已有多月，作物歉收，百姓貧苦，災荒連野……」

火毒的太陽照著洗鏡的頭，把腦袋都烤熱了。

「……洗鏡法師，慈悲為懷……」

洗鏡聽見自己的法號，反應的抬起頭來。

「……欲救百姓於旱災之中，因此向尼楚赫大人提議，欲以自焚感動上天，大人首肯……」

「等等，」洗鏡問身邊的官差，「他說什麼？」

「洗鏡法師，請。」通事神色凝重的說。

「等等……」洗鏡還沒搞清楚。

他沒想到事情是這樣。

兩名官差把他帶上壇子，他根本做不出反抗。

「法師為民捐軀，發大悲願……」通事還在面帶沉痛的說著……

剎那之間，四周圍觀的百姓，看起來有如濁水中的面孔，一張一張的飄動。

喧譁的聲音，化成空洞的迴音。

洗鏡感到一攤油膩沾滿了僧衣，從頭到腳變得滑溜溜的，散出陣陣油臭。

熊——

火把從背後，一把點著了僧衣，火焰立刻包滿了全身。

洗鏡的腦子一陣空盪，兩手不由自主地合十，口中自然的緊唸佛號，在耳膜被熱壞之前，他還聽見那通事的聲音……

「大家感謝洗鏡法師……」

好辣……

皮膚迸裂了，血管膨脹過度，迸出血水，把火澆得嘶嘶作響。

洗鏡支持不住了，他跪著往前傾倒，頭頂在地面。

聽覺失去了，眼球裡頭的水晶體沸騰了，舌頭麻痺了，嗅覺從焦臭味中漸漸麻木，連皮膚也不再火熱，不再刺痛……

人之所以為人，所仰賴的五官，終於消失於烈焰中。

※※※

「洗鏡法師真偉大呀。」通事長長的嘆了口氣，瞄了眼地上。

地上跪著兩個老和尚，兩個光頭一直在恐懼的顫抖。

通事滿意的一笑，大步的穿過大殿，走去石頭庵的後院。

那閒人功勞最大，洋洋得意的尾隨著通事，一路上指出通往後院的路。

「大人，您看……」

「廢劍？」

廢劍塚隆起了一個土丘，土丘上的泥土鬆鬆的。

「看來那和尚還藏了不少好劍呢。」想到自己的私人收藏會大大的豐富，通事不禁大為興奮。

他快步的走向廢劍塚，看見了插在木牌上的劍，和躺在土丘上的日本刀。
天氣真熱。
午後的陽光蒸熱了泥土，帶有青草味的水氣冉冉升起。
通事移了一下腳步，避開劍身反射的陽光直射雙目。
咦，不行。
通事心中有些奇怪，再移了幾步，劍身反射的陽光依然照在他臉上。
他伸手去握劍柄，想把劍由木牌上拔出。
「大人……」
「啊？」通事回頭，看見結結巴巴的閒人。
「劍……」
通事一把握住了劍的把手，奮力一拔。
「劍在動……」
通事手上的劍一彈，已經轉了個大半圈，指向通事。
土丘猛然隆起，泥土飛濺，揚起滿天細細的土塊，木牌飛投到一旁。
數十把劍由塚中飛出，它們沒反射陽光，沒發出奪目的光華，因為它們全都佈滿了鏽斑。
通事忽然一陣哆嗦，嗅到死亡的氣味緊迫而來。
他驚愕的睜大雙目，一個字也叫不出來。
數十把劍凌空飛起，有的劍身上還纏了草根，或是蚯蚓。
他手上的劍忽然飛脫，衝向那閒人。
酷熱的天氣忽然吹起一陣寒風，掃過通事面前。

是那數十把從土中飛起的劍，也隨著通事手上的劍射出。

這是一場沒有聲音的殺戮。

第一把劍插入閒人的喉嚨。

然後是腹部，穿過腸子，穿過背肌。

閒人聽見劍插入體內的聲音，也感覺到腸子糾上劍身。

大腿也一陣刺痛，惟胸部有肋骨擋著，沒直接穿到背後。

他呆愣的想低頭往下望，可是脖子上插著一把劍，一低頭就把下巴割成兩半。

一陣黑影襲來，兩眼的視線隨之消失。

※※※

劍們已經無力再有任何動作，它們已經完成大願。

它們記得那閒人，是他帶人來捉走洗鏡的。

劍們回復了沉默，不再抖動。

通事已經被嚇得跪坐在地，發著抖看那滿身是劍的閒人，這樣子被數十把劍穿過，恐怕一扶起來都要碎成一堆了。

通事的腳早已嚇軟了，他還記得大殿有兩個僧人，他把手趴在地上爬著，想爬到寺院裡頭去求救。

沒事了，沒事了，那些劍果然全都是有靈性的寶劍呀，可是他已經不想要了，一把都不想要了。

他繞過那閒人的屍身，膝蓋和手拖過血泊，但他已無暇去理會了。

他忽然抬頭。

不，他沒看錯，眼前的牆壁，的確掠過了一道光，是從後面照來的。

他回頭一瞧，才知道他忘記了一件事。

那把日本刀還在。

日本刀在泥地上跳動，把陽光逗得在牆上不住地閃動。

它覺得夠了，跳夠了，是報答洗鏡的時候了。

它奮力一躍，用盡所有的力量，割入粗壯的肌肉，切斷了粗大的動脈和靜脈……

「咔！」的一聲，它卡入頸椎骨，就再也切不下去了。

它浸泡在血泊中，抽動了幾下，才靜了下來。

午後的後院，熱得令人透不過氣來。

之廿九

大歸虜

建炎三年（一一二九年）

堪輿之學，稱山脈為「龍」。
果然，放眼瞭望，一條青翠的龍，身上披了細綿似的輕雲，在大地上起伏著。
人言道，秀麗之山有靈氣，地靈便會人傑。
又言道，雄壯之山有王相，必有仙人。
此山秀麗有餘、雄壯不足，喚作九瑞峰，峰下有個村莊。
村莊南邊拐過一道小河，小河彎過一叢竹林。
今天，竹林邊人聲鼎沸，嚇跑了平日棲息的鳥蟲們。
幾個莊稼漢圍在小河彎處，聒噪地討論河裡的屍體。
那屍體身穿儒服，背朝著天，慘白的臉泡在初冬冰冷的河水中，彷彿不知在思考什麼。
「是黃叢先生。」有人說。
「他的家人不是一直在找他麼？」
「昨兒還聽說在上游找到了鞋子，果然是沖下來了。」
小河邊越聚越多人，路過的腳夫也歇下腳程，加入看熱鬧的行列。
在看熱鬧的人頭攢動中，還有一頂草帽。
草帽中間洞開，露出一個道士的髮髻，手上還拿著一張長長的白布招子在晃著。
雲空好奇的探頭探腦，向人問路：「前方可有村莊？」
那人打量了雲空一眼，指著竹林，道：「再一頓飯的路便是了。」
「謝謝。」
雲空並沒打算馬上啟程，他繼續看熱鬧，順便欣賞四周好山好水。
在此一山水秀麗的地方浮著一具死屍，實在大煞風景。

一陣忙亂的腳步聲過後，竹林中跑出了兩個人，他們急急排開眾人，馬上便踏入水中去。
他們分別從兩側拉住浮屍的外衣，互望了一眼，合力把浮屍翻過來。
「果真是老爺。」一人輕聲道。
屍體臉色紙白，已經被水泡得發腫，臉皮浮皺，像隨時要剝落下來的樣子。
圍觀的人們退後挪出空間，讓兩人將他們老爺抬起來。
死屍一被拉起，泡了一衣的水便嘩啦嘩啦淋了下來，水中還夾雜了些水蟲、泥石之類。
不特此也，還掉下了一塊鼻子。
兩人急急將那鼻子撈起，取了塊布包好。
「水泡太久了……」又有人開始竊竊私語了。
「這回大概活不成了……」
雲空耳裡聽著，心裡詫異。
只見那兩人扶著死屍，其中一人竟彎下腰，大膽的把屍體揹到背上，匆忙走向來時的路。
他一邊走，背上的屍體一路顛簸，便被頓得不停點頭。
當他經過雲空身邊時，屍體張了眼。
而且，眼珠子還轉向雲空，瞥了他一眼。
雲空詫異的睜大眼望他。
那眼珠子是活的！

※※※

屍體被抬走了，眾人一哄而散。

雲空跟著人一路步出竹林，朝村子方向走去，一面不忘留意四周的談話。

「黃叢先生也真奇，怎麼老是求死？」

「活得不耐煩也不是恁般死法嘛。」

「上次不是還在九瑞峰下摔了個稀爛？」

說話的人漸行漸遠，終於離開雲空的耳力範圍，但他已經知道大約的情況了。

他慢慢踱入村莊，還可以聽到村人們在討論，想必是剛才那兩人，一路抬了死屍經過了。

村子不大，雲空左盪右盪了一陣，便找到一間草廬。

草廬的竹籬外掛了塊不起眼的小木牌，工整的刻了「大歸廬」三個小字。

草廬外還栽了叢竹，更顯清雅。

這裡想必是有人隱居之所，要不是儒士，便是修道之人。

「此處山明水秀，果然有隱士。」雲空心裡暗暗慶幸，長途跋涉，終於能夠找到個休息的所在，一般上同道中人應該是不難借宿的。

雲空滿懷希望的敲了門，馬上有婢女來應門了。

婢女只開了道門縫，滿是提防的眼神：「啥事？」

「貧道雲空，路過貴地，意欲借宿一宵……」

「抱歉，家裡不收外客。」婢女話語方落，大門便急急的合上了。

雲空皺皺眉，引頸看了看，瞧不見門後的情況。

方才婢女一副神色不寧的樣子，不知為啥。

雲空無奈，只好搖動繫了白布招子的竹竿，讓上頭兩顆銅鈴搖出聲響，一面走一面呼道：

「占卜——算命——奇難雜症——」

雲空繞村子慢慢走著，呼叫得喉嚨也有些沙啞了。
他撫了撫脖子，不舒服的擺擺頭，想找口水喝。
只聽有人輕輕一笑，雲空轉頭一瞧，見到樹蔭下坐了個老頭，正呵呵地朝著他笑。
「道長渴了吧？」老頭問道。
雲空微笑，點了點頭。
老頭身邊擺了個大壺，還有幾只碗：「來吧，見你鎮日在喊，來碗清水潤喉則個。」原來是個供行人飲水的小茶亭。
「多謝老先生。」雲空自個兒倒碗水，兩三口喝完，再倒了一碗。
「天近晚了，道長還在四周游蕩，是沒找到落腳的地方嗎？」老頭搭訕著。
「沒找著，」雲空一口喝完了水，將碗再用水沖沖，才放回壺蓋上，「此地可有破廟？貧道好棲身一夜。」
「這大可不必，你去找黃叢先生便得了。」
「黃叢先生？」雲空捋捋鬚，「方才貧道經過竹林，有人圍觀一具浮水屍，聽聞便是黃叢先生……」
「哦？」老頭展了展眉，瞟了眼雲空，「他又尋死去了？」
「他家有喪事，恐怕不方便打擾。」
「不礙事，不礙事，」老頭一骨碌站起，拉了雲空的手，「我帶你到他家去。」
「可是……」
「我跟他家相識多年，熟得不能再熟，不礙事的。」
雲空心裡躊躇，腳下還是跟著跑了。

村子不大，只不過一會，雲空又來到剛才的草廬了。

「這便是黃叢先生的家？」

「你來過了？」

「貧道叩門借宿，說是不收外客……況且今日又有喪事。」

「那是家人不懂事，要是黃叢先生，不會不收留你的。」

「請教先生，」雲空恭謹的說，「這黃叢先生是什麼人物？」

「仙人？」

老頭呵呵一笑：「也難怪你疑惑，黃叢先生是個仙人，不會拒同道之人於千里。」

「修道成仙的仙人，身為道士不會不懂吧？」

「呃不……只是，貧道以為仙人只不過是子虛烏有之說。」

老頭的笑臉忽地鬆了一下，眼中帶出少許輕蔑，口中低哼似的乾笑兩聲：「如此說來，道長身為道士，莫非不是想得道？」

「得不得道，並非想得就得的。」

「不存得道之心，怎能得道？」

「道存在於萬物，我身處於道中，身內身外皆有道，無增無減，也不是能去求得的，」雲空低頭說，「貧道不敢妄想成仙，只求能體會道罷了。」

老頭嘟著嘴，不屑地展展眉，心裡嘟噥著：「沒本事的人，只會耍嘴皮子。」

他沒再多說，便伸頸喊道：「喂——開門呀！」

門後馬上有腳步聲匆匆響起：「是老先生麼？」

開門的仍舊是方才的婢女，她看到雲空站在老頭背後，馬上向老頭蹙了蹙眉。

老頭不理她的臉色：「妳家主人在嗎？」

「老先生，老爺又去那個了……」婢女打著手勢，有些忌諱雲空這個陌生人。

「沒關係，帶我們去見他。」

婢女不敢反對，答應了一聲，領著兩人進入草廬。

穿過竹籬的大門時，雲空再瞧了一眼旁邊掛著的木牌。

「大歸廬」

他似乎有些瞭解主人的想法了。

老頭不需有人引路，穿堂入室的來到一間寢室，在門外大喊道：「黃叢先生，您還活著麼？」

「哎呀！是老先生來了！」奔出來的是名婦人，臉上掛著一簾憂色。

她才正要說下去，卻看見雲空這名不速之客，於是向老頭投了個疑問的眼色。

「嫂子，這道長是想來借宿的。」老頭解釋道。

「老爺的朋友嗎？」

「不，是個遊方道人。」

「哦，」婦人皺了半張臉，上下打量雲空一番，「可是，老爺他才……」

「領我去見見黃叢先生。」

「好。」婦人應了一聲，卻沒半點動靜，又是向老頭暗示了一下該怎麼處理雲空。

老頭瞄了眼雲空，笑道：「送他去客房吧。」

婦人於是喚來婢女，吩咐了帶雲空去客房，老頭又再拉了雲空一把：「且先去歇歇，待會我來找你，讓你瞧瞧什麼是仙人。」

雲空默然點頭，目送老頭離去。

是的，他的確想領教領教，仙人是個什麼模樣。

到了客房，一擺下行李，雲空馬上趺坐在床上，閉目凝神，調整氣息。

他對「氣」特別敏感。

凡人身上免不了一股濁氣，他想看看仙人是怎麼樣的氣。

尤其是一個聽說已經自殺過不止一次的仙人。

雲空先讓全身的氣息周旋，貫通每一道經脈。

接著打開全身的氣口，讓他對氣的敏感度加強好幾倍。

雖然刻意去探察別人的氣有些不禮貌，但雲空是不會放過自己的好奇心的。

打從幼時便跟隨師父學習靜坐，約三十年的不斷練習，早已令他對氣能夠得心應手的操縱了。

他沉浸於氣感的愉悅感中，完全忘記了時間。

正在高興的時候，腦中突然浮現一個人影。

是那老頭。

雲空猛然張眼，果然老頭便站在他面前。

老頭兩手交叉在背，板著臉看他。

雲空忙收了氣，走下床來：「抱歉，貧道一時沒注意……」

「菜冷了。」老頭指指一張桌子。

不知何時，晚飯竟已送來了。

連外頭也早已漆黑一片，四周靜靜的傳出壁虎的叫聲。

「用了飯，咱們去見黃叢先生。」

雲空乖乖的坐下用飯，老頭便又和他聊起來了。

他聊到了黃叢先生，語氣中滿是敬意。

他說他還是小孩時就認識黃叢先生了，而黃叢先生的樣貌卻一點也沒變老。

又說今天迎出來那婦人是黃叢先生的夫人，已經是他不知第幾個夫人了，每個都是老死了，而黃叢先生依然壯年，所以再娶的。

「黃叢先生有子女嗎？」雲空好奇的問道。

「修道要絕欲才好，黃叢先生第一位夫人的子女，早已全部老死了，之後他便斷欲，沒再生子女。」

既然要絕欲，為何又娶妻？

雲空沒問。

他問了他更好奇的問題：「黃叢先生如何得道成仙的？」

老頭好像演練過很多遍似的，很快的回答：「自然是修行多年，早已到了爐火純青……」

他嘩啦嘩啦說了一堆，想來是常常被問到同一個問題。

「可是，」雲空打斷他，「得道之人，為何又頻頻求死？」

老頭啞然地怔住了，正想辦法回答，雲空又問：「居然能得到不死之法，為何不知必死之方？」

「這道士，」老頭忿怒地脹紅了臉，「你好大的不敬！」

「得罪得罪，」雲空忙起身作揖，「貧道膚淺，修行淺薄，故有此一問。」

老頭子稍稍平息了怒氣，不高興地說：「也不怪你，畢竟你道行不高。」

「還沒問老先生道號？」

「我不是道士，」老頭說，「可是我認識黃叢先生好幾十年，比你這年輕人知道的更多。」

「身邊有仙人，如此良師，老先生為何不拜師學道？」

「黃叢先生說我資質不佳。」
「黃叢先生有弟子嗎？」
老頭搖頭：「沒聽說過，有來拜師的也給趕跑了。」
雲空心底的疑惑已經重得快溢出來了。
這黃叢先生，這仙人，充滿了矛盾。
他長生不老，卻又屢屢自殺。
他道行高超，卻不傳弟子。
他不斷娶妻，卻實行斷欲。
晚飯一用完，雲空便尾隨老頭穿堂入室，前往黃叢先生的房間。
途中，雲空慢慢開啟了身上的氣口。
他知道這老頭沒有道行，不會知道雲空在幹什麼。
看見黃叢先生時，雲空心裡一點也不訝異，反而因為確定了方才的猜測，而放下了一塊心。
黃叢先生果然真是那具浮水屍。
他的鼻子因為泡水太久而脫落了，正用乾淨的布緊緊纏在臉上。
他換了乾淨衣服，但仍然發出陣陣腥臭，顯然尚未清潔身體，大概是擔心身上的皮肉一擦就掉落了。
雲空在這人身上感受不到半點不凡之氣。
「跟凡人沒兩樣……」雲空心裡嘟噥著。而且，很顯然黃叢先生根本沒察覺雲空正在感覺他的氣。
黃叢先生落寞的看了雲空一眼，示意他坐下。

他的心裡有些厭煩。

「老是帶人來見我。」他這麼想著。

老頭十分崇拜他是沒錯，但他常常將一些道人帶來見黃叢先生，讓他們見識見識這位「仙人」。

他煩死了。

他看著這老頭從一名流鼻涕的小孩，變成蒼老得行將就木。

他忍著渾身的不舒服，緩緩移動身體，用平坦得沒音調的聲音小心說話，生怕身上泡水過久的皮崩下來了。

「行動不便，招待有失妥當，還請包涵……」他很客氣。

「貧道平日借破廟、馬寮過夜的，今日已是上好的招待了。」雲空說的是實話。

黃叢先生禮貌的問了一句：「請問道號？」

「貧道雲空。」

黃叢先生的臉抽了一下，包臉的布微微一顫。

「雲空……可是有一白布招子，寫了『占卜算命‧奇難雜症』？」

「是的。」黃叢先生被人從水中扶起來後，經過雲空面前時，張眼看了他一下，相信也看見了他手上的白布招子。

所以雲空毫不希奇。

「你俗家姓陳？」

「是……」雲空困惑地回道。

「父親可是樵夫？」

雲空驚疑的看著黃叢先生的眼睛，看見有些混濁的瞳孔：「是的……」

一旁的老頭得意洋洋，想著仙人一出手，便知有沒有。

可是黃叢先生把老頭斥了出去。

老頭很是惶恐，不知大仙為何把他趕走。

但他很聽話，還是乖乖的告退了。

「雲空先生！」黃叢先生慌張的站起，緊握雲空的雙手，兩眼中盡是哀求。

雲空一時不知所措，從未有人叫過他「先生」，這可是德高望重的人才配叫的。

「誠惶誠恐！」雲空忙道，「先生何必……」

「只有你能救我！」

「怎麼……？」這忽來的舉動，令雲空一時搞不清楚狀況。

「只有你！我知道……」黃叢先生過於激動，臉上白布鬆脫，露出慘白浮腫的皮膚，「是無生說的！」

雲空兩眼倏地光芒耀現。

「無生嗎？」忽然心裡一陣狂喜。

雲空正是想找無生。

這四大奇人中最撲朔迷離的人物，幾乎沒人知道他的真面目，而眼前此人，竟聽過他說話。

無生到底說了什麼？

五年前，雲空差點被高祿吸掉精氣時，是無生的五個弟子，千鈞一髮的救了他。

然後雲空誤闖古廟，遇上一大群妖物，也是無生的五個弟子來解圍的。

他不記得實際上發生過什麼事，但赤成子告訴他，當時那五位弟子說：無生正在找他。

找他是因為他的前世。

許多許多的紛擾，似乎都衝著他的前世而來。
這個令人討厭的前世，究竟是什麼？他要找無生去問個明白。
「無生他……」雲空氣定神閒，不讓自己露出一絲心事，「說了我什麼呢？」
黃叢先生的眼神心虛的閃了一下：「他說……」
「不妨直言。」
「是。」這個字是黃叢說給自己聽的，像是要告訴自己下定決心似的。
雲空等他說。
「我一直生活在恐慌中，害怕被無生找到……」
「你怕什麼呢？」
「他說下一次見到我，要讓我活得更久……」
黃叢先生舔舔唇。
「他跟我說，要是想死的話，除非找到一位叫雲空的道人，他是神人降世，他俗姓陳，父親是……」
「等等，抱歉打斷你的話，」雲空忙截道，「你是何時遇上無生的？」
「……記得那年，王莽篡位。」
「你是漢代人？」雲空驚問。
「是，我是漢代人。」黃叢先生被這麼一問，心下反而奇怪，他還以為雲空也是和他相同的人。
雲空當然驚訝。
他曾經見過更久以前的秦代人，但他們是住在時空倒錯的秀水澗，那裡的一天是人世的兩個月，所以能活到現代還不算奇事。

可是眼前的人竟活了千年之久！

聽他的意思，無生可能比他活了更久！

雲空從來不相信，人的壽命可以如此長久。

他感到異常亢奮，整張臉忽然麻痺起來，頭腦熱渾渾的，兩手也不自禁的在抖。

千年人！

這個人要不是說謊不眨眼，就是個瘋子，再不然的話，他說的都是真的！

「我不認識無生。」雲空想向他坦白，但他沒說，他還想再知道多一些。

「既然能長生不老，又何苦頻頻求死呢？」

「雲空先生，」黃叢先生愁著眉，用哀求的聲音說著，「您可能活上千年也能自得其樂，我可是越活越苦呀。」

他想嘆氣，卻似乎連嘆氣都無力了，只低垂著頭說道：「眼睜睜看著認識的人一一死去，妻子無法白頭偕老，兒女眼看著我比他們年輕，一個個離開人間……我很寂寞，活得越久，反而越是想死。」

「可是，你當初想求長生，不也是為了自己能長生而已嗎？有為家人求長生嗎？」

「……沒有。」

「那就無法避免他們會離去了。」雲空嘆口氣，「可是，你又何苦再娶呢？」

「我怕孤單呀！」

「但你不想再有兒女嗎？」

「兒女是骨肉之親呀！喪妻之痛固然沉痛，看著兒女出生又死去，是刺骨肉裂的痛呀！」

兩人沉默了一陣子。

「好，你想死，無生可曾說，我能怎麼幫你死呢？」

「沒說。」黃叢先生有些困惑，既然已找到雲空，怎麼雲空卻不知該如何幫他？「無所不知的無生」理應不會騙他才是。

雲空搔搔頭：「方才你說，無生若再見到你……」

「不，我不想再見到他，」黃叢先生慌張的四顧，臉上白布脫落更多，慘不忍睹又皺又腫的臉全露了出來，「他該不會也來了吧？」

「他沒來，」雲空輕拍桌子，「我很瞭解你不想再活下去了，可是他要讓你活更久，你拒絕不就得了嗎？」

「雲空先生，他是要懲罰我，他要我承受更大的痛苦呀！」

雲空不解地看著他。

「我要認錯！我早已知錯了！是我不該到蓬萊去的，是我不該去闖仙宮，還意圖偷仙藥，偷長生不老的秘方，我認錯！我只求不要再活下去了！我沒辦法忍受活著！」黃叢先生的淚水一湧而出，變成在哭號，變得歇斯底里地在懺悔，「讓我死吧！別再懲罰我了！」

※※※

「仙」這個字，原來作「僊」，指的是遷入山中居住、遠離俗世的隱者。

不知何時改用了「仙」字，很明顯的是表示住在山中的人，《釋文》解釋此字曰：「老而不死曰仙。」

不死，是許多人所憧憬的。

想要不死，是由於執著於自己的存在。

黃叢先生也是如此。

黃叢先生是稱號，姑且不提本名，只說當年，年少的他懷著求取不死的熱忱，遠奔東海，尋找傳說中的仙島。

仙島是戰國以來就有的傳說，乃仙人聚集之處，只要找到仙島，便有一大堆神仙任你請教。

很幸運的，他竟然找到了，而其他許多失敗的求仙者，敵不過時間的腐朽能力，在時光中化成空無。

聽到這裡，雲空不禁問道：「你是怎麼找到的？」

「是仙槎，我無意中見到一具仙槎。」

傳說中，仙槎是仙人的交通工具。

「我追循著徐福先生的道路，一路轉折，去到齊地（今日山東），聽說徐福在那裡二度出海，也是他的故鄉，聽說當年秦始皇東巡到齊地，徐福先生便在此要求第二次出海。

「我到了齊地，四處向鄉人打聽仙人的消息，我轉入深山大澤，數度徘徊於生死，終於不小心看到仙人。」

仙人是乘著仙槎的。

在一片雜草叢生的山野，年輕的黃叢先生滿身黏稠的汗，用手疲累的揮趕擾人的山蚊。

他沒來由的聽到一陣怪聲，那是幾乎聽不到的高頻聲，卻又會在耳裡有嗡嗡的感覺……他抬頭往上看，看見一樣東西悠悠地飛過，像一隻巨大的飛鶴，上面坐了一個人。

「我追著仙槎，知道機不可失，仙槎飛到一處小溪澗，仙人下來喝水，我衝上去，央求他收我為徒……」

說到這裡，黃叢先生忽然止住，愣眼望向虛空。

豆大的燭光蕩漾著，照耀這山野小村中的一間草廬。

「那仙人，我說不出……他全身泛著銀澤亮光，兩眼空靈，渾身都是仙氣，」黃叢先生忘我的出了神，兩眼閃爍著感動的光芒，「這是我第一次看見仙人，我向他乞求長生……」

雲空覺得他對仙人的形容，似曾相識。

銀光……空靈的兩眼……

「他給了你長生？」

「不，他不跟我說話，只是一直在咕嚕咕嚕的不知呢喃什麼，喃喃著就要登上仙槎了，我硬拉著他不放，他大概是慌了，想揮手趕我走……」

黃叢先生又累又餓，他不想多年來的心血白費，不想讓難得遇見的仙人就這樣開溜了。

他做了一件事，一件做了就馬上懊悔的事。

他將仙人擊倒，搶了仙槎。

他不知該如何操縱仙槎，仙槎竟自動昇空，將他帶到東海，停在海島的一座山上。

在那裡，他碰見改變他一生的無生。

「無生很漂亮。」

漂亮？「他是女人嗎？」

黃叢先生痴痴的望向半空：「我看不出他是男是女，他很漂亮，全身都在發著霞光，他在對我笑……」說完這句，他歪頭想了想，似乎在懷疑無生到底是不是笑過了。

「他似乎看穿了我的心，看穿了我的一切，他告訴我……」黃叢先生慌忙搖搖頭，「不，他不是告訴我，不是用嘴巴說的，而是我在腦中聽見的……」

雲空拍拍黃叢先生的手，把出神的他喚回現實，他一時不知所措，因為說話被打斷而感到迷茫。

雲空指指他身旁的婢女。

婢女怯生生的問道：「老爺，夫人問您要不要就寢了？」

「就寢？」黃叢先生慍道，「沒看到我在會客嗎？」

「已經很晚了，黃叢先生。」雲空提醒他說。

黃叢先生把婢女轟了出去，回頭緊張的問雲空：「雲空先生，我剛才說到哪裡了？」像是巴不得馬上把滿腹的話一次講完似的。

「你說無生在對你說話。」

雲空快要聽到重點了。

這位不修道、不是仙人的黃叢先生，是如何做到長生不老的？

「無生他說……」

無生問：「你來此是為了什麼？」

沒問他原本仙槎的主人何在，沒問他怎麼找到來的，劈頭便問他目的。

「我想長生不老。」黃叢先生已經忘了他是怎麼說的，但大致如此是沒錯的。

「好，」無生很爽快便答應了，「我給你長生不老。」

黃叢先生狂喜，拚命的磕頭，沒命的稱謝。

「你要記得，什麼叫長生不老。」無生說，「便是永遠不老不死，不會受傷，不會腐朽，不會消失，一直到時間盡頭，你都會存在，任憑山川草木變遷，滄海桑田，你都還是你。」

不知是否錯覺。

就在無生「說」完之際，他似乎又聽到無生在笑。

而且，這個笑聲帶有惡意，令他不寒而慄。

「接下來的事我完全不清楚，我已經昏過去了。」

沒聽到成為不死身的過程，雲空很是失望，心裡不禁苦笑。

「無生在我醒過來後告訴我，我已經是個不死之人了，他用利器割我，傷口也很快癒合了，我當時很是高興……」

忽然他用力拍桌子，脹紅了臉：「混帳！我高什麼興啊！」黃叢先生臉上的白布全部震落，露出一張年輕俊秀的臉，臉龐光滑，還透出健康泛紅的血色。

他的拍桌令雲空吃了一驚。

雲空看見他的臉時又再吃了一驚。

雖然黃叢先生一臉悲憤，卻還是掩不去少年般的俊臉，壓根兒跟活了上千年的人扯不上關係。

雲空鎮定下來，催促他繼續：「後來如何了？」

「我乘了仙槎，四處遊歷，當時真個是如魚得水，好不快活……我娶妻生子，然後看著他們衰老、死亡、入土，我無法忍受兒孫們的悲哀，我不想一個個年老的曾孫、玄孫哀傷地望著我，我只好離開，到另一個地方娶妻、生子，然後一代又一代的孩子在我面前死去……」他伏在桌上哭了起來，全身抽泣得發抖。

雲空任由他哭，讓他哭個痛快。

或許他也很久沒哭過了吧？雲空輕輕嘆氣，想像著千年來沒掉過淚水的感覺。

待他不再抽泣，只發出微微的嗚咽，雲空才問他：「我想知道一件事。」

「您說。」

「仙槎還在嗎？」

「還在，我偶爾還在用。」

雲空點點頭，這樣或許較容易到達無生那裡。

遺憾的是，要是師父還在，就可以證實一下，當年師父提起的奇肱國「飛車」，和這「仙槎」是否同一回事。

「我想告訴你兩件事。」雲空用兩手搓搓臉、搓搓耳朵，預備好接受黃叢先生的強烈反應。

黃叢先生停止哭泣，冷靜的說：「我已經準備去死很久了，您不用遲疑，成全我吧。」

「不，我正是想告訴你……我不知該怎麼讓你死。」

「你不知？」

「我完全不知道。」

黃叢先生苦笑：「我明白了……我曾經自焚、溺水、跳崖、刎頸、被大石壓碎、服毒、上吊、吞金、活埋、割舌、斷頭，無一有效，您瞧瞧，這些方法全不管用。」他兩手合起，望向雲空：「告訴我吧。」

「什麼？」

「你要怎麼讓我死？」

「不，我真的不知道。」

黃叢先生以為他在開玩笑，有點錯愕。

忽然之間，他疑心雲空是不是無生派來的，派來再給他增加壽命的，他一陣寒顫，兩眼暴張。

「事實上，我根本不認識無生。」雲空終於說了。

他盯著黃叢先生，眼神中帶有歉意。

黃叢先生只怔了一下，便鬆了口氣似的說：「至少，你不是無生派來的。」然後搔搔髮根，一副累壞了的樣子：「沒關係，我已經習慣失望了。」
「抱歉。」
「可是您是雲空先生不是嗎？」
「我的確是的。」
「無生說過，雲空是神人轉生……」
「他是什麼時候說的？」
「我上一次遇見他……」黃叢先生低頭想了一下，「約莫四十年前吧？」
「……」
「他忽然出現在我家門口，真是嚇壞我了。」黃叢先生說來猶心有餘悸，「不過他安慰我，他是來提供我一帖不死的解藥的。」
「那帖解藥就是我？」
黃叢先生用力點頭，抱著期待說：「您不知道您是否神人轉生嗎？」
雲空縮縮嘴唇：「這，正是我想搞清楚的。」

※※※

接下來雲空告訴黃叢先生他的經歷。
從出生時的百鬼夜奔……火精的攻擊，害死了爹娘……上隱山寺的修行，遇見燈心、燈火兩位大師……
「吾師破履道人雖未明說，」雲空道，「但他似乎暗示著，燈心燈火大師是知道我的來歷的。」
「您自己不記得前生的事嗎？」

「完全沒印象。」
雲空告訴他，無生的五個弟子是如何兩次救他，還有在古廟被眾妖剝皮的怪事。
「算一算日子，還有兩年，牠們又要找上我了。」
那群妖物聲明要的是「四十三歲的雲空」，再兩年他就是了，在這之前，他得先找到「無所不知的無生」一知究竟。
黃叢先生聽了他的經過，興奮地說：「看不出您年紀輕輕，竟有如此曲折的經歷。」
「還有一個人，五味道人。」
「他是誰？」
「他與無生曾經並列四大奇人。」
「什麼是四大奇人？」黃叢先生隱居山野，不問世事，不知江湖軼事。
雲空又費了番唇舌解說，並說：「如今『南鐵橋』已亡，『北神叟』不知所蹤，『東無生』和『西五味』又神龍見首不見尾，似乎早已絕跡江湖。」
「五味道人嗎……」黃叢先生想了很久，還是搖搖頭。
「他總是在一些事情發生前出現，預示事情的發生，曾有兩次，」雲空伸出右手食指和中指，「一次在燈心燈火大師圓寂以前，一次是神算張鐵橋去世以前，但他只現身片刻便離去，我從沒見過他。」
「有趣有趣。」
「從這許多種種，我察覺到，事情的癥結全集中在無生身上，所以我要找到他，」雲空懇切的說，「你可否借我仙槎，好讓我去找無生呢？」
黃叢先生斜眼瞀他一下，一指撫撫嘴角：「……當然可以。」

「太感謝了。」雲空正要道謝，被黃叢先生揚手阻止。

「有條件，你必須先醫好我的病。」

「呃？」

「你不是擅長奇難雜症嗎？我現在要求你治好我的『不死』，」黃叢先生說，「我要徹徹底底的死去。」

※※※

早晨，雄雞的啼聲在山中迴盪，引起了細碎的陣陣鳥鳴聲，一些夜行動物也悄然躲了起來。逐漸變白的天空，照耀到在天空徐徐航過的雲朵。

在黃叢先生房門外守候的婢女，雖然擔心隨時會有吩附，但還是忍不住睡著了，直到另一位婢女來叫她，她才慌張的爬起來。

「問老爺要用早膳了沒？」剛醒過來的婢女說。

「老爺不在房裡頭。」

「咦？」那婢女馬上回過精神來了，「那客人呢？」

「也不在。」

她們告訴夫人後，大家把個本來就不大的草廬找了三遍，還是沒下落。

於是那夫人趕忙吩咐家丁，四處去搜尋。

他們還是再去小河彎處找了一遍，只找到昨天看熱鬧的腳印，亂七八糟的分散在淤泥上。

「看著別人找你，是一種很奇妙的感覺。」黃叢先生微瞇著眼，嘴角還抹了淡淡的微笑。

他和雲空一起乘著仙槎，浮在半空，向下眺望螻蟻般的人們。

他操控著仙槎，在山林上方慢慢移動，兩眼小心地搜索山林間的動靜。

「虎是吧？」

「被虎吃得一乾二淨如何？」

「沒用的，」黃叢先生專注的尋覓虎跡，「不過至少可以證明一下沒用。」

他眼力很好，在山林矮樹間找到了移動的斑紋。

黃叢先生轉頭問雲空：「您會駕御這仙槎了麼？」

「會了。」雲空一面盯著那移動的斑紋，一面回答。

教一個人如何去死！他不知道是不是做對了。

他不知道自己為何會幫這個忙，這似乎與自己的想法相違背，但卻在不知不覺中照著黃叢先生的話去做了。

是因為他想使用這仙槎，好能夠馬上去找到無生嗎？

是因為好奇嗎？好奇該如何令不死人死去？

或其實這是一種自私？一種以助人為藉口的自私？

「雲空先生，」黃叢先生向他道別，「我將草廬取名『大歸』，正是想真正的回歸塵土，希望如願。」

「我瞭解。」雲空說了這句，忽然想再勸他回心轉意，告訴他沒有必要去死，他曾見過一個吊在樹上好幾年的乾屍，腦子已經腐化了卻還沒氣絕，這種人才應該好好的讓他死去。

一個好好的人，還可以為世間做很多事，不如再勸他一下吧：「黃叢先生……」

雲空還沒叫完他的名字，黃叢先生已翻下仙槎，身形快速變小，沒入樹枝林葉裡頭去。

雲空看見林中的斑紋停止移動，遲疑了只不過一下子，便朝黃叢先生的方向移去。

雲空忙讓仙槎下降，降到樹的上方，讓他可以看清楚摔得一塌糊塗的黃叢先生。
一聲虎嘯，把雲空嚇得渾身汗毛像是通了電似的震了一下。
「人云『風從虎』，果然不錯。」虎嘯已過，全身的毛孔卻像是通了風似的，一時還覺得涼酥酥的。
兩隻帶著黑褐斑紋的黃虎，厚重華麗的皮毛在樹葉下方現身，一隻先是舔了舔地上的血，低低的呼了口氣，繞著屍身轉了一圈，確定一下四周有無危險。
黃叢先生手腳詭異的扭曲著，如同斷了線的玩偶，頭顱撲在血水和腦漿混和的漿液中。
兩隻老虎對望了一眼，開始撕咬黃叢先生。
雲空想別過臉去，但他的視線卻被緊緊黏住了。
他不想錯過這一幕吞食人肉的震撼景象，他看見黃叢先生的肌肉一層層被撕裂，熱騰騰的腸子翻出。
他看見老虎吃乾淨了肉，還咬碎黃叢先生的骨頭，在口中咔啦咔啦的嚼著，再把碎骨吐出，不知是要吃骨髓，還是要清潔嘴巴？
一個黃叢先生根本無法滿足兩隻老虎，兩虎吃得不盡興，低吼了一聲，輕巧的踏著小步離去。
等虎走遠了，雲空才降下仙槎，左右看顧了一下，才去撿起黃叢先生的殘骸。
望著一地的碎骨和內臟，雲空一時還不知該如何收拾才好，他撿起黃叢先生的頭，撫平散亂的頭髮，俊秀的臉上被掏了兩個眼珠，鼻子沒了，下巴也被連同舌頭一起撕走了。
雲空把頭擺入仙槎，再將碎骨一片片撿起，置入一個布袋。
這種事他不是沒做過。
好不容易收拾得差不多了，他準備回去黃叢先生的草廬，心裡斟酌著該如何告知他的家人。

他們會悲傷嗎？

黃叢先生自殺也非止一次了，相反的，家人若看著他青春永駐，自己反而老去將死，或許會更悲傷吧？

這麼胡思亂想間，雲空已登上仙槎，乘著它冉冉起飛了。

他心裡有一股奇妙的感覺，昨天之前，仙人、仙槎、長生不老都只是遙不可及的傳說，一夜之間竟全部變成了真實。

而今天，他居然駕著仙槎凌空飛行了。

他有些不太習慣地移動手腕，操縱這具奇妙的飛行器。

難道先前以為純粹是一種傳說、一種理想的「仙人」，果真存在？而無生正是仙人之一？

難道神仙果真有各種仙具，讓他們做出種種不可思議之事？

他向來不太相信的事情，已經一一在他面前發生了，一時之間還來不及接受，腦子盡有些混混沌沌的。

「雲空先生……」

果然會這樣嗎？雲空暗忖，無奈的搖搖頭。

「或許你應該把我燒了。」

「沒用，你也曾經自焚過呀。」

「燒成灰……灑入大海……」

雲空望去腳邊，見到黃叢先生的舌頭已經長好了，下巴也完成了，只有兩顆眼珠子還未長好，像兩顆坑洞中的珍珠，輕輕的在打滾。

「我不知道……」雲空說，「你被煮過嗎？」記得漢朝之前的君主都挺喜歡煮人的。

「很難受。」

「我可以想像。」

兩人默默無言了一陣子，雲空才說：「仙槎還給你。」

黃叢先生奮力的移動了一下，把頭咕碌咕碌的轉到仙槎角落。

「我只拿一些盤纏，」黃叢先生有點失望地說，「其他全數留給我內人，老頭也分他一些……」

「你要去哪裡？」

「我要借仙槎給你。」

「謝謝，」雲空望見草廬了，「可是我沒完成你的條件。」

「你會完成的。」

雲空不解，低頭望他。

「你要用仙槎去哪裡都可以，只是別去無生那裡。」黃叢先生的眼珠子已經長好，正瞪著大大的看他，「我會跟你到處去，我相信無生沒騙我。」

大歸廬在烈日照耀下，被群峰重重包圍著，瀰漫著一絲孤清。

「只有您能讓我死。」

雲空迎著高空逆風的吹拂，眼睛被風吹出了淚水。

他在高空中苦惱著，猶豫的執著操縱仙槎的把手。

【典錄】仙槎

仙槎是傳說中神仙的交通工具（「槎」乃小舟）之一，在古文獻上並不多見。

前秦王嘉《拾遺記》有一段：「堯登位三十年，有巨槎浮於西海，槎上有光，夜明晝滅，海人望其光乍大乍小，若星月之出入矣。槎常浮繞四海，十二年一周天，周而復始，名曰『貫月槎』，亦謂『掛星槎』。羽人栖息其上，群仙含露以漱，日月之光則如暝矣。虞夏之季，不復記其出沒，游海之人猶傳其神仙也。」亦即傳說中有一具仙槎，自堯帝時代出現，至夏朝才消失。

另外明代曹學佺《蜀中廣記》引用《洞天集》，提到唐代的宴樂宮殿「麟德殿」曾經陳列了一具仙槎：「嚴遵（西漢有名占卜先生，揚雄的老師）仙槎，唐置之於麟德殿，長五十餘尺，聲如銅鐵，堅而不蠹。李德裕（七八七～八四九年，宰相）截細枝尺餘，刻為（嚴）遵像，往往飛去復來，廣明（年號，八八〇～八八一年）以來失之，槎亦飛去。」宰相李德裕把它取下一段刻像，取下的那段也會自己飛來飛去，最後還飛走了，而仙槎也緊接飛走了。這段傳說，還真詭異。

之三十

魍魎記

建炎四年（一一三〇年）

山雨欲來風滿樓！

他終於在這一刻，領略了這句話的真諦。

肌肉中猶留存有一絲悸動，告訴他心中千縷萬絲的不安。

他還記得那一天……

靖康二年（一一二七年）二月初六日，噩夢忽然變成可怕的真實。

那天，佔領京城開封的金兵，把太上皇和皇帝的龍袍硬硬扯下，讓他們穿上平民的衣服，帶回北方。

「金國皇帝詔令，廢趙佶、趙桓為庶民。」

那天之後，百官每天依然聚集在朝廷，在空無一人的龍椅下，浮躁地議論紛紛：「金人到底想怎樣呢？」

「眼看把二帝廢了，大宋不就亡國了嗎？」

「可是金人通知百官依舊上朝，不知意欲何為？」

大家的談話都是用問號結尾的，沒人能道出個所以然。

皇帝沒了，金人吩咐每日還是要上朝，不可免例，司禮太監看見大家久等了，也只好跑出來宣布：「今日不早朝，退朝——」

退朝後，有數名官員互相使了眼色，各自乘轎或步行（騾馬都被金人要去了），聚集到其中一人的府第。

大家聚到被當成密室的房間，吩咐家人迴避了，才談論起來。

「兵部尚書孫傅已隨二帝被帶往北方，張叔夜將軍也下落不明，如今京城的兵，不是金兵便是大宋的俘兵呀……」

「大宋無望了……」

「大宋有望無望尚未可知，趙家宗室還有南逃的，只是咱們一定無望了。」

他們困於金兵攻陷的京城，根本寸步難行。

「事實上……」一位叫王時雍的官員咳了咳，「莫大人、吳大人剛從金營回來，帶回金國元帥的命令……」

大家紛紛噤聲，緊張的等王時雍說話。

金兵在每個佔領的城設一位「留守」，統管全城，王時雍正是京城開封的「留守」，掌管這麼有分量的一個城，所以目前以他說話最有分量。

「咱們既然投降，就能保命，大宋國土依舊由漢人治理。」王時雍很小心的用字。

他說的是由「漢人」治理，而非趙家宗室。

「所以，金國元帥要我們推舉一人當皇帝，繼續治理宋土。」

原來，大宋國土太大了，金人一時嚥不下這塊大餅。

京城已經打下來了，不如先穩定京城，再繼續南侵……所以金人便想出「以漢治漢」的法子。

這個「漢」，自然不能是趙家的宗室，要找個肯聽話的外姓才好。

「王大人的意思是……」大家憋著氣，互相張望，不知這件黃袍會加到誰身上。

這一個密議，自然不能先傳出去，壞了大事。

因為他們知道，朝廷上素來有一些忠貞份子，盡是些死讀書的酸儒，有事沒事就搬出仁義兩個字，指別人是小人，自己是君子。

他們知道這些人窮嚷嚷，無非是求個「死」字，只想一死以青史留名，金兵攻進來時，卻又光會乾蹬腳著急，大概怕忠義之名沒被人記下就被殺了吧。

這些光說不練的官兒，知道國家興亡之際，正是表現忠貞的大好良機。

可王時雍想的不同，國家興亡是謀取利益的難得機會。

王時雍並不覺得聽金人的話有何卑鄙，他只想朝最大利益的方向走去，沒去想那些青史留名的空茫事兒。

「總之明日早朝，大家要響應，一哄起來，那些人就沒話說了。」

大家默默頷首，忍不住互望一眼，又趕忙收了眼神，怕被人看到眼中的精打細算。

大殿上，空盪盪的龍椅，讓下面的百官覺得刺眼。

大局未定，每個人都疑神疑鬼的，不知下一刻會發生什麼意料之外的事。

但是，他已經預感有什麼事將要發生了。

不，他並不知道昨天的密議。

但他天生有一個好鼻子，能嗅到細微的異常變化。

那種不祥的味道，像是纏繞在心上的蛛絲，無論如何也清理不掉。

果然，這天早朝，事情發生了。

以「留守」王時雍為首的一夥人，提出推舉張邦昌為皇帝。

朝中地位最高的是王時雍，他說的話就像聖旨。

更何況，大家都知道他是金人的傳聲筒。

「余以為，國家不可一日無主，就如天不可一日無日，否則四時失序，百姓無依，」王時雍大聲說話，依慣例搬演一套正義之論，「天子之位，自古由德者居之，余與同仁，問士庶百姓，共舉張邦昌為帝，以正倫常……」

於是，同夥們紛紛表態，支持張邦昌為帝，還拉拉扯扯的要把他推上皇帝寶座。

張邦昌大吃一驚，慌得登時呆立在原地。

他的官位本來不小，去年靖康元年金人剛剛圍城時，他便力主和金人議和，結果被和康王趙構一起被送去金營當人質，後來金人見趙構善於射箭，疑心趙構是假皇族，因為他們認為宋皇族都是不諳武功的草包，因此把他們送了回來。

張邦昌回宋後，被政敵乘機攻擊他私通敵人，被貶降為小官。

沒想到世事變化如此劇烈，現在金人終於攻陷京城，竟然還給他個皇帝當。

這種非分之福，他連想都沒想過，更何況這顯然不是福氣，而是抄家滅族的大禍！

一群暗地裡早已約好的官員，已經起鬨著迫張邦昌馬上即位，連黃袍也不知打哪兒冒了出來，直接往張邦昌身上披去。

詭魅的氣息圍繞在朝廷，有些官員被嚇得手足無措，紛紛暗自盤算，看是支持不支持，哪方比較有利？

山雨已吹襲進來。

滿樓狂風亂颳，吹得人心惶惶。

「不行！這不合禮節！」張邦昌失神的呢喃著，一邊欲將身上龍袍脫下，還要空出一手推開湧上來的官員。

「皇上！」王時雍靠近他耳邊，提醒他，「此例古已有之，太祖陳橋兵變黃袍加身，不亦如此？」

有官員企圖突破混亂，叫嚷道：「若欲推舉天子，為何推舉異姓？」話猶未完，已被狂亂的吵鬧聲淹沒。

他不動聲色。

他的預感對了，果然今日是個極大的關鍵。
替死鬼，他知道張邦昌是替死鬼，無論事情後果如何，都要由張邦昌一人承擔。
他一直沒出聲，不當個推舉異姓的，也不想當個為趙家殉身的忠臣，他知道這股狂濤不是他可以阻擋的，命運的巨浪一來，他躲不開，只好隨著波浪起伏。
他打定主意要走一步，算一步。
雖然天氣涼快，朝廷中散佈的瘋狂氣氛，卻教人打從心裡悶躁。
這種非常時刻，他忽然想起了一個人。
一個道士。
去年，京城落陷以前，他心神不寧的出外散步，看見一位遊方道士。
這道士和別的道士沒啥不同，同樣把自己形容得很厲害，「占卜算命・奇難雜症」，他的白招子上如此寫著。
看那道士一副窮酸樣，不像個會醫奇難雜症的高明之士。
不過當時他心煩意躁，需要道士給他一些精神上的安慰。
於是，他走到道士跟前，坐了下來。
原本正在靜坐的道士，注意到他來了，睜開眼淡淡的問：「先生欲問何事？」
「前程。」
道士瞟了他一眼，視線在他臉上打轉了一圈，才拿起腳前的龜殼。
「道士……」
「貧道雲空。」
「雲空道長，你剛才在瞧我的印堂嗎？」

印堂是兩眉之間的平坦處，一般用來看人氣色。
「無須多慮，」雲空說，「你和其他人沒什麼不同。」
「沒不同？」他更加煩躁了，「願聞其詳。」
「此地人來人往，人人都印堂發黑，所以沒啥不同。」
「金人會攻進來嗎？」他一問就馬上後悔了。
「這也是你要問的嗎？」
「不，我只想問前程。」
雲空端詳了一下他的臉，又展開他的手掌來看：「你已經是個貴人了，少說也是個朝官。」
他不動聲色。
他今天是微服出來，逛街散心的，不想被人知道他是大官。
「或許你還可以更富貴。」
「或許？道長無法確定嗎？」
雲空展開他的右手，指了指掌心的紋路，說：「你仕途之路有阻，欲成大富貫，必經非常之事不可。」
「道長可否再說清楚？」
「容我占個卦。」雲空摸出三枚古錢，放進龜殼。
替他看相，是大約推知命運趨勢。
要再卜卦，是為了確定他所問的事情將如何發展。
雲空用心搖卦，得出六爻，正好上坤下乾：「此乃泰卦。」
但第三爻是「老陽」，由於物極必反，老陽會「變」為陰爻，使泰卦「變卦」為臨卦。

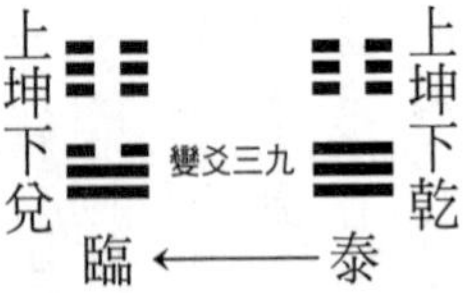

「此卦九三爻變，爻辭曰：『無平不陂，無往不復，艱貞無咎，勿恤其孚，于食有福』。」

「如此是吉是凶？」

「可凶可吉。」

他素來心機頗深，往往不動聲色，此刻心煩，也忍不住惱怒了：「道長，請快快明說吧。」

「照字面解釋，是說世間之事不會全偏，不會只有平沒有斜，也不會只有往沒有回，如果遇到艱難反而會沒事，如果被俘虜了也無須憂心，因為在飲食方面有福。」

「那是吉了。」

「未必，」雲空撫撫古錢，收回袋中，「照此卦象，九三爻是整個卦最後一陽，乃窮途末路，況且還變成陰，指窮途末路仍有轉機，然而三爻本是陽位，陽爻居陽位是屬『正位』，居正位卻變陰，是為不祥。」

卦的六爻是由下往上計算的，泰卦第三爻本來是陽爻，是下卦乾卦、也是整個泰卦的最後一根陽爻。

又，第三爻本性屬陽，叫做「陽位」，陽爻正好在陽位上，所以叫「居於正位」。

他簽了。

這份議狀，還有太學生、太學博士、太學正、太學錄等許多人署名，由御史馬伸送去金人那裡，數說張邦昌在趙佶當皇帝時的罪行：「應該由趙姓當天子，方為正統！」

金人很快作了決定。

馬上的決定。

他署名之後，在家中坐立不安，他知道禍事一定會來。

「有吉必有凶。」

吉，是當了忠臣，做了中丞、御史台長該做的事。

凶是？

大門外一陣喧鬧，金兵闖了進來，包圍了在大廳來回踱步的他。

「中丞大人。」隨軍而來的，有一名漢官，「金國元帥要你帶家人，隨趙佶、趙桓，到燕山去。」這漢官已經不稱呼皇上，直接稱呼兩位廢帝的名諱。

「家人？」他身旁的家人聽了，驚惶的看著他。

「中丞大人，快收拾吧，早些收拾還可以保命。」

有署名的人，全部被俘去北方，他是署名人之中身分最高的，自不能例外。

他知道有禍事，但沒想到全家人都會被牽連。

他腦中茫茫的浮現那句爻辭：「勿恤其孚……」（不擔憂被俘）

「秦大人，快收拾吧！」那漢官又催促道。

「老爺……」他的家人不敢相信，急得號啕大哭。

他木然的看著自己的鞋尖，心裡很想嘆氣，口中卻嘆不出來。

漢官看他沒反應，大為光火，馬上走到他跟前，嚷道：「你沒聽見嗎?!」還很不客氣的，連名帶姓直呼他：「秦檜！」

他驀地驚起，直視那漢官。

漢官忽然整個心冷了一下，禁不住倒退一步，惶恐地看著秦檜。

秦檜沒說什麼，只是向命運低了頭，吩咐家人去收拾細軟。

可是……

可是那漢官確信，剛才他接觸秦檜眼睛的剎那，看到了……

「風，」漢官後來向友人坦白說，「好像看到了陰風。」

※※※

三年後，大局已成。

當年金人只不過才剛佔下京城開封，現在更佔去大宋的半壁江山，而康王趙構在南邊稱帝，國號依舊是「宋」，史稱南宋。

南北兩地的人無法自由來往，交通中斷，而從北方金人土地上逃來的人陸續增加，兩國之間滿佈關卡，卻阻隔不了他們脫離異族統治的心。

大地如此遼闊，要從一地逃到一地，卻是寸步難行。

唯有天空，是自由的。

而雲空正在天空上。

多日來，他都乘著仙槎，凌空飛行。

他已經習慣了仙槎的存在，也習慣了以它代步。

高空的風吹拂在他身上，這些是不曾沾染俗世塵埃的風，連嗅起來也有不同的氣味。

仙槎穩定的飛行，雲空將手放在它的邊緣，從它細微的震動中，可以感受到它的悠久歲月。

這種奇妙的仙槎，不知是誰人製造？

這個問題，連仙槎的主人黃叢先生也不知道。

因為仙槎也是黃叢先生盜來的。

從一個令他毛骨悚然的人物——無生——那裡盜來的。

黃叢先生呢？

雲空看了眼腳下，只能容得下兩人站立的仙槎裡，黃叢先生正瑟縮在角落。

正確的說，是分散在角落。

這一年以來，雲空帶著這位不死的「仙人」四處遊蕩，嘗試各式各樣的死法，黃叢先生依然不死，如今他的碎片又在微微抖動，似乎快要回復人形了。

「我肚子餓了，」遙遙看著黃金色的光輝，已經在地平線邊緣躍動，民家的炊煙也在催促農夫們回家，雲空告訴黃叢先生，「我們降落在那山腳下，我去找些吃的。」

黃叢先生沒回答，他的嘴巴尚未成形。

即使是平日，他也不太需要吃喝，反正他不會死，這樣還可以節省旅費。

雲空讓仙槎慢慢的降低高度，隨著越來越近地面，悶悶的地氣輕輕揚起，告訴雲空又來到塵間了。

雲空哼哼鼻子，趕走不小心闖入的灰塵，一面環顧四周。

農村、夕陽、一片平和。

這不表示說這裡是安全的。

他第一件要確定的，就是這裡是金土還是宋土。
如果沒錯，他正位於宋金交界之處。
他將仙槎藏在矮樹叢之中，把黃叢先生留在仙槎上，獨自到農村去討些吃喝。
他不怕黃叢先生會受到什麼傷害，反正他硬是死不去，況且如果他死了，恰好正合他意。
時序已進入十月，天氣尚未大寒，但夜晚來得很快。
方才在高空還見著落暮餘暉，現在大地卻突然陷入一片寧靜，噪鬧的鳥聲像被驚嚇了一般迅速消失，留下的是草浪波動聲，在北風下宛如細細的海潮聲。
雲空來到一處農家，聽見裡頭有倉促的碗筷聲，猜想是忙了一天的農夫，肚子已經餓得很了。
雲空敲門，碗筷聲驀然止住。
「誰呀？」
「貧道是遊方道士，想買碗飯吃。」
「沒剩的。」
屋裡的人回答了之後，竟吹熄了燈火，整間屋子頓時靜得像空屋一般。
不受歡迎。雲空這麼想著。
他試了幾家，有的乾脆不理他，繼續用餐。
雲空聽著肚子咕噥作響，心裡有些焦躁。
肚子餓是令人很不愉快的。
「還是仙人好……」他正喃喃自語時，看見農田邊的林中有火光。
走近一瞧，是個衣衫襤褸的人坐在火堆前。
再仔細看，那人正用無神的雙眼看著他，時不時還去抓抓身上的蚤子。

不用再瞧，雲空已嗅到火光中傳出的肉香。
雲空大膽走向那人，那人把頭微微抬起。
「貧道……」雲空靦腆的問道，「能跟你買些吃的嗎？」
那人繼續再看了他一會，才翻了翻火中的土雞：「想得美。」
雲空愣住了。
「我餓了兩天，好不容易逮到人家走脫的雞，臭道士，用幾個錢就想吃到嗎？」那人嘮嘮叨叨了一大堆。
「行個好，」雲空說，「那邊沒人肯賣我。」
「當然沒人肯賣你，連見都不想見到你，」那人用髒兮兮的手拿了根樹枝，撥弄柴火，「你無論出現的人、時、地都不對。」
雲空低身作揖，道：「願聞其詳。」
「這裡是宋金交界之地。」那人說。
「果然……」雲空暗忖。
「看到那邊沒有？」那人所指的方向，可以看見點點銀白色的水光在閃爍，「那條河的對岸是金兵，而這邊有大宋水軍進駐著。」
雲空拉長脖子，果然隱隱有兵器錚然之聲：「貧道瞧見了。」
「這是『地』不對，此處乃兵燹凶地。」
雲空想提醒他，雞肉已有焦味了，但那人馬上接口說道：「金兵一直想越河，這裡的人大多已逃逸，害怕隨時會有兵災，兩方都有探子在活動，搞得人心惶惶，不知誰是奸細，你這是來的時機不對。」

「那『人』呢？」

「你是道士，誰又知道你是不是道士了？」那人嗤了嗤鼻子，「人言道，僧、道、婦人最容易接近人家，也是最好的奸細。」

「我是道士，我有度牒。」

度牒是僧人、道士的出家執照，一如身分證。

「度牒容易偽造得很。」

「等等，」雲空趕忙打斷這些談話，「貧道只是來求個填肚子的。」

「如果你是細作，填肚子就免了，反正遲早一死，無謂浪費。」

「那些人害怕我是探子，所以才不理我的嗎？」

「正是，」那人說，「跟探子接觸，下場是很慘的。」

「貧道並非探子，只是個肚子餓的道士。」

「不給你吃。」

「已經燒焦了，也不肯給我吃？」

「呸！」那人這才發現雞肉焦掉了，忙用樹枝把雞推出，趕忙用手拍打。

雲空見那人無論如何都不賣他吃的，只好離去。

那人見雲空走遠了，才突然鬆了口氣。

剛才他緊張得全身肌肉都繃緊了，所幸那道士沒注意到。

這一下放鬆，全身竟馬上佈滿了冷汗。

「別露出馬腳了。」他身後的林子發出聲音。

那人哈了一口大氣，忙回頭向林子裡應道：「是，大人，我不確定那人是否奸細。」

「不管是金人或是宋人，都有可能殺死我們。」

「是。」

「追上去，殺了他。」說話的人，在淡夜的火光照耀下，露出一張冷峻的臉孔。

他才剛過四十歲，跟雲空大約同歲，削瘦的臉孔卻已劃滿歲月的傷痕，把他原本有文采的臉，刻成硬邦邦的線條，緊抿的嘴唇，似乎總是在忍耐。

當他說「殺了他」時，並不是在命令。

他是在說一個完全正確的決定。

一個不能不做，不做就會後悔萬分的決定。

烤雞的漢子背脊涼了一截，口中不由自主的應道：「是。」

雖然這麼說了，他卻仍然看著主人眼中跳動的火光，忘了應該要做什麼。

「雞，烤好了？」

「是，烤好了。」

「拿給我吧。」漢子把雞遞了過去。

「好了，去追那道士，殺了他。」

漢子哆嗦了一陣，撫撫綁在小腿上的匕首，向雲空的方向跑去。

看著漢子走了一段距離，林子裡的人撕下一條雞腿，遞給身邊的女人，再用小刀把雞分成幾份，分給林中隨同數人。

他們一拿到食物，立刻狼吞虎嚥地啃了起來。

只有這人，這被烤雞的漢子稱為「大人」的人，不忘在黑暗中張開雙目，兩耳時刻留意四周動靜。

要活下去。他告訴自己。

不管那道士說的準不準，總之要活下去。

吉而變凶，凶而變吉。沒錯。

二十五歲中進士，年少得意，人人稱羨，是吉。

仕途多變，反反覆覆的在黨爭中浮沉，是凶。

金人入京，推舉異姓張邦昌為皇帝，他以正義之名上議狀，得忠臣之名聲，是吉。

因為上了議狀，全家人被俘去北地燕山，是凶。

時日匆匆，竟是三年春秋過去。

他該要多謝這三年。

這三年，他看見了不少真相。

他看到萬民之尊、真龍天子的兩位皇帝，向金人搖尾乞憐的模樣。

他被金人俘去北方，要他跟在趙佶、趙桓身邊，寥寥的數位舊臣陪著舊皇帝，可憐兮兮的，儼然一個小朝廷，史書上稱為「朔廷」，意思是「北方的朝廷」。

舊皇帝依舊是君，他也依舊是臣，臣要小心的伺候君，這個君還常常要吃的沒吃的、要喝的沒喝的，常要這位「臣」去向金人低聲下氣地討些飲食。

這個君被金人元帥呼來喝去，龍游淺水，實在無法忍受，便屢次寫信給金人，想要交換條件，以割讓土地來換回皇帝之位，自願成為金國屬國。

大宋土地已是囊中物，金人才不理他。

金人把皇帝、宗室等兩百人全部拐來，目的是斷了趙家後路，免得有人另立趙姓天子，然後他們才繼續南侵。

秦檜的心裡，對這位舊君越來越不以為然。

君君臣臣，向來像詛咒般枷著他們，君說的話是聖言、走路是龍步、放屁是聖氣，一旦失去權杖，原來不過如此。

「竟還枉想再當皇帝。」他心裡輕蔑地想著。

服侍這位終日淫樂、引起天下民變的老鬼……他厭惡地想起趙佶，那副縱欲過度的削瘦臉孔，還有他那被老爸扶上去當替死鬼的兒子趙桓……兩個天子，一老一少。

是的，替死鬼。

開封淪陷的時候，郭京不是拿了數千名手下當替死鬼，開了城門，自個兒遁逃？還留下滿城替死鬼，包括皇帝在內，任由金人摧殘。

連皇帝也拉自己的兒子當替死鬼，自己退居太上皇。

金人要留守的王時雍等官員推舉張邦昌當皇帝，張邦昌也意識到自己是替死鬼，硬想拒絕，因為萬一趙家復興了，第一個死的便是他，萬一金人不爽，第一個遭殃的也是他。

他自己又何嘗不是呢？

張邦昌當皇帝，就讓他當吧，他不想有意見，可是他的同僚們硬是要反對，寫了一份議狀，還硬要他這位御史台長署名當首議人！

替死鬼。

難道要陪兩位落難天子直到老死，當個忠臣，腐骨於北方草原之地嗎？

不用吧？當替死鬼無須如此徹底。

他依舊伺候著兩個大孩子般的舊皇帝。

他也乘著替皇帝送信到金營的方便，施展他的才華。

長時間的活動終於有了回報。

當兩位舊帝再次被遷移時，他被從他們身邊分開了。

他成為左監軍完顏昌的「任用」，也就是「執事官」。

他已經有足夠的政治資本，無論在金人或宋人，他都吃得開。

他知道趙構已經在南方稱帝。

三年前京城開封快淪陷前，趙構被封為「康王」，領兵抗金。

康王在相州自立為「兵馬大元帥」，相州將領和士兵加入麾下，成了他的主要軍力，聽說有幾個挺厲害的角色，如岳飛、韓世忠這些新名字。

京城淪陷後，康王在南京稱帝。

金人一離開開封，新皇帝當即回到開封，張邦昌馬上歸順，以為皇帝會念著曾一同被俘去北方的情誼，體恤他被迫黃袍加身的苦衷，沒想到最後仍難逃一死。

新皇帝豈會容忍這位曾坐過他位子的人？

後來金人再度南攻開封，新帝又重新開始逃亡，一路南逃往揚州、杭州。

身為「任用」，秦檜很容易獲得這些消息。

留在完顏昌身邊，他是個很有用的人，因為他對大宋十分清楚，正好可以幫忙攻宋。

雖然完顏昌待他很好，可是，非我族類，其心必異，他也知道金人隨時可能殺他。

他想回去大宋。

回去大宋之後，他也是有用的人，因為這三年使他成為最瞭解金國的人。

是的，無論在哪一方，他都有政治資本……

機會來了。

金國左監軍完顏昌領兵南下，追逐新帝。
由於受到完顏昌的信賴，他還帶了幾名「隨從」。
《續資治通鑑》上有記錄他的「隨從」。
他的夫人王氏，是「元豐改政」時名相王珪之女。
他的家奴硯童、興兒。
他原本的下屬「御史台街司」翁順和，以及親信高益恭。
他的計畫，是乘著隨軍南行之便，逃回大宋。
帶著這麼多人逃跑不是易事。
這是一個極大的賭注，一旦成功……他想起那道士的話……「欲成大富貴，必經非常之事不可。」
非常之事。
是的，賭注是他們所有人的性命，而且還要用同一筆賭注去賭兩次。
第一次，是從金營逃出。
完顏昌任命秦檜為「參謀軍事」和「隨軍轉運使」，足見完顏昌對他的信任，這不啻增加了他的贏面，但也表示了他一旦失敗，死狀將更為淒慘。
完顏昌行軍到淮陰，攻打楚城，城很快就落陷了。
城破第一天，秦檜已準備好了一切。
城破第三天，入城的金兵已鬆弛戒備，大家正忙著搶掠、姦淫、分贓。
於是他逃。
一行人乘著小船，來到對岸的漣水軍（「軍」是有軍事基地的「縣」）邊界。

這是第二場賭博。

逃過了金人，還必須要逃過另一種人。

宋人。

他知道，他十分清楚，清楚宋人是如何陰詐、狠毒，他當過替死鬼，也讓別人當過替死鬼。

仔細一想，文化大邦的宋人，似乎比夷人更難對付呀！

他把船停在河岸的蘆葦叢中，大家悄悄上岸，躲進林子，然後吩咐家奴硯童、興兒去找些食物。

十月冬夜，入夜後的大地，原來就不多的熱氣快速散發，凜寒的風掃過水面，要不是躲在林中，勢必會冷得咬牙切齒。

他心中的忐忑不安，隨夜風起伏。

他壓根兒沒想到，天下竟然這麼小。

當年開封淪陷之前，替他算命的道士，竟在這逃亡之際陌路相逢！

他胸中的寒氣滾了滾。

當他隔著稀疏的樹葉，在微弱的火光下，看見前來買食物的道士時……

殺了他！

這是他的直覺。

他向來相信他的直覺。

因為他的直覺從來沒錯，他甚至有些驚訝自己的這項本能。

可是興兒已經去了很久，為什麼還沒回來？

突然，他的毛髮豎立，全身皮膚緊縮了起來。

他忽然覺得有千百隻眼睛，正緊盯著他。
他縮起肩膀，不敢回頭。
後頭不都是他的親信嗎？
為什麼會沒來由的，有這種毛骨悚然的感覺？
他太太在他身邊，兀自低頭大啖雞腿。
後面也盡是些吃東西的聲音。
誰在看我？
可惡，誰在看我？
那種冷冰冰的視線，沉默地不作一聲，卻又萬般貪婪的盯著他。
上面也有！
到底是誰？不只是後面，上面也有！
一時之間，林子裡四面八方全張了眼，帶著促狹的猥笑，把他盯得渾身發毛。
萬一其實前面也有呢？
他猛然睜大眼，逼視前方。
前方可以望透林子，看見地上那一堆小火，看見淡淡的月色下，遼闊又孤獨的天空。
還有月光照不到的黑影。
黑影！
秦檜警覺地睜大眼，企圖看透外面的黑暗。
他看不清楚，他不敢確定。
黑暗之中，是否隱藏了其他黑暗。

※※※

興兒回頭看了看，他起的那堆火已經成了一個光點，想起剛才燒的那隻雞，肚子更是餓得厲害。

他暗自抱怨主人，抱怨他不理睬他的肚餓，還抱怨他當年把他帶到遙遠的金國，過了困苦的三年。

現在又無緣無故的要他去殺人。

他埋怨了一會，眼睛搜尋道士的蹤跡。

「一定是太暗了。」他喃喃自語。

他忽然閒住了口，閉起呼吸，聆聽四周圍的聲音。

剛才只有他在說話嗎？

「有人嗎？」他大膽地、悄悄地問道。

他這一問，四周的蟲叫聲，突然退去，沒入黑暗中。

天地那麼大，興兒覺得自己好像被困在一間斗室，完全聽不見任何聲音。

冷汗悄悄地滑過臉頰，嚇了他自己一跳，以為有指尖在摸他。

他恐懼得忘記了此行的使命，忘了要找那道士。

他再回頭一看。

這一次，他看不見火光，看不見樹林子。

他什麼也看不見。

他陡然一驚，倒退了兩三步。

一個黑色的影子緊貼著他的眼睛，他倒退之後才看見那影子。

「不是人！」他的直覺告訴他，一手慌亂地往旁邊撩撥了一下。
他忙收回手，轉頭去看他撥到的東西。
旁邊也是一團黑影。
他的眼睛從來不曾睜得這麼大，他的恐懼已經掐緊他的脖子，教他一個字也說不出來。
他被包圍了，被很多很多的黑影包圍了。
黑影子們相當高大，乍看之下完全沒有動作，但興兒覺得它們正慢慢地縮小包圍，慢慢剝奪他的空間。
當它們很靠近很靠近時，興兒看到了眼睛。
只是黑黑中的兩團黑黑。

※※※

沒人發現。
秦檜看到其他人都在專心啃食物，沒人發現異樣。
那種揮之不去的恐懼，漸漸侵入他的每寸肌膚。
他很討厭，很討厭很討厭。
他向來對這種討厭的事，是盡量忍受的。
但而今他已不想再忍了。
因為忍受，他當了一次又一次的替死鬼。
所以他採取了主動出擊，為自己爭取到金兵參謀的地位，為逃往南宋鋪了一條路。
這些監視他的東西——不管是什麼，難道想阻撓他嗎？

「你們是誰？」他低聲問道。

剎那之間，他似乎聽見了輕蔑的、吃吃的笑聲。

隨從們驚慌地看著他，不知他發現了什麼，也跟著疑神疑鬼的四顧。

「是官兵的話，我乃大宋御史中丞，從金人手上逃歸，帶我回去見你們的長官！」他還不忘他原來的官位，「若是強盜的話，我什麼都給你們，留下命就好！」他們逃來時，還帶了不少財物，都是一些金人的賞賜，所以他才認為有人覬覦這些財物。

這一次，眾人都聽見了。

緊貼著他們的耳朵，響起了吃吃的笑聲，越笑越猖狂，越笑越放肆，似乎是惡作劇得逞後的狂笑。

整片樹林子，整個包圍他們的黑暗，都在狂笑。

笑得很是開心。

可是他們根本沒見到笑聲的主人。

秦檜一腳踏出林子，抄起火堆中的一根木柴，舉起熊熊的火把。

火把很亮，瞬間照到了四周圍的「黑暗」。

看不見樹幹，看不見前方，火把被黑暗包圍了。

只不過一下，火光很快便顯得無力，似乎被黑暗吸收了它的光線。

秦檜的手上只剩下一根尾端發著紅光的木柴，紅光泛了幾點火星，馬上被黑暗吞沒。

足夠了，秦檜已經看到了。

它們非常高大，整個都是黑的，看起來像沾滿煤灰的東西。

一個個好奇的頭，頂在高高的身軀上，沒有五官——沒有吧？又似乎有眼睛，既然會笑，至少有嘴巴吧？

啊，他不知道，他只知道怎麼對付人，因為他太清楚人的伎倆了，可是現在他面對了難題。

他盤腿坐到地上，懊惱的嘆氣。

「相公……」是夫人王氏在叫他。

「秦大人……」隨他逃來的親信們也很是擔心。

一群蠢蛋！他們全都不知道發生了什麼事嗎？

秦檜抬起頭，企圖從黑暗中找到那些東西的蹤跡。

突然，他聽到那些東西騷動了一下，發出耗子逃竄也似的聲音，然後嘈鬧地商量著不知什麼。

「啾——」它們說。

剎那間，空氣頓時清爽了，慘淡的月光又闖了進來。

它們好像突然全部離開了。

秦檜正在疑惑時，聽見妻子的驚叫。

「什麼人?!」一根長長的矛已經伸到他面前。

包圍他們的，換成了十來個巡邏兵。

秦檜鬆了一口氣，對方是人。

這下子，他知道該如何對付了。

他拱手作揖：「我乃大宋中丞秦檜，隨二帝北巡，如今逃脫歸宋，請上報你們的長官。」

「中丞？」巡邏兵很是懷疑。

「快快帶我去見你們的長官，」秦檜說，「這可是莫大的功勞。」

巡邏兵的領隊捂了捂臉，沉思了一陣。

無論是什麼人，只要帶回去，他都有功。

是敵人的探子，他有軍功；是大宋舊臣，也該有賞賜。

他瞄了眼地上的行李，似乎想看穿裡頭的內容。

秦檜的鞋墊泡著冷汗，泡得那雙腳很不舒服。

※※※

在黑夜中走路真不容易呀。

雲空循著稀薄的月光，輾轉找到了停泊仙槎的地方。

仙槎上坐了一個人。

「怎麼這麼快？」上次黃叢先生被老虎吃剩頭顱，也花了不少時間長回原來的身體，這次支離破碎，這麼快就長回來了？

「黃叢先生，」雲空叫他，「食物沒著落了。」

「你們駕著無生的仙槎飛來飛去，不怕他發現嗎？」聲音淡淡的。

不是黃叢先生。

雲空警覺的停下了腳步，很快的打量了那人一下。

那人戴了頂道冠，也是個道士。

「這位道兄……」

那道人開口唱道：「夜茫茫，玉兔黯，朝露幾多草葉上，金烏一現都飛散。」

雲空一時接不下話頭。

「夜茫茫，玉兔黯，前似有路卻無路，盡頭有時卻無涯；」道人輕聲吟唱，沉沉的嗓音低迴著，「朝露幾多青草葉上，夏蟲蠻觸爭須臾，金烏一現都飛散，愚將空花當黃金。」

原來在唱「道情」，乃道士在嘆息人生時的一種吟唱。

「這位道兄，不知……」

「自古有云，商人重利無祖國，你說對嗎？」

「呃？我不知道，」再次被打斷的雲空只好回答，「利乃民之所趨，不是只有商人才會求利的。」

「沒錯，」那人點頭，「范蠡不就為句踐復國了嗎？」

「這位道兄，在下……」

「你叫雲空，我知道。」那人像是不想雲空多說話，再度打斷了他的話頭，他用腳踩著黃叢先生剛復原不久的頭，前後移動腳板，讓黃叢先生的頭滾來滾去，「咦，黃叢，你怎麼一直在搖頭？」

雲空這才發現黃叢先生的困境。

此人來者不善，雲空按捺著怒氣，一時想不到辦法。

這人顯然是衝著他來的。

可是，雲空和黃叢先生這些日子都用仙槎在空中飛行，這人是跟蹤來的嗎？還是半路遇上的？他們降落時，天已經快黑盡了，理應無人注意到才是。

「有一種人，比商人更重利，更加可以左右國家存亡！」那人加重了語氣，「比起來，咱們這些修道養氣，欲求長生不老的，不過是小利罷了，不是嗎？」他又滾了滾黃叢先生的頭，黃叢先生有口難言，因為他的聲帶還未長回來。

「有慾才有利，」他又說，「為了近在眼前的利，有人看不清楚稍遠一點的大害，有人以為盡忠義而名留青史是一種人生最高境界，卻不知也是誤國的大慾大利！」他的語氣很激動，臉色卻是十分平和，只是在他腳下的黃叢先生的頭，被滾得很慘。

「道兄！」雲空這次打算無論如何要截斷他的話，「我不知……」

「你不知我為何在這裡，又不知我為何講了這一大堆廢話。」

要說的話都被講完了，雲空啞然，一時忘了合上嘴。

「因為你剛才遇上了一個人。」

「我剛才遇到一個人在燒雞。」

「這個人背後的樹林，還藏了一堆人，」那人說，「而且其中有個人一眼認出，你三年前在開封替他算過命，他馬上便要那個燒雞的人追來殺你。」

「殺我？」

「不過沒殺成，也殺不成。」說著，那人傲然抬頭，劍眉下的精目凝望夜空。

雲空順著他的方向望去。

夜空中，有一團又一團的黑色影子，在空中糾結成長長的黑布，發出窸窣的嬉笑聲，盤旋而上。

「你也瞧瞧。」那人用腳滾動黃叢先生的頭，讓他可以看到天空。

黑色的影子忽上忽下，忽然間沒入月光照不到的雲層底下。

「那是什麼？」雲空見過不少非人之物，但這他沒見過。

「魍魎，」那人回道，「古書說是住在水邊的疫鬼，又有人說是專門盤踞在荒墳的鬼物。」

黑色的影子又從雲底冒出來了，在空中互相追逐著，嬉鬧地啾啾亂叫。

「魍魎會嘲笑別人，嘲笑利慾薰心的人，」那人說，「它們剛才在樹林中就看到了一個利慾薰心的人。」

「就是你說想殺我的人？」

「利慾會蒙蔽雙目，未來那個人會大大的有名……」那人靜靜地看了魍魎們一會，轉頭來說：「它們沒來嘲笑我，因為我剛才思考了很久，終於排除了我的慾念，決定現身來找你。」

雲空等他說。

「我不想再見到無生。」

「無生？」雲空一愣，「你說的無生是……」

「就是東海無生，那個無所不知的無生。」那道人說，「我和這位黃叢一樣，不想再見到無生，害怕再見到無生，事實上我也一直在企圖阻撓你，企圖轉移你的路線，不讓你見到他。」

「為什麼？」雲空很訝異，這個素未謀面的人，到底在暗示什麼？

「我怕見到他，我說過了，我也不想你見到他，因為如果你見到他，他一定也會找到我的，」那人嚥了嚥口水，「不見到他對我比較有利。」

「為什麼？」

「我們兩個人是息息相關的，你我之間是連在一起的！」

「為什……」雲空問不下去了，他越來越迷糊了，他想他應該先回到最根本的問題：「你是誰？」

「你知道我是誰，只是你不知道我就是我，」那人轉過身來，一對劍眉翹起，梳理得很柔順的長鬚在下巴一晃，「十七年前，我去隱山寺，通知他們燈心、燈火大師將死，還挑撥那裡的和尚，希望他們趕你走，免得兩位大師告訴你你的前生。」

「你是……」雲空感到腦子轟了開來，忍不住指著那人。

「可是我又忍不住想告訴你……所以十三年前，我去拜訪神算張鐵橋，我希望他給你引導一條路，讓你能夠避開動亂，並且發現你的前世。」那人低著頭說話，說得很急促，似乎在反省自己多年來的猶豫不決。

「然後我馬上又後悔了，於是又把你和赤成子引到洞天秘境，讓你在人間失蹤。」

「都是你做的？」

「是我，」那人疲憊的搖頭說，「可是我累了。」

「你是五味道人，」雲空說，「你是四大奇人中，人稱『西五味』的五味道人。」

「天下別無分號，我就是五味，沒什麼西五味的。」

「那麼請問一件事情，我小時候在韶州上清洞天宮遇過一位道士，他說有一幅圖畫，裡面的龍會飛出來的，是你嗎？」

「你記性不錯，」五味道人垂目笑道，「是我。」

「那時候，你已經認出我了嗎？」

五味道人避開雲空灼熱的目光，微微點頭。

「那時候，你正在追蹤我嗎？」

五味道人嘆了口氣，搖頭道：「是因是果，一言難盡，」五味道人不再滾動黃叢先生的頭，反而把它拿起來捧在手上：「我是無生的第一號實驗品，他是第二號。」

「什麼叫實驗品？」

「你會明白的，我要跟你說一個故事，說了以後，你就明白了。」

夜空中，魍魎們忽然噗哧一聲，爆笑起來。

五味道人厭惡的瞟了天空一眼，看見它們像一串醜陋的煤炭，旋著往下飛去，飛到河水岸邊。到了河邊，它們靜悄悄地聆聽。

※※※

「是奸細嗎？殺了便是。」巡邏兵的長官說。

因為處於敏感的宋金交界地帶，漣水軍的城郊每晚有巡邏隊夜巡，這晚他們逮到了秦檜一眾。

「我是中丞。」秦檜急忙說。

「啥是中丞？分明奸細。」一名巡邏兵說。

普通人不太懂什麼叫中丞。

事實上中丞就是俗稱的宰相，可是中國歷史上從來沒有一個官職是叫宰相的，雖然歷代各自定有不同的稱謂，但民間卻不太瞭解。

秦檜很是懊惱，他已經身在軍營，卻又遇上這些不明不白的小兵，而且他們的視線，還毫不掩飾的緊盯他的財物。

幸好有個巡邏兵稍微謹慎小心，他側頭想了想，說：「恐怕真的是什麼大官，別弄錯了，請王大人去。」

王大人是監督軍隊的王安道，官職「酒監」。

他見過的世面較多，也比較圓滑。

秦檜再次向他述說一遍：「我被囚禁軍中，是殺了金人，奪了小舟，才順著河一路往東逃來的。」

說他是中丞，也是三年前的事了，當時的朝廷早在金人進城的時候就瓦解了，現下南方的朝廷百官是另一批新人，誰又記得當時的中丞是誰？

王安道也不敢擅作主張，誰知道這人可能帶回什麼消息？說不定這人能讓他無須再在這危險的邊界監軍，還能升官發財？
升官倒未必，看到周圍兵卒們貪婪的目光對秦檜的財物虎視眈眈，巴不得要搶來吞下肚的樣子，王安道心想：發一筆小財或許是免不了的。
殺了他嗎？壞處是無法預料，好處卻是擺在眼前的。
王安道躊躇著。
「報告大人！」又有一名巡邏兵走進軍營，報告他的長官。
「啥事？」
「又有一名奸細。」
「真煩呀，以後殺了便得了。」
巡邏兵押進一個不斷在打哆嗦的男子，不知是冷得哆嗦還是怕得哆嗦。
秦檜一見到來人，叫道：「興兒？」
「中丞大人？」興兒感激的大叫，「救我，大人！」
「他是誰？」酒監王安道忙問道。
「是我家奴。」
剛才興兒喚他中丞大人，王安道是聽得清清楚楚的。
他馬上下了決定。
「中丞太辛苦了。」王安道作揖說，「下官想起來了，舊朝中丞是有一位秦大人，當年見過面的。」
然後吩咐：「通知丁大人。」
丁大人，是坐守漣水軍的將領丁禩。

丁禩見過了秦檜，吩咐明天設宴洗塵，並答應通知遠在臨安府的皇帝趙構。

秦檜並未因此鬆一口氣，他知道還有第三場豪賭。

※※※

睡了一覺的雲空，再睜眼時，天空已經發白。

東方的天空綻放出好幾道朝霞，彷若繡在空中的道路。

雲空伸了個懶腰，看見五味道人正背剪著手，遙望太陽初昇的景色。

雲空看了看身邊的黃叢先生，頭、四肢和身體已經大致接上，也在呼呼睡著。

雲空於是爬出仙槎，站到五味道人身旁。

「你看看，」五味道人遙指日出之處的左邊，那是東北方，「那邊不遠，便是齊地，再過去便是東海。」

「東海無生住的地方？」

「無生居無定所，但不外那幾處。」

雲空吸了口清新的晨霧，看著太陽已漸漸露臉：「你還沒說那個故事。」

五味道人沒回答，靜靜的等待太陽冉冉上昇。

寒鴉突然一陣聒噪，大驚小怪地從樹梢飛到下風的樹枝去。

雲空的胸中蕩漾著一股莫名的興奮。

多年來的層層疑惑。

出生時的百鬼衝下山坡……

三歲時的火精攻擊，父母慘死……

師父破履道人留下的一道道謎樣暗示……

無所不知的無生、暗中跟監的無生五弟子……

群妖欲奉他為王，並提及他的前生……

似乎，一切要歸於他的前生，才能找到答案。

他等五味道人講故事。

※※※

同樣的，秦檜胸中也是一陣興奮。

這興奮中混雜了不安，一種隨時準備赴死的興奮。

——第三場豪賭。

新皇帝，新東家，這位南宋的新天子趙構，三年前開封快淪陷前，自己封了兵馬大元帥，一路南逃，現在安閒地坐在龍椅上，當他的天子。

這臨安府的皇宮，到底不若開封的宏偉，這四周的官兒，也沒多少相識的。

秦檜定了定神，開始向皇帝陳述他逃來的經過。

陳述完了，趙構一言不發，等著。

於是，階下的官員開始發言了：「金人何其兇悍，秦檜如何能逃出？必有內情！」

「不特此也，秦檜還帶了家人逃走，試問金人行軍，能讓一小小參謀攜帶家眷乎？」

「不，」又一官員說，「即使金人讓他隨軍，也必定留下妻屬為人質，安能與王氏同偕而歸？」

「秦大人與何（栗）大人、孫（傅）大人、司馬（朴）大人一同被拘往燕山，唯獨秦大人能歸來，似有大大的不妥呀！」

「皇上，秦大人自燕（北方）至楚（南方臨安所在）二千八百里，踰黃河、越東海，又帶全家老小，如何逃得？」

秦檜心中冷笑：「你們沒經歷過的人，懂什麼？」

但他不動聲色，靜觀其變。

這種連珠砲式的攻擊，還不時加入一些無中生有的揣測，險惡至極！這只不過是他們又嫉又怕而已，嫉我有天大的升官資本，怕我搶走了他們的利益。

這種攻擊，是好不容易可以表現忠貞、表示才幹的時機，要是我，也會掌握的。

秦檜低著頭，恭敬地拱著手，望向丞相。

丞相范宗尹以前便與秦檜相善，何況秦檜一來到臨安府，便先登門請託，范宗尹挺起胸膛，從列隊的官員中大步走出。

「皇上，」范宗尹說，「自古忠臣難得，秦大人被拘往燕地，心裡卻無一日不繫於國家大事，九死一生，才終於見到皇上一面，打算提供金人消息，以圖保國大業，如果一死，不但忠肝義膽全付諸東流，後世史家，也會責備皇上失一良材，轉眼之間，大宋的轉機消失至盡，不亦危乎？」

樞密院的總管李回也附和道：「皇上不必多慮，秦大人一片忠心，天下皆知，當年二帝被拘，金人想立張邦昌為帝，乃秦大人一紙議狀，痛罵金人，才會全家被拘往燕山，可歌可泣，這不是一片忠心嗎？」

趙構很滿意的點了點頭。

看見皇上也點頭了，一眾發言的官員，好像沒事一般退回原位。

秦檜嘴角牽動了一下，深深的鞠了個躬。

跟來的監軍王安道、水軍將領丁禩，全部冊封為京官，無須再回到漣水軍，過著朝夕害怕金人來攻的日子。

連划船的人也封了個「補承信郎」的候補官位。

秦檜又贏了，連贏三場。

就像任何一個賭徒一樣，他已經停不了手。

他摩擦兩手，盡量掩飾他得意的笑容。

慢慢步離皇宮時，他回頭看看這臨安府的新皇宮。

第四場豪賭！

他想。

※※※

這建炎四年的冬日。

江蘇的漣水和中山河交匯之地。

一次偶然的邂逅，兩個完全不相干的人，開始步向各自迥然不同的人生。

一個去尋找緊繫命運的答案。

一個，在創造命運。

【典錄】魍魎

「魍魎」常和「魑魅」並稱，事實上二者並不一樣，兩者並稱可見於張衡的《西京賦》：「魑魅魍魎，莫能逢旃。」（見南朝蕭統《文選》）

又《左傳・宣公三年》：「故民入川澤山林，不逢不若，螭魅罔兩，莫能逢之。」有注云：「罔兩，水神。」

「魍魎」是水神的說法，在晉朝干寶《搜神記》卷十六有載：「昔顓頊氏（五帝之一，傳為黃帝之孫，號高陽氏）有三子，死而為疫鬼。一居江水（長江）為虐鬼，一居若水為魍魎鬼，一居人宮室，善驚人小兒，為小鬼。」（「小鬼」據清朝馬國翰《玉函山房輯佚書》應為「小兒鬼」）

東漢許慎《說文解字》：「罔兩，山川之精物也。」而《孔子家語・辨物》則云：「木石之怪夔魍魎。」同一說法在《國語・魯》、《史記・孔子世家》可見，相信是參考同一資料而寫的，但它已不只是水神，也是山中精物了。

宋朝羅泌《路史・后紀四》中，它又成了蚩尤的手下：「蚩尤乃驅罔兩，興雲霧，祈風雨，以肆志於諸侯。」可知這種叫罔兩或魍魎的妖物，到了宋朝已被人納入遠古神物之一了。

蚩尤先生不只有魍魎當手下，連「魑魅」也是，唐朝杜佑《通典・樂典》曰：「蚩尤乃師魑魅，以與黃帝戰於涿鹿，帝命吹角作龍吟以御之。」魑魅又是何物？《史記・五帝本紀》之索隱引服虔云：「人面獸身，四足，好惑人。」

事實上，在莊子的寓言故事中，「罔兩」是影子外層的淡影，可見於《莊子・齊物論》中，有一段罔兩與「景」（影子）的對話。

【典錄】秦檜逃亡疑案

宋高宗（趙構）建炎四年（一一三〇年），秦檜被拘去金國三年之後，於本年回到宋朝政府——以臨安府為京都的南宋政府。臨安府是去年（一一二九年）才由杭州升格為「府」的。他逃到漣水軍的時間，《續資治通鑑》上是列在冬十月辛未（初二）至乙亥（初六）之間，然後秦檜沿海路赴「行在」（皇帝所在）。同年十一月初五抵達臨安，丙午（初七）入宮見皇帝。

秦檜能夠逃回，是一件不可思議的事，在當時的朝廷也動發了一場爭論，有人認為他勇敢，有人認為他是金人放回來的奸細，有人認為他是宋、金兩國密約下安排的中間人。

小說《宣和遺事》質疑秦檜怎麼可能逃回，寫道：「……挈家浮小舟抵漣水軍，自言殺虜人之監己者。然全家同舟，婢僕亦如故，朝士多疑之，惟范宗尹、李回與檜厚善，力薦其忠。」

《宋史》將秦檜列入「姦臣」，在列傳第二百三十二有傳，也提出了以上懷疑，並說秦檜是賄賂金帥粘罕（完顏宗翰），才能被分派到其弟撻懶（完顏昌）身邊，當個「任用」的。

順便一提，秦檜逃回引起的爭論，其實是在他入宮前一天發生的，范、李兩人力保他的忠心後，次日才被召見。秦檜向新皇帝提出：「如欲天下無事，必須南自南，北自北。」建議議和，更令人罵他是歷史罪人，可是或許他是洞見時勢，看出求戰之不可能，也或許他是被金人嚇怕了，或是被金人刻意派回來的？這些都有賴專門學者，依照當時的歷史條件去做研究。

最後一提，把秦檜送回臨安的各色人等都封了大小不一的官爵，而保舉秦檜的范宗尹卻在第二年被秦檜陷害罷官。秦檜任相十九年，六十六歲才病死。

之卅一

諸傳記

紹興元年（一一三一年）

真正的死亡，就是這種感覺嗎？

他的瞳孔放大，死命瞪著山上的那豆點光線。

儘管凜冽的山風猛颳，寒意切入骨髓，他的皮膚還是不停的泌出冷汗，毛孔被汗水堵塞得很不舒服。

山風削過耳背，整張臉被吹得脫水，皮膚又乾又緊，像隨時要裂開似的。

在伸手不見五指中，他緊緊抓著石頭，盡量把身體貼在山壁上。

已經有一個人掉下去了。

一起來的三個人，死了一個。

他們好不容易來到齊地，尋找傳說中的仙人。

聽說當年徐福，就是在秦始皇出巡到齊國故地時，向秦始皇兩度提議出海求仙。

第一次出海歸來時，徐福說他找到仙島了。

他向始皇帝報告：「我們已經很接近了，只是無法上岸。」因為神仙們會起風，把船吹走。

傳說中徐福到達的仙島，就在渤海灣內。

不知海上「三壺」：蓬萊、瀛洲、方丈三仙島，徐福究竟找到了哪個呢？

於是，三個充滿求仙熱情的年輕人，長途跋涉來到琅邪，傳說中徐福二度與秦始皇見面要求出海之地。

琅邪面對東海，而非渤海，他們希望在此地找到徐福出海的線索。

某日，他們正餓著肚子，在山林中徘徊不知所措時，突然看見天空有異象。

有人在空中飛過。

「是仙人！」三人欣喜若狂。

他們追逐空中飛翔的仙人，但仙人很快就飛得不見蹤影。
三人狂熱的心像被潑了盆冷水，十分徬徨無助。
不知不覺，夜幕已披上山林，無月的夜，黑得連夜梟都不敢啼叫。
夜風中，高高的山壁上，隱約出現了一點火光，而且火光之中依稀有個人影。
「是仙人！」希望重燃，三人一陣騷動。
在毫無準備下，他們憑著一股狂熱，徒手攀上陡峭的山壁。
直到他們的手磨破出血、手臂肌肉劇烈作痛，也只爬了一小段距離，但已足以摔死他們。
上頭的火光在山風裡狂烈舞動，卻怎麼爬都到達不了。
他們已然進退兩難。
可是，好不容易遇上仙人，豈有後退之理？
機會難再！
於是，他們罔顧由血肉構成的手掌，在完全漆黑之下，只憑手腳的觸覺，來攀爬這片山壁。
往下看是一片純黑，完全判斷不到高度。
爬得越高，風越是淒烈，水氣愈重。
凝重的水氣令他們難以呼吸，不得不常常停止攀爬，然後用力呼吸數次，以補充耗去的力氣，也同時提醒麻痺的神經，自己仍然存在。
忽然一陣山風，不知打從何處橫掃而來。
他感到衣袖被強風拉扯，忙將身體貼緊山壁，衣袖倏地拍打了一下。
但是，一聲長長的、不甘心的慘叫聲從身旁傳來，漸漸去遠，沒入山風。
原來剛才那陣風，把一名同伴拉下去了。

他的心底發寒，死亡的恐懼剎那襲來，小腿馬上發軟，兩手卻仍不放鬆的緊抱山壁。

他聽到另一名同伴從身邊爬過，慢慢超越了自己。

咬一咬牙，他睜著悲壯的眼睛，滿佈血絲，繼續朝火光爬去。

山似是無窮無盡。

但他們辦到了。

他們終於看清楚那團火光，其實不是火光。

不是火，而是一團發出強光的東西。

他們不曾見過除了火之外，還有什麼是能夠發光的。

強光裡頭透出七色霞光，在強烈的白光中不斷變化顏色，十分刺眼，卻隱隱散發出飄逸的清氣。

霞光出現在眼前的瞬間，兩人忘卻了恐懼，也忘記了應該要繼續往上爬。

那團光就在山腰凸出的石臺上。

他們的手已經攀在石臺上，只要再努力一些些，就可以登上石臺了。

可是，他們覺得，那光是不能被打擾的、不容被冒犯的。

他們的直覺是：那光就是仙人！

突然，那團強光一收，暗了下來，只留下薄薄的一層柔光。

在柔光之中，有個瑟縮的人形。

那人跪在地上，痛苦的彎著背，頭頂住地面，額頭緊緊壓著沙土，兩隻拳頭也緊握著，彷佛要擠碎裡頭的空氣。

他發出極大的苦吟聲，渾身哆嗦不已。

他的背越來越彎，背上高高隆起巨大的團塊，像是醜陋的腫瘤，且在團塊之中有異物在蠕動、擠壓，發出黏液流動翻滾的聲音。

兩位求仙者被眼前的這一幕驚嚇，他們從沒看過這種詭異的形象，一時之間，崇仰仙人的心情消失得無影無蹤，忽然對求仙產生了恐懼。

他們已經咧開大嘴想尖叫，卻叫不出聲音，只能在心裡嘶喊。

心裡的疑懼和訝異在昇華，他們的眼睛已經無法張得更大，心裡直喊：「天啊天啊天啊天啊天啊天啊……」越叫越狂亂，連心都叫得沙啞了。

仙人背部的隆起，皮肉脹得緊繃，眼看快要撐破，在柔光下透出瑰麗的血色，有東西在裡面，掙扎著要破出來。

快破了。

他們期待著。

快破了。

皮膚裡發出的光線，透現皮膚下的微血管，甚至可以看見細細的血液在奔流。

快破了！

兩人覺得心跳太快了，感覺快要窒息，卻不敢去捫胸口，兩手仍然理智地緊抓石臺邊緣。

他們期待著。

仙人背上的皮膚擠破了一小道縫隙，強光霍然洩出。

那一小道縫隙如同河水決堤，猛然爆開。

「天啊……」他們的心臟差點要停了！

仙人也停止呻吟，輕輕地喘著氣。

他身上的光又再漸漸變亮，由柔和漸轉強烈。
他的背後升起一對很大的翅膀，羽毛閃著珍珠般的光澤。
翅膀還濕濕的，在山風中慢慢吹乾變硬。
仙人完成了蛻變，他微微抬頭，舒服的閉著眼，滿臉安祥。
不久，他謹慎地動了動半乾的翅膀。
元氣慢慢恢復的仙人，霞光再次亮得令人睜不開眼。
求仙的年輕人看傻了眼，呆呆的張大口，寒沁的山風吹入口中。
年輕人想知道他的同伴是不是也分享著他的喜悅。
他轉頭一看。
同伴不見了。
不知何時，在極度興奮之際，他的同伴伸手想要觸摸仙人。
這個念頭一起，就是漫漫無際的遺憾了。
遺憾和驚愕在嚴寒的黑夜中，在山底完全粉碎，散入塵土。
現在他是孤單一人了。
他終於察覺到自己身處險地。
他冷靜下來，用力吸口氣，企圖將手伸上石臺。
是的，仙人已在眼前了。
可是一旦死亡，一切就毫無意義了。
手心泌出的冷汗，正要命的使他的手掌緩緩往下滑。
手臂的肌肉已經麻木，無法再使上力氣。

他緊抿著唇，企圖控制自己的動作。

他再度抬頭確認他的目標。

仙人仍在，仙人的羽翼已乾，在被山風帶走的潮濕中，散發著清雅的花香。

仙人慢慢站起來，拍拍翅膀，終於發現這位懸掛在石臺邊緣的年輕人。

仙人好奇的端詳這年輕人。

看見仙人的容貌，求仙的年輕人也困感不已。

這仙人鼻子高挺，臉龐削瘦，下巴很尖，長長的頭髮全部披到後面。

更奇特的是，仙人的眼睛是綠色的。

難道仙人是胡人？

年輕人曾在市集見過高鼻碧眼的「色目人」，原來胡人也能成仙？

年輕人不願多想，也不能多想，他要爬上去，跪在仙人面前，央求他傳授成仙的方法，無論如何絕對要求到，這是他唯一的夢想，驅使他冒險往上爬的夢想。

何況他已經有兩名同伴犧牲了。

可是，此時此刻，他竟然放棄了。

他已經虛脫無力，四肢的肌肉已經不聽使喚，山風更是落井下石似的將他的體溫奪走。

意識模糊了，淚水混濁了視線，不知是疲倦的淚水？山風吹出的淚水？抑或遺憾的淚水？

年輕人的心仍有一絲的不甘，在做最後的掙扎。

他心想：第一位墜下去的同伴，尚未看見仙人，死去的遺憾不大。

第二位同伴只不過臨時起念，掉下去時必定萬分懊悔。

如果他現在掉下去，離長生不死只在觸手可及的咫尺，那種遺憾才是千古之悔。

不能死，不能死，卻又像是不得不死。

仙人拍動光燦四射的大翅膀，新羽的光華隨風流爍。

仙人像是隨時要憑山風飛去，卻又猶豫不決的望著這年輕人。

年輕人哀求的望著他。

仙人低頭皺眉，躊躇著。

忽然之間，年輕人看清楚了，看見仙人清澈的眼瞳，散發著童稚般的純真。

年輕人沒來由的感動起來。

莫非這便是「得道」的境界嗎？

這便是與天地交融、反璞歸真，與「道」合而為一嗎？

仙人望向天空，嗅著山風。

他不再垂首看那年輕人，他不再遲疑。

他振翅飛起，全身凌空，循著山風飛離石臺。

年輕人望著仙人在黑夜中很快化成光點，轉了個大圓弧，消失在一座山後。

仙人一離去，也帶走了霞光，他馬上便陷入黑暗，什麼也看不見。

他的心碎了，甚至可以聽見胸口裡頭的碎裂聲。

他想號啕大哭，在他最終力竭掉下山壁之前，他的心已經徹底死去。

爬上石臺已經沒意義了。

他也無力再往下爬了。

萬念成灰，使他放棄掙扎，放鬆手指。

一股對生命的執念，又使他不甘於完全鬆手，依然留著一點力量抓著石壁，等待力氣消失。

剎那，他竟陷入了「無念」。

整個腦袋化空，混混沌沌，無上下左右，無生老病死，四大皆空。

他半垂著眼簾，虛茫茫的身子在轉強的山風中搖搖欲墜。

「死亡……原來就是如此……」在心底的某個角落，他告訴自己。

忽然，視網膜有些刺痛，出現幾個光點，漸漸放大。

是死亡來臨了嗎？是死前的迴光嗎？

是咱們現代人稱之為「大腦死前放電」的現象，宛若資料被洗掉一樣嗎？

年輕人睜大眼睛，瞪著那幾個光點向他衝來。

瞬間，他被好幾團七色霞光重重包圍。

他驚訝的睜眼，每團霞光之中都有一位仙人，正拍動背上的翅膀，抵抗著山風吹襲，好讓身體固定在半空中。

他們全是高鼻碧目，光著上身，穿著一件長至膝蓋的褲子。

他們全打量著年輕人。

年輕人太過驚異了，沒發覺自己鬆開了手……

下墜……

凌空的感覺，像在飛……

四肢和軀體了無壓力，全身的血液在舒逸奔流，他感覺十分舒暢，心裡有一種頓然了悟透徹的感覺。

他的肉身，筆直的衝向山底。

漫漫的追尋，終於到了盡頭。

※※※

五味道人瞇著兩眼，凝視河川中的流水。

他一雙劍眉和明亮的雙目，加上總是保持乾淨整齊的衣服，使他總是看起來精神奕奕的。

但此刻的他，卻是滿腔心事，失去了平日的飄逸和灑脫。

五味道人蹲在冬天的河邊，一動也不動已經有半個時辰了。

他沉浸在回憶之中。

雲空望著五味道人的背影，心中五味雜陳。

江湖上的「四大奇人」竟然全給他遇著了，而「四大奇人」也漸漸凋零，早已不是什麼四大了。

「北神叟」洪浩逸在江湖絕跡，下落不明。

「南鐵橋」神算張鐵橋被他賴以為「神算」的天賦奇能殺死。

現在，雲空望著「西五味」五味道人孤寂的背影，他們要一塊兒去尋找「東無生」。

雲空驀地一驚，忽然想起很久以前，燈心燈火告訴過他的讖語……

燈心燈火大師圓寂之前，雲空問他過去種種劫難的因緣，燈火回道：「能夠回答你這些問題的，有兩個人。」

「那麼，師父可否指點，那兩人是誰？」

燈火哈哈道：「你問錯了，你該問那兩人是什麼東西？」

當時他對大師用語粗俗感到不解，現在他總算明白了。

難怪當他向師父破履轉述此事時，師父說燈心燈火大師愛開玩笑。

「東西」就是無生和五味道人。

「東西」中的「西」——五味道人——答應過，在出發前往無生的棲處以前，他要講個故事。

古老的故事。

他兩手握拳抵著鼻孔，坐在河岸。

他眨了眨眼，終於釐清他故事中紛亂的情節，回頭望向雲空和黃叢先生。

說起黃叢先生，他從漢朝一直活到現在，少說也千來歲了。

他卻活得不耐煩，老是在自殺，卻又老是活回來。

五味道人決定先從他開始。

他指指黃叢先生：「我說過，你是第二個，我是第一個，我比你更早遇上無生。」

黃叢先生年輕時搶走了仙人的仙槎，仙槎載著他飛上天空，不聽使喚的抵達了仙島。

據黃叢先生說，他在那兒碰見無生。

他向無生乞求長生，而他得到了。

「你可別後悔哦。」無生不懷好意的如是說。

他不懂無生的意思，怎麼會後悔長生不老呢？

當他的家人一一逝世時，他終於懂了，雖然很想死，卻死不去。

即使粉身碎骨，也仍舊死不去。

大概這是無生給他的懲罰，懲罰他盜走仙槎。

四十年前，無生再次出現在他眼前，告訴他，可以教他死的人名叫雲空。

「跟你不同的是，我沒後悔得到不死之身，」五味道人說，「一直到今日已經一千多年，我都從未後悔。」

黃叢先生對他露出疑問的眼神。

「家人去世時，我固然很是悲傷，但我馬上發現一件事，」五味道人面向黃叢先生，「莊子說：其生也有涯，而知也無涯。莊子的意思是，以有限生命追求無限的知識，是沒有意義的，但是，我有無限的時間呀！可以做許多別人窮其一生無法完成的事。首先，我開始看書……」

雲空怦然心動——以千年時間看書！

「不知不覺中，每天看一點，我幾乎看遍了天下的書。」五味道人說：「接著我修行，希望成仙。」

「等等，」黃叢先生截道，「我們長生不老，難道不是成仙了嗎？」

「這正是你我不同之處。」五味道人精目一亮，劍眉翹起，「不，我們只是長生，不是成仙了。」

自古仙人，都傳聞有「道術」，而所使的道術都聽起來像幻術，或許是脫胎自魔術師或巫覡，但也可能是佛家所謂「神通」，亦即今日所言之「超心靈」。

長生只是仙人的其中一項特徵，另一項是要會道術。

「修行的方法，動輒百年才能完成，凡人的天壽哪來百年？」五味道人雖然聽起來像在輕蔑黃叢先生，語氣中卻是充滿了激勵，「我輩有了長生，有了這麼長的時間，何愁修行不能完成？我甚至懷疑，自古求仙者先求長生，是否就是為了謀取更多時間來修行呢。」

黃叢先生聽了，腦子像被雷擊一般，咧開大口，錯愕的圓睜雙目。

他突然跪到地上，把頭埋入雙臂之中，發出怪異的哽咽聲。

「你的心志迷惑了，」五味道人輕撫黃叢先生的頭髮，「你還想尋死嗎？」

黃叢先生喉嚨格格地作響，痛苦的瑟縮在地上。

「現在開始還不遲，畢竟你永遠不死，從什麼時候開始都一樣的。」

「五味道長……晚輩有一問。」雲空恭敬的說。

五味道人示意他問。

「修道完成了又該如何？」

「修道完成？修道怎麼有完成之日？」

「古人以成仙為修道完成，不是有說『得道成仙』嗎？五味先生已是所謂的『仙』，難道不是已經達到修道的目的了？」

五味道人瞅了雲空一眼，說：「修道並無止境，只看你自己覺得夠不夠了。」

「你覺得呢？」

「不夠，因為我心中仍存有極大的慾念。」

雲空點點頭，得道的境界應該是了結慾念的。

「不，其實我覺得夠了，因為我從未見過有哪個『仙人』是沒有極大的慾念的。」說完，五味道人放聲狂笑。

他舉起一手，往上一揚，一棵大樹連根飛拔，頓時滿天泥沙紛飛，他叫道：「這是死的力量！」接著兩隻手腕一轉，浮在半空的大樹漸漸冒出枝芽，長成樹枝，擠出新葉，轉眼之間開得滿樹白花：「這是生的力量！」

他眉頭一緊，口中大喝，大樹猛然散開，散成粉末：「這是無死無生，歸化天地！」

雲空十分佩服：「這完全是對『氣』的操縱？」

「不錯，」五味道人雖然洋洋得意，但表情不變，「萬事萬物歸之於『氣』，天地都是氣的結晶，只要對氣運用自如，就沒什麼是真正難的。」

「千年修行，果然不同凡響。」雲空忖道，然後他問黃叢先生：「黃叢先生還想死嗎？」

黃叢先生恍惚地抬起頭，跪著的身體還在微抖。

雲空熱心的說：「如果想，不妨試試剛才五味先生把樹分解的方法。」一年以來，黃叢先生每天逼他想死的方法，所以他已經養成習慣，一發現好方法就馬上告訴黃叢先生。

「我要考慮，」黃叢先生一骨碌站起，一面喃喃自語，一面踉蹌地走向一處樹蔭：「我要考慮。」

冬天的風又乾又冷，吹得雲空的臉緊繃繃的。

「雲空，老實告訴我，我是不是話太多、講太多道理了？」五味道人忽然問道。

雲空心裡苦笑，從這句話中，五味道人露出了他的真性情。

「我是直爽人，你但說不妨。」

「話是不少，而且常是前一句未完，就急著說下一句了。」雲空笑道。

五味道人難得紓解了正經八百的表情：「一千年的老習慣，改不了，你知道，年紀太大，沒什麼機會跟人談得來的，也沒辦法交朋友，好不容易逮到機會……」他停頓了一會，又說：「你瞧，我一直說要告訴你『你』的故事，卻一直沒扯上正題。」

「我迫不及待想聽。」

五味道人突然又有些遲疑，舔了舔唇緣。

他貼近雲空，很慎重地問他：「你想不想長生不老？」

雲空沒回答，只是直視五味道人。

「不，別急著回答我，」五味道人搖搖手，「你還有時間考慮，我講故事時你可以考慮，我們去無生那裡的途中也可以考慮，可是……」他又再一次迫視雲空，「一旦見到無生，你一定要決定。」

雲空的瞳孔對著五味道人的瞳孔，近得可以呼吸到對方的氣味。

※※※

年輕人醒來了。

輕紗般的霧氣披在他身上，白茫茫的一片，後方的松樹隱隱浮現。

一聲鶴啼尖銳的劃破薄霧，他嚇得睜開雙目，坐起來探視四周。

這裡的空氣很舒服，只要吸入肺中，就感到精神愉快。

空氣沁涼清淨，沒有一點雜味。

年輕人小心翼翼的站起來，警惕的環顧四周。

昨夜他明明摔下山崖，理應粉身碎骨了，何以還活著呢？

要不然，就是他昨晚只不過作了個夢。

不，絕對不是。

他忽然一陣心悸，睜大兩眼環顧，終於看見離他不遠之處，躺了兩具屍體。

一塊兒來的同伴，扭曲的身體泡在凝固的血泊中，如同斷肢的木偶。

昨晚的一切果然是真的！是仙人救了他嗎？

年輕人抬頭仰望那個石臺，石臺上不見人跡。

年輕人瞧瞧同伴的屍身，又看看高處的石臺，頓時充滿無力感，只好沮喪的拖著腳，在清晨的山霧中晃著。

肚子餓得很，他在山霧中漫無目的的穿梭，看不太清楚大霧後方的景色。

忽然，他腳下一空，整個人登時嚇得毛髮豎立。

幸好他是拖著腳在走，每一步用的力道並不大，才來得及把腳抽回。

年輕人彎腰查看這一腳踏空的地方。

突然下陷的地形，看來是個小山谷，谷中也有厚重的霧氣瀰漫著，隨著陽光逐漸照入山谷，濃霧漸散，如同舞台拉開了布幕，現出躲在背後的東西。

年輕人發出驚呼：好多仙人！

一個個背後長了羽翼的仙人，橫七豎八地倒著，堆滿了小小的山谷。

仔細一看，他們的羽毛早已失去光華，又髒又散亂，身體全都僵硬如木，或許由於天氣寒冷，只發出淡淡的腐臭。

年輕人驚異地看著滿谷的仙人屍體，想了一陣，遂決定爬下小山谷。

他轉身將兩腿小心的伸下去，慢慢往下爬，不久，他的腳便踩在屍堆上，小山谷積滿仙人屍體，已經沒有一寸落腳之處。

正確的說，是仙人的屍體已經堆積成地面了。

年輕人蹲下身子，用手壓壓地面，仙人的皮肉鬆軟得不堪一壓，馬上崩解似地陷下去。

他將仙人的羽翼輕輕翻起，仔細瞧看翅膀連接身體的關節。

他踩過好幾具屍體，一具具察看，看仙人的鼻子有多高，看仙人奇特的髮型，還有長至膝蓋的褲子。

突然，年輕人感到後方一陣毛骨悚然，使他停下手邊的事，回首仰望。

山谷的上方邊緣，居然站了許多仙人，正振動著大翅膀，口中窸窸窣窣地對談著。

年輕人挺直身子，抬頭直視這些仙人。

他熱烈的求仙之心已經躲藏到心底深處，取而代之的，是種種的好奇與不安。

他體會到自己的青澀和單純，此時此刻，他知道的世界已經不是他原來所認為的世界。

仙人們高高在上，對他好奇的指指點點，喧鬧不已。

突然他懷疑，眼前這些仙人的肉體，不是凡人努力就能得到的。

※※※

年代久遠的仙槎，已經有鏽跡斑駁。

它飛得比平常緩慢，也比平常不穩定，因為上面擠了三個人。

仙槎像是知道目的地一般，不需人操縱，便有股力量指引它方向，直朝東北方飛去。

太陽高掛在三人頭上，毫無遮蔽，但在初冬的冷風下，陽光的暖意似有似無。

五味道人清清喉嚨，告訴雲空：「你知道我是漢朝人，我生活的那個時代，有很多稱為方士、巫覡一類的人物，漸漸的，儒家勢力抬頭，到了武帝獨尊儒術時，方士等人物全被儒家勢力壓迫。

「所謂百足之蟲，死而不僵，方士之流，因為漢朝開始興盛的佛教，而有寄託之空間，一直到魏晉才又因為玄學而復興，產生了一種叫『道士』的人物，那時我才自稱五味道人。」

寒風把五味道人部分的話語吹散了，又把部分的話語冰僵了，雲空聽不清楚，只好盡量把耳朵靠近五味道人。

「當年我活在漢朝時，方士們一直在傳說有『羽人』的存在，後來羽人又和傳說中的『飛仙』混合，又類似傳說中的『神仙』，最後誰也搞不清楚羽人是不是神仙？神仙又到底是啥？」

雲空有些困惑：「漢朝的人不知道神仙嗎？」

「非也……」五味道人蹙了蹙眉，不禁覺得有「代溝」，要想辦法向這個比他年輕千歲的後輩解說當年：「很久很久以前，仙人乃指一種住在人世之外的……的……的仙人！」他找不到合用的名詞，「仙人住在仙島或仙山上，由於擁有凡人所沒有的能力，所以人們相信他們能夠主宰人世禍福……」

「聽你的意思，仙人並不是人。」

「不是人，而就是仙人，不知何時，人們認為凡人只要用對了辦法，也可以成為仙人，所以就有一些凡人修道成仙、得到仙物而成仙的傳說，可是這些成仙的主角，往往來歷不明、年歲不詳。」

這不難理解，古時交通聯絡不便，資訊傳遞不易，要離開居住地，到另一個地方去變換身分，並不困難，一個人要是自稱神仙，他大可自吹自擂，別人也無從辨知真偽。

假若這個神仙人物只是附會而產生的傳說，那「成仙」傳說的故事內容，就更可以任意撰寫了。

漢朝劉向《列仙傳》七十一人，晉朝葛洪《神仙傳》八十四人，不知有幾許真的成分在內？

五味道人繼續說：「我年少時，便聽聞有人見過神仙，現在回想起來，那些似乎都不是神仙。」

「是羽人。」

五味道人向雲空讚許的笑笑。

五味道人的笑，竟使雲空憶起了師父。

小時候的雲空很是聰慧，常喜歡自個兒沉思，每當他明白了一件難解的事情時，師父便會這樣對他笑。

不知為何，人長大了，聰慧似乎也被時間磨耗了，或許是呼吸了太多俗世的塵埃，少了直覺，反而多了許多七彎八拐的思緒吧？

五味道人問說：「你明白了嗎？」

「你是想告訴我，傳說和真實的不同。」

「我也想告訴你，傳說裡頭隱藏的事實。」

「無生不是神仙，不是凡人肉身修道成仙，他本來就是羽人？」

「我猜是如此。」

雲空心中另有想法。

師父曾告訴他，在他誕生的仙人村出現過的夜遊神，似乎跟無生同夥，在揚州遇上的圓光，又似乎跟無生敵對。不知五味道人知不知道呢？

雲空沒打算告訴五味道人，他還不敢信任這個人。

「羽人是長生不死的嗎？」雲空問。

「我想未必是。」五味道人憶起千年前見過的滿谷仙人屍體。

但若無生能給五味道人和黃叢先生「長生不死」，那他肯定掌握了長生不死的秘密，他本身也必能長生不死。

「無生的傳說，是累世增加的，」五味道人說，「他向來是個虛無飄渺、似有似無的人物，有人說他會煉丹，有人說他會武功，這樣一代代下來，他的傳說越多，他會的事物也似乎越積越多，於是有了『無所不知的無生』，卻沒多少人真正見過他。」

「無生有五個弟子在江湖上行走，我見過他們，他們還救過我。」

「無生五弟子。」五味道人劍眉一展，若有所思的撫弄鬍子。

雲空警覺到，五味道人並非知無不言！他是選擇性的告訴雲空的。

「至少我還知道，有一名叫龍壁上人的人物，曾經盜過無生的書。」雲空試著再拋出一點訊息。

五味道人點點頭，似乎知道這件事，他只呢喃道：「龍壁上人素來喜愛天下奇書……」就不再多言了。

問題是，龍壁上人如何去盜無生的書？

但這是另一個故事，有機會才提吧。

雲空見五味道人沒啥反應，便說：「五味前輩，我現在知道無生可能是羽人了，那我的前生又是怎麼回事呢？」

五味道人躲開雲空的視線，不經意地望望黃叢先生。

黃叢先生倚著仙槎的邊緣，雙目茫然。

忽然，黃叢先生用力擊掌：「我明白了。」

五味道人不想理他明白了什麼，他正忙著躊躇，責問自己此時此刻為何仍在遲疑，該不該告訴雲空。

黃叢先生繼續自言自語：「無生要我找到雲空，雲空會知道怎麼讓我死……因為解鈴需要繫鈴人呀……不正因為雲空，我才會又再回到無生那裡嗎？」

只有讓他長生不老的無生，懂得怎麼讓他死。

仙槎的速度沒有變快，但仍是很快。

它在寒冷的天空穿梭，撥開冷得快下雪的雲，把雲摩擦得化成蒸氣。

它急著回到它千年前的停歇之處。

東海無生的老巢。

※※※

仙人會死嗎？

年輕人很是困惑，他是來求仙的，親眼見到仙人的羽化，卻也親眼見到仙人的屍體。

莫非這些屍體只是蛻變後的軀殼？就如蛇蛻皮那般？他如此安慰自己。

腳下的屍體墊成了地面，年輕人在屍體上站著，時而鼻孔飄入屍臭，隱然摻有淡淡的花香。

在高處俯視他的仙人們，像禿鷹一般，留意他的一舉一動。

仙人們忽然起了一陣騷動，拍起背上的翅膀，霎時間，周圍紛紛響起清脆的拍擊聲，揚起陣陣微風。

陣陣低頻率的振動聲穿入耳膜，令他感到越來越不安，不禁抬頭往上看。

頭頂上方的蔚藍天空，漸漸被巨大的影子吞蝕……

「是船！」五味道人說到此處，全身忽然一陣哆嗦，不由自主地流冷汗。

那一瞬間，他的眼裡滿是恐慌。

他的沉著、冷靜、細密倏地消失，表情彷彿回到了千年前的彼時。

當時，年輕人的心填滿了狐疑和恐懼，一千年後的今天，他已經忘了當時，是否曾經懊悔去求仙。

顯然的，他在之前從未預期會發生什麼事，但那也沒啥差別，因為會發生的事都不是他能預料的。

「我們現在乘坐的是仙槎，而那是巨型的仙船！」

「仙船」底部有小小的白色光點呈放射分佈，織成一片華麗的蛛網。

蛛網驟然罩下，年輕人全身猛地僵直，毛孔突然閉塞，全身像被浸入了一池糨糊。

眼前的景物消失，被混亂的七色霞光籠罩，他頓感頭暈目眩。

他感覺不到自己的腿，兩腿的骨骼彷彿瞬間溶化了，他驚慌得喪失了應變能力，忘了看自己的下半身是否仍然存在？

「我完全沒有選擇！」五味道人激動的向黃叢先生說：「至少無生給你選擇，問你是否想要長生不死。」

「不，他沒問我，」黃叢先生淡然說道，「是我求他的。」

不死需要代價。

代價是「失去」。

他感覺到身體越來越輕盈，似乎身體越來越減少，越來越多東西離開他，只覺每一個細胞都被掬走了一部分。

他一度以為那失去的是靈魂。

但一股清新的感覺逐漸取代那失去的部分。

這時，他才察覺他並沒失去什麼，只不過有一堆廢物，一堆長年累月沉積在細胞內的污穢被扔掉了。

不，不僅如此。

睡意緩緩的從背脊爬上，鑽入他的頭顱。

他打了個大哈欠，毫無警覺他還有另一樣事物正在失去。

這要在他醒來後才會發覺。

他失去了「過去」。

他甚至忘了他曾經是誰。

一直到很久以後，他一點一滴收集殘存的記憶，才慢慢重組了過去的記憶。

「後來我潛心修道，修成『宿命通』……」宿命通，能知過去未來。

因此他再度憶起了過去，也在追尋過去的過程中，察覺了一切事情的交匯點。

五味道人臉色凝重地看著雲空，口中憋著一口氣，想把一切快快說完。

仙槎已經越過了平原和高原，飛過大大小小的河川。

拂過他們臉上的風，漸漸有股淡淡的鹹味，取代了原來草葉和泥土的微香。

眼前霍然開朗，偌大的一片蔚藍映照入眼底。

太陽早已越過天的中極，正往海平面冉冉滑去，在海面灑上躍動的金砂。

仙槎飛出海面，抵達東海上空。

五味道人眼神收斂，原本的緊張頓時消失，回復了往常高傲冷漠的神情，凝視著海面。

仙槎慢慢自動的拉低高度，像忠心的狗一般奔向主人的家。

黃叢先生忽然哆嗦起來，他咬著手指的關節，眼神亂轉：「怎麼辦？怎麼辦？」

雲空也很想問這幾個字。

「怎麼辦？雲空先生……」黃叢先生懇切地哀求他，「我忽然間好像又不想死了……我還可以選擇嗎？」

五味道人碰碰仙槎的操縱板：「它已經不再聽我們的話了。」

仙槎在東海上空寫意地飛行，能回到這千年前離開的地方，它似乎雀躍不已。

「五味先生，」雲空咬了咬牙，「你並不知道我的前生。」

「我知道。」

「但你還是不告訴我。」

「無生也從來沒告訴我，」五味道人說，「我是一點一滴慢慢收集起來，才知道你的前生、知道無生的目的，還有我和黃叢先生能夠長生不老的原因。」

「請告訴我。」雲空的要求已經顯得急迫，因為在重重雲霧下，海面上已經出現了一群小島。

「太遲了。」五味道人平靜下來，面向小島，開始運起氣來，準備即將面對的一切。

黃叢先生抱著頭，絕望地啜泣。

仙槎在加速，全力衝向小島。

小島上叢立著座座山峰，一片片藍濛濛的雲霧包裹著，宛如神聖不可侵犯的聖境，把俗世紅塵完全隔絕在外。

眼前的雲霧倏地破開，散成水珠。

雲破之處，團團七色霞光穿過破洞，來勢洶洶的衝向仙槎，筆直的衝到三人面前，又忽然分開，往四面八方掠過去。

即使在午後的強烈陽光下，它們依然搶走了驕陽的光彩。

霞光擦過的風聲中，飄下片片羽毛，羽毛泛著珍珠的光澤，散發悠然的清香。

雲空驚奇的睜大雙眼，全身異常興奮，五指緊緊抓著仙槎邊緣。

映入他眼眶的每一個角落，都是展翅飛翔的羽人！

無論是頭頂、兩側和仙槎下方，羽人們圍繞著仙槎，整齊的列成一層又一層圓圈，少說也有兩百位羽人，似在護送他們。

果然一如五味道人所形容，他們和千年前相同，長長飄逸的頭髮，高挺的鼻子，赤膊的精壯身體，還有只長到膝蓋的褲子。

仙人們發出奇異的鳴叫聲，一呼百應的，一個接一個張口，四周頓時被和諧的共鳴聲包圍了。

鳴聲戛然止息時，仙槎猛然撞入一片雲朵，紛亂的水點不留情的打擊在雲空身上，雲空抬起手臂，阻擋水點來襲，但水點依然溜入他的鼻孔，沾濕了他的鼻毛，正當他漸感呼吸吃力之時，狂亂的水滴業已消失，眼前變得一片光亮。

「到了。」五味道人嚴肅地說，語氣中有一絲抖擻。

黃叢先生停止呻吟，擔憂的環顧四周。

穿越雲層的仙槎，被四周矗立的秀麗山峰、濃密的松林和清脆的水聲重重包圍了。

剛才守護他們的羽人大隊沒有跟來，仙槎逗留在澄潔的空中，慢慢地自轉，讓他們環顧四周。

一幕幕宏偉的美景映入眼中，雲空的眼眶竟然感動得淚盈：「從來沒有見過……如斯景色……」

一列羽人寫意地飛越空中，彷如歸巢的鳥群。

數片閒逸的游雲，在身邊飄過。

仙槎下方的松林，羽人們三三兩兩的越過林梢，身邊伴著數隻仙鶴，異常祥和。

但五味道人和黃叢先生卻一點也不放鬆。

「你們好啊。」

三人嚇了一跳，轉身才看見一個白白淨淨的少年，不知何時已在仙槎後方，他靜悄悄地出現，竟連內功高深的五味道人也絲毫未覺。

仙槎高懸在空中，那男子並沒有翅膀，竟能足踏虛空，安立不動。

「三位大駕光臨，師父已久候多時，」白淨的少年很客氣的微笑，然後頗有深意地看看雲空，「尤其是你呢，雲空。」

雲空認得他，在余府對付高祿時朝過相的豆腐郎白蒲。

羽人們從四方飛來，慢慢聚在仙槎外圍，一圈又一圈，一層又一層。

終於，上千對拍動的翅膀將仙槎包圍得水洩不通。

這次不是守護，而是囚禁了。

太陽躲入山峰後方，羽人們的翅膀反射落日餘暉，泛出層層銀澤，彷如流動著一片珍珠色的羽翼海洋。

雲空的心情由興奮轉為嘆息，變得靜如止水，彷彿一塊心上的巨石突然放下，整個人冷靜下來。

他的眼睛沉醉於壯麗的天地，以及仙人們組成的華美翼海中。

他轉頭，似乎不小心又突然發現了那名男子。

白蒲朝他微笑。

雲空也報以微笑，並指指周圍，告訴那男子：「好美。」

白蒲擠擠眉，往周圍看了幾遍：「你說得沒錯。」

兩人相視了一陣，同時笑了。

【典錄】仙人

現在我們所知的仙人形象，大概是明朝時建立的，更早以前的仙人，並非人類所能夠追求的境界，而是一種特殊的神祇，在《漢書・地理志》中，便有立各種祭拜的「祠」，其中便有「僊人祠」。本故事發生在宋代，正是仙人形象由漢代的飛仙、羽人慢慢演變成明代神仙的過渡期。

漢代的仙人，在許多書籍中皆有描述，考古發現的漢代墳墓、古器中也有仙人的具體形象，他們是手臂上有羽毛（有時腿上也有），形成翅膀，頭髮沒紮起來、往後飛揚，以示能乘風而行。

戰國時代的楚辭〈遠游〉中有句：「仍羽人於丹丘兮，留不死之舊鄉。」其中的羽人便是飛仙，漢代王充《論衡・無形》對當時的飛仙便有形容：「圖仙人之形，體生毛，臂變為翼，行於雲。」

漢朝有羽翼的仙人形象，一直到六朝時代仍然存在，可見於《古小說鉤沉》引梁殷芸《小說》云：「漢王瑗遇鬼物，言蔡邕作仙人，飛去飛來，甚快樂也。」同時代葛洪的《抱朴子・仙藥》也說：「上藥令人身安命延，昇為天神，遨遊上下，使役萬靈，體生毛羽……」

要注意的是，《山海經・海外南經》（著作時代不明，可能在戰國成書）有「羽民國」，說：「羽民國在其東南，其為人長頭，身生羽。」有晉朝郭璞注云：「能飛不能遠，卵生，畫似仙人也。」又引《歸藏・啟筮》云：「羽民之狀，鳥喙赤目而白首。」於晉朝張華《博物志・外國》、漢朝《淮南子・墬形訓》都有「羽民」記載。這些紀錄都在說明「羽民」不同於「羽人」（飛仙），但在形象上，都是有羽翅的人，不知是否古人的「異名同形」？

後來的仙人又被劃分為複雜的「三等九品」，「三等」為天仙、地仙、尸解仙，「九品」有上仙、次仙、太上真人、飛天真人、靈仙、真人、靈人、飛仙、仙人，其中尸解仙便是修道人最流行的成仙法門。

《雲空行》貳 年表

西元	中國	年齡	事跡	地點	歷史大事
一一一七	政和七年	33	之十七〈風燈亂影〉	廣東南海縣／江東江寧府	趙佶（宋徽宗）崇信道教，命令道籙院上表冊封自己為「教主道君皇帝」。
			之十八〈神算張鐵橋〉	江寧府	
			之十九〈秀水澗〉	江寧府／句曲山洞（茅山）	
一一一八	重和元年				
一一一九	宣和元年				受道士林靈素影響，下令改佛教為德教，改佛為大覺金仙。一年後恢復。
一一二〇	宣和二年				江南花石綱引起民怨，方臘反。
一一二一	宣和三年				童貫攻方臘，方臘亂平。
一一二二	宣和四年	34	之二十〈白日將〉	真定府／北岳常山洞	宋、金夾攻遼，金取下多個遼城，宋卻大敗。
			之廿一〈冷弩寒矢〉	大名府	
一一二三	宣和五年	35	之廿二〈無非人間〉	亳州隱山寺	海上盟約：宋金約好夾攻遼。宋失約，金只給宋七空城。
一一二四	宣和六年	36	之廿三〈摧枯拉朽〉	開封府	遼天祚帝四處逃亡。
			之廿四〈百妖堂：前篇〉	開封府↓常山途中	

一一二五	宣和七年	37	之廿五〈曇華投爐〉	太原府	正月，遼亡。 十月，金兵攻太原府。太學生聯名上書，乞誅蔡京、童貫等「六賊」。
一一二六	靖康元年	38	之廿六〈月兒彎〉	開封府	九月，金人攻陷太原府。 金兵攻京城開封，太上皇趙佶出京避難，留下皇帝趙桓。 閏十一月，郭京六甲法大敗，開封落陷。
			之廿七〈乾舉人〉		
一一二七	靖康二年 建炎元年	39			四月，金人俘二帝、后妃、宗親等三千人北歸。 五月，康王趙構南京稱帝，史稱「南宋」。
一一二八	建炎二年	40	之廿八〈黃河入海流〉	燕京	
一一二九	建炎三年	41	之廿九〈大歸廬〉	九瑞峰	趙構不斷南逃。
一一三〇	建炎四年	42	之三十〈魍魎記〉	漣水軍	韓世忠阻止金兵渡長江，岳飛於南京牛頭山大敗金兵。 一一二七年被擄往北方的秦檜，十月逃歸南宋。
一一三一	紹興元年	43	之卅一〈諸儒記〉	琅邪／東海	秦檜參知政事，次年為相。
			之卅二〈降生圖〉		
			之卅三〈百妖堂：後篇〉		

國家圖書館出版品預行編目資料

雲空行（貳） / 張草著.--初版.--臺北市：皇冠.
2019.03
面；公分（皇冠叢書；第4746種）

（張草作品集；05）

ISBN 978-957-33-3425-5（平裝）

857.63　　　　　　107023786

皇冠叢書第 4746 種
張草作品集 05
雲空行㊁

作　　者—張草
發 行 人—平雲
出版發行—皇冠文化出版有限公司
台北市敦化北路 120 巷 50 號
電話◎ 02-27168888
郵撥帳號◎ 15261516 號
皇冠出版社（香港）有限公司
香港上環文咸東街 50 號寶恒商業中心
23 樓 2301-3 室
電話◎ 2529-1778　傳真◎ 2527-0904
總 編 輯—龔橞甄
責任主編—許婷婷
責任編輯—平　靜
美術設計—王瓊瑤
著作完成日期— 2018 年 11 月
初版一刷日期— 2019 年 03 月

法律顧問—王惠光律師

讀者服務傳真專線◎ 02-27150507
電腦編號◎ 563005
ISBN ◎ 978-957-33-3425-5
Printed in Taiwan
本書定價◎新台幣 320 元 / 港幣 107 元